KB233052

삶의 지혜(상)

학생들을 위한 진솔한 자기 계발 인성 교재

삶의 지혜(상)

─── 한국의 탈무드 ───

인생을 살아가기 위한 삶의 '길잡이'이자 '지침서'

지은이

문학박사 **문재익**

(사회교육, 대학교육 40여 년 경력)

이담북스

지은이의 근영(近影)

★최종 학력: 원광대학교대학원 영어영문학과(영어학전공) 박사졸업(문학박사)
　　　　　　(미국 뉴저지주 Rowan Uni. 어학연수. Rutgers Uni. 영어교수법–ELT 수학)
★강남대학교 인문대학 영문학과 정교수(Tenure) – 2018년 8월 정년퇴임
　동교 한영문화콘텐츠학과 특별교수/일간신문 칼럼니스트/대학 명사 특강
★대학교육 경력(2000년~2018)
*외래교수–원광대학교, 단국대학교 영어영문학과, 세종사이버대학교(겸임교수)
*강남대학교 보직–대외협력위원장(경영 부총장직), 중앙도서관장, 입학처장
　　　　　　　　–미래인재개발대학장, 글로벌센터장, 중국베이징소장
　　　　　　　　–국제어학교육원장, 평생교육원장, 보육교사교육원장,
*위원회 활동–경기도 대학국제교류처장협의회 공동의장, 한국평생교육위원회 위원
　　　　　　　–위즈덤 교육포럼 국제협력위원장, 법무부 이민통합위원회 위원
*학회 활동(정회원)–21세기영어영문학회, 영상영어교육학회, 영어교육평가학회
　　　　　　　　　–동서비교문학학회, 대한영어영문학회, 한국번역학회, 동화와 번역
★사회교육 경력(1976년~2000년)
*단과(성문종합영어), 대입종합반 강의: 전주–상아탑학원, 제일학원, 영재학원(부원장)
　　　　　　　　　　　　　　　　　서울–한샘학원, 교연학원, 청솔학원(부원장)
*대학 특강영어강의: 전북대학교, 전주대학교 TOEFL 및 사법고시 영어

*인터넷강의: 공부하자닷컴, E-mbc 인터넷, 세종사이버대학 실용 영어
*학원 운영(원장/이사장): 문재익 입시학원(초, 중, 고 전 과목),
                        KIS 외국어학원(미국 교과서 수업)

★저서 및 논문

*대학영어교재: 대학영작문, 영어번역, 실용영문법, 영어산문, 취업영어, 실무영어, 야무
              진토익 등

*중·고교영어교재: 순기초영어, 영문법, 영어어휘, 영어독해연습, 영어실용필수어휘,
              구문총정리 등

*우리말 논문: 영어조기교육평가, 영어독해지도방안, 문법교육의 새 방향, 영어작문 지
              도방안 영어화법에대한연구, 영어독해력향상지도를 위한 사례연구, 영어
              교육과 학습 등

*영어논문: Rhyme and Cultural Context in Proverb, Introspection into English
          Listening Training, Detoxified Protocols Reading Comprehension,
          Evidences of Communal Fallacies in Conventional Interpreting 등 다수

*기타: 자전적 에세이집-「생활 속 지혜」Ⅰ, Ⅱ, Ⅲ권

지은이의 말

　전 세계적으로 유대인을 합산해 봤자 1400만 명밖에 안 되는 이 작은 소수 민족이 가장 영향력이 있는 집단이 될 수 있었던 것은 역시 미국에 사는 유대인인 유대계 미국인들 때문이다. 미국 인구의 1.5%를 차지하는 유대인들은 정치, 경제, 학문, 문화, 예술, 언론, 스포츠계(係) 등 미국 사회의 모든 분야에서 중추적(中樞的: 중요한 부분이거나 자리하고 있는) 역할을 하고 있어, 미국 사회를 이끌고 있다고 해도 과언(過言: 정도에 지나친 말)은 아닌 것 같다. 심지어 할리우드 영화사들뿐만 아니라 주요 기업, 금융기관, 언론사 사주, 설립자들이 유대인들이다. '그들은 어떻게 이렇게 소수 민족이 미국 사회의 주도권(主導權)을 잡게 되었는가?'에 대한 궁금증이 들게 한다. 그것은 바로 그들의 '교육 방법'에 있다고 말할 수 있을 것 같다. 그들은 가정 내에서 가족들끼리 저녁 식사 후 모여 앉아 함께 성경(구약)과 탈무드를 공부해 성공의 원동력이 되는 '인성교육'을 한다는 것이다. "승자의 강점은 타고난 출생, 높은 지능, 뛰어난 실력에 있지 않다. 승자의 강점은 소질이나 재능이 아닌 오직 '인성과 성품 그리고 태도'에 있다. 이들을 보면 그 사람의 성공을 가늠할 수 있는데, 이들은 아무리 많은 돈을 주어도 살 수 없는 것들이다." 미국의 세계적 동기부여 전문가 데니스 웨이트리의 말이다. 그렇다면 성경은 우리가 다 알고 있는 것이고, 탈무드는 어떠한 것인가? 유대인의 탈무드를 이해하지 않고는 유대인을 이해할 수 없다. 탈무드는 단순히 책이라기보다는 '하나의 문학이다.'라고 한다. 1만 2천 페이지의 탈무드는 B.C.(기원전) 500년부터 A.D.(서력기원, 서기) 500년 전까지의 구전(口傳:말로 전하여 내려옴)을 10년에 걸쳐 2천 명의 학자들이 편찬(編纂)한 것이다. 동시에 이것은 현대의 우리들도 지배(支配)하고 있으므로, 말하자면 유대 5천 년의 '지혜이며 생활 규범'으로, 온갖 '정보(情報)의 보고(寶庫)이자 저수지(貯水池)'라고 말할 수 있다.

지은이는 27세에 입시학원에서 성문종합영어(송성문 저) 강의를 시작으로 66세 강남대학교 영문학과 정교수로 정년퇴임 시까지 40여 년을 강단에서 수십만 명의 학생들을 가르쳤고, 그중 수많은 학생, 또한 그들의 학부모님들과도 자녀들의 생활, 진로, 배치 및 인생 상담도 했다. 그리고 분당에서 입시학원(초·중·고 전 과목)과 외국어학원(미국 교과서 수업)을 운영하기도 했고, 양대 방학 중에는 영어 캠프(Emersion Program)도 주재(主宰)했다. 초·중·고 재학생들뿐만 아니라 대입 재수생, 그리고 대학에서는 학부 학생, 대학원 석·박사과정의 학생들에 이르기까지, 사교육부터 공교육에 이르기 까지 각계각층의 학생들과 함께 온 경험을 통해서 얻고, 느꼈던 것, 특히 강의 중 인성교육 내용을 토대로 이미 출간되어 시판 중인 전 연령층을 대상으로 집필된 「생활 속 지혜」 I, II, III권을 재정리, 학생들을 위한 인성 교재 「삶의 지혜」 상·하권 두 권으로 재탄생되게 되었다. 지은이는 한마디로 거

의 20대부터 평생을 공부하고 학생들 가르치고, 그리고 여러 권의 영
어교재를 집필(執筆), 출간(出刊) 및 연구논문을 썼으며, 강의 시에는 국
내 · 외의 수많은 영어교재를 다루었다. 무엇보다도 강의 준비를 위해
서 교재연구뿐만 아니라 다양한 장르와 다양한 분야 정기간행물의 독
서, 그리고 3대 일간신문 중앙지(조 · 중 · 동)의 오피니언 란(欄)의 사설
과 칼럼을 읽는 일을 하루 일과의 시작으로 거의 평생을 실행, 실천했
었다. 무엇보다도 20대 이후 거의 평생 동안 강단에서 강의하고 학생
들과 생활하면서 왜, 우리나라는 학생들의 인성 교재, 다시 말해 유대
인의 생활 규범인 탈무드와 같은 인성 교재가 없는가? 항상 안타깝게
생각해 왔으며, 현직에서 은퇴하면 그동안의 경험을 토대(土臺)로, 우
리 학생들에게 적절한, 우리의 현실에 맞는 인성 교재를 차분(성질 · 태
도가 부드럽고 조용)하게 집필할 것을 지은이의 최종 인생 목표로 설정하
여, 이제 이 책의 출간으로 결실(結實)을 보게 되었다.

　이 책의 구성 중 내용도 중요하지만, 어휘력 증진과 필수 한자 실력
배양에 중점을 두었으며, 한자어나 어휘의 의미 파악에 이해를 돕기
위해 괄호 안에 뜻풀이를 해 두었다. 각 제목마다 세계적 명사들의 명
언들과 나라마다의 속담, 격언, 그리고 경구(警句: 진리나 삶에 대한 느낌이
나 생각을 간결하고 날카롭게 표현한 말)들을 소상(昭詳)하게 인용해 글의 객
관성과 신빙성으로 내용을 세밀하고 알차게 표현해 두었으니, 마음에
울림을 주는 구절(句節)은 자신의 좌우명(座右銘: 늘 옆에 두고 가르침으로 삼
는 말이나 문구)으로 삼을 만한 가치가 있을 것이다. 제목에 따라 일부 내
용이 약간 중복되는 경우도 있으며, 일부 노년 이야기도 있기도 하다.

이는 한 평생이라는 인생 전체를 '한 장의 그림으로 보라'는 것으로, 무엇보다도 사람이란 '계획성 있는 삶을 영위(營爲: 일을 꾸려나감)하라'는 것이다. 10대는 20대를, 20대는 30대를 계획하라는 것으로, 순차적으로 크게는 노년까지 '인생 전반의 큰 그림을 그려놓고 세부적 그림을 그려나가야 한다.'라는 취지(趣旨: 어떤 일의 근본이 되는 목적이나 긴요한 뜻)이다.

지은이는 어린 시절, 청년 시절, 중 · 장년 시절, 그리고 지금은 현업에서 은퇴하여 노년으로 귀촌(歸村)하여 전원생활을 하며 정원, 텃밭 가꾸기, 짐승 기르기, 건강을 지키기 위한 운동도 하고, 특히 심야(深夜)에는 글쓰기로 마지막 인생을 정리하고 있다. 연륜과 교육 경륜의 결정체인 이 책이 우리 학생들이 올바른 인성으로 거듭 태어나 우리나라의 미래를 밝혀 줄 것을 간절히 바라는 바이다.

2025년 초하(初夏: 초여름) 즈음
경북 문경 산양 청기산방(靑驥山房)에서

문재익

목차

제1장

삶과 인생

1

우리네 인생살이

인생(人生)이란 '사람이 세상을 살아가는 일' '사람이 살아 있는 기간' 그리고 '어떤 사람과 그의 삶 모두를 낮잡아(사람을 만만히 여기고 함부로 낮추어 봄) 이르는 말'에 쓰이기도 한다. 흔히 말하는 인생무상(人生無常)은 '인생의 덧없음'을 말하며, 초로인생(草露人生)도 '풀잎에 맺힌 이슬과 같은 인생'이라는 의미로 '허무하고 덧없는 인생'을 비유적으로 말하는 것이다. 불가(佛家)에서 '인생은 고해(苦海)다'는 '인생은 괴로움이 끝이 없다'라는 의미이며, 속담에도 '인생은 뿌리 없는 평초(萍草)'라는 말은 '사람이 살아간다는 것은 마치 물 위에 떠도는 개구리밥과 같다'라는 의미로 '인생은 허무(虛無)하고 믿을 수 없다'라는 의미이고, '인생 백년에 고락(苦樂)이 상반(相反)'이라는 말은 인생살이에 '괴로운 일과 좋은 일이 반반'임을 이르는 말이며, 그리고 인생 '병가지상사(兵家之常事)'라는 말도 '어떤 일이나 세상사(事) 실수나 실패가 있다'라는 말이다.

우리가 세상을 '어떻게 살아야 할지?' 막막할 때 법정 스님의 말씀에 인생 방향을 잡아보는 것도 한 방법(方法)일 수 있다. 첫째, 남과 비교해서는 안 된다. 나는 이 세상에 단 하나뿐인 독특하고 독립된 '고귀한 존재이다.' 둘째, 자신에게 주어진 상황을 누리고 즐길 줄 알아야 한다. 결코 '나중으로 미루지 마라.' 셋째, 모든 것이 다 갖춰졌다 해도 마음이 불안하면 가시방석이다. 마음을 편히 해야 한다. 다시 말해 '음식을 잘 먹어야 하듯 마음도 잘 먹어야 한다.' 넷째, 내 삶에 무엇이 중요한지, 어디에 가치를 두어야 하는지? 반드시 자문(自問)해 보아야 한다. 조용히 자신의 마음을 들여다보며 지금까지 '어떻게 살아왔는지?' 그리고 '앞으로 어떻게 살아갈 것인지?' 스스로 지난날의 과오를 반성하고 창조적인 미래를 위해 '기도나 명상하는 마음이어야 한다.' 마지막으로 인간이 사람답게 산다는 것은 순간마다 '새롭게 태어나는 것'이다. 새로운 탄생의 과정이 멎을 때 나태와 노쇠와 질병 그리고는 죽음이 찾아오게 되는 것이다. '새로운 탄생'을 이루려면 '어제까지의 관념(觀念: 어떤 일에 대하여 가지는 생각이나 견해)'에서 벗어나야 한다. 왜냐하면 기존의 관념에 갇히면 '창조력을' 잃고 일상적 생활 습관에 '타성(惰性: 굳어진 나쁜 버릇)'이 붙기 때문이다.

명리학의 대가(大家) 김태규 선생은 우리네 인생살이를 다섯 가지로 크게 정리했다. 첫째는, 결핍이 동기를 부여하고 동기를 갖게 되면 힘과 방향을 한곳에 모으게 되는 것이 노력이다. 노력하면 성취가 있기 마련으로, '산다는 것은 전력을 다해 앞으로 달려 나가는 것'이다. 둘째는, '운은 열정이다.' 운이 상승 중이라면 일이 어려워도 중단하지 않고, 그리고 좌절하지 않고 노력하고 애를 쓰면, 다시 말해 노력을 반복하다 보면 목표한 일이 성취될 가능성이 높아지고, 그러다 보면 '이루어진다'라는 것이다. 우리말 '운'이라는 글자를 뒤집으면 '공'이다. '공(功)'을 들여야 '운(運)'이 오는 법이다. 속담에서 '공든 탑은 무너지지 않는다.'라는 말은 진리이기도 하다. 넷째는, 돈 없는 사람이 어떻게 부자가 될 수 있는가? 정답이고 핵심인 '무형의 자본'을 가진 사람이다. 프랑스의 사회학자 피에르 브리외는 사람의 무형 자본을 '문화 자본' '학력, 학벌 자본' '외모 자본'이라 했다. 무엇보다도 '인간관계'가 중요한 것으로, '어떤 사람과 더불어 살아가느냐?'이다. 마지막으로 인간은 평생을 두고 빛나고, 일생을 힘들기만 한 사람은 없다. '성공한 사람은 테마(theme: 창작이나 논의의 중심과제, 주된 내용)를 가진다.' 목표라기보다는 '테마가 있어야 노력도 방향을 가지게 되어 세월이라는 복리 이자가 붙어 성공한다.'라는 것이다.

인생에서 자기 나름의 교훈(敎訓: 가르침에 대한 깨우침)과 이정표(里程標: 어떤 일의 목적이나 기준)만이라도 제대로 지니고 있어도 인생은 결코 왜곡(歪曲: 그릇되게 함)되지는 않는다. 왜곡된 인생길은 자신의 방향을 합리화시키기 위해서 끊임없는 자책(自責)감, 또는 자만(自慢)심에서 허우적거리며 헤어 나오지 못하게 된다. 그렇지 않으려면 어떠해야 하나? 첫째, 인생에 내리막길은 피하려 하지 말고 그냥 쭉 내려가라. 발버둥 처 봐도 소용없는 일이다. 반드시 '때가 되면 오르막길이 있는 법이다.' 둘째, 절대 과욕을 부리지 마라. 반드시 무리가 따르면 문제가 생긴다. '능력범위 안에서 행(行)하라.' 셋째, 맹목적인 시기와 질투는 자기 파멸(破滅)의 길이다. 세상 살면서 '마음을 곱게 먹어라.' 그래야만 내게 복(福)이 돌아오는 법이다. 넷째, 맹목적인 믿음은 '나 자신의 영혼을 파괴 시킨다.' 대표적인 예가 사이비, 이단 종교의 꾐에 넘어가지 마라. 내 영혼뿐만 아니라 소중한 내 가정도 파괴될 수 있다. 마지막으로 과거의 크나큰 성과(成果)에 너무 집착(執着)하지 마라. 과거의 경험과 성과는 단지 '참고 자료'일 뿐이다. 미래는 전혀 다를 수 있다. 미래는 새롭게 짜야 한다. 무엇보다도 미래는 '무한 변화의 시대'이다.

우리네 인생살이는 행복보다는 불행이, 기쁨보다는 슬픔과 고통이 더 많은 법이다. 요샛말로 금수저(부유하거나 사회적 지위가 높은 가정에서 태어난 사람)로 태어난 사람보다 흙수저(부모님으로부터 경제적 도움을 받지 못하는 사람)로 태어난 사람의 경우가 훨씬 많다. 그러나 미국의 사상가 에머슨이 말한 '계속해서 햇빛이 비치면 사막이 될 뿐이다.'처럼 불행이 지나고 행복이, 슬픔과 고통이 지나면 기쁨의 크기가 더 큰 법이다. 불행할 때, 그리고 슬픔과 고통이 있을 때 '기댈 수 있는 내 주변 사람들'이 있어서 견딜 만하고, 그리고 어려운 고비를 넘길 수 있는 것이다. 무엇보다도 '내 가족, 연인, 가까운 친구나 주변 동료들의 소중함'을 잊지 않고 살아가는 생활의 지혜가 필요하다.

2

행복한 삶

행복(幸福)의 사전적 의미는 무엇일까? '생활에서 충분한 만족과 살고 있는 기쁨을 느끼는 흐뭇한 상태'라고 정의되어 있다. 그렇다면 범인(凡人: 평범한 사람)들이 생각하는 행복의 정의는 무엇일까? 저마다 그 대답은 다르며, 특히 자기 삶의 가치관에 따라 제각각 다르리라고 본다. 다만 공통적인 대답은 '정신적이며 육체적인 만족'을 행복이라고 정의 내릴 법하다.

중국의 성현 노자는 말하기를 '행복이란 원하지 않는 곳에 있느니라.'라고 했다. 이것은 아예 원하지 않는 그것이 바로 행복이라고 생각해도 되겠지만, 인간의 무한정한 욕심을 경계하며 올바른 정신으로 자기의 일생을 깨끗하고, 본분을 잊지 말며, 분수를 지키라는 뜻인 것 같다. 작자 미상의 「신과 인터뷰」라는 시에서 '행복은 선택이다. 행복은 가까운 곳에, 현재에 있다. 행복은 쟁취해서 얻는 먼 훗날의 결과물이 아니다. 더 자주 웃고 더 많이 사랑하고 남과 비교하지 않는 것, 지금 이 자리에서 숨 쉬고 생각하고 있는 그 자체 즉, 우리 존재에 감사하는 것, 이것이 행복이다'라는 말처럼 과거(past)는 역사(history)이며, 미래(future)는 수수께끼(mystery)이지만, 현재(present)는 신이 우리에게

준 선물(present)이다. (영어 present라는 단어는 형용사 '현재의, 참석한'이라는 의미와 명사 '선물'이라는 의미) '천국은 여기도 저기도 아닌 바로 지금 여기이다.' 즉 '자신이 행복해하고 삶을 즐긴다면 그것이 곧 행복이다'라는 것이다.

인간은 죽으면 한 줌의 흙이나 재로 돌아가는 것이며, 불가(佛家)에서 말하듯 '인생은 고해(苦海) (Life is the sea of trouble)'라고 하지만 결코 인생은 그렇게 무상(無常: 모든 것이 덧없음)한 것만은 아니리라. 적어도 인간이란 본래 사고력을 갖고 있는 동물이기 때문에 지(知) · 정(情) · 의(意)가 있으며 우리에게 크고, 작은 별 등의 서열(序列)은 서로 다를지 모르지만, 자신이 처한 위치에서 행복은 얼마든지 찾을 수 있는 것이다.

역사와 더불어 인간은 무한한 가능성을 향하여 움직여 왔으며 또 앞으로도 이 무한한 가능성을 향하여 움직일 것이고, 이런 까닭으로 인간이란 종족이 뿌리 깊게 존재할 것을 안다면, 어찌 함부로 깨끗하게 길러온 자기의 마음을 아무 곳에나 던질 수 있을 것인가? 티베트 금언(金言)에 '인생이란 우리가 어떻게 하느냐에 달려있다'라는 말을 마음속에 새겨봄 직하다. 인간의 행복이란 자기 마음의 소산(所産: 어떤 행위나 상황 따위에 의한 결과로 나타나는 현상)이 아닐까? 행복은 피아노 연주나 자동차 운전처럼 배울 수 있는 기술이다. 사람은 행복해지겠다고 마음먹은 만큼 행복해질 수 있다. 행복은 지금 당장 취할 수 있는 선택이다. 그러나 행복과 더불어 성공을 추구해야만 발전이 있는 것이다. 인간의 가장 중요한 신앙은 하나님 다음으로 '희망'이다. 희망이 있는 자에게는 '신념'이 있고, 신념이 있는 자에게는 '목표'가 있고, 목표가 있는 자에게는 '계획'이 있고, 계획이 있는 자에게는 '실천'이 있고, 실천이 있는 자에게는 '성공'이 있고, 성공이 있는 자에게는 '행복'이 있다. 자신의 꿈, 희망, 목표를 성취해 가는 것이 성공이다. 물론 사람마다 인생의 목적이 다르므로 성공은 달라지겠지만 성공한 자에게 있어 행복의 으뜸은 '성취감'이 아닐까, 생각한다.

일생을 '희생과 봉사'로 바친 슈바이처 박사는 '성공이 행복의 열쇠가 아니라 행복이 성공의 열쇠다'라고 말했다. 절차상의 정당성이 전제(前提)되어야 하는 것은 두말할 나위도 없지만, 인간의 삶은 수레바퀴와 같아서 직업의 성공, 건강, 가정의 화목(和睦: 서로 뜻이 맞고 정다움) 등 여러 가치가 균형을 이루어야 성공적인 삶이라고 말할 수 있다. 진정한 의미의 성공과 행복은 불가분(不可分: 떼려야 뗄 수 없음)의 관계이며 잘 어울리는 한 쌍의 동반자(同伴者)이자, 서로의 가치를 더욱 빛내는 조력자(助力者: 도와주는 사람)이다. 그러므로 행복해서 성공한 삶, 성공해서 행복한 삶, 즉 행복한 성공을 추구(追求: 목적을 이룰 때까지 뒤쫓아 구함)하는 것이 삶의 지혜인 것이다.

끝으로 명사들의 명언들을 인용하는 것으로 글을 맺는다. '모자라는 것을 채워가는 것이 행복이다.' 미국의 신문·언론, 문화적 업적과 명예, 음악적 구성에서 가장 높은 기여자로 꼽히는 자(者)에게 주는 상(賞)인 퓰리처상(Pulitzer Prize)을 수상한 미국 작가 로버트 프로스트의 말이고, '내 안에서 행복을 찾는 것은 어려운 일이다. 하지만 다른 곳에서 행복을 찾는 것은 완전히 불가능한 일이다.' 독일 철학자 아르투어 쇼펜하우어의 말이며, '삶이 지겨운가요? 당신이 마음을 다해 믿는 일에 스스로를 던져보세요. 그것을 위해 살고 목숨을 바쳐보세요. 그러면 여러분은 결코 가질 수 없으리라 믿었던 행복을 찾을 것입니다.' 미국 작가, 데일 카네기의 말이다. 영어 명언에는 '진정한 행복은 멀리 있는 것이 아니라 그것은 당신 안에 있다(True happiness does not lie far away, it is inside of you.)'와 '현재 순간에 전념하라. 현재에서 진정한 행복을 찾을 수 있다.(Commit yourself to the present moment. you can find real happiness in the present)' 그리고 '어리석은 자는 멀리서 행복을 찾고, 현명한 자는 자신의 발치에서 행복을 키워 나간다(The foolish man seeks happiness in the distance, the wise grows it under his feet)'가 있다.

3

지혜로운 삶

지혜(智慧)란 '사람, 사물, 사건이나 상황을 깊게 이해하고 깨달아서 자기 행동과 인식, 판단을 이에 맞출 수 있는 것'이다. 또한 때로는 '자신의 감정적인 반응을 통제하여 이성과 지식이 행동을 결정할 수 있게 하는 것'이기도 하다. 한마디로 '사물의 이치를 빨리 깨닫고 사물을 정확하게 처리하는 정신적 능력'으로 동의어에 통찰(洞察), 안목(眼目)이 있다. 아리스토텔레스는 그가 쓴 「형이상학」에서 지혜란 '원인을 이해하는 것'이라고 정의했는데 이 말은 '원인을 이해하는 과학이 모든 것의 출발'이라는 것이며, 고금동서(古今東西) 구별 없이 공통으로, 지혜란 '정확한 정보와 인식을 바탕으로 먼저 많은 양의 지식을 얻고 그것을 제대로 정리하여 올바른 판단을 내리는 힘'이다.

사자성어를 통한 인생의 지혜는 제행무상(諸行無常: 태어나는 것은 반드시 죽는다. 하루하루, 후회 없는 삶을 살자)과 회자정리(會者定離: 만나면 헤어짐이 세상사 법칙이요, 진리다. 인생살이는 쉼 없는 연속적인 흐름임을 깨달아야 한다)가 있고, 원증회고(怨憎會苦: 세상 살면서 미운 사람, 싫은 것, 바라지 않는 일 반드시 만나게 된다. 매사를 긍정적으로 살자)와 구부득고(求不得苦: 구하고자, 얻고자, 성공하고자. 행복하고자 하지만 세상사 내가 마음먹은 대로 다 이루어지지 않는다. 그러므로 욕심을 비워야 한다)가 있다.

인간의 지혜가 탈무드(유대인의 생활 규범)라는 경전을 낳았고, 인간의 지식이 대륙간 탄도탄을 만들어 냈다. 지식은 새롭게 날마다 발전해 가지만 지혜는 예나 지금이나 별반 차이가 없다고 유대인들은 믿어 수천 년 전에 만들어진 성서와 탈무드를 학습하여 생활 규범 및 세상살이의 지혜를 구해 왔다. 탈무드의 많은 내용에서 인생의 지혜를 구할 수 있는 몇 가지를 보면 '첫째, 그 사람의 입장에 서기 전에는 욕하거나 책망하지 말라. 둘째, 눈이 보이지 않는 것 보다 마음이 보이지 않는 쪽이 더 두렵다. 셋째, 물고기는 언제나 입으로 낚인다. 인간도 역시 입으로 걸린다. 넷째, 남들에게 범한(저지른) 자기 잘못은 큰 것으로 보고 남들에게 당한 큰 잘못은 작게 보아라. 다섯째, 반성하는 자가 서 있는 땅은 훌륭한 성자(聖者: 성인)가 있는 땅보다 거룩하다. 마지막으로, 세상에서 가장 행복한 남자는 좋은 아내를 얻은 사람이다.'가 있다.

중국의 정치 사상가였던 한비자에게서 배울 인생 지혜 몇 가지를 보면, '첫째, 세상에서 진실로부터 도망칠 수 있는 사람은 없다. 둘째, 비상한 용기 없이는 불행의 늪을 건널 수 없다. 셋째, 가장 견고한 감옥은 우리 스스로 만든다. 넷째, 좋은 일이 일어나는 데에는 시간과 인내가 필요하다. 다섯째, 같은 행동을 반복하면서 다른 결과를 기대할 수 없다. 마지막으로 만족할 줄 모르는 것보다 더 큰 재앙은 없다.'가 있다.

철학적 이념을 현실 속에서 능동적으로 구현(具現: 어떤 사실을 구체적

으로 나타냄)하고자 했던 스토아 철학의 대표인 에픽테토스는 '세상만
사가 자기 뜻대로 이루어지기를 허황되게 바라지 말고 자신의 의지와
상관없이 벌어지는 모든 현실에 뜻과 바람을 맞춰라'라는 말은 '허황
된 꿈을 버리고 현실을 직시(直視: 사물의 진실을 바로 봄)하라'는 가르침이
다. 프랑스의 인상파 화가 모네의 일생에서 배울 인생 지혜는 그의 작
품 활동에서 보여주듯 '열정, 애정 그리고 인내'였다. 오스트리아 정신
과 사회복지사이며 가족치료와 이야기 치료에 관한 글들의 작가인 화
이트는 '죽음이 두렵지 않음을 아는 순간에 삶의 방법을 알기 시작한
다.'라는 말에서 어쩌면 우리는 '노년에 이르러야 제대로 된 삶의 방법
을 알게 되는 것' 같다. 로마의 철학자 세네카가 말한 '당신의 인생이
만족한 것이라면 당신의 인생은 영원한 것이다.'라는 말에서 인생 지
혜의 으뜸은 '만족'인 것 같다. 고대 그리스 아테네의 철학자, 철학의
아버지 소크라테스는 '가장 적은 것으로도 만족하는 사람이 가장 부
유한 사람이다'라고 말했다. 꽃이 자신을 자랑하지도 남을 미워하지
도 않는 것처럼, 세상을 아름답게 살려면 꽃처럼 살아야 하고, 바람이
어떤 그물에 걸리지도 않고 험한 산도 아무 생각 없이 쉽게 오르는 것
처럼, 세상을 편안하게 살려면 바람처럼 살아야 한다. 무지개는 잡을
수 없기에 더 신비롭고, 꽃은 피었다 시들기에 더 아름다우며, 젊음은
붙들 수 없기에 더 소중하듯, 우리네 인생도 죽음이 있기에 살아있다
는 것이 더 소중한 것이다. 수천 년 인류 역사 동안 과거에 비해 오늘
날 물질문명은 현격(懸隔)하게 발전하고 발달하였지만, 인생을 살아가
는 지혜는 별다르게 차이가 없으므로, 선인(先人)들의 지혜를, 독서를

통해 교훈으로 삼아 살아가는 것이 진정한 삶의 지혜가 아닐까, 생각해 본다. 예를 들어 '승자는 눈을 밟아 길을 만들지만 패자는 눈이 녹기를 기다린다.' '가능한 한 옷을 잘 입어라. 외모는 생각보다 훨씬 중요하다.' '먼저 해야 할 일부터 손을 대고 뒤로 미룰 수 있는 것은 나중에 하라.' '겨울에 땔감을 사는 데 쓰지 않으면 안 될 돈을 여름에 놀면서 쓰지 마라.' 이 모두 탈무드에 나오는 지혜의 명언들이다. 탈무드는 '현명한 사람과 지혜로운 삶의 태도'를 갖는 지침서로 '일상의 소중함, 경청의 중요성, 실천의 힘, 자기 계발과 성장, 인간관계의 개선' 등에 큰 가르침을 준다.

끝으로 한 권의 책을 읽도록 추천한다. 중국의 시사평론가 장지엔핑이 쓴 「인생의 지혜가 담긴 111가지 이야기」로, 우리가 익히 들어서 알고 있는 인물들은 물론 다소 생소한 인물들의 일화(逸話: 세상에 알려지지 않은 흥미로운 이야기)들까지 다양한 에피소드(episode: 남에게 알려지지 않은 재미있는 이야기)와 생활의 지혜가 담겨 있다. 한국어 번역판도 나와 있다.

4

베풂의 삶

베풂이란 '남에게 돈을 주거나 일을 도와주어서 혜택을 받게 하는 것'으로 정의한다. 일반적으로 '베풂'은 남에게 물질적인 도움을 주는 것만 생각하지만 '배려와 용서'도 포함이 될 뿐만 아니라 오늘날은 '봉사'의 의미도 포함된다.

철학자이자 시인으로 유럽과 미국에서 활동한 레바논의 대표 작가인 칼릴 지브란은 '당신이 가진 것을 주는 것은 작은 일에 불과하다. 당신 자신을 내어주는 것이 진정한 베풂이다'라고 말했고, 미국의 실존 인물인 「우체부 프레드」의 저자인 마크 샌번은 '베풂은 기술이다. 그러므로 연습이 필요하다. 다른 사람과 나누지 않는다면 당신이 가진 물질적·정신적 소유물은 아무 소용 없다'라고 말했다. 유교의 기본 경전인 사서삼경(四書三經) 중 하나인 「대학(大學)」에서 돈과 인덕(人德)의 두 가지 중요성에 대해 강조한 글귀가 있다. 부윤옥 덕윤신(富潤屋 德潤身)인데, 부윤옥이란 '돈을 많이 벌면 집안을 윤택(潤澤: 살림이 넉넉함)하게 한다'라는 말이며, 덕윤신이란 '덕을 많이 베풀면 인생이 윤택하다'라는 말이다. 명리학자 조용헌 교수는 팔자(八字) 고치는 방법 다섯 가지로 '첫째, 적선(積善: 남을 돕는 것) 둘째, 명상 셋째, 명당(明堂) 잡는 일(陽宅, 陰宅) 넷째, 독서 다섯째는 지명(知名: 운명을 아는 일)' 중 적선, 베풂을 으뜸으로 꼽았다.

불가(佛家)에서도 '베풂'이나 '나눔'을 보시(布施)라는 말을 쓰는데, 부처님은 진정 행복하게 잘 살 수 있는 비결이 보시행(布施行)이라고 가르쳤다. 특히 물질적인 재물이 없어도 베풀 수 있는 일곱 가지를 가르쳤는데 첫째, 사람을 대할 때 따스하고 부드럽고 편안한 얼굴로 대하는 화안시(和顏施), 둘째, 부드럽고 친절하고 진심 어린 말로 베푸는 언시(言施), 셋째, 착하고 어진 마음으로 베푸는 심시(心施), 넷째, 사람을 대할 때 편안한 눈으로 봐주는 안시(顏施) 다섯째, 자기 몸을 이용해 베푸는 신시(身施), 여섯째, 다른 사람에게 자리를 양보해 주는 상좌시(床座施), 마지막으로, 상대방이 말하기 전에 미리 그 마음을 헤아려 베푸는 찰시(察施)로 '네가 이 일곱 가지를 행하여 습관이 붙으면 너에게 운이 저절로 따르리라'라고 가르침을 주셨다. 세속(世俗: 이 세상)적인 말로 '당대에 받는다.'라는 말이 있다. 선행(善行)을 하면 '자신이나 자식까지도 복(福)을 받는다'라는 것이며, 악행(惡行)을 하면 '해(害)를 입는다'라는 것이다. 성경에서도 '네 이웃을 네 몸같이 사랑하라'라는 구절은 '하나님은 사랑이시기에 이웃을 사랑하지 않으면 하나님을 모르는 것이다'라는 말로 이웃사랑의 대표적인 것은 '베풂'이라는 것으로 해석된다.

'남에게 주는 것이 곧 내가 받는 것'이다. 준다고 하는 것은 넉넉한 사람이 여유롭게 베푸는 것이 결코 아니다. 마음이 풍요한 사람은 비록 부족하다 할지라도, 자신의 것을 남을 위해 주는 것이다. 보통 사람들은 '나도 부족한데 다른 사람에게 줄 게 뭐가 있냐?'라고 한다. 우리는 태어나면서부터 남에게 거저 주는 것을 모른 채 자신만을 위해 살아가는 생활방식을 가질 수 있지만, 이제는 남을 배려하고 베풀지 않고 나 자신만을 위해 살 수 없는 세상이 되었다. 내가 베풀고 배려할 때 다른 사람도 나에게 베풀고 배려해 줄 것이다. 특히 사회생활에서 서로 도와주고 보살펴 주는 것은 인간관계를 원활하게 해주고, 서로를 이어주는 튼튼한 끈 역할을 해준다. 많은 이익을 취하는 것으로 기쁨을 느끼고 살아왔다면 주는 것은 손해라고 생각하기 쉽다. 그러나 남을 위해 베푼다면 대가를 받는 것보다 더 행복감을 느낄 것이다. 베풂을 실천하는 사람은 반드시 운이 좋아지는 법이다. 그것은 가장 현실적인 지혜이며, 온 세상에 행복의 빛을 드리우는 위대한 사랑의 법칙이자 자연과 생명의 고귀한 섭리다. 사랑의 섭리를 따르는 사람은 '하늘이 도와주는 법'이다.

이웃을 위해 베푸는 것은 인간 생활의 기본 책임이다. 어려움이 닥쳤을 때 누군가가 자신보다 다른 사람을 챙기며 자신의 시간이나 금전, 안전을 희생할 때 감동하게 된다. 우리는 모두 서로의 도움이 필요하다. 베풂이란 기쁨을 주고 그렇게 함으로써 기쁨을 얻는 것이다. 베풂은 무한한 풍요를 보내는 마음이며, 감사는 무한한 풍요를 받아들이는 마음이다. 그래서 주는 이나 받는 이나 서로 자기 내면의 풍요를 발견한 사람으로 우주의 기운을 얻을 수 있는 것이다. 삶의 진정한 '행복과 성장' '베풂을 실행'하는 것이 진정한 삶의 지혜 중 하나가 아닐까? 남을 위한 '봉사'도 두말할 나위가 없다.

끝으로 '베풂과 봉사', 한 단어로 '나눔'의 명언들을 인용하는 것으로 글을 맺는다. '나눔은 삶의 의미를 더한다.' 오스트리아 출신 정신과의사 빅토르 프랭클의 말이고, '나눔은 삶의 아름다움을 발견하게 한다.' 브라질의 소설가로 베스트셀러 작가인 파올로 쿠엘료의 말이며, '나눔은 서로를 연결하는 다리다.' 미국의 유명 방송인이자 배우인 오프라 윈프리의 말이다. 더불어 한 권의 책을 추천하고자 한다. '베풂 속에 진정한 삶의 행복과 성장이 있다'라는 김주수가 쓴 나와 세상을 바꾸는 지혜와 치유의 행복 우화 「베풂의 법칙」을 읽어 보기를 권한다.

5

품격, 품위 있는 삶

품격(品: 물건 '품', 품질 格: 바로 잡을 '격')이란 '사람 된 바탕과 타고난 성품' 또는 '사물 따위에 느껴지는 품위'의 의미로, 유의어에 성품, 인격, 품위가 있는데, 그중에서 품위(品位)란 '사람이 갖추어야 할 위엄(威嚴: 점잖고 엄숙함)이나 기품(氣品: 고상하고 독특한 분위기)', 또는 '사물이 지닌 고상(高尙: 품위가 있고 수준이 높음)하고 격(格)이 높은 인상'을 의미한다. '품격, 품위란 삶의 하강기(下降期: 내리막)가 찾아와도 퇴행(退行: 이전 상태로 되돌아감)하지 않을 수 있는 능력이다. 고통에 직면하면서도 무너지지 않을 수 있는 능력, 극심한 고뇌를 겪으면서도 제자리에 남아 있을 수 있는 능력은 품위를 지킬 때 완성된다.' 미국의 작가, 사상가, 정신과 의사, M. 스캇 펙의 말이다.

중국 속담에 '생선을 싼 종이에서는 비린내가 나고 향을 싼 종이에서는 향내가 난다.'라는 말이 있다. 악취를 풍길 것인지 향내를 풍길 것인지는 '자신'에게 달린 것이다. 세상에 피어 있는 꽃 중에서 아무리 향기가 좋다 해도 사람의 향기만은 못할 것이다. 그 향기는 바로 인격, 인품, 성품에서 나오는 것이다. 아무리 학벌이 좋고, 돈이 많고, 인물이 출중(出衆: 여러 사람 가운데 두드러짐)하고, 지위가 높아도 인격, 인품이 없다면 그 사람 주변은 사람들이 다가오거나 몰려왔다가도 서서히 피하고 멀어져가게 될 것이다. 무엇보다도 기분이 언짢게 되고 피하고 싶은 충동, 뭔가는 모르겠지만 불쾌하고 기분이 나쁘다. 그러므로 품격 있는 한 평생을 살아가려 한다면 무엇보다도 인격을 닦고 길러야 한다. 더불어 사람은 평생 동안 살아가면서 끊임없는 '자기훈육(訓育: 품성이나 도덕 따위를 기름)과 도정(搗精: 곡식을 찧어 알곡으로 만듦)'이 필요하다.

품격 있는 인생으로 살아간다는 것은 멋지고, 은혜로운 일이다. 그리고 그 자체만으로도 가치가 있는 것이며, 자신에게는 최고의 선물이다. 그런데 품격 있는 인생은 자신만의 색깔과 향기가 나야 한다. 자신만의 삶의 향기를 품고 있어 사람들에게 그 향기를 줄 뿐만 아니라 인생의 빛이 되어 주변을 환하게 밝혀 주기도 해야 한다. 특히 품격이라는 것은 돈으로는 살 수 없는 것이다. 품격은 자신의 굳건한 신념과 말한마디, 몸짓 하나로 지켜온 '자기다움', 그래서 남다름으로 보통 사람들에게 비치는 탁월함으로 스스로 빛이 나는 '인격의 향기'인 것이다. 그러려면 지[智: 사람의 도리(道理: 사람이 행해야 할 바른길), 시비(是非: 옳음과 그름), 선악(善惡)을 잘 판단하고 처리하는 능력], 덕(德: 도덕적 · 윤리적 이상을 실현해 나가는 인격적 능력과 남을 넓게 이해하고 받아들이는 마음이나 행동), 예[禮: 사람이 지켜야 할 도리나 예의로써 지켜야 할 규범(規範: 마땅히 따르고 지켜야 할 본보기)]를 갖추어야 하는 것이다. 이 모든 것은 타고난 성품도 있지만, 부모의 가정교육, 무엇보다도 자기 수양의 노력과 열정이 필요한 것들이다. 이것들은 결과적으로 바른 인성, 높은 도덕성, 남을 배려하고, 용서하며,

베풂과 봉사, 나누어주기를 즐겨하고, 작은 약속 하나라도 철저하게 지키려는 마음과 행동으로 세상을 살아가야 하는 것이다.

그렇다면 품격 있는 삶을 살아가기 위한 구체적인 것들에는 무엇이 있는가?

첫 번째는 순수함, 소박함과 열정 그리고 모든 일에 책임감(약속을 지키는 것 포함)과 사람 노릇 하는 삶을 살아야 한다. 두 번째는 성실하고 정직하며 매사를 지혜롭게 처리하고 한결같이 노력하는 삶을 살아야 한다. 설사 실패한다 해도 좌절하지 않고 '다시 일어서는 오뚝이가 되어야 한다.'라는 것이다. 세 번째는 누군가에게 도움을 받으면 감사해하고 보답할 줄 알아야 하며, 비도덕적이나 비정상적인 유혹을 물리칠 줄 아는 삶을 살아야 한다. 네 번째는 내게 잘못이 있으면 인정(認定)할 줄 알고 수치심을 느끼기도 하고 반성할 줄 아는 삶을 살아야 한다. 다섯 번째는 건전한 사고방식과 올바른 행동, 그리고 언어의 품격, 말을 곱게 해야 하고, 천박(淺薄: 상스러움)한 말과 행동을 하지 않는 삶을 살아야 한다. 여섯 번째는 수직이나 수평관계의 예의범절을 분별력(分別力: 종류에 따라 구별하여 가름) 있게 지킬 줄 아는 삶을 살아야 한다. 일곱 번째는 기도와 명상 그리고 독서를 통한 자기성찰과 수양으로 마음을 갈고 닦아야 한다. 여덟 번째는 용서와 화해(화해는 안 되어도 용서만이라도), 배려와 봉사, 시기와 질투보다는 칭찬과 격려를, 매사를 냉소적(冷笑的: 쌀쌀한 태도로 업신여겨 비웃는 것)이지 않고 긍정적으로 남과 비교하지 않으며, 크고 작은 일에 심각(深刻)해 하지 않을 뿐만 아니라 일희일비(一喜一悲: 한편으로 기뻐하고 한편으로는 슬퍼함)하지 않는 삶을 살아야 한다. 아홉 번째는, 풍류를 즐길 줄 알고, 자신과 만나고, 기다림의 미학을 배우는 여행의 가치를 알고 행(行)하는 삶을 살아야 한다. 열 번째는 '술을 마셔보면 그 사람을 알 수 있다'라는 말이 있다. 잘못된 술버릇은 지금까지 쌓아놓은 나의 모든 명예나 위신(威信: 위엄과 신망)을 실추(失墜: 떨어뜨리거나 잃음)시키게 된다. 자신에 맞는 주량(酒量: 견딜 수 있을 만큼 술량)의 한계를 지키는 삶을 살아야 한다. 마지막으로 '웰빙(well-being)'의 종착역, '죽음을 인식하고 사는 삶'인 '웰다잉(well-dying)'에 대해 계획하고 철저하게 사전 대비하는 삶을 살아야 한다.

끝으로 한 권의 책을 추천한다. 서울대학교 심리학과 최인철 교수가 쓴 「프레임」으로, 우리의 착각과 오류, 오만과 편견, 실수와 오해가 프레임(마음가짐: frame of mind)에 의해서 생겨남을 증명하고 그것에서 벗어나는 방법을 제시해 주어, 나와 타인을 이해하고, 더 나은 삶을 창조하는 지혜를 배우게 되어 품격 있는 삶을 영위(營爲: 일을 꾸려 나감)하는 데 큰 도움이 될 것이다.

6

성실하고 정직한 삶

성실(誠實)이란 '정성스럽고 참됨(예, 상인은 '신용과 성실'을 바탕으로 상도덕을 지켜야 한다)'의 의미이고, 유의어는 성신(誠信), 성각(誠愨), 정직이고, 반의어는 게으름, 나태(懶怠), 나타(懶惰)이며, 정직(正直)이란 '마음에 거짓이나 꾸밈이 없이 바르고 곧음(예, 아버지는 늘 '정직과 청렴결백'을 생활신조로 삼으셨다.)'의 의미이며 유의어에 진실과 성실이 있고, 반의어가 거짓이고, 결(結)이 다른 교활(狡猾: 간사하고 꾀가 많음)이 있다. 사실 '성실과 정직'은 서로 유의어에 해당한다. 영어단어 sincere는 의미가 '성실한, 정직한, 양심적인, 충실한,' 등 여러 가지 의미가 있는데, 대개는 '성실하면 정직하고' '정직하면 성실하다'라는 의미로 쓰인다. '정직한 자의 성실은 자기를 인도하나 사특한(요사스럽고 간특한) 자의 패역(도리에 어긋나고 순리를 거슬러 불순함)은 자기를 망하게 하느니라.' 성경 잠언에 나오는 말이다.

성실과 정직에 대한 생활의 지혜가 될 수 있는 사자성어와 한자어를 살펴보기로 하자. 각답실지(脚踏實地)란 다리로 실제 땅을 밟았다는 의미로, '어떤 일을 하기 위하여 발로 뛰며 현장을 확인하는 성실한 태도'를 말하며, 호시우보(虎視牛步)란 범처럼 노려보고 소처럼 걷는다는 의미로, '예리한 통찰력(洞察力: 예리한 관찰력으로 사물을 봄)으로 꿰뚫어 보며 성실하고 신중하게 행동함'을 이르는 말이다. 친구 사귐에 있어 삼익지우[三益之友: 정직, 성실, 견문(見聞: 보고 들음)이 넓은 사람과 사귀어야 득(得: 얻을 득)이 됨]와 삼손지우[三損之友: 편벽(偏僻: 생각 따위가 한쪽으로 치우쳐 있음)하고 착하기만 하고 줏대가 없으며, 말만 잘하고 성실하지 못한 벗은 손해가 됨]가 있다.

다음으로 생활의 지혜나 좌우명(座右銘: 늘 옆에 갖추어두고 가르침으로 삼는 말이나 문구)으로 삼을 만한 성실과 정직을 대표하는 명언으로 '정직과 성실을 그대의 벗으로 삼아라! 아무리 그대와 친하다 하더라도 그대의 몸에서 나온 정직과 성실만큼 그대를 돕지는 못하리라. 남의 믿음을 잃었을 때 가장 비참한 것이다. 백 권의 책보다 하나의 성실과 정직한 마음이 사람을 움직이는 힘이 더 클 것이다.' 미국의 정치가, 발명가, 저술가인 벤저민 프랭클린의 말이다.

성실의 명언으로는 '성실함은 가장 작은 사람을 가장 재능 있는 위선자보다 더 가치 있게 만든다.' 영국의 침례교 목사 찰스 스펄전의 말이고, '성실함은 우리가 생각하는 대로 말하고, 가장(假裝: 꾸밈)하고 공언(公言: 공개하여 말함)하는 대로 행하고, 우리가 약속한 것을 이행하고 실현하며, 실제로 우리가 보이고 보이는 대로 되는 것이다.' 영국의 대주교 존 틸롯슨의 말이며, '성실은 천국으로 가는 길이다.' 맹자님 말씀이다. 정직의 명언으로는 '정직만큼 부유한 유산도 없다.' 영국의 대문호 셰익스피어의 말이고, '정직을 잃은 자는 더 이상 잃을 것이 없다.' 영국의 마법사 J. 릴리의 말이며, '오래가는 행복은 정직한 것에서만 발견할 수 있다.' 독일의 물리학자 리히텐베르크의 말이다. 비슷한 말로 영국 격언 '평생을 행복하게 살려면 정직하게 살아라.'도 있다.

한 인간의 성실성과 정직성을 가장 첫 번째로 우선해야 할 경우가 언제인가?

아마도 여성이 결혼의 상대인 배우자를 선택할 때만큼이나 중요한 경우는 없을 것이다. 결혼은 인륜지대사(人倫之大事: 사람이 살아가면서 치르는 큰 행사, 종족보존을 위해 인간이 해야 할 가장 중요하고 우선순위의 일)이다. 인간의 궁극적 목적은 행복이 아닌가? 행복의 요건(要件: 필요한 조건)에는 여러 가지가 있고, 사람마다 조금씩 다르기도 하지만 가장 공통적인 첫 번째 요건, 특히 노년까지도 행복하려면 좋은 배우자 선택이 으뜸이다. 그래서 흔히들 하는 말이 배우자를 '잘 만나면 축복이고, 잘못 만나면 재앙'이라고 하지 않는가?

그렇다면 그 선택 기준은 어떤 것들이 있는가? 아내감의 선택기준 (알뜰함, 이해심과 덕, 그리고 지혜, 인정과 인간미, 마지막 가장 비중을 적게 두어야 할 인물)이고, 남편감의 선택 기준은 바로 '성실함과 정직함'이다. 그리고 덧붙여 '책임감[결혼 후에는 가족들을 부양(扶養: 생활을 돌봄)할 수 있는 생활력(生活力: 경제적인 능력)]과 약속을 잘 지키는 것'이다. 대체로 성실하면 정직하고, 책임감도 강하며 약속도 잘 지키는 법이다. 거꾸로도 마찬가지다. 약속을 잘 지키는 사람은 책임감도 강하며 성실하고 정직한 법이다. 더욱이 이런 사람이 곧 결혼생활에서 가장 중요한 생활력(경제적 능력)과도 직결(直結)된다는 것을 깨달아야 한다. 한마디로 사람은 성실과 약속을 잘 지키는 것에서부터 시작된다. 게으르고 거짓말 슬슬 해

대고 사소한 시간약속 하나도 제대로 지키지 못한다면 아무리 두뇌가 명석(明晳)하고, 학벌 좋고, 인물이 출중(出衆: 뛰어남: 여러 사람 가운데서 두드러짐)해도 우리가 흔히 말하는 '빛 좋은 개살구' '색 바랜 명품 옷' 격(格)이다. 특히 남자의 인물과 허우대(겉으로 드러난 체격, 좋은 체력)는 결혼 생활에서 결코 중요하지 않으며, 인물과 허우대만을 우선으로 하다가는 인생 낭패(狼狽: 일이 실패로 돌아가 매우 딱하게 됨)를 볼 수도 있다.

사실 결혼, 사랑도 약속이다. 시간약속 하나도 제대로 지키지 못하는 사람은 '사랑의 책임도 언제 저버릴지 모른다.'라는 것이다. 결혼 적령기 이전 연인 사이부터 정혼(定婚)자로 염두(念頭: 마음속)에 두고 사귄다면 예의(銳意: 어떤 일을 잘하려고 단단히 차리는 마음)주시(注視: 어떤 일에 온 정신을 모아 자세히 살핌)하는 삶의 지혜를 지녀야 한다. 잘못된 선택이 평생을 두고 후회와 고난(苦難), 불행의 길을 가게 된다는 것을 명심(銘心) 또 명심해야 한다.

7

자수성가

자수성가(自手成家)와 입신양명(立身揚名)의 사전적 의미는 무엇일까? 자수성가는 '물려받은 재산이 없이 스스로의 힘으로 어엿하게 한 살림을 이룩하는 일'이며, 입신양명은 '사회적으로 인정을 받고 높이 되는 다시 말해 사회적으로 기반을 닦고 출세하여 이름을 세상에 드날림'이라는 말이다. 둘 중 더 성공적 의미는 입신양명이지만 한사람 일생의 가치 면에서는 타고난 두뇌나 자질보다는 자신의 힘만으로 목표를 달성하기 위하여 노력하는 노력형 인간의 자수성가일 것이다. 자수성가란 꼭 재정적 부자가 되는 것만을 의미하는 것은 아니며, 또한 노력하는 모든 사람이 다 자수성가할 수 있다고 말할 수는 없다. 부모가 물려준 물질적인 유산은 없어도 강인한 정신력, 강건한 체력, 근검절약 정신이 있고 역경을 이겨낸 경험을 들려준 이야기나 인내심을 길러주고, 신용을 잘 지키도록 가르쳐준 간접적인 부모 교육이나 학교 교육의 효과가 필요하기도 하다. 그러나 중요한 것은 '본인 스스로 삶에서 깨달아 느끼고, 다짐하고, 행동하며 살아가는 삶의 자세가 필요하다' 하겠다.

'성공은 노력과 운이 따라야 하지만. 노력하고 있는 자에게만 운은 따르는 법'이다. '성공은 운보다는 준비된 자의 만남이다' 로마 시대 정치가, 사상가, 문학자 세네카의 말이다. 1986년 노벨문학상을 수상한 나이지리아 소잉카에게 수상 계기를 물었더니 대답하기를 '질(質), 타이밍, 운'이라고 했다. 주변 성공한 사람을 한번 자세히 지켜보면, 분명 그 사람은 보통 사람들과 다른 면이 분명히 있을 것이다. 바로 그 분야에서 성공할 수밖에 없는 장점들이 있는 것이다. 과거와 현재의 성공한 사람들의 공통점은 '시대 흐름에 따른 변화의 핵심을 짚어내고 이것에 맞는 새로운 생각과 방법이 무엇인지 냉철히 분석하여 변화의 흐름에 신속하게 대응하는 것'이다. 자연과학자인 찰스 다윈은 '이 세상에서 변치 않는 것은 모두 변한다는 그 하나밖에 없다'라고 말했다.

성공을 위해서 고려해야 할 것들에는, 목표하는 일이 첫째, 적성에 맞는가? 둘째, 돈벌이가 되겠는가? 셋째, 장래성이 있겠는가? 꼼꼼히 따져 보아야 한다. 그리고 그 분야에 대한 충분한 정보와 지식, 그리고 경험과 피나는 노력, 신용과 믿음, 배신을 멀리하고 은혜를 갚을 줄 알며, 감사하는 자세가 필요하다. 자신의 노력으로 이룬 자수성가는 아름다운 것이며 어느 누구에게도 자랑할 수 있는 바람직한 모습이라는 것은 두말할 나위도 없는 것이다. 가진 것 없이 몸 하나로 어느 한 분야에서 성공스토리를 듣거나 성공한 사람을 볼 때 우리는 분명 흥분되는 마음을 감출 수 없다.

이스라엘 속담에 '계속해서 햇빛이 비치면 사막이 만들어질 뿐이다'라는 말에서 풍족한 생활은 오히려 삶을 단조롭고 무미건조하게 할 뿐이다. '가장 위대한 인물은 가장 가난한 사람이었다.'라고 미국의 사상가이자 시인인 에머슨은 말했다. 이는 곧 빈곤은 사람을 위대하게 만든다는 것이다. 확실히 가난은 자랑은 아니나 부끄러운 것은 더더욱 아니다. '가난한 집에서 자란 아이는 부유한 가정의 아이들과 비교하여 무엇과도 바꿀 수 없는 소중한 보물을 부여받고 있다' 미국의 철강왕 앤드루 카네기의 말이다.

수많은 사람은 자신의 환경을 탓한다. 그러나 우리의 환경은 자신이 올라야 할 디딤돌이며 인생 항로의 바람이자 조수인 것이다. 노련한 선원이 바람과 조수를 이용하듯 우리 인생의 행복과 성공은 자신의 환경이 아닌 바로 나 자신에 있는 것이다. 성공을 위해서는 먼저 목표를 설정해야 한다. 그리고 문제가 생겼을 때 그 문제가 아무리 어렵고 힘들더라도 절대로 중단하지 말아야 한다. 인생의 가장 큰 영광은 결코 넘어지지 않는 데 있는 것이 아니라, 넘어질 때마다 일어서는 데 있는 것이다. 끊임없는 노력만이 성공의 보상(1954년 노벨상을 수상한 미국의 소설가 헤밍웨이는 '나는 어쩌다 성공한 것이 아니라 인고의 힘든 과정을 통해 성공에 이르렀다'라고 말했다.)이라는 다짐 아래 성실히 노력하며, 자기 불신은 실패의 가장 큰 원인이라 생각하고 매사에 자신감을 품고 생활해야 한다. '성공은 자신을 믿는 데서 비롯된다.' 인도의 시대 최대의 타자 크리켓 선수 비라트 콜리의 말이고, '성공은 자신에 대한 신뢰에서 비롯된다.' 미국의 사상가 에머슨의 말이다. 또한, 결코 남의 것을 욕심내지 아니하며, 부모나 동기간에게 의타심(依他心: 남에게 의지하는 마음)을 갖지 아니하며, 남을 무너뜨리고 일어서려는 마음보다는 스스로 일어서려는 인격을 갖추어야 한다(미국 작가 헤밍웨이는 '성공에서 중요하고 없어서는 안 될 것이 인격, 즉 품성이다'라고 말했다). 그러기 위해서는 마음속에는 큰 꿈, 원대(遠大)한 목표와 열정을, 행동에는 용기를, 어려울 때는 집념과 끈기를, 그리고 자존심이 꺾일 때는, 때로는 오기(午氣)도 가져야만 한다.

자신이 고생해서 삶을 이룩한 사람이라면 그렇지 않은 사람보다 훨씬 더 삶의 가치를 느낄 수 있다. 그러나 본래 사람 됨됨이 훌륭해도 가난해선 인생이 별로 편할 수 없으며, 사람 됨됨이 훌륭하지 않고는 물질이 아무리 풍요로워도 결코 안심자족(安心自足) 할 수 없는 것이므로 더욱더 중요한 것은 그 사람 '됨됨이'일 것이다. 노자가 가르치기를 '사람은 살면서 지족(知足: 만족할 줄 안다)하고 지지(知止: 멈출 때를 안다)할 줄 알아야 한다.'라는 것이다. 본래 인간이 조금 풍요로워지면 지난 어려웠던 시절을 망각하고 사치와 낭비, 방탕한 생활로 자기 신체까지도 망치게 되므로 그 무엇보다도 자신을 절제할 수 있어야 하겠다. 고생한 자만이 인생을 더 많이 향유할 수 있다는 말이 있다. 쌀의 소중함과 따뜻한 이부자리를 갈구해 보지 못한 자, 어찌 진정한 삶의 가치를 안다 하리오! 스스로 이루어 삶의 가치를 깨닫고, 주위에 베풀며, 자기 능력을 시험 삼아 나무 가꾸듯 꿈을 키워가는 것이 진정한 삶의 지혜이며 가치가 아닐까?

젊은이들이여!

첫째, 부모, 형제, 주변 사람들에게 의타심을 버려라.

의타심은 자기 파멸과 나태를 낳게 되는 것이리라.

나태함, 그 순간은 달콤하나 그 결과는 비참한 법이다.

둘째, 큰 꿈을 향해 노력하며 목표에 이르지 못했다고 조바심 내거나, 좌절하지 마라. 자격이나 실력을 갖추고 기다리면 기회는 반드시 오는 법이다.

아무리 짙은 안개라도 정오를 지나지 않는 법이며, 하늘에 캄캄한 암흑이나 먹구름이 끼어있어도 기다리면 밝은 태양은 뜨고, 아무리 긴 터널도 반드시 끝은 있는 법이다.

마지막으로, 목표를 설정하라.

목표를 설정하면 정보를 수집하고, 아이디어를 떠올리고, 그것을 반드시 실행하라. '성공은 실행과 실천에서 비롯된다.' 미국 작가, 잭 캔필드의 말이고, '목표를 세우고 집중하면, 성공은 자연스럽게 따라온다.' 미국의 기업인, 전기자동차 테슬라의 CEO 일론 머스크의 말이다.

목표 의식을 갖고, 생각하고 행동하면 반드시 이루어지리라.

생각은 말과 행동을 낳고, 행동은 습관을 낳으며, 습관은 운명을 만들고 성공을 낳게 되는 법이다. 인생은 단거리가 아닌, 장거리 경주로 이 세 가지를 마음속 깊이 간직하고 실행해 보아라. 지금은 빈손이지만 언젠가는 반드시 자수성가하게 되어 자랑스럽게 주변에 외칠 수 있으리라.

'난 자수성가했다!!!'

8

인생 급제를 위한 목표와 집념

급제(及第)의 사전적 의미는 역사적으로 '과거시험에 합격함'인데 오늘날에 적용하면 '시험에 합격하거나 통과 의례를 거쳐 사회적 지위를 얻게 되는 것'으로, '자신의 목표가 성취되어 성공이나 출세하는 것'을 말하는 것이다.

보통 사람들은 학교의 우등생이 사회의 낙제생이며, 학교의 낙제생이 오히려 사회의 우등생이라는 말을 한다. 이는 공부하기 싫어하는 젊은이들이 갖는 한갓 자연의 변이(變異: 예상하지 못한 사태나 괴이한 변고)라고 하겠지만, 그 나름의 진리가 담겨 있는 것 같다. 희랍의 어느 철인이 천문학에 열중하여 하늘의 별만 보고 걷다가 개울에 빠졌을 때 지나가던 노파가 '이 사람아! 자기 발밑도 못 보는 주제에 수억만 리 떨어진 별의 세계를 어떻게 알겠다고…'라고 놀렸다는 얘기가 있다. 우등생이란 어쩌면 이렇게 먼 앞날만을 바라보고 별을 쫓는 격으로 인생을 살아가다가 바로 눈앞에 있는 개울을 못 보는 경우가 있지 않을까 생각해 본다. 인간은 누구나 한 번밖에 없는 죽음을 아끼고자 하는 욕망이 있으며, 그 죽음을 얼마나 값지게 맞이할 것인가를 바라보며 공부도 하고 돈도 벌려고 한다. 옆도, 뒤도 돌아보지 않는 우등생이

때로는 사회에서는 여름밤의 부나방과 같은 낙제생이 될 수도 있지만, 눈앞에 닥친 시험을 두고도 괘념(掛念)치 않고 친구들과 함께 호연지기(浩然之氣)(?)를 기르는 그 기백(氣魄)이 급기야는 사회에서 성공의 모체(母體)가 될 수도 있는 것이다.

코일 한 가닥, 스위치 하나로 달나라에 가고 못 가고를 결정하는 각박함을 요구받는 현실 속에서 아무것도 보지 않고 그날그날의 발걸음을 반추(反芻: 되새김질)하며 생활하는 사람은 다분히 인생의 낙제생 요인을 가지고 있을 수 있지만, 그렇다고 먼 하늘만 바라보는 철학자의 아이러니를 받아들일 수는 없는 일이다. '제 나름의 주어진 삶에서 목표를 세워 집념으로 살아가는 길,' 그것이 바로 인생 급제의 길이 아닐까, 생각해 본다. 왜냐하면 목표가 있는 삶은 자유롭고 행복하며 천지 기운이 도와 자신이 설정한 목표를 달성할 수 있기 때문이다. 구체적인 예로, 스포츠 스타들의 '승리를 향한 집념은 끊임없는 노력으로 이어져 최고의 선수로 팬들에게 각인(刻印)되는 것'이다.

좋은 목표를 세우기 위해서는 자신의 삶을 스스로 설계하고 실천하며, 스스로 선택하고 책임져야 하는 것이다. 좋은 목표는 자발적이며, 주도적으로 가고 싶은 길이어야 하며, 사회적으로 되고 싶은 사람이 되어서 세상을 이롭게 하는 것이어야 한다. 또한 자기 분수에 걸맞고, 나와 남들에게 유익해야 하며, 현실적으로 실현가능해야 한다. 그런데 참되고 아름답고 좋은 목표를 세우기 위해서는 원하는 뜻대로 세우는 것이 중요하지만, 이루는 것이 더욱 중요한 것이다. 목표를 세웠으면 목표를 점검하고 평가해 보아야 하며, 주도적으로 실행하여 성취할 수 있는 목표인가, 자신의 신분을 높이고, 만족할 것인가, 가족들과 주변의 인정과 지원을 받을 수 있는가, 진선미(眞善美: 인간이 이상으로 삼는 참됨·착함·아름다움을 아울러 이르는 말)를 실현하고 행복할 수 있는가? 를 자문해 보고, 그렇다고 자신 있게 대답할 수 있다면 그 목표를 향해 몸과 마음을 바칠 가치가 있으며, 반드시 현실에서 그 목표는 이루어질 수 있는 것이다.

'나는 할 수 있다. 나는 해낸다. 나에게는 저력이 있다. 나에게는 오직 전진뿐이다. 이런 신념을 지니는 습관이 당신의 목표를 달성시킨다. 너의 길을 걸어라. 사람들이 무어라 떠들든 내버려두어라.' 이탈리아의 시인 단테의 말이다.

야망, 꿈을 실현하는 것은 남들이 보지 못하는 것을 보며, 결코 중도 포기하지 않으며, 기회 앞에서 결코 주저하지 않으며, 눈에 보이는 성공에만 몰입하지 않으며, 뚜렷한 목적을 내세우며, 보편적 가치를 위반하지 않으며, 품위가 있어야 한다. 그리고 거기에 가장 기본이 되는 것은 바로 집념(執念)이다. 재능이나 운보다 중요한 것은 그 사람의 마음과 됨됨이, 그리고 끝까지 해내고자 하는 집념이다. 집념이란 '한 가지 일에 매달려 마음과 행동을 쏟아붓는 것'으로 집념이 없으면 결코 성공은 다가오지 않는 법이다. 그런데 우리네 삶에서 끊임없이 마주하는 주제가 두 가지가 있다. 하나는 집념이고 다른 하나는 사소한 집착이다. 적은 노력이 모여 큰 변화를 만들어 내고, 포기하지 않는 강한 의지, 집념으로 목표 달성을 가능케 하지만, 때로는 사소한 일에 너무 집착하거나, 큰 그림을 놓치고 작은 일에 매몰될 수 있는 것이 곧 집착이다. 좀 더 구체적으로 말하자면 집착은 '과거에 얽매이거나 미래에 대한 불안으로 인해 현재에 집중하지 못하는 상태'를 의미하며, 특히 '사소한 것에 매달리는 것'이다. 주변에서 종종 볼 수 있는 자식에 대한 집착, 상대 배우자에 대한 집착, 이 얼마나 위험한 일인가? 사자성어에 일념통천(一念通天)이라는 말은 '한마음으로 정성을 다해 노력하면 그 뜻이 하늘에 통해 어떤 일이든 성취된다.'라는 의미이다. 자신에게 걸맞은 목표를 세워 항상 긴장하고 깨어있으면서 노력하며, 흔들리지 않는 집념으로 목표를 향해 끊임없는 노력으로 살아가는 것, 이것이 인생 급제를 위한 삶의 지혜가 아닐까, 생각한다.

끝으로 우리에게 '목표와 집념'에 대한 가장 울림을 주는 명언을 남긴 18세기 영국의 정치가 필립 도머 체스터필드의 명언을 인용하는 것으로 글을 맺는다.

'확실한 목표의 견고함은 가장 필수적인 인격의 기반 중 하나이며 성공하기 위한 최고의 도구 중 하나이다.' '목표를 끝까지 관철(貫徹: 끝까지 목적을 이룸)하고야 말겠다는 집념은 기개(氣槪: 씩씩한 기상과 꿋꿋한 절개) 있는 자의 정신을 단단히 받치고 있는 기둥이며, 성공의 최대 조건이다. 이것이 없으면 아무리 천재라고 할지라도 이리저리 방황하게 되고 헛되이 에너지만 소비할 뿐이다.'

9

함께 살아가는 '처세'

처세(處世)란 무엇인가? '남과 사귀면서 살아감, 또는 그런 일'을 의미하며, 처세술이란 '세상을 살아가는 꾀, 인간관계를 구성하는 데 있어 적의(敵意: 적대시하는 마음)를 드러내지 않고 조심스럽게 처신하여 상대로부터 불이익을 받지 않는 사회생활 기술'이다. 이 범주(範疇) 안에 처신이나 처세상이라는 말도 포함된다. 처세의 한자 뜻은 내가 세상에 위치해 있다. 또는 세상에서의 내 위치이지만, '세상을 살아가는 방법이나 수단,' 처세술을 의미하기도 한다. 즉 '한 개인이 세상 사람들과 상호작용인 사귀고 거래를 통하여 관계를 짓고 살아가는 방법이나 기술'이다. 셰익스피어의 희곡작품「리어왕」의 대사 중 '있다고 다 보여주지 말고, 안다고 다 말하지 말고, 가졌다고 다 빌려주지 말고, 들었다고 다 믿지 말 것'은 자기통제와 겸손함, 냉철함과 상대방을 향한 존중 등 상대방과 관계를 지킬 수 있는 '지혜로운 처세술'은 없을 것이다.

사실 처세라는 것은 진리보다는 '이해관계에 중점을 둔 행위'이다. 다시 말해 '실리(實利: 실제로 얻는 이익)를 추구하는 행위'인 것이다. 합리적으로 생각할 때 '싸워야 할 가치가 있고, 승산이 충분히 있어야 하며 전체적으로 얻게 되는 실이익이 충분할 때' 이 세상은 처세이며 나에

게 이득이, 구체적으로 '돈이 되느냐가 무엇보다도 중요한 것'이다. 성
공적인 자아실현을 한 사람들을 분석해 보면 대부분 '원만하고 안정된
인간관계'가 결정적인 역할을 하였다고 한다.

사자성어를 통한 처세법은 어떠한가? 견리사의(見利思義: 눈앞의 이익보
다 양심과 적법함, 그리고 의리를 생각하다) 하고 개선광정(改善匡正: 잘못은 고쳐
바르게 하다) 해야 하며, 유비무환(有備無患: 미리 준비해 두면 근심이 없다.)하
고 공명정대(公明正大: 모든 행동을 사사로움과 부끄러움 없이 떳떳하게 하다) 해
야 하며, 외유내강(外柔內剛: 표정은 부드럽게, 뜻은 분명히 하다)하고 눌언민
행(訥言敏行: 말은 생각하여 천천히 하고, 실천은 재빨리 하다) 해야 한다. 그리고
가장 중요한 것은 시불가실(時不可失: 때는 한번 가면 돌아오지 않는 법. 적당한
때, 기회를 놓치지 않는다) 해야 한다.

'온화한 말'을 들으면 옥을 지닌 듯 마음이 편안해지고 '이익이 되는
말'을 들으면 재물을 얻은 듯 마음이 든든해진다. 이익에 따라 변하는
세상을 살아가는 우리에게 인생을 깨닫고, 또 처세에 도움이 되는 것
은 '말과 행동'이다. 그렇다면 '말과 행동'의 뿌리는 무엇인가? 바로 '생
각'이다. 생각이 말과 행동을 낳으며 말과 행동이 우리의 습관을 만들
어 운명을 결정짓게 돼 성공과 실패로 갈라지게 되는 법이다. '좋은 음
식이라도 소금으로 간을 맞추지 않으면 그 맛을 잃고 만다. 모든 말과
행동도 음식과 같이 간을 맞춰야 한다. 음식을 먹기 전에 간을 보듯이
말과 행동을 시작하기 전에 먼저 생각하라. 생각은 인생의 소금이다.'
영국의 소설가, 정치가 에드워드 조지 얼리튼의 말이다. 또한 중국 후
한 말 재상(宰相) 제갈공명은 '과장되거나 흥분하지 않고 차분하게 말

하는 것은 좋은 품격이요, 훌륭한 인격이다'라고 말했고 중국의 작가, 문학평론가 린위탕(林語堂) 박사의 '무엇을 아끼고 무엇을 버릴까를 바로 알아서 행동하면 현명한 사람이다. 그리고 언제나 행동이 분명하면 누구에게나 존경을 받을 수 있다. 그 때문에 모든 사람은 행동을 바르게 하도록 노력해야 한다.'라는 말처럼 '말과 행동'이 처세에 미치는 영향이 얼마나 중요한지 시사(示唆)하는 바가 크다.

세상을 제대로 살아가려면 빠른 걸음보다는 '바른걸음'으로, 사치하는 삶보다는 '가치 있는 삶'을, 자만(自慢)보다는 '낭만(浪漫: 정서적·이성적으로 인생을 대함)'으로 살아가야 하고, 또한 이 세 가지 '관계'를 잘 처리해야 한다. '우선 사람과 대 자연의 관계이며, 다음으로 사람 사이의 관계이고, 마지막으로 사상과 감정의 모순 및 평형의 관계이다.' 이 세 가지 관계를 잘 처리한다면 우리네 삶은 즐거울 수 있지만, 그렇지 않으면 고달픈 법이다. 그런데 이 세 가지 중 두 번째인 사람과의 관계에서 처세가 필요하다. 그렇다면 최고의 처세는 무엇인가? 바로 '정직'이다. 스페인 문학 역사상 가장 위대한 소설 「돈키호테」를 쓴 미겔 데 세르반테스는 '정직만큼 풍요로운 재산은 없으며 사회생활에서 최소한의 도덕률은 없다. 정직한 사람은 신이 만든 최상의 작품이기 때문에 하늘은 정직한 사람을 도울 수밖에 없다'라고 말했다. 세상을 살아가는 필수요건의 자세에는 '성실, 정직, 그리고 지혜로운 삶'인데, 그중에서도 '정직'이야말로 대인관계, 처세에서 가장 우선이고, 우선으로 해야 할 생활의 지혜인 것이다.

예(먼 과거)부터 처세술에 능한 자들은 실제 가진 능력이나 재주가 어떻든 간에 출세가 빠르거나, 정치판에서 목숨을 잘 보존한다고 여겨졌기 때문에 유사(有史: 역사 기록이 남아 있는 옛날) 이래로 처세술에 관련된 서적이나 가르침 등은 대단히 많았다. 물론 현대에 들어와서도 처세술에 관련된 서적이나 연구는 끊임이 없다. 특히 자기계발(自己啓發)서에서 많이 다루어지고 있는데, 두 권의 책을 추천하는 것으로 글을 맺는다. 한 권은 중국 명말(明末) 홍자성의 어록(語錄) 「채근담」으로 전집(前集) 222조는 사람들과 사귀고 직무를 처리하던 시절, 후집(後集) 134조는 은퇴 후를 말한 것으로 합계 356조는 비록 단문(短文)이지만 대구(對句)를 많이 쓴 미문(美文)들로 구성되어 있다. 다른 한 권은 르네상스 시기의 대표적인 역사가 귀차르다니가 쓴 「처세의 지혜」로, '세상을 보는 지혜와 처세의 가르침'을 배울 수 있다. 비록 고서(古書)들이지만 현대를 살아가는 우리들에게도 적합한 삶의 지침서이다. 우리말 번역본도 출간되어 나와 있으니, 필히 읽고 지혜로 삼을 것을 권고(勸告)하는 바이다.

10

생각과 행동

생각의 사전적 의미는 몇 가지가 있는데 첫째, '사물을 헤아리고 판단하는 작용'(예, 올바른 '생각'), 둘째, '어떤 사람이나 일 따위에 대한 기억'(예, 고향 '생각') 마지막으로 '어떤 일을 하고 싶어 하거나 관심을 두거나, 또는 그런 일'(예, 우리 수영장 가려는데 너도 '생각'이 있으면 같이 가자) 등이다.

생각이란 어떤 문제의 결론을 얻기 위해서 행하는 모든 관념(觀念: 어떤 일에 대하여 가지는 생각이나 견해)의 과정, 다른 뜻으로는 헤아리고, 판단하고 인식하는 것 등의 정신적 작용, 다른 말로 사유(思惟: 대상을 두루두루 생각하는 일), 사고(思考)라고 하며, 생각하는 힘, 다시 말해 사고할 수 있는 능력을 사고력이라고 하고, 이 같은 힘은 일상의 크고 작은 문제나 대화를 주고받는 경우부터 시험이나 면접 같은 것까지 주어진 상황에 만족하는 결과나 해법을 얻기 위해 평생 동안 우리 모두에게 요구되는 것이다.

행동(行動)에는 '반사(反射) · 주성(走性: 생물이 외부의 자극에 대한 방향성) · 본능(本能) · 의지동작(意志動作)' 등이 있다. 여기서 반사는 국부(局部: 전체 가운데 한 부분, 국소)적 자극으로 발달하여 생기는 반응이며, 자극과 반응과의 결합 관계가 직접적이고, 반응은 수동적으로 일어나는 것이다. 주성이란 곤충이 불을 향하여 달려드는 것과 같은 행동이고, 본능은 생득적(生得的: 타고난) 행동에 속하는 것이며, 의지동작은 동기가 의식되고 동기의 성립에 대해서는 자아의 선택, 결정적 작용이 첨가되는 것이다.

생각은 마음, 행동, 말, 그리고 글과 서로 동일 연장선(線上)에 있다. 그런데 생각과 마음, 말과 글 그리고 행동을 움직이게 하는 주된 요인의 주체는 바로 나 '자신'이다. 마음과 생각의 미묘(微妙)한 차이는 무엇인가? 예를 들어 '마음은 빵을 먹고 싶은데 생각은 몸에 좋지 않으니 먹지 말아야 한다.'라는 것이다. 마음은 본능적이라서 마음 가는 대로 에너지를 발생시키는 모체(母體)이고 교육받은 지식, 생각으로 통제 조절하려는 행위가 바로 사회적인 동물, 바로 우리 인간이다. 생각대로 한다는 것은 자율 의지에 따라 인간은 마음을 활용해 동물도, 인간도 될 수 있는 것이다. 바로 마음은 본능에서 통제가 잘 안되는 것이고, 생각은 의지가 개입되는 것이다.

그렇다면 말과 글 그리고 행동은 어떠한가? 마음과 생각이 글이나 말로 표현되고 행동으로 나타나는 것이다. 언어(말과 글)로 많은 것들을 표현할 수는 있지만, 실제로 무엇인가를 보여주고 나타내는 것은 행동이다. 한마디로 백 마디의 말이나 글보다는 의미 있는 한 가지 행동이 훨씬 중요하다. 또한 말과 글 그리고 행동이 일치해야 하는 것은 우리 인간 생활에서 처세의 으뜸 중 하나라는 것은 두말할 나위가 없다. 특히 인간이 세상을 살아가는 데에는 상대를 평가할 때 말로 측정하게 되는데, '고운 말을 하는 사람은 얼굴빛이 결코 사납지 않으며, 바른말을 하는 사람은 결코 눈빛이 어지럽지 않으며, 올바른 말을 하는 사람은 결코 일상이 흐트러지지 않는 법이다.'

인간의 모든 생활, 활동은 생각에서부터 시작이 된다. 생각의 근원은 무엇인가? 자신이 보고 경험한 것을 생각하게 되는 것이다. 일상생활 중 주변에서 보고 들은 환경적 요소에서, 독서를 통해서, TV 시청을 통해서, 요즘 같으면 인터넷이나 유튜브를 통해서, 하다 못하면 꿈속에서 보거나 경험한 것을 생각하게 되는 것이다. 그러면 이것들 중 가장 중요한 생각에 미치는 영향이 큰 것은 무엇인가? 물론 일상의 환경적 영향도 중요하지만, 개인 차원에서 으뜸은 '독서'이다. 그렇다면 독서의 중요성은 무엇인가? 첫째는 인성이 발달하며 시야가 넓어지고, 사고력이 길러지며, 둘째는 공부하는 학생에게는 성적향상에 직 · 간접적 영향을 미치며, 마지막으로는 마음의 위안과 때론 고민을 해결시켜주기도 한다. 여기서 말하는 독서란 바로 양서(良書: 내용이 교훈적이거나 건전하고 유익한 책)를 말하는 것이다. 역(逆)으로 말하자면, 불량도서(不良圖書: 색정적이거나 부도덕한 내용, 폭력적인 내용), 비현실적 판타지 소설 같은 경우는 인간의 생각과 정신세계를 피폐(疲弊)하게 할 뿐만 아니라 말과 행동에도 직접적인 영향을 미치게 되어 거칠고, 이해할 수 없을 정도로 기괴(奇怪)하다.

생각과 행동이 중요한 이유는 무엇인가? 생각은 우리의 삶을 형성하는 중요한 요소이다. 어떤 꿈을 꾸고 어떤 목표를 설정하느냐에 따라 우리의 삶은 달라질 수 있다. 그러나 생각만으로는 아무것도 이룰 수가 없다. 성공한 모든 사람은 '생각을 행동으로 옮긴 사람들'이다. 그리고 행동은 '결과를 만들어내는 힘'이다. 행동 없이는 어떠한 결과도 기대할 수 없다. 단순히 원하는 목표를 단순히 마음속으로 그리는 것만으로는 변화가 일어나지 않는다. 작은 행동이라도 실천하면 경험이 쌓이고 쌓여 자신감을 높이게 된다. 자신감은 더 큰 도전을 받아들이는 기반(基盤: 기본이 되는 토대)이 되며, 무엇보다도 '행동이 습관이 되고, 습관은 우리의 운명이 되어 성공에 이르게 되는 것'이다.

끝으로 영어속담에 '건전한 정신에 건전한 육체(Sound mind, sound body)'라는 말이 있다. 한 인간이 건전한 정신, 다시 말해 '건전한 생각이나 사고방식'을 갖고 살아가는 것, 이 또한 건강한 육체 못지않게 중요하다. 그런데 이 모든 것은 어찌 보면 부모의 세심한 관심, 관찰 그리고 지도, 교육이 절대적으로 필요하다. 왜냐하면 커나가는 아이들, 자녀들은 개인적인 면에서는 부모 최후의 보루(堡壘: 지켜야 할 대상을 비유적으로 표현)이며, 국가적인 면에서는 미래 우리나라의 동량지재(棟梁之材: 기둥이 될 만한 인재)들이기 때문이다.

11

습관과 운명

습관(習慣)과 운명(運命)의 사전적 의미는, 습관이란 '어떤 행동을 오랫동안 되풀이하는 과정에서 저절로 익혀지는 생활 방식' '학습된 행위가 되풀이되어 발생하는 비교적 고정(固定)된 반응 양식' '오랫동안 되풀이되어 몸에 익은 채로 굳어진 개인적 행동' '학습으로 후천적으로 획득되어 되풀이함에 따라 고정화된 반응 양식'이고, 관습(慣習)은 '어떤 한 사회에서 오랫동안 지켜 내려와 구성원들이 인정하는 질서나 풍습'을 말하는 것으로, 습관은 개인적, 관습은 사회적 의미이다. 우리나라 속담에 '세 살 버릇 여든까지 간다.'의 버릇은 습관의 순수 우리말이다. 프랑스 사상가 장 자크 루소는 '사람은 진화하는 동물이며 습관의 집합체'라고 말했다.

운명이란 '인간을 포함한 모든 것을 지배하는 초인간적인 힘, 또는 그것에 의하여 이미 정해져 있는 목숨이나 처지' '앞으로의 생사(生死)나 존망(存亡)에 관한 처지'이다. 그렇다면 운명과 숙명(宿命: 타고난 운명, 피할 수 없는 운명)의 차이는 무엇인가? 운명이 '무엇인가를 만나고 관계를 맺고 이루고, 하는 것'이라면 숙명은 '누군가를 지키거나 무엇인가를 꼭 해야 하는 것'이다. 부부간의 만남이 운명이라면, 부모 자식의 만남은 숙명이다. 한 마디로 운명은 내 선택에 따라 달라질 수 있지만, 숙명은 내 선택과 상관없이 다가오는 것이다.

프랑스의 수학자이자 철학자 파스칼이 쓴 팡세(pensees: '생각'이라는 의미)에서 말한 '습관은 제2의 천성'으로 버릇, 습관이 성격, 가치관이 되어 운명, 길흉화복(吉凶禍福)을 결정짓게 되는 것으로, 한 개인에게는 그 무엇보다도 중요한 것이다. 그러므로 건전한 사고방식과 생각, 올바르고 도(道)를 넘지 않는 말 한마디와 행동은 평소 신중하고 또 신중해야 하며, 혹여 지나간 뒤에라도 '실수나 잘못이 있다면 반성하고, 고쳐나가고, 반복하지 않겠다는 다짐'이 필요하다. 좀 더 구체적으로 살펴보면 기본적으로 한 인간의 마음과 생각이 말과 행동으로, 그리고 습관이 되고, 성격이 되어 운명이 되는 것이다. '천성(天性)은 별반(別般) 변(變)하지 않고 비슷하지만, 습관은 성장할수록 달라진다.' 논어(論語)에 나오는 말이다. 평소 매사를 부정하고, 냉소하고, 비관하기를 습관화하게 되면 자신의 삶은 우울하고, 인상은 어둡고, 스트레스와 불안 속에 사는 운명이 되고, 매사를 긍정적으로 보고 타인에게 관대하고 배려하는 마음으로 살게 되면 자신의 삶은 자신감이 넘쳐나 영감과 아이디어가 떠오르는 '활기찬 운명'이 되는 것이다. 한 인간의 마음과 생각이 군자(君子)도, 소인배(小人輩)도 되게 하는 것이다. '군자는 마음이 평탄하고 너그러우며, 소인의 마음은 항상 근심에 차 있다.' 공자님의 말씀이다. 사자성어에 습속이성(習俗移性)이란 '습관과 풍속이 끝내 그 사람의 성질을 바꾸어 놓는다.'라는 말이며, '습여성성(習與性成)'이라는 말은 '습관이 오래되면 마침내 천성이 된다.'라는 말이다.

일본 에도시대 명리학의 대가이자 관상학의 아버지라 불리는 미즈노 남보쿠는 개운법(開運法)으로 '매일 매일의 생각과 행동이 내 운명을 결정한다. 만물을 소중하게 대하지 않고 하찮게 대하면 자신 또한 만물로부터 같은 취급을 받게 된다. 사람들은 복(福)을 갖고 태어난다고 믿지만 스스로 쌓은 덕이 복이 되어 돌아오는 것이다. 자신의 운명은 매일 자신이 행동하는 바에 따라 그대로 나타난다.'라고 말했다. 그렇다. 운명은 고정되어 있지 않고 살아 움직여 변하는 것이다. '운명의 길흉(吉凶)은 자신의 정성에 따라 변하는 것이다. 어떻게 마음먹고 어떻게 행동하느냐에 따라 관상과 운명이 달라지는 것이다. 그러므로 운명을 묻기보다는 어떻게 살아가야 하는가를 물어야 하는 것이다.' 미국의 심리학자이자 철학자로 '의식의 흐름(stream of consciousness)'이라는 용어를 처음 쓴 윌리엄 제임스는 '같은 생각을 여러 번 반복하면 습관으로 굳어 버린다. 성격도 생각하는 방향으로 바뀐다. 그러니 생각을 원하는 방향으로 바꾸고 그 상태를 유지해 새로운 습관을 들여라.'라고 말했다.

'생각은 말이 되고, 말은 행동이 되며, 행동은 습관이 된다. 습관은 성격, 인격이 되고, 성격, 인격은 바로 운명이 된다.' 영국의 철의 여인이었던 대처 총리의 말이다. 운명이라는 것은 선천적이면서도 후천적 요인이 있어 딱히 뭐라 꼬집어서 말하기는 어렵다. 그러나 운명은 나 자신이 어떤 힘을 작용하느냐가 곧 나를 변화시킨다는 것이다. 한마디로 '나의 운명도 내가 어떻게 하느냐?'에 달려 있다. '운명은 곧 나 하기에 달려 있다'라는 것이다.

부처님은 '현재의 마음(心)'에 살라고 가르침을 주셨다. '과거는 이미 지나간 일로 과거의 회한(悔恨: 뉘우치고 한탄함)이나 후회에 살지 말고, 미래는 아직 도래(到來)하지 않았으므로 미래에 대한 걱정과 근심을 미리 가지지 말라'라고 말씀하셨다. '전생을 보려면 현재의 모습을 보아야 하듯 미래를 보려면 현재의 자기 모습을 보면 된다.'라는 것이다. 현재 우리가 무엇이든 간에 그것은 우리 과거의 생각과 행동의 결과이며, 미래의 우리가 무엇이든 간에 그것은 현재 우리의 생각과 행동의 결과가 되는 것이다. 한마디로, 과거의 행동이 현재 상태를 결정하고, 현재의 생각과 행동이 미래를 결정하는 것이다. 그리고 오늘의 올바른 생각과 행동이 일상에서 반복되다 보면 습관이 되는 것이다. 좋은 습관은 계속 이어나가야 하지만 잘못된 습관, 나쁜 습관은 바꾸어 나가야 한다. 왜냐하면 '좋은 습관은 좋은 운명을 맞이하지만, 나쁜 습관은 나쁜 운명을 맞이하게 되기 때문이다.' 미래지향적 사람이라면 오늘, 지금 하는 생각, 말, 행동, 그리고 습관 하나하나를 결코 가볍게 여겨서는 안 되는 것이다.

12

성공과 실패

성공(成功)과 실패(失敗)의 사전적 의미는 무엇인가? 성공이란 '목적한 바를 이루거나 사회적인 지위를 얻는 것'으로 '스스로 목표한 일을 성취함, 특히 사람들이 열망하는 목표를 이뤄낸 상태'이며, 실패란 '어떠한 일을 이루지 못한 것' '어떤 행위의 결과가 바람직하지 않거나 기대하지 않은 것이 되는 것'이다.

성공한 사람과 실패한 사람의 태도(자세)는 어떠한가? 성공을 위해서는 자신이 하는 일이 제대로 진행되고 있는지 끊임없이 생각하고 검증(檢證)해 나가며 어떻게 하면 자신의 목표를 달성할 수 있는지 끊임없이 시도하고 고민해야 한다. 그 결과 중도(中道)에 어려움에 봉착(逢着: 어떤 처지나 상황에 부닥침)하더라도, 헤쳐 나가며 자신이 하고자 하는 목표를 달성하게 된다. 그러나 실패자들은 자신의 목표에 대한 난관(難關: 일을 해 나가기 어려운 고비)만 바라보고 예상되는 어려움, 부정적인 측면이 너무 많다는 생각에 제대로 시도도 해보기 전에 포기하거나, 아니면 일을 하면서도 의도적으로 열심히 하는 척만 하지, 일의 내용 면에서는 성의 없이 하다 보니 결국은 실패하게 되는 것이다. 그리고 실패하게 되면 '나는 할 만큼 했다!'라고 하거나 '여건이 안 좋았다!'

등 자기 합리화나 변명만을 늘어놓는다. 결국 성공과 실패는 '자신이 목표로 하는 일에 대한 태도, 자세'이다. 중간에, 난관에 봉착했을 때도 자신의 에너지를 집중해 최선을 다하는 사람은 문제들을 해결하고 성공할 것이며, 그 난관이 귀찮고 대충 넘어가려 하는 사람은 해결보다는 핑곗거리를 만들기에만 여념(餘念)이 없을 것이며, 결국은 일에 열성과 정성이 없으니 실패하고 말 것이다.

단적(端的: 곧 바르고 명백함)으로 말하면 '성공과 실패는 습관'이다. 한 번의 성공이 하는 일마다 성공하는 습관이 될 수도 있고, 한 번의 실패가 습관적으로 실패가 되기도 하는 것이다. 그래서 어떤 사람은 하는 일마다 성공하고, 또는 하는 일마다 실패하는 사람이 있다. 또한 성공과 실패의 원인도 동일한 요소에 대한 서로 다른 태도, 자세에 있다. 목표설정에 대한 자세, 시간 관리와 활용에 대한 자세, 책임 소재에 대한 자세, 인간관계에 대한 자세, 행동에 대한 자세에서 극명(克明: 매우 분명함)하게 엇갈리게 되는 것이다. 그렇다면 성공한 사람들의 남다른 특징은 무엇인가? 긍정적인 사고방식, 꾸준함과 사전 대비, 자기 성찰, 창의적인 안목, 효율적인 시간활용, 그리고 실현 가능한 목표설정과 강한 집념을 가진 사람이다. 또한 아이디어를 떠올리고, 정보를 수집하여, 무엇보다도, 반드시 실행에 옮기는 실행력이 남다른 사람이다.

목표하는 일에 성공하기 위해서는 3·3·3력(力)이 필요하다. 첫째로, 표현력, 친화력, 협동력(심), 둘째로 인성, 실력과 능력, 학력과 학벌, 마지막으로 성실, 정직(청렴), 지혜로워야 한다. 여기서 각각 하나씩 중요한 3력(力)으로 줄인다면 표현력, 인성 그리고 지혜이다. 그렇다면 줄여진 3력(力)에 해당하는 공통적인 기본, 뿌리는 무엇인가? 바로 독서이다. 독서는 어려서부터 습관이 되어야 한다. 바로 부모에게 상당 부분 책임이 있는 것이다. 먼저 표현력이란 무엇인가? 말 잘하고 글 잘 쓰는 것이다. 무엇보다도 어휘력이 풍부해야 한다. 말과 글에서 적재적소에 맞는 용어를 선택해야 한다. 핵심(정곡)을 찌르는 말과 글, 논리정연한 말과 글, 설득력 있는 말과 글, 그리고 때로는 적절한 비유나 인용의 말과 글이어야 한다. 다음은 인성으로, 보통 하는 말로 '싸가지'는 어떠한가? 당연히 집안 내림, 가정교육, 그리고 학교 교육에서 비롯되기도 하지만, 바로 독서의 힘에서 비롯된다. 무한경쟁시대인 오늘날 인성은 '경쟁력'이다. 그리고 처세술이기도 하다. 독서를 통해 세상 살아가는 방법을 터득하고 실천해 가야 하는 것이다. 마지막으로 지혜는 어떠한가? 지혜(知慧)란 '사물의 이치를 빨리 깨닫고 사물을 정확하게 처리하는 정신적 능력'이다. 사회생활에서, 때론 줄 잘서고, 눈치 빠르게 일 처리나 상황 파악, 그리고 나름대로 선견지명(先見之明: 어떤 일이 일어나기 전에 미리 앞을 내다보고 아는 지혜)이 필요하다. 영어 표현에 '남자는 지(智), 여자는 정(情) 그리고 저 깊은 바다에는 진주가'(Men are wise, women are affectionate, and pearls are deep in the sea.)는 '바닷속 깊은 곳에 있는 보석 진주처럼, 특히 남자는 지혜가 있어야 하고, 여자는 따뜻한 정이 있어야 한다.'라는 말이다. 오늘날 젊은이들은 빠른 속도를 즐기지만, 느린 철학을 이해해야 한다. 느린 철학을 배우는 보고(寶庫: 귀중한 물건을 두는 창고)는 책이다. 남녀노소를 불문하고 모두 배움에서 지혜를 얻어야 한다. 그래야만 정체되지 않는 법이다. 가난을 벗어나는 방법, 무지와 착각에서 벗어나는 유일한 방법, 모두 배움이다. 배움은 '지식의 근육을 키우는 가장 확실하고 현명한 방법'이고, 책은 '지혜를 얻는 보물창고'이다.

그런데 우리에게는 성공도 있지만 실패도 있는 법이다. 그렇다면 실패는 우리가 어떻게 받아들이고 대처(對處)해야 하는가? 미국의 자동차왕 헨리 포드의 '실패는 사람에게 다시 시작할 기회를 제공한다. 더 현명하게 말이다'에서 실패를 통해 배우는 것이 인생에서 매우 중요하다. 실패를 통해 성공 방법을 깨우쳐 새롭게 도전하는 정신이야말로 이 세상 그 어느 것보다도 숭고(崇高)하고 값진 것이다. 인생의 영광은 실패하지 않는 것이 아니라 실패할 때마다 일어서는 '오뚝이' 정신이다. 실패를 있는 그대로 받아들이고 인정하는 자세야말로 어두운 과거로부터 해방되고 밝은 미래를 준비할 수 있는 것이다. 실패는 곧 호사(好事: 좋은 일)이며, 성공의 가능성을 재확인 시켜주는 기회로 여겨야 한다. 성공할 때까지 해 나간다면 실패는 내 사전에는 없는 용어가 될 것이다.

13

성공을 위한 끼, 꼴, 깡, 끈

성공(成功)이란, '목적한 바를 이룸, 뜻을 이룸'이고, 목적(目的)이란 '실현(實現: 꿈, 기대를 실제로 이룸)하려고 하는 일이나 나아가는 방향'을 의미한다.

성공의 유의어에는 '공성(功成), 득공(得功), 대성(大成)'이 있으며, 목적의 유의어에는 '고지(高地), 대상(對象)'이다. 그리고 반의어는 실패(失敗)이고 성공과 실패를 성패(成敗)라고 한다. 성공은 '스스로 목표한 일을 성취하거나 수많은 사람이 열망하는 목표를 이뤄낸 상태'로 그 주체가 두 개인데, 하나는 사회적으로 높은 지위이고, 다른 하나는 부(富)를 쌓는 것으로, 예를 들어 국내·외의 위대한 정치가나 기업가 등이 되는 것이다. 세계적으로 이름난 정치가나 사업가들은 저마다의 '성공 비결'을 가지고 있으며, 한 개인의 '인생 관리'를 얼마나 잘하느냐에 따라 성공이냐, 실패냐가 결정되고, 인생은 '성공'도 있고 '실패'도 있으며, '시행착오(試行錯誤)', 그리고 '흥망성쇠(興亡盛衰)'도 있는 법이다.

성공에 관한 명언들은 수없이 많다. 상황에 맞는 명언들을 알아두면 힘들며 지치고, 때로는 포기하고 싶을 때, 다시 한번 동기부여(動機

附興)가 되어 큰 힘이 되는 법이다. '성공을 확신하는 것이 성공으로 가는 첫걸음이다.' 미국의 발명왕 토머스 에디슨의 말이고 '삶에 필요한 것은 자신감이다. 그렇다면 성공은 확실하다.'「톰 소여의 모험」을 쓴 미국 문학의 아버지 마크 트웨인의 말이며, '자신(自信)은 성공의 제1 비결이다.' 미국의 사상가 에머슨의 말로, 성공에 대한 '확신에 찬 자신감'의 중요성을 말한 것이다. '도중에 포기하지 말라. 망설이지 말라. 최후의 성공을 거둘 때까지 밀고 나가라.' 미국의 자동차의 왕 헨리 포드의 말로 성공을 위한 '목표에 대한 집념(執念)을 강조'한 것이다. 영어속담에도 '노력하고 앞으로 나아가야 한다. 당신의 꿈을 위해 계속 노력하고 절대 포기하지 마라(You need to strive and push forward. Keep going for your dreams and never give up.)'가 있다. '성공은 수고의 대가(代價)라는 것을 기억하라.'라는 고대 그리스의 시인 소포클레스의 말로, 성공하고자 하는 사람은 '근면, 성실, 노력해야 함'을 강조한 것이다.

'성공의 비결을 묻지 마라. 해야 할 일 하나하나에 전력(全力)을 다하라.' 미국의 실업가 워너 메이커의 말이고, "성공의 비결을 하나 소개하면 '집중'하는 것이다. 성공한 사람들은 중요한 것부터 먼저하고 한 번에 한 가지 일만 한다." 미국의 경영학자 피터 드러커의 말이다. 속담에 '십 년 적공(積功: 많은 공을 들임)이면 한 가지 성공을 한다.'라는 말은 '무슨 일이든지 오랫동안 꾸준히 노력하면 마침내는 성공하게 된다.'라는 말이며, 사자성어에 '일심정도(一心精到) 기불성공(豈不成功)'은 '한 마음으로 정진(精進: 열심히 노력함)하면 어찌 성공을 못하겠느냐'라는 의미로 '끊임없는 노력'을 강조한 명언이다.

그렇다면 성공을 위한 끼, 꼴, 깡, 끈은 무엇이며 왜 필요하고 중요한가?

끼란 재능, 소질(素質)로, 우리가 흔히 '달란트(각자가 '타고난 자질'을 비유적으로 의미함)'라고 하는 것으로, 넷 중 으뜸으로 가장 중요하다. 한 예로 예술가들의 성공 여부는 바로 '끼'에서 판가름 난다고 해도 과언(誇言)은 아니다. 끼가 없다면 '취미' 정도로 해야 하지, 결코 '전공이나 평생직업'으로 선택해서는 안 되는 것이다. 또 다른 한 예로 오늘날 학생들의 교육 현장인 인강(인터넷 강의)이나 오프라인 강의에서도 학벌이 좋고 실력이 좋아도, 다소 부족해도 끼 넘치는 교사나 강사들의 인기도를 따라잡기가 쉽지 않다. 바로 '끼'가 없다면 노력한다 해도 '한계'에 부딪치게 되는 것이다.

꼴이란 사람의 모양이나 행태[行態: 행동하는 양상(樣相: 생김새, 모습)]로 특색 있는 교육이라고도 하며 '자기만의 색깔', 자신의 장점에 개성을 더하여 계발(啓發: 슬기ㆍ재능 따위를 일깨워 발전시킴) 및 개발(開發: 지식이나 소질 등이 더 나아지도록 이끄는 것)되어야 한다. 그런데 여기에는 외형적인 면뿐만 아니라 내면적인 면도 중요하다. 분위기에 걸맞고 단정한 옷차림, 깔끔한 외모, 그리고 자신감 있고 유창한 언변(言辯: 말재주), 무엇보다도 올바른 가치관과 품성, 즉 '어떤 인성을 지녔느냐'가 중요하며, 더불어 주변 사람과 원만한 유대관계, 친화력과 배려심, 협동심 등 처세술(處世術)도 큰 몫을 하게 되는 것이다.

깡이란 악착같이 목표에 도달할 때까지 버티어 나가는 기질(氣質)로, 뒤로 물러날 길이 없다는 각오로 전진하는 '적극적인 삶의 자세'이다.

긍정적인 사고방식, 강한 신념과 집념, 설령 실패해도 실망하거나 좌절하지 않고 다시 일어서는 '오뚝이' 기질(氣質)이 있어야 하는 것이다.

끈이란 연(緣)줄(인연이 닿는 길)이라는 의미로 인맥(人脈)이라고도 하며, 자신의 꿈과 목표에 맞추어 인적 네트워크를 잘 관리하고 쌓아나가야 하는데. 사회생활을 하다 보면 연줄, 인맥이 결정적 역할을 하는 경우도 있다. 어떤 한 사람을 평가할 때 '누가 추천했는지?'가 중요한 판단 기준이 되기도 한다.

우리는 왜 성공하려 하는가, 그러려면 어떻게 해야 하나?

바로 행복한 삶을 영위(營爲)하기 위해서이다. 그렇기 때문에 열심히 공부도 하고, 일도 하고, 무엇보다도 돈 많이 벌고, 사회적으로 출세도 해 성공하려고 온갖 노력을 하는 것이다. 그런데 이런 노력에 근본이 되는 세 가지가 있다. 첫째는 '아이디어'를 떠올리고, 둘째는 거기에 맞는 '정보를 수집'하여 '종합 분석'해야 하고, 마지막으로는 반드시 그것을 '실행(實行)'에 옮겨야 하는 것이다. 바로 자신의 성공, 목표 달성을 위해 이 세 가지를 적용(適用: 알맞게 이용하거나 맞추어 씀)함과 실천에 옮기는 것이 성공을 위한 '삶의 지혜' 중 하나이다.

14

신념과 집념

신념(信念)이란 '굳게 믿는 마음'으로 유의어에 소신(所信), 믿음, 신심(信心: 옳다고 믿는 마음, 종교를 믿는 마음)이고, 신념과 관계가 있는 절개(節槪)는 '신념, 신의(信義: 믿음과 의리) 따위를 굽히지 아니하고 굳게 지키는 꿋꿋한 태도'와 '지조(志操: 꿋꿋한 의지)와 정조(貞操: 여자의 순결)를 깨끗하게 지키는 여자의 품성'이며, 도그마(dogma)는 '독단적인 신념이나 학설' '이성적이고 논리적인 비판과 증명되지 않는 교리'가 있다. 집념(執念)이란 '한 가지 일에 매달려 마음을 쏟음', 또는 '그 마음이나 생각'이며 유의어에 의지, 열중, 고집이 있다. 오늘날 자랑스러운 세계적 '삼성'의 창업주이신 故 이병철 회장님은 "사람은 능력 하나만으로는 성공하는 게 아니다. '운을 잘 만나야 하고, 때를 잘 만나야 하고, 사람을 잘 만나야 한다.' 하지만 운을 놓치지 않고 운을 잘 타고 나가려면 운을 기다리는 '둔한 맛'이 있어야 하고, 운이 트일 때까지 버티어 나가는 '끈기, 굳은 신념'이 있어야 한다. 그 '둔함'이 따르지 않을 때는 좋은 운이라도 놓치고 만다."와 "기업인뿐만 아니라 학자, 경영자 모두가 '1위를 하려는 집념'을 가져야 한다. 4, 5위를 하겠다는 목표로 임(臨)하면 낙후(落後: 수준이 뒤떨어짐)될 뿐이다."라는 말씀을 남기셨다.

신념은 인간세계, 특히 한 개인에게는 대단히 중요하다. 왜냐하면 신념이란 그 사람의 삶의 '목표와 방향'을 결정하며, 신념이 없다면 우유부단(優柔不斷: 결단성이 없음)하고 때론 모순(矛盾)적일 수가 있기 때문이다. 한 마디로 신념이란 한 인간이 '무언가를 결정하는 이유'이다. 신념이 없는 사람은 그날그날의 욕구대로만 살며, 중요한 결정을 내려야 할 때는 판단할 만한 근거를 찾지 못해, 되는 대로 즉흥적으로 결정을 내릴 수도 있는 것이다. 그런데 더 중요한 것은 자신의 신념도 중요하지만, 다른 사람도 중요하게 여겨야 하며, 혹여 자신의 신념이 잘못되지는 않았는지 되돌아볼 줄도 알아야 한다. 이런 자세가 없다면 자칫 신념은 신념이 아닌 아집(我執: 자신만을 내세워 버팀)이 될 수 있으며, 자칫 극단적인 사고방식과 결합하면 위험한 결과를 가져올 수도 있는 것이다. 이 같은 상황을 우려(憂慮)한 독일 철학자 프리드리히 니체는 '신념이 가장 무섭다. 신념을 가진 사람은 진실을 알 생각이 없다.'라는 말을 남겼다.

그런데 신념과 자신감(自信感: self-confidence)은 그 결(結)이 다르다. 자신감은 '스스로를 믿는 마음' 다른 말로 '용기'라고도 할 수 있다. 구체적으로 자신감은 어떤 결과를 이루는 데에 요구되는 행위를 '성공적으로 수행할 수 있다는 확신'이라고 말할 수 있다. 자신감이 많은 사람은 어떤 일에도 대범(大汎: 사소한 것에 얽매이지 않고 너그러움)하게 뛰어들고 행동하는 경향이 있어 결과의 도출이 빠르며, 설사 결과가 좋지 않아도 금세(바로, 금방) 긍정적으로 생각도 하게 되는 것으로, 자신감이 높으면 인생을 살아가는데 손해볼 일은 없는 것이 일반적이지만, 상대방을 향한 배려나 예절을 지키지 않는다면 자만심이 되고 자신감을 뒷받침할 만한 행동이나 현실적인 근거가 없다면 근자감(根自感: 근거 없는 자신감)이 될 수도 있는 것이다. '당신은 자신감을 가지고 스스로 할 수가 있을 때, 어떤 일이든 해낼 수 있다.' 로마의 철학자 마르쿠스 툴라우스 키케로의 말이고, '나는 미술사에 한 획을 긋겠다. 그림으로 억만장자가 되어 갑부로 살다가 죽겠다.' 스페인 출생 파블로 피카소의 말이다. 반면에 네덜란드 출신 화가 빈센트 반 고흐는 '나는 평생 비참하게 살다가 죽겠다. 틀림없이 나는 돈과 인연이 없는 사람이고, 불행은 내게서 떠나가지 않을 것이다.'라는 말로 자신을 비관(悲觀: 슬프고 절망스럽게 여김)하고, 동생의 도움으로 겨우 먹고사는 처지가 되었다. 둘 다 유럽의 세계적 대표 화가이지만 극명(克明: 매우 분명함)하게 차이가 나는 것이다. 우리 속담에 '말이 씨가 된다.'라는 말이 있듯이 '자신감'은 그만큼 내 인생을 결정짓는 데 매우 중요하다.

우리는 종종 '집념'과 '집착'을 혼동하기도 한다. 집념이란 집요하고도 명확한 의지가 필요하며 그리고 은근과 끈기, 지속인 열정(熱情)과 열성(熱誠)이 있어야만 한다. 먼저 목표를 세우고 몰입해 추진하며, 원인부터 결과까지 입체적으로 접근, 분석하여 뜻을 펴는 것, 무엇보다도 자기 생각이라는 뿌리는 지키되 타인의 생각과 말에 열린 자세를 갖고 타인의 말이 일리(一理: 옳은 데가 있어 받아들일 만한 이치)가 있으면 바꿀 수 있는 유연(柔軟)함을 갖고 있는 것, 바로 그것이 집념이고, 대상이 있는 경우 상대는 안중(眼中)에도 없는, 자기 입장과 자기만족, 이익 중심으로 결과만을 쫓게 되거나, 타인의 의견에는 귀를 닫고 자기 생각에만 집중하는 것, 특히 객관적 시각(視覺)이 결여(缺如: 마땅히 있어야 할 것이 빠짐)된 것, 그것이 바로 집착이 되는 것이다. 누군가 말하기를 '집념은 한지(韓紙)에 스며든 먹물처럼 골수(骨髓)에 스민 의지(意志)이고, 집착은 지저분하게 얼룩진 화장(化粧)'이라고 한다. '집념'의 집(執: 잡을 집)은 '집착'의 집(執)과 동일하다. 두 단어 모두에 '집' 자(字: 글자 자)에는 행복의 '다행 행(幸)'이 들어 있다. 한 마디로 '인생을 어떻게 살아가느냐'에 따라 집념으로 자신이 목표한 것을 이루어 성공해 '행복한 삶을 사느냐?', 아니면 집착이 되어 자신과 때로는 상대방까지도 '불행하게 사느냐'가 결정되는 것이다. 특히 가끔 있는 '연인이나 부부간, 그리고 부모의 자식에 대한 과도(過度)한 사랑, 집착'이 위험하다. 특히 부부간은 이로 말미암아 파경(破鏡: 헤어지는 일)에 이르기도 하고, 자식은 예상 밖의 잘못된 방향으로 삐뚤어질 수도 있으므로 사랑의 대상에 대한 '건전한 사랑의 지혜'가 필요한 것이다.

15

어제, 오늘 그리고 내일

어제는 지난날이고, 오늘은 지금의 현실이며, 내일은 나의 미래이다. 흔히 말하기를 어제는 과거이고, 내일 바라보는 오늘도 과거이며, 내일이 현실이 되면, 내일도 결국 오늘이 되고, 어제도 과거의 오늘이었다. 다시 말해 오늘 바라본 어제는 과거(past), 역사(history)이며, 미래(future), 내일은 신비, 수수께끼(mystery)이다. 그렇다면 오늘, 현재는 무엇인가? 오늘인 현재(present)는 신(神)이 우리에게 준 선물(present)(영어 단어 'present'는 「현재의」, 「참석한」, 「출석한」, 「선물」의 의미)이다. 그러므로 한 인간이 세상을 살아가면서 어제, 오늘, 그리고 내일을 어떤 시각(視覺: 사물을 관찰하고 파악하는 기본 자세)으로 봐야 하고, 조명(照明)해야 할 것인가의 문제가 제기(提起)되는 것이다. '삶은 세 가지 기간(其間)으로 나누어진다. 그것은 예전과 지금과 미래이다. 지금, 이 순간으로 인해 이익을 얻기 위해서는 과거로부터 배우고, 미래에 더 나은 삶을 살기 위해서 현재로부터 배워야 한다.' 영국의 낭만파 시인이자 영국 왕실의 계관(桂冠)시인(국가나 왕에 의해 공식적으로 임명된 시인이나 그 칭호) 윌리엄 워즈워스의 말이고, '어제 꿈꾸고 오늘 소망한다면 내일은 이루어진다.'는 미국 물리학자이자 로켓 개발자 로버트 고다드의 말이다.

어제, 오늘 그리고 내일엔 연속성이 있다. 서두르지 않고 멈추지 않는 시간에 시작과 끝이 따로 있지 않기 때문이다. 한 인간의 삶이란 하나하나의 점(點)들이 모여 선(線)을 만들어 가는 과정과도 같다. 어제가 있어 오늘이 있고, 오늘이 있어 내일이 있고, 어제, 오늘, 내일이 지나 내 삶이 되는 것이다. 그런데 우리는 모두 함께 오늘에 살고 있으면서도 어제의 사람이 있는가 하면, 내일의 사람도 있다. '어제의 사람'은 정신적으로 미래에 대한 비전을 상실한 사람이라는 의미이며, '내일의 사람'은 오늘에 살고 있지만 내일에 대한 비전(vision: 내다보이는 장래 상황)과 희망을 품고 있는 사람이다. 그러므로 우리가 내일의 사람이 되어 창조적이고 생산적인 위대한 삶에 참여하기 위해서는 '삶의 분명한 목표 의식'을 갖고 그것을 '힘차게 추구'해 나아가야 하겠다. 그러기 위해서는 '용기와 지혜, 지식과 능력, 희망과 단단한 포부(抱負)'를 지녀야 한다.

과거(過去), 예전, 어제를 바라보는 시각은? '절대 어제를 후회하지 마라. 인생은 오늘의 내 안에 있고, 내일은 스스로 만드는 것이다.' 미국의 판타지 소설의 대가 L. 론 허바드의 말이다. 사람들은 일반적으로 '어제의 아쉬움이 가장 크게 느껴진다.'라고 한다. 그러나 이런 생각은 오늘을 살아가는 데 큰 도움이 되지는 않는 법이다. 어제 일어난 일에 대한 후회나 고민(苦悶: 괴로워하고 애를 태움) 그리고 우울감에 사로잡혀 있다면, 더 나아가 오랜 지난 과거에 일어난 일들을 생각하며 현재의 소중한 시간을 보내고 있다면, 분명 나는 과거에 살고 있는 사람이다. 비록 현재에 살고 있지만 생각이 과거에 살고 있다면 과거에 생각과 감정이 얽매여 있는 것이다. 물론 생각과 느낌, 감정이 좋다면 다행이지만, 만약 후회나 나쁜 생각과 감정이 올라온다면 현재의 삶은 고통스러운 법이다. 더 우려스러운 것은 미래까지도 영향을 받는다는 것이다. 한마디로 과거를 보는 생각과 감정 그대로, 미래를 바라보게 된다는 것이다. 과거에 대한 일들이 내 뇌리(腦裏)에 남아, 놓아버리지 못하기 때문에 미래에 대한 걱정과 두려움이 앞서 매사에 조심성이 지나치다 보니, 현재는 불안정하고 미래로 나아갈 수 없는 것이다. 지난날의 좋았던 것은 '추억'이고, 나빴던 것은 '경험'으로 삼아 미래의 '자산'으로 생각해야 한다. '어제를 통해 배우고, 오늘을 살며, 내일을 소망하라.' 물리학자 아인슈타인의 말이고, '언제나 어제만 생각하고 있으면, 더 나은 내일을 맞이할 수 없다.' 발명가 찰스 캐터링의 말이며, '과거를 지배하는 자가 미래를 지배할 수 있으며, 현재를 지배하는 자(者)가 과거를 지배할 수 있다.' 영국의 작가이자 언론인 조지 오웰의 명언이다.

현재(現在), 지금(只今), 오늘을 바라보는 시각은? '지나간 것은 쫓지 말고 아직 오지 않은 것은 생각 마라. 과거 그것은 버려졌으며, 미래 그것은 아직 오지 않았다. 그러므로 단지 지금 존재하는 것을 이 자리에서 잘 관찰(觀察: 사물을 주의 깊게 살펴봄)해야 한다.' 부처님 말씀이다. 과거, 현재, 미래 셋으로 구분되는 시간의 현재는 바로 지금의 순간이지만 다른 둘(과거, 미래)에 비하여 의식(意識: 깨어있는 상태에서 자기 자신이나 사물에 대한 인식하는 작용)과 실천(實踐: 실제로 행함)에 관해 훨씬 더 우월(優越)성을 지닌다. 사실 시간적 개념으로 볼 때 현재, 오늘이 가장 중요하다. 또한 '인간이 행복감을 느끼는 시간적 개념'도 현재, 오늘이다. 그런데 중요한 것은 현재의 평범한 자기 일상(日常: 매일 반복되는 생활)의 소중함을 느끼는 것도 행복감의 한 일부(一部)여야 한다. '언제나 현재에 집중할 수 있다면 행복할 것이다.' 세계적 베스트셀러 '연금술사'를 쓴 브라질의 신비주의 작가 파올로 코엘료의 말이다. 오늘에 바라본 과거, 어제는 추억과 미련 그리고 후회가 남고, 오늘에 바라다보는 미래, 내일은 기대와 희망 그리고 도약(跳躍: 급격한 진보 · 발전의 단계)이 되어야 한다. 한 마디로 오늘이 있기에 '후회'와 '희망'이 존재하는 것이다. '오늘이 어제와 같지 않도록 만들어라. 그러면 내일은 달라질 것이다.' 미국의 심리학자 토니 로빈스의 말이고, "삶은 매 단계마다 너무 빨리 지나버리고 만다. 후회하고, 다투고, 화를 내다보니 얼마 후면 사라져 버릴 '지금'이라는 귀중한 시간을 허비하고 만다. '지금'은 그리 오래 지속되지 않는다." 기독교 작가 에디스 쉐퍼의 말이며, "진정한 '행복'이란, 지난 과거를 떨쳐버리고, 미래에 대한 불안한 의존 없이 '현재를 즐기는 것'이다." 철학자 세네카의 명언이다. 그리고 테레사 수녀님은 '어제는 이미 지나갔고, 내일은 아직 오지 않았다. 당신이 가진 것은 오늘뿐이다. 그러니 지금 시작하라.'라는 말을 남겼다.

미래(未來), 장래(將來), 내일(來日)을 바라보는 시각은? 무엇보다도 미래는 정해져 있는가, 그렇지 않은가? 에 대한 의문이 생긴다. 결론적으로 미래를 완전 예측하기는 불가능하다는 것이 정설(定說: 이미 확정되거나 인정된 설)이다. 그런데 앞서 운명론자들은 '운명은 이미 정해져 있다.'라고 하고, 결정론자들은 '뉴턴 역학에서부터 시작된 미래는 하나

로 정해져 있다.'라고 하며, 확률론적 결정론자에 따르면 '미래는 확률
적인 사건들이 겹쳐 확률의 형태로 존재한다.'라고 주장한다. 그러므
로 미래는 어떻게 보면 결정적이거나 비결정적이지만, 분명한 것은 결
정론은 아닌 것 같다. 그러면 자신의 미래는 어떻게 결정되는가? 당연
히 이치[理致: 정당한 조리(條理: 앞뒤가 맞고 체계가 섬)]에 맞는 답(答)이 기다
리고 있다. 자신의 미래는 능력(실력), 노력, 환경 그리고 타이밍[적절한
시기나 운(運: 운수)]이 어우러져 이룩되는 것이다. 어찌 보면 한 개인뿐만
아니라 한 가정, 한 나라, 나아가 온 인류에게 해당하는 말이기도 하다.
'슬픈 사연으로 내게 말하지 마라. 인생은 한낱 헛된 꿈에 지나지 않는
다고. 우리가 가야 할 곳, 혹은 가는 길은 향락도, 슬픔도 아니다. 내일
이 저마다 어제, 오늘보다 낫도록 행동하는 것이 인생이니라. 주저하
지 말고 현재를 개선하고, 그리고 미래로 나아가라. 두려워하지 말고
씩씩하게 용기를 갖고 나아가라.' 미국의 시인 헨리 워즈워스 롱펠로
가 쓴 「인생 찬가」에 나오는 말이다.

어제, 오늘 그리고 내일의 우리 모두의 모습은 '자기 삶의 태도에 결
정된다'해도 결코 과언(過言)은 아니며, 무엇보다도 먼저 지난 과거를
돌이켜 보면 된다. '미래를 알고 싶으면 먼저 지나간 날들을 살펴라.'
명심보감(明心寶鑑)에 나오는 말이다. 누군가가 말했던가? 인생에서 슬
픈 세 가지는 '할 수 있었는데!' '해야 했는데!' 그리고 가장 비통(悲痛)
한 것은 '해야만 했었는데(과거에 대한 유감, 후회, 비난, 잘못)!'이다. 그러나
어제는 경험이었고, 내일은 희망이 있고, 그리고 오늘은 경험을 희망
으로 옮기기 위해 '최선을 다하는 순간'이 되어야 한다. 무엇보다도 어

제의 일들이 아쉽거나 후회스럽지 않고 '내일이 있기에 나는 오늘 여유롭고 넉넉하다.'라는 마음가짐을 지니는 것도 생활의 지혜 중 하나이다. 우리 모두 추억 어린 어제, 행복한 오늘, 그리고 밝고 희망찬 내일을 위해, 다 함께 건배(Cheers)/파이팅(Fighting)!!!

16

인생 4필(四必: 필요한 네 가지)

우리는 세상을 살아가면서 혼자서만 살아갈 수 없다. 좋든, 나쁘든, 또는 어쩔 수 없든 사람들과 관계를 맺고 어울려 살아가야 하므로 대인 관계에서 지켜야 할 네 가지가 필요한 것으로, 무엇보다도 첫째는 신의(信義), 둘째는 예절(禮節)과 예의(禮儀), 셋째는 사고(思考)의 건전성(健全性), 마지막으로 인정(人情)과 인간미(人間美)이다. 이것들이 곧 처세이고, 성공으로 가는 길이다.

제1필. **신의**: '믿음과 의(義), 의리(義理)'를 일컫는 말로, 신뢰(信賴)는 한 사람의 다른 사람에 대한 개인적인 믿음(주로 우정이나 사랑에 바탕을 둠)을 일컫는 반면, 신의는 '도덕적 가치로서의 믿음과 의리'를 말한다. 믿을 신(信)은 사람 인(人)과 말씀 언(言)을 합쳐 만들어진 글자인데, 수평적인 인간관계에서 의미하는 것이 '믿음(信)'이고, 수직적인 인간관계에서 일방적인 의미가 '충성(忠)'이다. 어떤 사람을 말할 때 '그 사람 신의가 있다, 없다.' '그 사람 믿을 만한 사람이다, 믿을 사람이 못 된다.'로 평가한다. 그렇다면 그런 말이 나오기까지 가장 기본인 뿌리는 어디서부터일까? 대체로 사회생활, 대인 관계에서 '일상적인 약속'에서 기인(起因)된다고 보는 것이 정확할 것 같다. 우리네 삶은 약속으로 이루어져 있다고 해도 지나친 말은 아니다. 그러므로 약속을 철저하게 지키는 것을 내 '목숨처럼 여기는 습관'을 지녀야 하는데, 그것은 이런저런 인연으로 만나는 사람들 속에서 내 삶이 풍요로워지고 고귀(高貴)해질 뿐만 아니라 나에 대한 사회에서 중요한 평가이자 평판의 척도가 되기 때문이다.

제2필. **예절과 예의**: 인간사회에서 예(禮)는 사람이 살아가는데 질서이자 도리(道理)로, 공자님은 '예가 아니면 보지도 말고, 듣지도 말고, 행하지도 말라.'고 말씀하셨고, 괴테는 '예는 자기 자신을 비추는 거울이다.'라고 말했으며, 조선시대 문신, 학자 김집(金集)은 '예라는 것은 인간의 욕심을 억제하고 천리(天理: 천지자연의 이치)를 따르는 법칙이다.'라고 말했다. 예에는 예절과 예의가 동양적 개념이라면, 매너와 에티켓은 서양적 개념으로, 이들 모두는 인간의 윤리, 도덕, 도리가 상대의 존중이라는 개념과 어우러져 인간으로서의 가치를 높이게 되어 '사람다운 사람', '가정교육이 되어 있는 사람', '보고 배운 데가 있는 사람', '싸가지 있는 사람'으로 평가되고, 받을 수 있는 것이다. 인성은 '어떤 상황에서도 적절한 행동을 취할 수 있는 능력'을 포함한다고 한다. 다른 사람과의 대인 관계에서 예절, 예의를 지키는 것이 상대를 존중하며, 이해하고 배려하는 것도 인성의 일부인 것이다. 우리나라 인성교육진흥법에 인성교육 8대 핵심 가치·덕목으로 '예절, 효도, 정직, 책임, 존중, 배려, 소통, 협동'을 들고, 이것들은 바로 가정교육에서 비롯되므로, 가정교육의 중요성을 강조하고 있다.

제3필. **사고의 건전성**: 사고(思考)의 사전적 정의는 '생각하는 일' '마음먹은 일' 또는 '생각하고 궁리(窮理: 마음속으로 이리저리 따져 깊이 생각함) 함'을 의미하며 사유(思惟: 대상을 두루두루 생각하는 일)라고도 하는데, 이와 관련된 한자어가 주로 쓰이고 있는 심사숙고(深思熟考: 깊이 잘 생각함, 심사숙려)와 사고방식(思考方式: 어떤 문제를 생각하고 판단하는 방식이나 태도)이다. 여기서 말하고자 하는 '사고의 건전성'은 바로 '사고방식'의 문제로, 오늘날 급변하는 세상에서 긍정적인 사고가 긍정적인 언어표현을 의식적으로 사용하기를 선택함으로써, 우리의 뇌가 나쁜 것보다는 좋은 것에 집중하도록 하게 하는 것이다. 그리고 무엇보다도 '정신건강과 전반적인 안녕을 저해할 수 있는 부정적인 사고패턴에 휘말리지 않는다.'라는 것이다. 더불어 긍정적인 언어를 통해 건강하고 건전한 마음가짐을 갖게 되어 자신의 정신건강과 웰빙(참살이)에도 지대(至大)한 영향을 미치게 되고, 타인에게도 긍정적이고 친절하게 말하는 것은 '원만한 인간관계를 오랫동안 유지할 수 있게 해준다.'라는 것이다.

제4필. **인정과 인간미**: 인정(人情)이란 '사람이 본래 가지고 있는 감정이나 심정', 여기서는 '남을 동정하는 따뜻한 마음'으로, 한자어에는 측은지심(惻隱之心: 남을 불쌍히 여겨 은혜를 베풂)이 있고 반의어가 비정(非情: 인정이 없음, 몰인정)이며, 인간미(人間美)란 '인간다운 따뜻한 마음' '어떤 사람에게서 느껴지는 친밀하고 정다운 인정(人情)의 느낌'의 의미이다. 요즘 상위 11개 기업의 인사담당자들 말에 의하면 "인간미가 중요한 자질과 소질로 평가된다. 한마디로 실력 못지않게 자기 내면을 갈고 닦는데도 신경을 써야 하는 것으로, 실력은 부족하더라도 동료들을 기분 좋게 하고, 회사 분위기를 활기차게 만드는 인간미는, 자신뿐만 아니라 주변까지도 변화시킨다는 점에서 갖추어야 할 필수조건에 해당한다"라고 한다.

사람들은 누구나 성공하기를 바란다. 그런데 그 성공을 어떻게 정의하느냐에 따라 각자 다를 수 있다. 일반적으로 생각할 수 있는 성공이란 '경제적으로 부유함(돈 많이 버는 것), 직업적인 면에서 명성, 그리고 사회적으로 출세를 말하는 것'이다. 그러나 자신만이 원하는 삶을 사는 것이 '진정한 성공'이라고 생각하는 이들도 있다. 남을 위해 봉사하는 삶에 생애를 바치는 사람도 있는 것이다. 한 마디로 '다양한 삶이 존재하듯 성공의 모습도 전혀 다를 수 있다.'라는 것이다. 그렇지만 일반적으로 성공이란, 첫째는 모든 성공의 출발점은 '꿈'에서 시작되고, 다음으로 '근면 성실 노력'이 행운의 어머니가 되어야 하며, 다음으로 '초심(初心)을 잃지 않는 마음, 그리고 마지막, 이 글의 제하(題下) 4필(必)로, 우선순위를 매긴다면, 첫째는 인간미, 둘째는 사고의 건전성, 세 번째는 예절과 예의, 마지막 신의, 이 모두는 곧, 처세(處世)로 성공에 이르게 한다.

17

인생 지킬 6심(六心: 여섯 가지 마음)

　인생 지킬 여섯 가지 마음은, 첫째는 신심(信心: 믿음으로 사람을 상대하는 마음), 둘째는 대심(大心: 여유로운 큰마음), 셋째는 동심(同心: 같은 마음을 갖고 같은 생각을 갖는, 친구 같은 마음), 넷째는 겸심(謙心: 매사에 겸손한 마음을 갖고 나보다 부족한 사람에게도 겸손하게 처신하는 마음), 다섯째는 칭심(稱心: 칭찬할 줄 아는 마음), 마지막으로 행심(行心: 함께 행동하는 마음)이다.

　제1심(信心): 신심, '믿는 마음'은 두 가지로, 하나는 종교적 믿음인 '신앙(信仰)'이고, 다른 하나는 인간관계에서 믿음인 '신뢰(信賴)'를 말하는 것이다. 사람들의 진정한 '신앙의 목적'은 내가 죽고 난 뒤에 천국이나 낙원에 들어가고, 극락세계에 가기 위함이 아니라 신에게 의지하고 기도하며 마음의 위안과 평화를 찾고, 무엇보다도 "올바른 삶을 살아가면서 이웃들과 함께하며 사랑하고 행복한 삶의 열매를 맺도록 노력하는 과정이 올바른 '신앙의 길'이 되어야 한다."라고 조심스럽게 말하고 싶다. '좋은 일을 하면 기분이 좋고, 나쁜 일을 하면 기분이 나쁘다. 그게 내 종교다.' 링컨의 말이다, 다음으로 인간관계에서의 믿음, 신뢰이다. 어떤 인간관계에서든 서로의 믿음과 신뢰가 가장 중요하다. 연인, 우정, 사랑, 조직 내에서든 믿음과 신뢰가 이루어져야 다음 단계가 이어지고 진행될 수 있는 법이다. 그런데 여기서 간과(看過: 대충 보아 넘김)하는 것이 하나 있다. 바로 자신에 대한 믿음, 신뢰이다. 자기 자신을 못 믿는데 누가 나를 믿어주겠나? 무엇보다도 자신의 자신감, 능력, 양심 등을 믿지 못한다면 자아(自我) 발전하는 데는 어려움을 겪을 수가 있다. 어떤 목표를 설정하고 이루어 나갈 때 '자신에 대한 굳건한 믿음'이야말로 큰 동기부여가 된다. 그리고 내가 아닌 다른 모든 사람과의 인간관계에서 믿음과 신뢰는 성공적인 관계의 초석(礎石)이며, 여러 가지 문제점들, 갈등 속에서도 관계를 함께 잡아주는 접착제 역할을 하기도 하는 것이다. '신뢰는 성공의 핵심이자 조직의 긍지이다.' 캐나다 기업가 브라이언 트레이시의 말이다.

제2심(大心): 대심은 한마디로 '모든 것을 담을 수 있는 여유로운 마음'이다. 쉽게 말해, 대심은 우리가 흔히 말하는 소심(小心)의 반대 개념이다. 사람의 성격을 말하는 소심의 정의는 '주의 깊고, 도량(度量: 너그러운 마음과 깊은 생각)이 좁고', '담력(膽力: 겁이 없고 용감한 기운)이 없고 겁이 많음', '대담하지 못하고 지나치게 조심성이 많음'의 의미인데, 무엇보다도 사회생활, 대인 관계에서 '포용력(包容力: 남을 너그럽게 감싸주거나 받아들임, 아량)이 없다.'라는 말이기도 하다. 대심은 대범(大汎: 성격이나 태도가 사소한 것에 얽매이지 않고 너그러움)과 결(結)을 같이하며, 요샛말로 '노 빠꾸' '노 브레이크'라고나 할까! '성공은 대심, 대담함의 결과다.' 벤자민 디즈레일의 말이고, '결정적인 순간에 대심, 대담함이 필요하다.' 괴테의 말이며, '위대한 정신은 폭넓은 이해를 요구한다'는 아인슈타인의 말이다. 대심에서 우리가 챙겨보아야 할 말은, '감사할 줄 아는 마음'이기도 하다. 은혜롭고, 덕이 되고, 이득이 되는 일, 심지어는 궂은일, 시련 등, 범사(凡事: 모든 일)에 감사하는 마음이 곧, 큰마음이다.

제3심(同心): 동심은 '마음을 같이함' '같은 마음'의 의미이며 유의어는 일심(一心: 한 마음)이다. 그런데 가장 함께해 힘을 합쳐야 할 부부간도 동심은 어려울 때도 있지만, 절친(切親: 더할 나위 없이 친한 친구)과는 때로는 가능도 한 법이다. 사자성어에 동심협력(同心協力: 같은 마음으로 힘을 합함, 서로 사랑하며 도움, 마음을 같이하여 도움)과 동심공제(同心共濟: 마음을 같이하고 힘을 합해 어려움을 함께 건너고 헤쳐 나감)가 있는데, 우리가 흔히 쓰는 상부상조(相扶相助: 비슷한 상황을 겪는 이들이 힘을 합쳐 위기를 모면하는 모습을 가리킴)와 환난상휼(患難相恤: 어려운 일이 있을 때 서로 도움)이 결(結)을 같이 한다. '혼자서는 거의 아무것도 못 한다. 함께하면 그렇게 많은 것을 할 수 있다.' 헬렌 켈러 여사의 말이고, '도움이 될 만한 사람과 일을 함께하라. 누군가와 함께하면 혼자 하는 것보다 효과적이고 포기하지 않게 된다.' 미국 수도원 신부 윌리엄 메닝거의 말이며, '만일 모든 사람이 같이 움직이고 있다면 성공은 따 놓은 당상(當相: 실제 그대로의 모습)이다.' 헨리 포드의 말이다.

제4심(謙心): 겸손(謙遜)한 마음은 '남을 높이어 귀하게 대(남을 존중)하고 자신을 낮추는(자기를 내세우지 않는) 태도'를 의미하며, '자신이 잘하는 일이나 좋은 일이 있을 때도 잘난 척하지 않고, 자신을 드러내지 않는 모습을 보이는 것'으로, 유의어는 겸허(謙虛), 손순(遜順)이고 반의어는 거만(倨慢), 교만(驕慢)이다. 사실 처세방법 중 '예의 바르고 겸손만큼 중요한 것'도 없을 것이다. '겸손하고 예의 바른 몸가짐 하나만으로도 누구에게나 사랑받는다.'와 '겸손하게 허리 숙이는 것은 자화자찬(自畫自讚)과는 반대로 자기 자신을 존귀(尊貴)하게 만드는 행동이다.' 스페인 철학자 발타자르 그라시안의 말이다. '겸손은 신(神)이 우리 인간에게 주신 미덕(美德) 중 하나이다.' 성경에서는 겸손이 하나님 백성에게 요구하는 신앙의 덕목 중 하나인데, '겸손한 자(者)는 하늘의 영광과 축복을 받게 된다.'라는 것으로 겸손한 자(者)가 누릴 축복에 대한 말씀들이 성경 구절에 많이 나와 있다. 그런데 오늘날은 자기 PR 시대이기도 하다. 상황에 걸맞은 적절한 겸손과 과시(誇示)하는 삶의 지혜가 필요하기도 하다.

제5심(稱心): 칭찬(稱讚)할 줄 아는 마음이란 '좋은 점이나 착하고 훌륭한 일을 높이 평가함'의 의미이고 유의어는 격찬(激讚), 극찬(極讚)이고 반의어는 꾸중, 책망(責望), 비난(非難)이다. 칭찬은 '어떤 대상에 대한 장점을 말해 주는 것'으로 무엇보다도 상대의 기분을 좋게 해주는 효과가 있다. 미국의 기업가 켄 블랜차드가 쓴 「칭찬은 고래도 춤추게 한다」에서 조련사의 칭찬이 범고래로 하여금 관람객 앞에서 신나는 쇼를 벌이도록 동기부여(動機附與) 하는 사례를 들어 '칭찬의 긍정적 효과'를 설명했다. 칭찬이 주는 쾌락적인 보상은 크고, 자존감(自存感)의 토대가 되며, 과학적으로 칭찬을 받았을 때 신체적 변화도 생긴다.'라고 한다. '칭찬은 가장 적은 비용으로 가장 많은 호의(好意)를 끌어내는 방법이다.' 발타자르 그라시안의 말이고, '남의 좋은 점을 발견할 줄 알아야 한다. 그리고 남을 칭찬할 줄도 알아야 한다. 이는 남을 자기와 동등한 인격으로 생각한다는 의미가 있다.' 괴테의 말이며, '사람들은 곧잘 따끔한 비평의 말을 바란다고 말하지만, 정작 마음속으로 기대하고 있는 것은 비평 따위가 아닌 칭찬의 말이다.' 영국 소설가 W. 서머셋 모옴의 말이다.

제6심(行心): 행심은 곧 '동행(同行)하는 마음'이다. 동행은 '같이 길을 감'이나 '같이 길을 가는 사람(들)'인데, 무엇보다도 '같은 방향으로 함께 가는 것'보다는 '같은 마음으로 함께 가는 것'이다. 누군가와 함께라면 갈 길이 아무리 멀다 해도 갈 수 있고, 바람이 휘몰아치는 들판도 걸을 수 있으며, 위험한 강도 건널 수 있고, 높은 산도 넘을 수 있으며, 설령 물에 빠진다 해도 손 내밀어 건져주고, 위험한 상황에서 몸으로 막아주며, 따뜻하고 정성스러운 마음으로 사랑하면 나의 길을 끝까지 갈 수 있다. 안개꽃이 혼자서가 아니라 다른 꽃들과 함께할 때 아름답듯, 우리네 인생살이도 마찬가지이다. '가장 멀리 가고 싶다면, 함께 가라.' 아프리카 속담이고, '같이 걸어줄 누군가가 있다는 것, 그것처럼 삶에 따스한 것은 없다.' 작가 이정하의 말이다.

불교의 한 종파 법상종의 경전인 '유식(唯識)'에서 '일수사견(一水四見)'이라는 비유(比喩)를 드는데, '같은 물이라도 네 가지 의미로 본다.'라는 것으로 '천계(天界)에 사는 신(神)은 보배로 장식된 땅으로 보고, 인간은 물로 보고, 아귀(餓鬼)는 피고름으로 보고, 물고기는 보금자리로 본다.'라는 것이다. 곧, 같은 대상이지만 보는 시각에 따라 그 견해가 다르다는 것이다. 우리 인간들은 자신의 행·불행이 상황이나 환경에 따라 온다고 생각하여, 탓하기도 하지만, 이 모든 것이 사실은 '자신의 마음'에서 오는 것이다. '따뜻한 하루'라는 편지글에서 "어떤 마음을 먹는

지에 따라 행동이 달라지는 것뿐만 아니라 삶의 방향이 달라진다. 즉, '얼굴이 삶의 이력서'라고 한다면 '마음은 삶을 이끄는 표지판'이다."라는 것이다. 그러므로 우리의 삶에서 가장 중요한 것은 '마음을 잘 다스리는 일'이며, 내면(內面), 마음속의 '성찰(省察)과 조절(調節)'이 우리의 행동과 삶을 지배하여 행·불행이 결정되는 것이다. 끝으로 "모든 것은 오직 '마음'이 지어낸다."라는 화엄경(華嚴經)에 있는 구절을 인용하는 것으로 글을 맺는다.

18

인생 버릴 6심(六心: 여섯 가지 마음)

인생 '버릴 6심'에는 첫 번째, '의심(疑心)'으로 '사람을 의심하는 마음', 두 번째, '소심(小心)'으로 '작은 마음을 갖지 말고 큰마음을 갖는 것', 세 번째, '변심(變心)'으로 사람은 '처음이나 끝이 같아야 하고 중간에 변하는 마음이 없어야 한다.' 네 번째, '교심(驕心)'으로 '교만해지면 안 되며, 결국은 사람을 잃게 된다.' 다섯 번째, '원심(怨心)'으로 '상대와 원수지고 멀어지는 원망하는 마음을 갖지 말아야 한다.' 마지막으로, '시심(猜心)'으로 '상대방에 대한 시기 · 질투심을 가져서는 안 된다.' 이 모든 것들은 인간관계에 '해악(害惡)'을 끼치는 일들로, 무엇보다도 내 '행복과 성공의 길을 가로막는 장애물인 것'이다.

제1. **의심**(疑心: 의심하는 마음): 의심이란 '특정한 대상을 알거나 이해하지 못해 믿지 못하고 이상히 여기는 것'을 말한다. 믿음과 신뢰 그리고 맹신(盲信)과 확신(確信)의 반대어가 되고, 더 악화되면 불신(不信)이 된다. 그런데 근대 철학의 아버지 데카르트는 '믿고 싶은 모든 것을 의심하라.'라는 말을 했는데, 이는 '의심을 해봐야만 안전을 보장할 수 있다.'라는 것이다. 그 구체적인 예(例)로 '자물쇠의 존재 이유'는 바로 '타인에 대한 의심 때문인 것'이다. 세상사 모든 것들이 순(順)기능이 있으면, 역(逆)기능도 있는 법이다. '의심은 배신자이다. 시도하려고 한 마음조차도 사라지게 하고 손에 넣을 수 있는 행복마저도 놓치게 한다.' 셰익스피어가 쓴 4대 비극 중 하나인 '오셀로'에 나오는 말이다. 사실 의심이라는 것이 꼭 나쁘다고 볼 수만은 없다. 남에게 속지 않기 위해 '합리적 의심'이야 당연하고, 필요한 것이다. 그런데 모든 일에 있어서 예단(豫斷)은 금물(禁物)이다. 확증이 없는 심증(心證)만으로는 일을 그르칠 수 있는 것이다. '믿는 것은 강하게 되는 것이고, 의심은 에너지를 박탈해 가는 것이다. 믿음이 곧, 힘이다.' 영국의 성직자 프레더릭 로버트슨의 말이다. 여기서 중요하고 임팩트 있는 한마디- 자기 생각, 판단력, 능력, 존재를 의심하지 말자. '자신을 의심하지 않는 자, 두려울 것이 없다.'

제2. **소심**(小心: 속 좁은 마음): 어떤 사람이 소심하다고 평가받는다는 것은 한편으로는 '매사에 조심스럽고 신중한 사람'이라는 말이기도 하지만, 다른 한편으로는 '매사를 조심스럽고 무서워하고 두려워한다.'라는 말로 '사소한 것에 발목이 잡혀 앞으로 나아가지 못한다.'라는 소극적 인상(image)을 주기도 한다. '소심, 속 좁은 사람'은 더 이상 진전(進展)도 없고, 사는 것이 불안과 근심, 걱정, 조바심으로 마음 편할 날이 별로 없다. '행복이라는 상어는 소심한 자의 그물에는 안 걸린다.' 핀란드 속담이고, '소심한 사람들은 거래하는 과정에서도 소심해서 마음이 변하기 쉽고, 다른 사람 말에 잘 따른다.' 스페인 작가 그라시안의 말이며, '사람들에게 상냥하게 대하라. 이것은 남에게 호감(好感)을 받는 계기가 되고, 그 사람들과 이야기함으로써 소심한 성격이 개조

(改造)도 된다.' 세일즈맨으로 입지전(立志傳)적 인물 엘마 윌러의 말이다. 여기서도 임팩트 있는 한마디-큰마음으로 큰 사람이 되자. 또한 믿을 만한 사람이 되자!

제3. **변심**(變心: 변하는 마음): 마음이 변하는 '변심'과 잘 쓰이지는 않지만 '심변(心變)'의 차이는 무엇인가? 변심은 그 말을 듣는 상대를 향해 네가 '마음을 변하게 했잖아'라는 질책(叱責)의 의미가 내포되어 있고, 심변은 내 마음이 스스로 변하고 안 변하기를 결정하는 주체인 것처럼 여겨지는 것으로, 스스로가 '내 마음이 왜 이러는지 몰라!'라고 하기도 하는 것이다. 사실 세상을 살아가다 보면 변덕스러움, 변심, 심변해야 할 상황이 반드시 일어나며, 사람의 기본 감정도 변하기 마련이다. '새가 변덕스러운 것처럼 인간도 변하기 쉽다.' 아리스토텔레스의 말이다. 그래서 인간의 마음이 변하는 것은 어쩌면 '자연스러운 이동'일 수도 있지만, 어떤 면에서 보면 제일 무서운 것은 '나의 변심'인 것이다. 이때는 바로 적당한 합리화(合理化)가 의지(意志)를 이겨버리기 때문이다. 어떤 일에 대한 계획에서부터 사랑, 성공의 목표에 이르기까지 변심이나 심변이 '바람직하지 않다.'라는 것은 분명한 사실이다. 그러므로 견고한 믿음과 확신 아래 목표를 키워나가고, 큰마음으로 도전적 자세와 초지일관(初志一貫)하는 일념(一念), 나아가 성취(成就)욕을 지녀야만 무엇인가를 이룩하는 법이다. 여기서도 임팩트 있는 한마디-시작보다 끝, 처음 마음, 초심(初心)이 중요하다.

제4. **교심**(驕心: 교만한 마음): 교만(驕慢)은 권력이나 명예에 기대어 '잘난 체하며 뽐내고 건방짐', 또는 '겸손하지 않거나 다른 사람에게 가르침을 받지 않으려고 하는 것'을 의미한다. 명 속담, 격언에 '교만이 앞장서면 망신과 손해가 곧장 뒤따른다.' 프랑스 속담이고, '교만은 심장을 강하게 하고 머리는 약하게 한다.'는 유태 격언이며, '그릇이 차면 넘치고, 사람이 자만하거나 교만하면 한쪽이 차지 않는다.'는 명심보감에 나오는 말이다. 명사들의 명언들은, '교만은 패망의 선봉이고 거만한 마음은 넘어짐의 앞잡이다.'는 솔로몬의 말이고, '무지의 특징은 허영과 자만과 교만이다.'는 미국 정치가 S. 버틀러의 말이며, '스스로 자기를 높이는 교만은 곧 지옥으로 인도하는 문이요, 지옥의 시작이며 동시에 저주가 된다.'는 남아프리카 공화국 목사 앤드루 머레이의 말이다. 덧붙여 '실패한 사람이 다시 일어나지 못하는 것은 그 마음이 교만한 까닭이고, 성공한 사람이 그 성공을 유지하지 못하는 것도 역시 교만한 까닭이다.'는 부처님의 말씀이다. 여기서도 임팩트 있는 한마디— 교만은 곧, 교체이다. 왜냐하면 인생을 패가망신(敗家亡身)과 교체해 주기 때문이다. 한마디로 '겸손은 덧셈의 법칙'이고, '교만은 곧, 뺄셈의 법칙'이다. 교만하면 사람을 잃는다.

　제5. **원심**(怨心: 원망하는 마음): 원망(怨望)이란 '억울하게 또는 못마땅하게 여겨 탓하거나 분하게 여겨 미워함'의 의미로 '원이나 탓'이라고도 하며, 나아가 한(恨)이란 '몹시 원망스럽고 억울하거나 안타깝고 슬퍼 응어리진 마음'의 의미이다. 관자(管子: 중국 고대의 책)에서 '애자(愛者) 증지시야(憎之始也), 덕자(德者) 원지본야(怨之本也)—'사랑은 눈물의 씨앗'이라는 노랫말처럼, 사랑이 미움의 씨앗이고, 은덕이 원망의 근원'이라는 말은 '보답을 바라기 때문, 즉 욕망이 섞여 있기 때문'이라고 한다. 보통은 문제가 나한테 있는데도 남을 원망한다. 어찌 보면 원망이란 참 편하기도 한 것이다. 그러나 마지막은 내가 감당해야 할 몫이다. 누군가를 원망하지 말아야 한다. 누가 뭐라 해도 내 인생이고 내가 선택한 결과이다. 설사 누군가의 말에 휩쓸렸다 해도 결국은 내가 선택한 것이다. 원망은 어느 방향에서 보아도 해로운 것이다. 나를 향한 원망도, 남을 향한 원망도. 원망하는 마음을 버려야 내 마음이 편안해지는 법이다. '원망의 상대는 전혀 상처받지 않고, 나 자신만을 희생시킬 뿐이다.'라는 것을 유념(留念)해야 한다. 여기서도 임팩트 있는 한마디-마음속에 원한이 없어야 바로 나아갈 수 있다. 옹졸한 생각을 버려라. 그리하면 앞이 보일 것이다.

제6. **시심**(猜心: 시기하는 마음): 시기심(猜忌心)은 '다른 사람이 잘 되는 것을 못 마땅히 여기고 투정을 부리는 마음' '남을 샘하고 미워하는 마음'이다. '인간은 태어나면서부터 허영심이 강하고, 타인의 성공을 시기하며, 자신의 이익 추구에 대한 무한한 탐욕(貪慾)을 지니고 있다.' 이탈리아 사상가 니콜로 마키아벨리의 말이다. 그렇다. 시기 · 질투심이 없는 사람이 누가 있겠는가? 그러나 독일 철학자 쇼펜하우어의 「소품집」에 나오는 '시기심은 인간에게 자연스러운 감정인 동시에 죄악이고 불행이다.'와 맹자님의 '시기와 질투는 항상 화살로 타인을 쏘려다가 자신을 쏜다.'라는 말처럼 시기심은, 자신을 황폐시키고 죽이는 일이다. 그러므로 영국의 철학자 버트런드 러셀의 말 '행복을 원하는 사람은 칭찬을 많이 하고 시기심을 줄여야 한다.'라는 것이다. 여기서도 중요하고 임팩트 있는 한마디- 부러워하거나 시기하면 지는 것이다. '누군가를 향한 시기심은 내 행복의 적(敵)이자, 내 숨통을 막으려는 사악(邪惡)한 악마(惡魔)다.'라는 독일 철학자 아르투어 쇼펜하우어의 말을 명심(銘心)하자.

끝으로 무엇보다도 '마음을 다잡는 일' 그리고 '원만한 인간관계'는 인생을 살아가는 데 중요한 순서로 따질 때 으뜸 중 으뜸이다. 인간의 타고난 마음이야 어쩔 도리가 없다. 하지만 내 인생의 궁극적 목적인 '성공과 행복'에 저해(沮害)되는 것으로, 특히 마음 중에서도 이 글 제하(題下)의 '인생 버릴 6심'은 단호히 배척(排斥)하거나 배제(排除)시켜야만 한다. 그거야말로 '성공과 행복'에 다다르는 '지름길'이요, '삶의 지혜'라는 것을 명심, 또 명심하자.

19

인생에서 소중한 것들

'돈으로 살 수 없는 것들'을 중심으로

참다운 삶(인생)이란 무엇인가? 우리에게 가장 확실하고 모범(模範)이 되는 삶의 지침[指針: 생활이나 행동 따위의 올바른 방법이나 방향을 알려주는 준칙(準則)]을 주신 '법정 스님의 글'을 인용하는 것으로 이 글을 시작한다.

"'욕구를 충족시키는 삶이 아니라 의미를 채우는 삶이어야 한다. 의미를 채우지 않으면 삶은 빈 껍질이다.' '소유(所有)란 손안에 넣는 순간 흥미가 사라져 버린다. 하지만 단지 바라보는 것은 아무 부담 없이 보면서 오래도록 즐길 수 있다. 소유로부터 자유로워야 한다. 사랑도 인간관계도 마찬가지이다.' '말이 많은 사람은 안으로 생각하는 기능이 약하다는 증거이다. 말이 많은 사람에게 신뢰감이 가지 않는 것은 그의 내면이 허술(치밀하지 못하고 엉성하여 빈틈이 있음)하기 때문이고 행동보다 말을 앞세우기 때문이다.' '말을 아끼려면 가능한 타인의 일에 참견하지 말아야 한다. 어떤 일을 두고 아무 생각 없이 무책임하게 타인에 대해 험담을 늘어놓는 것은 나쁜 버릇이고 악덕이다. 사람들은 하나 같이 얻는 것을 좋아하고 잃는 것을 싫어한다. 그러나 전 생애의 과정을 통해 어떤 것이 참으로 얻는 것이고 잃는 것인지 내다볼 수 있어야 한다. 때로는 잃지 않고는 얻을 수가 없다.’ ‘나그네 길에서 자기보다 뛰어나거나 비슷한 사람을 만나지 못했거든 차라리 혼자서 갈 것이지 어리석은 자와 길벗을 하지 마라. 사람의 허물을 보지 마라. 남이 했든 안 했든 상관하지 마라. 다만, 나 자신이 저지른 허물과 게으름을 보라. 비난받을 사람을 칭찬하고 칭찬해야 할 사람을 비난하는 사람. 그는 죄를 짓고, 그 죄 때문에 즐거움을 누리지 못한다.’ ‘눈으로 보는 것에 탐내지 마라. 속된 이야기에서 귀를 멀리하라. 사람들이 집착하는 것은 마침내 근심이 된다. 집착할 것이 없는 사람은 근심할 거리도 없다.’ ‘날 때부터 천한 사람이 되는 것은 아니다. 날 때부터 귀한 사람이 되는 것도 아니다. 오로지 그 행위로 말미암아 천한 사람도 되고 귀한 사람도 되는 것이다.’ ‘사람은 그 누구를 막론하고 자기 분수에 맞는 삶을 이루어야 한다. 자기 분수를 모르고 남의 영역을 침해하면서 욕심을 부린다면 자신도 해치고 이웃에게 피해를 주기 마련이다. 우리가 전문지식을 익히고 그 길에 한평생 종사하는 것도 그런 삶이 자신에게 주어진 인생의 몫이기 때문이다.’”

우리가 살고 있는 자본주의 사회에서는 남과 비교되거나, 비교하며 경쟁하는 상황 속에서 살아가며 끊임없이 물질만을 추구하게 된다. 그러다 보면 계획했던 일이나 추진하고 있는 일들이 잘 되더라도 때론 공허감이 들기도 하고, 잘 못 돼가는 경우는 쉽게 포기하거나 좌절해 버리기도 한다. 우리가 살고 있는 지금의 시대는 분명 돈으로 많은 것을 해결할 수 있다. 그런데 역설적으로, 돈으로 해결할 수 없는 것들도 분명 많이 존재한다. 바로 그것은 사랑, 관심, 배려, 존중, 친절, 감사,

희생, 인내, 기다림 등 일일이 다 열거하기 어려울 정도로 많다. 그런데 이같이 나열되어 있는 여러 단어 이외, 우리가 행복해지기 위해서는 가장 중요한 단어는 '소박(素朴)함(꾸밈이나 거짓이 없고 수수하거나 검소함 ↔화려함)'일 것이다. 한마디로 "생활 속에 '소박함'이 깃들어 있어야 한다."라는 것이다. 소박함은 불필요한 것들을 배제(排除: 물리쳐서 제외함)하고 '단순하고 깨끗한 삶을 추구하는 사고방식'이고, '간결하고 직접적인 의사소통을 중요시하는 것'이며, '자연과 조화를 이루는 것'을 추구하며, 그리고 무엇보다도 중요한 '자기만의 소중한 가치관을 지니고 살아가는 것'이다. 비록 성공과 돈만을 추구하고 있는 마음 한구석에는, 소박한 마음으로 사소하지만 무엇이 중요한 것인지, 우선순위를 정해 노력을 경주(傾注: 마음이나 힘을 한곳에만 기울임)해 나가면서 하루하루를 알차고 보람 있게, 감사하는 마음으로 채워나가다 보면 내가 진정으로 그리던 자리에 있게 됨을 알게 될 것이다.

인터넷에서 돌고 있는 실화 하나를 소개한다. 때는 2000년 캐나다 동부 도시 몬트리올에서 있었던 일이다. "한 남자가 있었는데, 그는 어려서부터 학대를 받으며 불우한 환경에서 자랐지만, 열심히 노력한 끝에 자수성가(自手成家)했다. 결혼했고 아들도 생겼으며 선망(羨望: 동경: 부러워하여 바람)의 대상이자 인생의 최대 목표였던 최고급 스포츠카를 사게 되었다. 그러던 어느 날, 차고에 있는 차를 손질하러 들어가던 그는 이상한 소리가 들려 주변을 살펴보았는데, 자신의 어린 아들이 천진난만한 표정으로 날카로운 못으로 아빠인 자기 차에 낙서하고 있는 광경을 목격하게 되었다. 순간적으로 이성을 잃은 남자는 자신도 모르게 치밀어 오르는 감정을 억제하지 못한 나머지 그만, 손에 쥐고 있던 공구(工具)로 아들의 손을 가차 없이 내려쳐 버렸고 아들은 대수술 끝에 결국 손을 절단해야만 했다. 병원에서 수술이 끝나고 깨어난 아들은 넋을 잃고 앉아 있는 아버지에게 잘린 손으로 눈물을 흘리며 빌었다. ‘아빠! 다시는 안 그럴게요. 아빠! 용서해 주세요.’ 눈에 넣어도 아프지 않을 어린 자식의 아버지는 절망적인 심정으로 집에 돌아왔고, 그날 저녁, 아버지는 차고에 있는 자신의 차 안에서 권총으로 자신의 목숨을 끊었다. 그가 마지막 본 것은 자신의 스포츠카에 쓰인 그 아들의 낙서였다. 낙서의 내용은 ‘아빠~ 사랑해요.’였다.” 인간은 정말로 소중한 것을 잃고 나서야 무엇이 중요한지를 통렬(痛烈: 날카롭고 매서운)하게 느끼게 된다. 우리는 살아가면서 늘 내 몸이나 내 곁에 있어 주어서, 그리고 내 평범한 일상의 소중함을 잊고 살아가고 있다. 마치 매일 숨 쉴 수 있는 공기처럼. 주변을 한번 둘러보아라. 정말로 소중한 것이 무엇인지를! 진정 소중한 것이 무엇인지를 알았다면 결코 그것을 놓쳐서는 안 된다. 가장이라면 진절머리 나게 느껴지고 반복되는 출·퇴근, 가정주부라면 매일같이 하는 밥 짓고, 설거지하는 일 등, 학생이라면 매일같이 하는 등·하교, 그런데 어쩌다가 중병에 걸려 병원 병실에 드러누워 있으면 ‘평범한 일상이 얼마나 소중한가!’를 그제야 깨닫게 되는 것이다. 그리고 조촐하지만, 아내가 차려주는 따뜻한 밥상, 박봉이지만 매월 꼬박꼬박 빠짐없이 들어오는 월급, 아빠가 저녁 늦게 퇴근하시며 들고 들어오시는 과자나 빵 한 봉지, 함께 사시는 부모님이 아침 출근할 때 ‘얘야! 또는 애비야! 조심히 잘 다녀오너라!’라는 말씀 한마디. '오늘 추운데 고생 많았죠?'라는 아내의 말 한마디. '오늘 집안일 하느라 당신 고생했지?'라는 남편의 말 한마디, 학교에서 늦게 야자(야간 자율학습)까지 마치고 돌아오면 부모님이 '우리 아들(딸), 수고했네, 어서 와!'라고 말씀하시며 현관에서 맞이해 주시는 부모님의 미소 띤 얼굴, 이 모든 것들이 우리의 삶에서 '돈으로는 살 수 없는 소중한 것들'이다. 그런데 더불어 육체적으로 건강하고 정신적으로 건전한 사고방식을 갖고 있고, 가족들 모두 무탈하고 각자 자기 위치에서 자기 할 일 하고 있으면 무엇이 부럽고 무엇을 더 바랄 게 있겠는가? 이 모든 것들도 또한 '돈으로 살 수 없는 소중한 것들'이다.

러시아의 사상가, 소설가 레프 톨스토이가 쓴 「인생이란 무엇인가」에서 '인간은 의식이 가장 높은 곳에 있을 때 고독하다. 그 고독은 때로는 이상하고 낯설며 괴롭게 느껴질 때가 있다. 그래서 생각이 부족한 사람은 여러 가지 기분 전환을 시도하며 괴로운 고독의 의식에서 도피하고자 의식의 높은 곳에서 바닥을 향해 내려가고 있다. 이에 반해 생각이 깊은 사람들은 '기도'를 통해 그 높은 곳에 계속 머물러 있다.'라고 말했다. 이는 우리에게 '기도의 중요성'을 말한 것이다. 동양 철학자, 명리학자, 칼럼니스트 조용헌 교수는 개운(開運: 좋은 운수가 열림)법, 운명, 팔자(八字: 사람의 한평생 운수)를 바꾸는 방법으로 6가지를 말했는데 '첫째는 선(善)을 베풀어야 하고, 둘째는 스승을 만나 자문(諮問)을 받아야 하고, 셋째는 독서를 통해 지혜(智慧)를 얻어야 하고, 넷째는 쉼과 충전이 되는 명단(明斷: 명확히 판단을 내림)에 머무르고, 다섯째는 멈춰서 기도하고, 마지막으로 스스로의 잠재 능력인 운명, 팔자를 알아야 한다.'라고 말한다. 여기서 '기도하는 삶'의 의미는 톨스토이가 강조하는 '기도하는 삶'의 중요성과 그 결(結)을 같이하는 것으로 종교인이라면 절대자, 신에게 의지하여 기도하는 것을 말하지만 비 종교인들에게는 기도를 대신할 수 있는 혼자만의 '명상(冥想: 눈을 감고 고요히 생각함)'을 의미한다. 그렇다면 나는 무신론자(無神論者)로 '기도나 명상 대신 할 수 있는 것이 무엇인가?'라고 묻는다면, 바로 그것은 기도를 대신하는 '희망과 노력'이다. 한마디로 살아가는 데 중요하고, 절대 필요하며, 돈으로는 결코 살 수 없는 무엇보다도 소중한 것, '꺾이지 않는 마음, 희망과 노력을 잃지 않는 마음'일 것이다.

영화 두 편의 명(名)대사(臺詞)를 인용한다. 하나는 미국영화 '존 윅(John Wick: 킬러들의 무자비한 세계를 그린 영화) 4'와, 다른 하나는 미국영화 '로드 투 퍼디션[Road to Perdition(지옥에 떨어지는 벌): 범죄 드라마 영화]'으로, 전자의 대사로는 '좋은 죽음은 좋은 인생 뒤에만 오는 법이다(A good death only comes after a good life.)'이고 후자의 대사로는 '업보(業報: 인과응보의 준말)는 절대 번지수를 잊지 않는다(Karma never loses address.)'이다. 후자의 말과 궤를 같이하는 성경 말씀으로는 '뿌린 대로 거두리라(As one sows, so shall he reap.)'가 있고, 불가(佛家)에서는 '인과응보(因果應報)는 시차(時差)는 있어도 오차(誤差)는 없다.'라는 말이 있다. 평생을 살아가면서 남 가슴 아프게 하지 않고, 해코지하지 않는 것도 중요하다. 특히 '내 가족들, 주변 사람들 실망 시키고 상처 주고 마음 아프지 않게 하는 것' 더욱 중요하다.

끝으로 아무리 젊어도 누구나 언젠가는 노년의 삶을 살아가야 한다.

그렇다면 노년의 삶을 살아가는 이들에게 소중한 것은 무엇인가? 아마도 '좋은 죽음이란 무엇인가?'와 '그 죽음을 위해 여생을 어떻게 살아가야 할까?'라는 물음일 것이다. 독일의 시인, 극작가 베르톨트 브레히트는 '죽음보다는 추한 삶을 두려워해야 한다.'라는 유명한 어록(語錄)을 남겼다. 여기서 말하는 추한 삶은 아마도 '양심을 저버린 삶'일 것이다. 다시 말해 살아생전 '양심에 입각한 삶' 나아가 '자신의 본분(本分: 사람이 저마다 가지는 본디의 신분, 마땅히 지켜야 할 직분)을 다하는 삶'일 것이다. 노년이 되면 대개는 자신의 신세(身世: 한 사람의 처지나 형편, 대체로 가련하거나 외롭고 가난한 경우) 한탄(恨歎: 한숨 쉬며 탄식함)을 하게 된다. 그러나 사람을 호박과 비교한다는 것은 부적절할지 모르지만, '자연의 이치'로 한번 따져보자. 호박이 노랗게 꽃이 필 때는 사람들이 지나가면서 눈길 한번 주지 않고, 심지어는 '호박꽃도 꽃이냐?'라고 비아냥거리지만, 누렇게 익으면 사람들이 너도나도 좋아하게 된다. 늙어서 사랑받게 되는 늙은 호박처럼, '늙어가는 것이 아니라 익어가는 인생'이라는 생각을 하고 남은 인생 살아가는 것이 말년 '돈으로는 살 수 없는 소중한 것'이 아닐까, 생각해 본다. 왜냐하면 노년의 삶은 '천지자연의 이치에 맡겨 아등바등 살지 않는 것'이 가장 바람직하기 때문이다. 결론적으로 남녀노소 우리가 모두 맞이하게 되는 노년 삶의 가장 핵심(point)은 '마음 다스리기'일 것이다. 그래야만 남은 생애 편안하고 안락한 삶을 살 수 있기 때문이다. 어찌 보면 명예, 권력, 돈보다 단연코 우위이고, 노년에 가장 중요하다고 하는 건강보다 더 우선이 '마음 다스리기(추스르기, 달래기)'일 것이다. 그런데 이것은 평생의 습관이다.

20

인생에서 어려운 것들

'인생이란 무엇인가?'를 정의 내리기 위해 프랑스 어느 한 수도원 입구 큰 돌비석에 있는 비문(碑文)의 내용과 의미를 짚어보는 것으로 이 글을 시작하려 한다. 그 비문에는 '아프레 쓸라(Apres cela)'라고 세 번 반복해 적혀 있다.

그런데 이 말은 원래 18세기 프랑스의 대표적 계몽 사상가, 소설가 볼테르가 쓴 「캉디드(Candide)」에서 처음 사용된 것으로, 주인공이 세상은 악하고 불완전하다는 것을 깨닫고 결론으로 '아프레 쓸라'를 말하는데, 이 소설은 낙원과 같은 곳에서 태어난 주인공 '캉디드'가 '세상의 고통을 경험하고, 그 고통을 극복하고자 하는 인생 여정(旅程: 여행의 과정이나 일정)을 그린 이야기'로 그는 "평화롭게 살아가는 시골 농부에게서 일(노동)은 권태, 방탕, 궁핍이라는 3대 악(惡)으로부터 우리 인간을 지켜준다는 가르침을 얻고서, 비로소 땀을 흘려 일하며 자신의 삶을 개척하기 시작하는데 소설 마지막 부분에서 여전히 입으로만 세상을 낙천적으로 보는 자신의 스승에게 '그러나 정원을 가꾸어야만 합니다.' 그리고 덧붙여 '아프레 쓸라(다음에는…)'를 남긴다."라는 내용이다.

다시 수도원 비문의 유래(由來)로 돌아와서, 이야기는 다음과 같다. "어느 한 가난한 법대생이 마지막 한 학기를 남겨놓고 학비를 마련할 길이 없어, 고민 끝에 수도원의 수도사를 찾아가 도움을 청하자, 수도사는 어느 성도가 좋은 일에 써달라고 두고 간 기부금 봉투를 뜯지도 않은 채 학생에게 내어 주었다. 학생이 기쁜 얼굴로 봉투를 가지고 돌아 나오려는데 수도사가 학생을 세워두고 물었다. '그 돈을 어디에 쓰려나?' '말씀드린 대로 등록금을 내야 하지요.' '그다음은?' '열심히 공부를 해서 졸업을 해야 하지요.' '그다음은?' '법관이 돼서 약자들을 돕겠습니다.' '좋은 생각이네, 꼭 그렇게 해주기를 바라네. 그럼 그다음은?' '결혼도 하고, 가족들 잘 부양해야지요.' '그다음은?' 더 이상 대답을 하지 못하자 수도사는 웃으며 말했다. '그다음은 자네도 죽어야 하는 것이네. 그리고 그다음에는 자네도 심판대 앞에 서야 할 것이네. 알겠나?' 학생은 집에 돌아와 '아프레 쓸라'라고 묻는 수도사의 여러 번 반복되는 질문이 귓전을 떠나지 않아 결국은 돈을 신부에게 돌려주고는 수도원에 들어가 수도사가 되어 보람 있는 수많은 일을 하면서 생을 마감했다. 그러고는 세월이 한참 흘러 그가 죽은 후 그의 묘비에는 그의 좌우명(座右銘)이 된 '아프레 쓸라 아프레 쓸라 아프레 쓸라, 그다음은? 그다음은? 그다음은?'을 써 놓았다고 한다."라는 내용의 이야기이다. 그런데 여기서 우리의 영혼과 일상의 삶이 무기력하게 되는 가장 직접적인 이유는 죽음이라는 종말 의식이 없거나 둔하기 때문이며, 종말 의식을 갖고 거듭나는 영혼이 되어야 한다. 그러므로 '아프레 쓸라' 그다음은? 삶의 핵심 단어로 기억하고 있어야 하는데, 현명하고 지혜로운 사람은 항상 마음속에 담아두고 살아가고, 어리석은 사람은 잊고 살아갈 것이다.

한 사람의 인생 여정에서 정말 어려운 것, 돈으로 해결할 수 없는 것은 '선택'일 것이다. 외식하러 가서 메뉴판에 있는 여러 가지 중 하나를 골라야 하는 대체로 간단한 선택도 있지만, 전공, 진로, 직업선택 그리고 무엇보다도 인생의 가장 중요한 배우자 선택 같은 경우는 열 번, 스무 번 생각하고 생각해 보는 신중함을 기해야만 한다. 살아가면서 수많은 선택 앞에서 가장 바람직한 선택은 무엇보다도 '결과를 먼저 생각하는 선택, 후회 없는 선택'이 되어야 한다. 그런데 선택처럼 어려운 것도 없다. 과거의 선택이 오늘의 현실이고, 미래의 삶은 현재 선택의 결과이다. '노력'하기에 앞서 '선택'을 잘해야 한다.

경북대학교 자기계발연구원의 '성공과 행복을 창조하는 자기 계발'이라는 자료에 의하면 '한 사람의 인생, 성공과 행복을 창조하는 삶의 여덟 진법(陳: 늘어놓을 진 法: 법 법)은 첫째는 가정적으로 행복한 삶, 둘째는 경제적으로 풍요로운 삶, 셋째는 육체적으로 건강한 삶, 넷째는 정신적으로 건전하고 거룩한 삶, 다섯째는 여가가 있는 여유로운 삶, 여섯째는 사회적으로 책임지는 삶, 일곱째는 봉사와 나눔의 삶, 마지막으로 지성 있는 지혜로운 삶'이라고 한다, 이들을 실현하기 위해서는 무엇보다도 정직하고 맡은바 직분이나 임무에 성실하며 진실하게, 그리고 공정하고 정의롭고 품격 있는 언행으로, 사랑하고 봉사하며 베푸는 삶을 살아가야 한다. 그런데 '선택' 다음으로 삶의 여덟 번째 진법 중 첫 번째인 '가정적으로 행복한 삶'이야말로 결코 돈으로 사거나 해결할 수 없는 것 중 하나일 것이다. 특히 한 가정에서는 올바른 자식을 두어야 하고, 그리고 평생 부부간 원만(圓滿: 모난 데 없이 부드럽고 너그러운, 사이가 좋은)하고 화목(和睦: 서로 뜻이 맞고 정다움)한 관계가 지속해서 유지(維持)되어야 한다.

'집안이 화목하면 모든 일이 이루어진다.' 명심보감에 있는 말이고, '이 세상에서 가장 빛나는 기쁨 중 하나는 가정의 웃음이고, 다음은 자식을 보는 부모의 즐거움인데, 이 두 가지는 사람의 가장 성(聖)스러운 즐거움이다.' 스위스의 교육학자, 사상가 페스탈로치의 말이며. '부부는 둘이 반씩 되는 것이 아니라 하나로써 전체가 되는 것이다.' 네덜란드 화가 빈센트 반 고흐의 말이다.

아동문학가 허은실 님이 쓴 에세이 「나는, 당신에게만 열리는 책」에서 나이 들어갈수록 어려운 것, 세 가지는 '첫 번째 누군가를 새로이(전에 없었던 것이 처음으로) 사랑하거나 친구를 사귀는 것, 둘째는 어딘가를 향해 갑자기 떠나버리는 것, 마지막으로 오래 간직하고 있던 것을 정리하고 버리는 것'이라고 한다. 그런데 이 중에서도 가장 어려운 것이 친구를 사귀는 일인 것 같다. 나이가 들어갈수록 사랑보다는 우정이 더 미덥고(믿음성이 있는) 포근하게(보드랍고 따뜻하여 편안하게) 느껴진다. 왜냐하면 나이 들어 사랑은 순수함보다는 너무 계산적, 이해타산적인 경우가 많기 때문이다. 그래서 사랑은 여름날의 햇볕처럼 뜨겁지만, 우정은 봄날의 햇살처럼 따스하게 느껴진다. 뜨거운 것은 금방 식지만 따스한 것은 서서히, 은근히 식는 법이다. 그러므로 노년에는 새로이 이성이나 동성 친구를 사귀려 하기보다는 오랜 친구를 소중히 여겨야 한다.

　노년에 돈으로 해결할 수 없는 '인생에서 마지막으로 어려운 것' 두 가지를 살펴보기로 하자. 이 두 경우는 '자연의 이치'로 따져보는 것이 가장 합리적일 것이다. 하나는 '죽음'이다. 인간은 명예, 권력이나 부(富)로도 대체할 수 없을뿐더러 누구나 피할 수 없는 것, 죽음은 결국 '만인에게 평등'하다. 동양에서는 동물의 12간지(干支)가 있고, 서양에서는 별자리의 12궁(弓) 황도대(黃道帶)가 있으며 불가에서는 '인간이 잉태에서 죽기까지' 전 과정의 12운성(運星) 포태법(胞胎法)이 있다. 그중 12운성 포태법은 '포태양생(胞胎養生) 욕대관왕(浴帶冠王) 쇠병사장(衰病死葬)'으로 한마디로 '생로병사(生老病死)'로 압축할 수 있는데, 모든 생명체는 '태어나면 늙고 병들어 죽는 것'이 하늘과 자연의 이치이다. 결국 죽음은 그 어느 누구도 피할 수 없는 것이다. 다른 하나는 노년에 '마음을 다잡는 일'이다. 물론 마음을 잡는 일이 결코 쉬운 일은 아니며, 누구나 다 할 수 있는 것도 아니다. 이 또한 돈으로 해결할 수 없는 것으로 전적으로 본인의 '강한 의지력' 여하(如何)에 달려 있다고 해도 과언은 아니다.

　끝으로 인생에서 가장 어려운 것은 무엇일까? 아마도 '자기 자신을 아는 것'일 것이다. 여기에 대한 구체적 내용들을 고대에서 현대까지 수많은 현인(賢人)이 전하는 단어와 문장으로 글을 써 내려간 언론인 진점규 님이 쓴 「겸손과 지혜」에서 인용하는 것으로써 글을 맺는다. "타인의 시각으로 자신을 볼 수 있는 힘은 신이 주신 귀한 선물이다. 인간의 가장 친한 친구는 그의 열 손가락이다. 자기 자신을 아는 사람은 더 이상 바보가 아니다. 사람에게 가장 중요한 것은 '자신을 위해 무엇을 하느냐이다. 내가 다른 사람에게 어떤 존재인가 보다는 '나 자신에게 어떤 존재인가'가 중요하다. 자기 내면에서 군림(君臨)하고 자신의 열정과 욕망, 두려움을 지배하는 자는 왕보다 위대하다. 남을 이기는 자는 강하다. 그러나 자신을 이기는 자는 전능(全能: 하지 못하는 것이 없이 능함)하다. 남을 아는 사람은 지혜 있는 자이지만, 자신을 아는 사람은 명철(明哲)하다." 모든 문장 하나하나가 공감(共感)이 가는 말들로 '삶의 지혜'로 삼을 만하다.

21

인생 시절별 중요한 것들

인생(人生)이란 '인간의 삶, 즉 인간의 태어남과 죽음을 아우르는 전반적인 삶'을 의미한다. 그런데 인간은 단 하나의 궁극적인 목표, 행복을 지향(指向: 지정한 방향으로 나아감)하며 살아가게 된다. 그것은 각 시절마다의 연속성이 있어 직·간접으로 영향을 받게 된다. 그러므로 앞선 시절의 알찬 삶은 나중에 오는 시절의 삶을 충만(充滿)하게 할 수 있는 길을 열어주게 된다. 그런데 다행히도 어쩌다 앞선 시절을 잘못 보냈어도, 나중에 오는 시절을 스스로 깨닫고 알차게 보내면 그 나름의 충만한 삶을 영위(營爲)할 수도 있기는 하다. 그렇다 해도 당면한 시절의 중요성을 인지(認知: 인정하고 앎)하고 깨달아 임(任)하는 것은 지각(知覺) 있는 사람이라면 그 당위성(當爲性)을 인정할 것이다. 그리고 중요한 것은 사람은 다 시기, 때가 있다. 황금과 같은 기회, 시기를 놓치지 말아야 한다. 왜냐하면 각각(各) 시절마다 해야 할 일들이 다르기 때문이다.

어린 시절: 어른이라면 누구나 겪었던 시절이다. 국어사전의 정의로는 '출생부터 고등학교 때까지'로 20대 이후는 청년 시절로 성인으로 간주한다. 그런데 사람마다 때에 따라 미취학 때까지만 어린 시절로

보기도 한다. 어찌 되었든, 어린 시절은 한 인간의 성장기로 인격 형성, 사회성 형성, 학업성취 등이 이루어져야 하며, 정신적으로나 육체적으로 건전하고 건강하게 보내야 성인이 되어 제대로 된 한 인간이 되어 원활(圓滑)하고 윤택한 삶을 살 수 있다는 점에서 보면 육아, 교육(가정과 학교), 당시의 사회적여건 등은 대단히 중요한 것이다. 특히 어린 시절에 아동학대, 학교폭력, 가정폭력, 특히 성OO 등은 충격이 되어 성인이 되어서 좋지 않은 기억, 트라우마(trauma: 정신에 지속적인 영향을 주는 격렬한 감정적 충격)로 남아 평생을 안고 살거나 안 좋은 쪽으로 바뀔 수도 있다. 그러므로 어린 시절을 어떻게 보내느냐에 따라 한 사람의 인생이 좌우되는 중요한 시기이다. 이 시기는 배우고 안 배운 것을 떠나 올바르고 지각(知覺)과 양식(良識), 덕(德)을 겸비(兼備)한 부모님 슬하에서 올바른 가정교육을 받는 것이 중요하다. 특히 '봉사와 베풂'의 집안 분위기의 내림이면 더 좋다. 이 경우는 어린 시절부터 학창 시절까지 포괄적(包括的)으로 해당이 된다.

학창 시절: 우리는 학창 시절이 인생 전체의 가장 중요한 일부로 보고 생활해야 하며 학창 시절도 풍요로워야 함은 두말할 나위도 없다. 학창 시절은 어른이 되기 위한 과도기이며 사춘기라는 시기를 거쳐야 하고, 무엇보다도 평생을 살아가는데 갖추어야 하는 인성, 인격의 성숙도를 다지는 중요한 기간이다. 학창 시절 교육의 주된 목적이 정신적으로 건전하고, 육체적으로는 건강하며, 무엇보다도 유능한 어른으로 성장시키는 데 있다면, 공부라는 것은 '자신의 성숙'과 '학업성취' 뿐만 아니라 '진로 선택' 중심이 되어야 한다. 인생을 살아가는데 필수

불가결한 ‘경제력’은 곧 어떤 직업을 택하느냐에 달려 있으며, 무엇보다도 적성에 맞고, 돈벌이가 될 수 있고, 장래성이 있어야 하는 직업선택을 어떻게, 어떤 것을 택해야 하느냐의 가장 중요한 시기가 고2~대학 2학년 기간이기 때문이다. 중요한 것은 이 시기가 자신이 잘할 수 있고 적성에 맞는 다양한 직업, 진로 선택 중심 교육의 주된 시기이다. 먼저 학창 시절 학생의 본분(本分: 사람이 저마다 가지는 본디의 신분)은 학교생활에 충실한 것인데 이는 곧 ‘성실도’와 직결되는 것으로 공부도 잘하고 출석도 빠짐이 없어야 하며, 수업과제도 잘 해내야 하는데 이는 ‘책임감’과 관계되는 것이다. 다음으로 학교생활에서 공부 못지않게 중요한 것은 교우관계이다. 인간 생활에서 평생 피할 수 없는 것은 인간관계로 학창 시절의 교우관계는 사회성을 준비하는 기간으로, 무엇보다도 폭넓고, 원만한 교우관계를 맺어야 하는데, 친구의 좋은 점은 본(本: 본보기가 될 만한 올바른 방법)을 받고, 나쁜 점은 그것을 타산지석(他山之石), 본(本)이 되지 않은 남의 말이나 행동도 자신의 지식과 인격을 수양하는 데 도움이 되도록 해야 한다. 다음으로 중요한 것은 다양한 종류의 독서이다. 독서는 ‘자기 인생의 폭을 넓히고 자신의 체험을 예리하고 정확하게 만들어 준다. 결국 바람직한 인격 형성을 하는 데 독서의 목적이 있다. 인간은 생각하기 위한 지식을 독서에서 구하고, 생각하는 방법을, 독서를 통해서 배우며, 독서와 더불어 생각할 때 비로소 사물에 대한 이해와 판단이 빠르고 폭넓은 인간으로 성장하게 되며, 나아가 새로운 것을 창조해 낼 수 있는 창의력을 가질 수 있게 되기 때문이다.’ 가난과 무지에서 벗어나는 길은 공부밖에 없으며, 미련과 착각에서 벗어나는 유일한 길도 독서밖에 없다. 무엇보다도 독서는 창의력, 이해력, 응용력, 해결 능력을 길러 학습효과를 크게 증대시키고, 시험을 잘 치르게 되어 성적이 좋게 나온다. 마지막으로 이성 교제이다. 건전한 이성 교제는 문제가 없지만 이성에 빠지게 되면 학창 시절의 가장 중요한 학업에 소홀하게 되어 평생을 두고두고 후회 속에 살아갈 수 있으므로 가급적 대학에 들어간 이후로 미루어야 하며, 이성 교제보다는 취미생활이나 여가 활동으로 대신하고, 일평생 '일만 하고 살 수는 없는 법'으로 미리부터 취미나 여가를 즐기는 것을 습관화해 두어야 한다.

  젊은 시절: 일반적으로 정규 학교 교육을 모두 마치고 남자라면 군대 복무도 마친 이후 결혼해 가정도 꾸리고 현업에 종사할 즈음이다. 한 사람의 결혼은 인륜지대사(人倫之大事: 인간의 일생에서 치르게 되는 큰 행사) 중 하나로 '젊은 시절 해야 할 중요하고 우선순위의 일로 결혼하고, 또 아이를 낳는 일'이다. 배우자 선택은 나와 내 가정, 그리고 가족 모두의 행복과 불행을 결정짓는 바로미터(barometer: 지표)이다. 요새 젊은이들이 하는 말로 '인물만 좋다면 모든 것을 용서할 수 있다.'라고 한다. 그러나 인물은 선택 기준에서 후(後) 순위가 되어야 한다. 다른 조건들은 다 제쳐두고 인물만 따지다가는 인생 낭패(狼狽)를 볼 수 있다. 남편감은 '성실하고 정직하고 책임감 있고 약속을 잘 지키는 사람'이어야 하고, 아내감은 '이해심 많고, 알뜰해야 하며, 인간미와 인정이 있는 사람'이어야 하는데, 특히 '관후(寬厚: 마음이 너그럽고 후덕함)'해야 한다. 여자는 남편 잘 만나는 것이 최종 목표이지만, 남자도 아내

잘 만나야 한다. 특히 남자는 '덕(德: 어질고 올바른 마음, 그리고 훌륭한 인격)이 있는 아내를 만나야 노후(老後)가 편안하고 행복한 법'이다. 남자들이여! 명심하라. '아내의 인물이 3년, 요리 솜씨가 10년 유효기간이라면 성격은 유효기간이 없는 평생이라는 것을.' 사람은 때가 있는 법이다. 공부할 때는 공부를 해야 하고, 결혼할 때는 결혼도 해야 하고, 그리고 자식을 낳아야 할 때는 자식도 두어야 한다. 요새 비혼주의자들도 흔하고, 결혼했다 해도 자식을 두지 않는 경우도 있다. 그러나 자식은 울타리이고 내 인생 최후의 보루(堡壘)이다. 반드시 자식은 있어야 한다. 수(數)가 많으면 키울 때는 고생이 되기도 하지만 노년을 위해서, 그리고 부부 관계에서도 자식이 교량(橋梁) 역할을 해주는 것이다. 부부가 둘이듯 최소한 아들딸 구별 말고 두 명은 두어야 한다. 젊어서야 모르고 지낼 수 있지만 나이 들어 노년이 되면 배우자나 자식 없이 지낸다는 것은 고립무원(孤立無援: 고립되어 구원받을 데가 없음)이다. 다음으로 창업이나 자영업을 하기도 하는데, 대체로 직장 생활하는 경우로 볼 때 무엇보다도 '처세(處世: 남과 사귀면서 살아감)'술(세상을 살아가는 꾀)'이 중요하다. 사실 처세술이란 '실리를 추구하는 행위'로 합리적으로 생각할 때 '가치가 있고, 승산이 있어야 하며, 전체적으로 내가 얻게 될 실(實)이익이 충분할 때' 처세이다. 일반적으로 성공적인 자아실현을 한 사람들을 보면 '원만하고 폭 넓은 안정된 인간관계가 결정적인 역할을 했다'라고 한다. 처세의 핵심은 '성실함과 정직성, 언변술과 친화력, 그리고 솔선수범과 협동심'이다. 내가 나를 알아주는 것이 아니라, '남이 나를 알아주는 것' 즉 주변 사람들이 '나를 어떻게 보느냐?'의 평판, 좋고 나쁨에 따라 내 앞길의 운명, 성공 여부가 결정되는 것이다.

중 · 장년 시절: 보통은 40대부터 50대 후반 무렵으로 길게 잡아 정년퇴임 직전의 시기이다. 이때는 보통 집안 살림은 기반을 잡고 자식들도 어느 정도 성장해 있으며 직장인이면 중견간부급 이상이 되어 있고, 더러는 대표가 되어 있는 나이이다. 개인사업, 자영업을 하는 경우 노하우(know-how)도 붙고 고객이나 거래처도 탄탄하게 확보되어 있는 시기이기도 하다. 대체로 이 시절은 가장 안정되고 행복한 시절이다. 무엇보다도 자식들이 공부 잘하고, 좋은 직장 다니면 더할 나위 없이 행복한 시절이다. 자식들 결혼 준비를 하거나, 결혼시켜 분가(分家)도 해주어야 하는 시기이다. 직장인이면 고위직 선배들, 하위직 후배들 사이에서 해야 할 일도, 책임질 일도 많을 때다. 그래서 일적인 면에서 능력을 발휘해야 하고 인간관계, 처세 면에서도 세심한 주의가 필요한 시기이다. 솔선수범하고, 아랫사람들 챙겨주고, 이끌어 주어야 하며, 무엇보다도 신상필벌(信賞必罰)이 명확하고 분명해야 한다. 그리고 개인적인 면에서는 건강관리도 철저히 해야 한다. 무엇보다도 건전하고 정도(正道)를 지키는 절제의 사생활(私生活)이 필요한 시기이다. 더욱 중요한 것은 정년퇴임 이후를 준비해야 하는 시기로, 노년을 위해 비상금 명목으로 목돈도 마련해 두어야 하고, 노년에 매월 수입과 지출을 맞추어 나갈 방안을 생각해 두어야 하며, 우정과 사랑, 취미생활 등의 시간 보내기 방안, 살 곳은 어디로 할 것인지, 주도면밀한 계획과 준비가 필요한 시기이다. 하나하나 꼼꼼하게 챙겨봐야 할 시기로. 더더욱 중요한 것은 부부간의 거리두기 문제를 어떻게 할 것인지에 대해 심사숙고(深思熟考)해야만 한다. 어쩔 수 없이 혼자이거나 홀로의 삶을 계획한다면 모르지만, 부부가 둘이 함께라면 노년에 문제가될 수도 있다. 노년에 '부부가 금슬 좋게 오손도손 살아가며 함께 시간을 보내는 것'이 노년에는 최고 행복하고 바람직하다. 그러나 요즘 세태에 흔한 일은 결코 아니며, 설령 사이가 좋다 해도 부부간은 양날의검(劍)으로 종일 함께 있으면 좋은 점도 있지만 나쁜 점도 반드시 있다.일반적으로 '아침에 헤어졌다가 해 넘어가서 만나는 것이 가장 이상적부부 관계'라는 것을 명심해야만 한다. 특히 '노년에 생활비를 벌기 위해 같은 공간에 종일 함께 있는 것은 위험하다.'라는 것을 말하려는 것이다.

퇴임 이후 노년(老年) 시절: 보통 60대 초중반 이후, 늦으면 70대 초반 이후이다. 오늘날 의학과 위생의 발달로 인간은 백세시대를 살아가고 있다. 본업에서 은퇴한 3~40년의 세월은 결코 짧지 않은 긴 세월이다. 노년의 세월은 젊은 날 하지 못한 것에 대한 한(恨)풀이로 새로운 것에 대한 도전의 시기이기도 하지만, 대체로 인생을 마무리하는 정리의 시기이다. 인간사 모든 것이 '끝이 좋아야 모두 좋다(All is well that ends well. -영어속담).' 우리네 인생도 '노년이 좋아야 한다'라는 것은 두말할 나위도 없다. 노년의 이상적 삶을 살아갈 수 있는 동ㆍ서양의 두 명사의 명언을 인용하는 것으로 이 글의 대미(大尾)를 장식하고자 한다. '노년의 삶은 지나치게 간섭하여 잔소리 말고, 잡스러운 일을 줄여 심신을 피곤하게 말며, 마음을 비워 잡념을 끊고, 자신의 삶을 천지자연의 이치에 맡겨 지나치게 아등바등 하지 말라'는 조선시대 영남 유학의 대표, 성리학자 장현광의 말이고, '주름이 생기지 않는 마음, 희망이 넘치는 친절한 마음, 그리고 늘 명랑하고 경건한 마음을 잃지 않고 꾸준히 갖는 것이야말로 노령을 극복하는 힘이다.'는 미국의 '정당 정치사'를 쓴 토마스 베일리의 말이다.

제2장

인간관계

1

인간관계

인간관계, 즉 대인 관계(對人關係)는 일명(一名) 끈, 또는 연(緣)줄이라고도 하는데 인간과 인간, 또는 집단과의 관계를 통틀어 일컫는 말로, 둘 이상의 사람이 빚어내는 개인적이고 정서적인 관계를 말한다. 이러한 관계는 교제(交際), 사랑, 연대(連帶), 일상적인 사업관계 등의 사회적인 약속에 기반을 둔다. 한마디로 인간관계란 사람과 사람의 감정의 흐름이 있고 휴머니즘(인간의 존엄성을 최고가치로 둠)을 토대로 상호 소통과 협력하고자 하는 의지가 있는 만남이다.

인간은 사회적 동물로 태어날 때부터 타인의 도움과 보호가 필요한 '의존적 존재'이기도 하다. 따라서 인간은 가족, 연인, 친구, 동료, 조직(단체)구성원 등 사회를 구성하여 서로 상호작용하면서 살아가게 되는 것으로, 인간관계는 '인간을 가장 인간답게 살아가게 해주고, 가치 있는 존재로 만들며 개인의 정체성(正體性: 변하지 않는 존재의 본질을 깨닫는 성질)을 발달케 한다. 특히 직장, 조직생활의 성공적 요인으로 능력보다 우선순위이기도 하다.' 그런데 인간관계의 필요충분조건(참이 되기 위해서 반드시 충족되어야 하는 조건)으로 네 가지 '진정성, 수용, 공감, 나눔'이 순차적으로 이어지고, 이루어져야 한다.

오스트리아의 정신의학자로 '개인 심리학'을 수립한 알프레트 아들러는 '인간관계를 모든 행복의 근원이자 고민의 근원'이라고 말하였고 '가족관계 → 친구나 연인 관계 → 비즈니스 관계 등 순서대로 가면 갈수록 인간관계의 어려움을 크게 느껴가게 된다.'라고 덧붙였다. 명언 중에는 미국의 저술가 리즈 카펜터는 '대부분의 사람들은 내 편도 아니고 내 적도 아니다. 또한 무슨 일을 하거나 자신을 좋아하지 않는 사람은 있기 마련이다. 모두가 자신을 좋아하기를 바라는 것은 지나친 기대이다.'라고 말했으며, 공자님의 말씀 '사람은 서로의 입장과 처지를 바꿔 생각해야 한다.'는 역지사지(易地思之)의 중요성을 강조한 것이다.

대인 관계 능력(能力)이란, 다른 사람의 생각이나 감정을 잘 이해하며 '조화롭게 관계를 유지'하며, 갈등이 생겼을 때 이를 '원만하게 해결'할 수 있는 능력을 말하며, 대인 관계의 매력(魅力)은 다른 사람의 어떤 성향이나 행위에 대해 지닌 '긍정적 태도의 정도'인데 대인 관계라는 것은 결국 일방적인 것이기보다는 '상대적이고 더 나아가 사회적'이라고 말할 수 있다. 오늘날 인간관계는 자산(資産)으로 인식되는 인적 네트워크뿐만 아니라 사회생활을 영위하는 데 필요한 인간관계를 포함하는 사람과 사람 사이에 사회적 행동과 교섭이 거듭됨으로써 생기는 관계로까지 확대되어, 인간 생활에서 중요한 위치를 차지하고 있다. 왜냐하면 한 사람이 사회에서 성공하기 위한 필수요건은 인성, 꿈, 끼, 꾀, 꼴, 깡, 끈(연줄)이기 때문이다. 그러므로 현대를 살아가고 있는 우리는 인간관계의 처세술(處世術: 세상을 살아가는 꾀)이 절대 필요하다.

그렇다면 처세에 가장 중요한 것은 무엇인가? 바로 '정직'인데 '돈키호테'를 쓴 세계적 작가 세르반테스는 '정직만큼 풍요로운 재산은 없으며, 사회생활에서 최고의 도덕률은 없다. 정직한 사람은 신이 만든 최고의 작품이기 때문에 하늘은 정직한 사람을 도울 수밖에 없다.'라고 말했으며, 영국의 총리였던 윈스턴 처칠도 '정직하지 않으면 사람을 움직일 수 없다.'라고 대인 관계에서 '정직'의 중요성을 강조했다. 인간관계에서 상대와 마음의 문을 열려면 내가 먼저 두드리고 공개해야 한다. 내가 먼저 솔직한 모습, 인간적인 모습, 때로는 망가진 모습까지 보여주면 상대도 편안하게 마음의 문을 열게 된다. 그리고 술값, 밥값을 내가 먼저 내는 것은 돈이 많아서가 아니고 친하게 지내자는 것이고, 대화 중 내 치부(恥部: 부끄러운 점)를 드러내는 것은 속이 없고 분수(分數: 분별이나 헤아리는 능력)없어서가 아니라 함께 마음을 터놓고 지내자는 의미이다. 사실 사람은 오래 지켜보아야 알 수 있다. 아무리 짧아도 1년, 그리고 나서 3년, 10년, 평생을 지켜보아야 그 사람의 진면목(眞面目)을 알 수 있는 것이다.

인간관계, 대인 관계에서 사람과 사람의 만남은 인연이며, 관계는 노력이다. 인연이란, '시작이 좋은 인연'이 아니라 '끝이 좋은 인연'이다. 인연의 시작이 내 의도와 상관없이 시작되었어도 어떻게 마무리하느냐가 중요한 것이다. 명언으로는 '인연이란, 인내를 갖고 공(功)과 시간을 들여야 비로소 향기로운 꽃을 피우는 한 포기의 난초이다.' 독일 소설가 헤르만 헤세의 말이다. 노력이란 어떤 목적을 이루기 위하여 몸과 마음을 다하여 애를 써야 하는 것인데, 프랑스 생화학자, 세균의 아버지 루이 파스퇴르는 '의지, 노력, 기다림은 성공의 주춧돌이다.'라고 말했으며, '노력이 적으면 얻는 것도 적다. 인간의 물적, 인적, 지적 재산(財産)은 그의 노고(勞苦)에 달려있다.'는 17세기 영국 시인 헤리크의 명언으로 '인간관계의 인적 재산도 노력해야 얻을 수 있다'라는 의미이다. 인간관계의 법칙을 정한다는 것은 조금 무리이지만 굳이 말한다면 '거울'과 같다. 내가 웃어야 거울 속의 내가 웃듯 '내가 먼저 관심을 두고 공감하고 배려하는 것'이 우선이다. 미국의 경제학자 토머스 소웰의 '예절과 타인에 대한 배려는 동전을 투자해 지폐를 돌려받는 것과 같다.'라는 말은 대인 관계에서 상대에 대한 '예절과 배려의 중요성을 강조한 것'으로 보아야 하겠다.

인간관계의 주(主)가 되는 것들은 무엇이 있는가? 첫째는 부모자식 간의 관계, 둘째는 동기 간(同氣間: 형제자매 사이)의 관계, 셋째는 부부 관계, 넷째는 친구 관계, 넷째는 스승과 제자의 관계이며, 마지막으로 사회의 조직이나 단체에서 동료(同僚)들의 관계가 있다. 그렇다면 이들 각각의 관계에서 처신 방법이나, 지켜야 할 덕목(德目)에는 무엇이 있는가? 첫째, 부모는 자식에게 인자(仁慈)하고, 자식은 부모를 존경해야 하며 서로 친애(親愛)함이 유지되어야 하고, 가족의 구성원으로 행해야 할 의무를 다해야 한다. 둘째, 동기 간의 관계는 두루두루 편안해야 모두가 편안하다. 그리고 서로 고만고만해야 가장 이상적인 관계이다. 사는 게 차이가 나면 은근히 시기, 질투, 견제가 있으며, 만나면 찧는 소리 하고 가족 내(內) 책임을 떠넘기기도 한다. 셋째, 부부 관계는 서로 존중하고 인정해 주며, 그리고 내 공(功)도 상대의 공으로 돌릴 수 있어야 한다. 넷째, 친구 간의 관계는 자주 만나거나, 아니면 안부라도 자주 물어야 하며, 돈 써주고, 서로 흉허물이 없어야 한다. 성경 잠언에 '서로를 파괴하는 친구는 있지만, 진짜 친구는 형제보다도 더 가까이 있다.'라고 한다. 그리고 아리스토텔레스가 말한 명언 '친구는 제2의 자신'으로 멘탈(정신이나 마음) 관리가 중요하다. 왜냐하면 감정적인 사람은 항상 나중에 후회하기 때문이다. 넷째, 스승과 제자의 관계는 스승이 스스로 낮춰 제자가 높아지는 가운데 새로운 창조가 세상에 빛을 발할 수 있는 것이다. 마지막으로 조직이나 단체의 상급자와 하급자의 관계는 수직적 관계로 상하가 분명해야 하고 각자 주어진 위치에서 소임(所任: 맡은 바 직책이나 임무)을 다 해야 한다. 특히 조직의 리더는 솔선수범하고 청렴해야 하며, 조직원들을 챙겨주고, 위해 주어야 하고, 무엇보다도 정의의 실현인 신상필벌(信賞必罰: 잘하면 상을 주고 잘못하면 벌을 줌)이 명확해야 한다.

한마디로 한 사람의 일상에서 가장 중요한 위치를 차지하는 가정과 직장에서 인간관계를 정리하자면 '부모에게는 편안함과 섬김을, 자식에게는 따뜻함과 자상(仔詳)함을, 형제에게는 믿음과 관심을, 상사에게는 편안함과 존중을, 동료에게는 믿음과 배려를, 부하직원에게는 끌어주고, 품어주는 분위기를 만들어야 한다.' 특히 직장인들은 대체로 직장에서 보내는 시간이 많으므로 전체적으로는 가족적 분위기 조성이 중요하며, 개인적으로는 야트막하고 넓은 인간관계를 맺는 것이 중요하다. 예를 들어 큰 규모의 직장 내 애경사(哀慶事)가 있을 때 경(慶)사는 초청해야 가는 것이지만, 애(哀)사는 평소 인사만 하고 지내는 사이라도 상(喪)을 당한 것을 알게 되면 직접 조문 가서 성의껏 부의금을 내고 오면 나중에 내게 어려운 일이 생기면 조문 갔던 그 사람의 기억에 남아 손수 나서서 해결해 주기도 한다. 이것이 지혜로운 대인 관계법이다.

끝으로 중국 명나라 때 홍자성이 쓴 인간관계의 처세법을 가르친 경구(警句)집 '채근담'에 나오는 명언 하나를 인용한다. '생각이 너그럽고 두터운 사람은 봄바람이 따뜻하게 만물을 기르는듯하여 무엇이든지 이런 사람을 만나면 살아나고, 마음이 모질고 각박한 사람은 차가운 눈이 만물을 얼게 하는듯하여 무엇이든지 이런 사람을 만나면 죽느니라.' 귀감(龜鑑)이 되는 명구(名句)이다.

2

만남과 인연

만남이란 '사람과 사람이 만나는 일' 또는 '만나서 관계나 인연을 맺는 일'이며 유의어에 교제, 미팅, 일면(一面: 모르는 사람을 처음으로 한번 만나봄)이 있다. 만남은 우연한, 의도적, 업무상 만남 등이 있지만 대체로 사회적으로 학교, 군대, 직장, 조직이나 단체 등에서 만남이 주(主)를 이룬다고 보아야 한다. '모든 만남은 우리에게 삶의 성숙과 진화를 가져온다. 다만 그 만남에 담긴 의미를 올바로 보지 못하는 자(者)에게는 그저 스쳐 지나가는 인연일 뿐이지만, 그 메시지를 볼 수 있고 소중히 받아들일 수 있는 모든 만남은 영적인 성숙의 과정이요, 나아가 내 안의 나를 찾는 깨달음의 과정이다.' 대원정사 주지, '목탁 소리' 유튜브 운영자, 저술가이신 법상 스님의 말씀이다.

소천아동문학상을 수상한 정채봉 작가는 그가 쓴 에세이 「만남」에서 만남의 종류를 5개로 분류했는데, "첫째는 '생선 같은 만남'으로 시기하고 질투하고 싸우는 원한을 남기게 되는 만남으로, 이런 만남은 오래갈수록 부패(腐敗)한 냄새, 악취(惡臭)를 풍기며 만나면 만날수록 비린내가 나는 '역겨운 만남'이고, 둘째는 '꽃송이 같은 만남'으로, 풀은 쉽게 마르고 꽃은 화무십일홍(花無十日紅: '열흘 붉은 꽃이 없다'라는 의미)

이라는 말처럼 오래가지 못하는 것으로 '피어있을 때는 환호하지만 시들면 버려지는 만남'이고, 셋째는 '지우개 같은 만남'으로 반갑지도 않고 즐겁지도 않으며 그렇다고 싫은 것도 아니지만, '만남의 의미가 순식간에 지워져 버리는 시간이 아까운 만남'이고, 넷째는 '건전지와 같은 만남'으로 '달면 삼키고 쓰면 뱉는다.'라는 말처럼 '힘이 있을 때는 지키고 힘이 다 닳았을 때는 던져버리는 가장 비천한 만남'이며, 마지막으로 손수건 같은 만남으로 상대가 슬플 때 눈물을 닦아주고 그의 기쁨이 내 기쁨인 양 축하해 주고 힘이 들 때는 땀도 닦아주는 '가장 아름다운 만남'이다."라고 한다.

그의 말대로 가장 잘못된 만남은 첫 번째이고, 가장 아름다운, 잘된 만남은 마지막인데, 특히 평생 만남에서 가장 중요한 배우자와의 만남으로, 젊어서는 '금실 좋게 살아올 때는 손수건 같은 만남'이었지만 노년이 되어 '바위에 계란을 던지듯, 여름날의 식혜 맛이 변해버리듯' 사랑도 정(情)도 다 떨어져 버리는 만남은 첫 번째의 '생선 같은 만남'과 두 번째 '꽃송이 같은 만남' 그리고 특히 네 번째의 '건전지와 같은 만남'이 아닐까, 생각해 본다. 노년에 힘도 능력도 다 떨어져 버린 남자, 남편의 신세(身世: 한 사람의 처지나 형편)를 말하려 하는 것이다. 영어 단어 행복 'happiness'는 happen(우연히 일어나다, 발생하다)에서 유래(由來)된 것으로, 어찌 보면 행복도 '우연이고 일순간'이라는 말이기도 한 것 같다. 그래서 사람이란 사람을 잘 만나야 하고 관계를 잘 맺는 것도 복(福)이며, 그 관계를 잘 이어나가는 것은 더 큰 복(福)이다. 부모, 자식, 형제의 만남은, 숙명(宿命: 피할 수 없는 운명)이다. 그러나 부부의 만남은 인연이고 운명(運命:인간을 포함한 모든 것을 지배하는 초인간적인 힘)이다. 만남은 인연이지만, 또한 인연은 관계이고, 관계는 노력이다. 인생살이, 사회에서 성공하려면 인복(人福), 인덕(人德)이 있어야 하지만, 평생 행복, 특히 노년 행복은 배우자 복(福)이 있어야 한다. 평생 우리는 수많은 선택을 하고 살아가야 하지만, 평생의 가장 중요한 선택은 배우자 선택으로 신중에 신중을 기해야만 한다. 사람은 절대 고쳐지지 않는다. 오히려 나이가 들어가면서 나쁜 것(성격, 언행)은 더 심해져 가는 것이다. 이는 '동(東)에서 해가 뜨는 이치'와 같은 진리이다.

인연이란 '사람들 사이에 맺어지는 관계나 연줄'의 의미이고 '일의 내력(來歷: 겪어온 자취) 또는 이유'를 말할 때 쓰이기도 하며, '원인이 되는 결과의 과정'을 의미하기도 한다. 춘원 이광수 선생은 '인연을, 생명을 가진 것치고 안전한 것은 없다. 인연이 닿는 시각을 피할 도리는 없으며, 그것을 피하는 첫길은 인연을 맺지 않는 것이며, 이왕 맺은 인연이거든 앙탈 없이 순순히 받아들이는 것이 둘째 길이다.'라고 말했으며, 혜민 스님은 '사람과의 인연은 본인이 좋아서 노력하는 데도 자꾸 힘들다고 느껴지면 인연이 아닌 경우이며, 될 인연은 그렇게 힘들게 몸부림치지 않아도 이루어지므로 너무나 힘들게 하는 인연은 그냥 놓아 주어라'라고 말한다. 인연의 사자성어 거자불추(去者不追)와 내자불거(來者不拒)는 '가는 사람 잡지 말고, 오는 사람 뿌리치지 말라'라는 말이고 회자정리(會者定離)는 '사람은 누구나 만나면 헤어지기 마련이라는 인생무상(人生無常)의 의미'로 불교의 근본적 개념인 윤회(輪回)사상을 의미하는 대표적인 말이기도 하다. 그런데 세상 이치가 '헤어짐이 있으면 설레는 새로운 만남, 새 인연'이 생기기도 하는 법이다.

본래 '인연의 이치'는 각자의 삶에서 '가장 필요할 때 나타나는 법'이다. 기회는 자주 오지 않는 법이며, 그 행운을 바꾸는 것은 나 자신이다. 피천득의 수필집 「인연」에서 '얼마나 고운 인연이기에 우리는 만날 수 있을까요? 눈물 짜내어도 뗄 수 없는 그대와 나, 인연인 것을 내 숨결의 주인인 당신을 바라봅니다. 내 영혼의 본향(本鄕: 본디의 고향)인 당신을 향해 갑니다.'처럼 소중한 인연은 변함없는 마음으로 고이 간직해야 한다. 또한 그의 수필에서 '그리워하는 데도 한번 만나고는 못 만나게 되기도 하고 일생을 못 잊으면서도 아니 만나고 살기도 한다.'와 '간다, 간다, 하기에 가라 하고는 가나 아니 가나 문틈으로 내다보니 눈물이 앞을 가려 보이지 않아라.' 그리고 '오늘도 당신과의 인연, 그 소중함을 가슴에 새기며'라는 명(名) 구절이 나온다. 시인 신희상님의 시(詩) 「인연을 살릴 줄 알아야 한다」에서 '어리석은 사람은 인연을 만나도 인연인 줄 모르고, 보통 사람은 인연인 줄 알아도 그것을 살리지 못하고, 현명한 사람은 옷자락만 스쳐도 인연을 살릴 줄 안다. 살아가는 동안 인연은 매일매일 일어난다. 그것을 느낄 수 있는 육감(六感: 오감 이외의 감각인 사물의 본질을 직감적으로 포착하는 심리작용)을 지녀야 한다. 사람과의 인연도 있지만 눈에 보이는 모든 사물이 사실은 인연으로 엮여 있다.'라고 한다. 우리는 한평생을 살아가면서 많은 인연을 맺기도, 헤어지기도 한다. 어찌 보면 삶의 인연은 실타래와 같기도 하다. 인연의 실로 이어지고, 삶의 무게로 말미암아 끊어지기도 하고, 매듭이 생기기도 하며 인연의 연속에 살아간다. 이런 인연의 실타래 속에서 인연이 곱고, 아름다우며, 사랑스럽기만을 기대해 볼 뿐, 모두가 순탄치만은 않은 법이다. 의도적이든 아니든 악연도, 아쉬운 짧은 인연도 모두 삶의 실타래 인연 속에 있는 법이다. 생각해 보면 인연을 제대로 보지 못한 어리석음이 나에게 있는지도 모른다. 빛나는 인연을 찾지 못하고, 만났어도 제대로 알지 못하고, 처신을 못 한 것은 바로 내 잘못이기도 한 것이다. 한 번쯤 내가 맺고 있는 인연에 대해 반문(反問)해 보는 기회를 가져보자. '나는 당신에게 어떤 인연인가? 흘러 지나가는 인연인가, 만나 빛나는 인연인가, 아니면 만나지 말았어야 할 인연인가?'

이 시대의 정신적 스승이시고 무소유(無所有) 정신으로 명성을 날리셨던 故 법정 스님은 '진실한 인연을 맺어 놓으면 좋은 삶을 마련하는데에는 부족함이 없는 삶을 살아갈 수 있다'라는 말씀을 생전에 남기셨다. 그렇다. 인간이 인연을 맺을 때 상대를 보는 기준으로 불가결(不可缺: 없어서는 안 됨)한 세 가지에는 첫째는 진실성, 둘째는 인정(人情: 남을 동정하는 마음씨), 인간미(人間味: 인간다운 따뜻한 맛), 마지막으로 노력이다. 사실 인간관계의 인연에서 문제가 되는 것은, 무엇보다도 인정, 인간미 없는 사람과의 인연은 종국(終局: 끝판)에 가면 악연으로 끝이 나는 경우가 대부분이라는 것을 간과(看過)해서는 안 된다. 한마디로 인간관계에서의 인연은 상대에게서 '따뜻함, 포근함'을 느끼는 것이 오래 지속되고 끝이 좋은 인연이 될 수 있는 요건(要件: 필요한 조건) 중에서도 으뜸 중 으뜸이라고 단언(斷言: 주저하지 않고 딱 잘라 말함)한다. 법정 스님은 덧붙여 '진실은 진실한 사람에게만 투자해야 좋은 결실을 본다. 우리는 인연을 맺음으로써 도움을 받기도 하지만, 그에 못지않게 피해도 많이 보는데 대부분의 피해는 진실 없는 사람에게 진실을 쏟아부은 대가로 받는 벌(罰)이다.'라고 말씀하셨다. 누가 뭐라 해도 좋은 인연이란 '시작이 좋은 인연'이 아니라 '끝이 좋은 인연'인 것이다. 사실 시작은 나와 상관없이 시작되었어도 '어떻게 마무리하는가?'가 중요하다. 그것도 상대의 도(道)를 넘는 무지막지(無知莫知)함에는 내 노력은 물거품이 되어 상흔(傷痕)만 남고 악연으로 끝이 난다.

그런데 헤아릴 수 없이 수많은 인연 중 끝이 좋은 인연이 얼마나 될까? 우리네 인생살이에서 하늘이 맺어준다는 가족, 부모 자식, 형제자매는 필연(必然)이자 숙명(宿命)이다. 그러나 그 필연, 숙명도 어쩌다가는 깨지고 상처 나고 아픔으로 끝이 나는 경우도 있지만 대부분의 보통 사람은 그 인연 줄만은 동아줄(굵고 튼튼하게 꼰 줄)처럼 지키고, 지키려고 노력하며 살아간다. 그러나 남남인 이성, 사랑하는 사이인 연인이나 배우자와의 인연은 어떠한가? 누구나 서로 사랑해서 만나 연인으로 배우자로 인연을 맺는다. 서로 사랑을 주고받을 때는 없으면 '보고 싶어 죽겠고', '하늘의 별도 따다 주고 싶은 마음'으로 가득 차 있지만, 세월이 흘러 이런저런 연유(緣由: 사유)로 거리가 멀어지고 감정이 상(傷)해지면 옆에 있으면 '보기 싫어 죽겠고' 혼자 있으면 증오심이 복받쳐 오르고, 주변 사람들에게는 험담(險談:남을 헐뜯어서 말함)을 늘어놓기 일쑤(흔히, 또는 으레 그러는 일)이다. 그래서 '잘 만나면 축복이요, 잘못 만나면 철천지원수(徹天之怨讐: 하늘에 사무치도록 한이 맺히게 한 원수)가 되는 것'이다.

　우리는 세상을 살아가면서 한 사람 한 사람과의 만남이 인연이 되어 내 운명을 결정짓기도 한다. 소중한 만남은 절친(切親: 더할 나위 없이 친한 친구)도 되고 연인이나 배우자가 되기도, 그리고 은인(恩人)이 되기도 한다. 그런데 잘 만나게 되면 그 만남이 내 성공이나 행복이 되는 지름길이 되기도 하지만, 잘못된 만남은 때로는 패가망신(敗家亡身: 재산을 다 없애고 몸을 망침)하거나 내 삶이 나락(那落: 벗어나기 어려운 절망적 상황)으로 빠지게 되어 헤어 나올 수 없는 불행한 삶을 살게 되기도 한다. 모든 만남은 소중하기가 그지없다(이루 다 말할 수 없다). 그러나 만남이 인연으로 이어갈지에 대한 선택은 본인 몫이다. 설령 만남의 기간이 짧아도 인연이라고 생각되면 소중함을 넘어 부단한 노력이 필요하다. 왜냐하면 ‘관계는 노력’이기 때문이다. ‘인연이란, 인내를 갖고 공(功), 노력과 시간을 들여야 비로소 향기로운 꽃을 피우는 한 포기 난초이다.’ 독일계 스위스인 문학가이자 예술가 헤르만 카를 헤세의 말이다. 그런데 비록 만나 인연이 된 사람과 문제가 생겼을 때는 그 만남을 이어갈지, 아니면 절연(絶緣: 관계나 인연을 완전히 끊음)할 것인지에 대한 ‘삶의 지혜’, 신중함과 과감(果敢)한 결단력(決斷力)이 필요하다. 특히 인연이 아닌 경우는 가차(假借: 사정을 보아줌) 없이 끊어야 한다. ‘빠르면 빠를수록 좋다’라는 것을 명심해야만 한다. 왜냐하면 ‘아닌 사람은 절대 아니기 때문이다.’

3

동 행

동행(同行)의 사전적 의미는 '둘 또는 여러 사람이 같이 길을 감, 같이 길을 가는 사람(들)'이다. 그런데 진정한 동행의 의미는 같은 '방향'으로 함께 가는 것이 아니라 같은 '마음'으로 함께 가는 것이다.

누군가와 함께라면 갈 길이 아무리 멀다 해도 갈 수 있고, 바람이 휘몰아치는 들판도 걸을 수 있으며, 위험한 강도 건널 수 있고, 높은 산도 넘을 수 있다. 나 혼자가 아닌 누군가와 함께라면 물에 빠진다 해도 손 내밀어 건져주고, 위험한 상황에서 몸으로 막아주며, 따뜻하고 정성스러운 마음으로 사랑하면 나의 길 끝까지 잘 갈 수 있다. 이 세상은 홀로 살아가기에는 너무 힘든 곳이기에 단 한 사람이라도 믿고 나의 모든 것을 보여줄 수 있어야 한다. 동행에는 기쁨이 있고 마음의 위로(慰勞)가 있다. 우리의 험난한 인생길, 누군가와 손잡고 걸어가야 하고 험난한 날들도 서로 손잡고 걸어가야 한다. 왜냐하면 손을 잡으면 마음이 따뜻해지기 때문이다. 아름다운 동행, 급난지붕(急難之朋)이란 '어렵고 급할 때 함께할 친구, 동행이 있어야 한다.'라는 뜻이다. 특히 부부가 금슬(琴瑟) 좋게 함께 동행, 화락(和樂)하게 해로(偕老)할 수 있다면 세상 어느 누구를 부러워하랴! '동행(同行)이 곧 동행(同幸)'인, '함께하면 함께 행복'할 수 있다.

인간은 상호 '의존적 존재'이다. 어느 한쪽의 일방적인 도움으로 살아가는 것이 아니라 '서로 돕고 베풀고, 서로 의지하고, 서로의 존재에 감사해야 하며, 그리고 서로 존재의 가치를 인정'해야 한다. 송나라 때 문필가 왕안석의 명비곡(明妃曲)에 나오는 '인생락재상지심(人生樂在相知心)'이란 말은 '서로가 알아주는 것이 인생의 즐거움'이라는 말이다. 안개꽃이 혼자서가 아니라 다른 꽃(들)과 함께일 때 더 아름답게 빛나듯 우리네 인생살이에서 다른 사람(들)과 동행도 마찬가지이다. 고사성어(故事成語)에 동고동락(同苦同樂)은 '어떤 상황에서도 운명을 함께하는 사이'를 가리키는 표현으로 실제로는 '고락을 함께하다' 즉, '괴로움도 즐거움도 함께하다'라는 의미로, 오늘날 100세 시대 인생의 행복 '키워드(keyword)'로 삼을 만하다. 살아가기가 어려울 때 누군가와 동행이 없다면 암울한 세상을 견디기 힘들다. '아름다운 동행은 동고(同苦)를 통해 동락(同樂)할 수 있다'라는 것이다. 논어에서 공자님은 세상사는 즐거움 세 가지를 '익자삼락(益者三樂)'이라 했다. 첫째, '낙절예악(樂節禮樂)', 예에 맞게 행하는 것을 즐거하고, 둘째, '낙도인지선(樂道人之善)', 남의 선(善)을 말하기 즐겨하며, 마지막으로, '낙다현우(樂多賢友)', 어진 친구를 많이 갖는 즐거움, 즉 '좋은 사람(들)과 동행하는 것이 인생의 즐거움이다'라는 것이다.

인생길에 동행이 있다는 것은 참으로 행복한 일이다. 힘들 때 서로 기댈 수 있고, 아플 때 곁에 있어 줄 수 있고, 어려울 때 힘이 되어 줄 수 있으니 서로 마음의 위로가 된다. 여행을 떠날 때 혼자라면 고독한 법이지만, 서로 눈빛 맞추며 웃으며 동행하는 이 있다면 참으로 행복한 일이다. 사랑은 홀로 할 수 없고, 맛있는 음식도 홀로는 맛이 없고, 멋진 영화도 홀로는 재미가 없고, 예쁜 옷도 보아주는 사람이 없다면 무슨 소용이 있으며, 재미있는 이야기도 들어 주는 사람이 없다면 독백(獨白: 혼자 중얼거림)에 불과하다. 홀로는 외롭고, 고독하고, 허무(虛無: 무가치하고 무의미하게 느껴짐)하고, 즐겁지 않다. 인생은 함께하는 여정(旅程: 여행의 과정이나 일정)이다. 홀로 갈 수 없는 길을 함께 갈 수 있고, 서로를 거울삼아, 자신을 성찰(省察)하고 성장할 수도 있으며, 무엇보다도 동행하게 되면 행복은 배가(倍加: 갑절로 늚)된다. 진정한 동행은 말이 없어도 서로 이해할 수 있는 관계이며, 어려운 결정 앞에서는 용기를 주고 손을 내밀어 준다. '가장 멀리 가고 싶다면, 함께 가라'는 아프리카 속담이고, '진정한 동행, 친구는 그림자와 같다. 해가 빛나는 날에도 함께하고, 구름이 낀 날에도 떠나지 않는다.' 라틴 격언이다.

'인생길에 동행하는 사람이 있다면 더 깊이 사랑해야 한다. 그 사랑으로 인하여 오늘도, 내일도 행복할 수 있기 때문이다. 동행하는 그대를 생각하면 내 마음 깊은 곳까지 따뜻해지며, 나를 보는 그대의 선한 눈망울을 보면 금방이라도 사랑한다고 말할 것 같다. 그대가 내 곁에 없을 때는 이름을 가만히 불러보면 보고 싶은 그대의 얼굴이 떠올라 마음이 따뜻해져 온다. 내 마음을 감싸는 그대의 손길을 느낄 수 있고 나를 사랑하고 있음을 알 수 있다. 쉬지 않고 흘러가는 시간 속에 사랑이 시작되는 곳에서, 삶이 끝나는 날까지 언제나 그대와 동행하고 싶다'라고 시인 용혜원은 '동행'에서 말한다. 문학평론가 이어령 교수는 한 인터뷰에서 '사회적으로 비록 성공했다 하더라도 동행하는 이 없다면 성공한 사람이라 말할 수 없다'라고 인생길에 '동행'의 중요성을 강조했다.

가수 김종환이 작사하고 그의 딸 리아킴이 부른 '위대한 약속' 중 한 소절 '비가 오거나 눈이 오거나 때론 그대가 아플 때도 약속한 그대로 그대 곁에 남아서 끝까지 살고 싶습니다.'의 노랫말처럼 인생의 최후까지 나의 행복을 위해 함께 동행할 수 있는 단 한 사람만이라도 소중히 간직하기 위한 노력, 그것이야말로 진정한 '삶의 지혜'가 아니고 무엇이겠는가? 글을 맺으려 하니 문득 가수 최성수가 부른 '동행'이라는 노랫말 가사가 떠오른다. '아직도 내겐 슬픔이 우두커니 남아 있어요. 그날을 생각하자니 어느새 흐려진 안개 빈 밤을 오가는 날은 어디로 가야만 하나. 어둠에 갈 곳 모르고 외로워 헤매는 미로, 누가 나와 같이 함께 울어줄 사람 있나요, 따뜻한 동행이 될까, 사랑하고 싶어요, 빈 가슴 채울 때까지 사랑하고 싶어요, 사랑이 있는 날까지'

4

정(情)

정(情)이란 무엇인가? 인터넷 '나무위키'에서 정을 '큰 틀에서 사랑의 한 종류라고 보며, 애정, 연민(憐憫: 불쌍하고 가련하게 여김), 동정, 애착, 유대(紐帶: 둘 이상을 서로 연결하거나 결합하게 하는 것) 같은 감정들이 포함되는 정서적·심리적 유대라고 정의하며, 이타성(利他性: 자기 이익보다는 다른 이의 이익을 더 꾀하는 성질)이 동반되며, 대가를 기대하지 않는 이타적인 기부(물질적이든 심리적이든)'라고 덧붙이기도 한다. 인간의 본성 중 하나로 '오랫동안 지내오면서 생기는 사랑하는 마음이나 친근한 마음', '느끼어 일어나는 마음'으로, 심리학에서는 마음을 이루는 두 가지 중 이지적(理智的: 이성과 지혜로써 행동하고 판단하는 것)인 요소에 대비(對比)되는 감동적인 요소를 말하며, 불가(佛家)에서는 혼탁한 망념(妄念: 망상)으로 본다. 맹자는 '성(性)은 마음의 이치요, 정(情)은 마음의 쓰임이다'라고 말했는데 '잔잔한 마음에 무언가 움직임이 시작되면 그것이 곧 정'이라는 말이다. 미국에 '사랑'이 있다면 '정'은 한국적인 정서로, '친밀한 사람들 사이의 따뜻한 감정'을 의미한다. 끈끈한 정이란 '아껴주고, 함께 있으면 편하고, 오랜만에 만나면 반갑고, 잘못을 이해해 주고, 흉허물없이 굴 수 있는 마음'이다. 어느 광고 카피 '말하지 않아도 알아요'처럼 그런 마음이기도 하다. 사자성어 한정담원(閑情淡遠)은 '큰 정은 영원하고 담백(淡白: 욕심 없고 마음이 깨끗함)하다'라는 말이다.

인간의 정이란, 주고받음을 떠나서 사귐의 오램이나 짧음에 상관없이 서로 만나 함께 호흡하다 정이 들면서 더불어 고락(苦樂)도 나누고 기다리고, 또한 반기기도 한다. 기쁘면 기쁜 대로 슬프면 슬픈 대로, 있으면 있는 대로 없으면 없는 대로, 또한 아쉬우면 아쉬운 대로 그렇게 소담(小膽: 소심↔대담)하게 살다가 미련이 남더라도 때가 되면 보내는 것이 정인 것이다. 어찌 보면 '산다는 것은 끊임없이 쌓이는 먼지를 닦아 내는 것'과도 같다.

사랑을 애정(愛情)이라고도 하는데, 애(愛)의 상황과 정(情)의 상황이 복합적으로 융화(融化: 녹아서 변함)된 감정이 가장 바람직한 상태의 사랑이다. 같은 마음이더라도 애(愛)는 동(動)적이고, 충동적인데 반해 정(情)은 정적(靜的: 정지된 상태)이요, 없는 듯 있는 것이다. 또한 애는 사람 사이의 만남의 순간이나 초반에 발생하는 것에 반(反)해, 정은 시간이 어느 정도 지나거나, 한참 지난 후에야 발생하는 것이다. 사랑과 정의 차이를 〈인생을 바꾸는 명언〉 앱에서 '사랑은 시간이 지날수록 줄어들지만 정은 시간이 지날수록 늘어가며, 사랑은 좋은 걸 함께할 때 더 쌓이지만, 정은 어려움을 함께할 때 더 쌓이는 법이다.' 또한 '사랑은 꽂히면 뚫고 지나간 상처도 곧 아물지만, 정이 꽂히면 빼낼 수 없어 계속 아픈 법이며, 사랑이 깊어지면 언제 끝이 보일지 몰라 불안하지만, 정은 깊어지면 마음대로 뗄 수 없어 더 무서운 법이다. 그래서 사랑은 상큼하고 달콤하지만, 정은 구수하고 은근하며, 사랑은 돌아서면 남남이지만 정은 돌아서도 다시 우리가 되는 것이다'라고 한다.

정이 든다는 것은 무엇인가? 함께 기뻐하고 슬퍼하며, 무엇이라도 나누어 가진다는 것을 실감(實感: 실제로 체험하고 느낌)하고, 언제 어디서라도 곁에 있다는 것을 실감하며, 서로가 존재하는 이유를 알고, 한자 人(사람인)처럼 서로를 기대고 있는 아름다운 인간관계이다. 그렇다면 깊은 정이 들었다는 것은 무엇인가? 서로를 걱정하는 시간이 많아지고, 나보다 당신이 더 행복했으면 좋겠다는 마음이며, 그리고 당신의 아픔이 나를 아프게 하고, 당신의 슬픔이 나를 눈물짓게 하는 것이다. '햇빛은 달콤하고, 비는 상쾌하고, 바람은 시원하며, 눈(雪)은 기분을 들뜨게 한다. 세상에 나쁜 날씨란 없다. 좋은 날씨만 있을 뿐이다. 인간관계도 마찬가지여서 누군가와 정을 나눈다는 것은 좋은 것만 있을 뿐이다.' 영국의 평론가 존 러스킨의 말이다.

'멀리 있어도 마음이 있으면 가까운 사람이며, 마음이 없으면 먼 사람이니 사람과 사람 사이는 거리가 아니고 마음이다. 인간관계에서 물리적인 거리보다 마음의 거리가 훨씬 더 중요하다.' 자영 스님의 말씀이다. 그렇다. 우리 사이에 오고 가는 것은 거리도, 말도 아닌 '마음' 바로 '정'이다. 우리의 '정'은 서로를 신뢰하고 아끼며 생긴 것이다. 따뜻함에 마음이 녹고, 다정함에 미소 지어지고, 상냥함에 정이 들어 친구도 되고 연인도 된다. 이규태가 쓴 「한국인의 의식구조」에서 '한국인의 인간관계에 있어 소중한 사이를 이상적으로 유지하는 데 필요한 정서적·심정적인 요인이 정(情)이다. 곧 정은 한국적 인간관계 유지를 위해 재발견돼야 할 심정적(心情的) 자원(資源)이라 할 수 있다'라고 말했다. 문화적인 면에서 정이란 한(恨)이라는 말과 함께 우리나라 국민성을 대표하는 키워드(keyword)로 자주 꼽힌다. 흔히 쓰이는 말로 다정(다감)하다, 정이 들다, 정떨어지다, 미운 정, 고운 정 등 일상에서 많이 쓰이고 있고, 우리나라의 정치판에서 고질적(痼疾的) 병폐(病弊)인 학연, 지연, 혈연 등도 정의 형태이다.

사람을 얻는 것만큼 큰 자산(資産)은 없다. 인간관계에서 오가는 '정'을 소홀히 하거나 경시(輕視: 대수롭지 않게 보거나 업신여김)하지 않는 것, 각박(刻薄)한(인정이 없고 삭막함) 요즘 세상에, 가장 중요하지만, 특히 정(情)과 이상적인(공정한) 관계에서 접점(接點)을 찾아야 하는 '삶의 지혜'가 필요하다.

끝으로 '주지는 않고 받기만 하려는 인간의 이기심을 경계하는 명언' 하나, 영어속담을 인용하는 것으로 글을 맺는다. 'One good turn deserves another(가는 정이 있어야 오는 정이 있다)'

5

첫사랑

첫사랑을 사전에서는 '맨 처음으로 느끼거나 맺은 사랑'으로 맺은 것뿐만 아니라 '느낌'도 첫사랑으로 정의하고 있다. 인터넷 나무위키에서는 첫사랑[first love, puppy love: 풋사랑(어려서 깊이를 모르는 사랑)]을 정의하기를 "'처음으로 느끼거나 맺은 사랑 혹은 진심으로 사랑했던 첫 상대.' 사람에 따라서는 사랑의 의미도 다르기 때문에, 첫사랑도 천차만별(千差萬別: 여러 가지 사물이 모두 차이가 있고 구별이 있음)이다. 그러나 개개인의 기준이 다르다 해도 '처음으로 진심으로 사랑했던 사람'이라는 의미는 변함이 없다"라고 한다. 그리고 '첫사랑이 이루어지면 축복받은 일이나 대개 끝까지 가는 경우는 비교적 흔하지 않다.'라고 덧붙여 설명하고 있다. '첫사랑은 종종 사람들에게 강렬하고 감동적인 순간으로 남는데 그 감정과 순간은 잊히지 않고 계속해서 우리의 기억 속에 남게 된다.'와 '남자는 여자의 첫사랑이 되고 싶어 하고, 여자는 남자의 마지막 사랑이 되고 싶어 한다.'는 아일랜드 소설가 오스카 와일드의 말이 있다.

유대인의 생활 규범인 탈무드에서는 사랑을 '세상에는 열두 가지의 강(强)한 것이 있는데, 첫째는 돌이 강하지만 돌은 쇠에 의해 깎이고 쇠는 불에 녹아 버린다. 불은 물에 의해 꺼지고 물은 구름 속으로 흡수되어 버린다. 구름은 바람이 불면 날아가지만, 인간을 날려 버리지는 못한다. 그 인간도 공포에 의해 비참하게 일그러진다. 공포는 술에 의해 제거되지만, 술은 잠을 자고 나면 깨게 된다. 그 수면도 죽음만큼은 강하지는 않다. 그러나 그 죽음조차도 사랑을 이기지는 못한다.' 그리고 하나 더 사랑에 대한 일화(逸話: 세상에 알려지지 않은 흥미 있는 이야기)를 소개하고 결론에 '사랑이라는 것은 모든 것을 초월하며, 아무리 멀리 떨어진 외딴섬으로 데려가서 가두어 놓는다고 해도 아무 소용이 없다. 언제고 일어날 일은 반드시 일어나고야 만다.'라고 나와 있다.

사춘기가 시작될 무렵 이성에 눈을 뜨는 순간을 맞이하게 된다. 그 이후 어느 날인가 사랑을 만나게 된다. 서로는 아직 사랑이라는 진정한 의미를 모른 채 사랑에 빠지게 된다. 그것이 평소 주위 사람들에게 따뜻한 사랑과 정을 받지 못한 사람들은 이성의 사랑에 더욱, 그리고 쉽게 빠지게 된다.

서로는 꾸밈이나 가식은 결코 없으며, 아니 그럴 필요도 느끼지 않게 된다. 서로는 실제 미래에 살지 않으면서 미래 속에 있다. 미래에 관한 생각은 부정적인 면, 걱정거리 또한 단 하나도 없다. 물론 서로에게 지난 과거는 결코 중요하지 않을 뿐만 아니라 관심도 없으며, 복잡하고 구차한 현실은 결코 어떤 의미도 부여하지 않는다. 서로는 그저 같이 있다는 것만으로 만족할 뿐이며 서로 대화를 나누는 것 이상을 요구하지 않는다. 같이 있을 수 있다는 것만이 유일한 행복이며 헤어진다는 것은 결코 상상도 할 수도 없다. 서로가 사용하는 언어는 오페

라이며, 주고받는 편지들은 시(詩)이자 단편 문학들이다. 대화를 아무리 오래 했다 해도 시간의 흐름이 아쉬울 뿐이며 아직도 할 말은 얼마든지 많이 남아있다. 때로는 함께 길을 걷노라면 아무런 대화도 필요하지 않을 때도 있다. 이미 서로의 마음과 마음이 닿았기 때문이리라. 그러다가 서로 헤어져 돌아와 홀로 방 안에 있노라면 방안은 온통 '그리움'으로 숨이 막힐 뿐이다.

　서로는 주인공이 되어 현실이라는 무대에서 공연하게 된다. 서로는 결코 지치지도 피곤함도 모른다. 그러나 지켜보는 관객들은 갈채를 보내기보다는 조소와 야유를 보내지만, 서로는 그런 조소와 야유에 귀머거리가 되고, 장님이 되어 아무것도 의식하지 않는다. 설사 그것이 더욱 심화하고 어떤 문제를 야기한다 해도 서로에게는 그것들이 결코 장해 요소가 되지 않는다. 오히려 그런 장해 요소들은 서로를 굳게 이어주는 끈이 되어 줄 뿐이다. 서로의 가슴속에는 패배를 모르는 기쁨과 희열로 가득 차 있을 뿐이다. 그러나 세월은 서로를 내버려두지 않고 시험해 본다. 말할 수 없는 어려움에 봉착하게 하여 갈등과 회의를 겪게 하며, 또한 생활의 어려움을 겪게도 한다. '계산된 사랑은 가난한 사랑이다.' 셰익스피어의 말이다. 그러나 어떤 물질, 명예, 육신의 편안함에 굴하지 않고 서로는 인내와 용기, 그리고 격려 속에 삶의 터전을 마련한다. 그리고는 만일 서로가 이루지 못했다면 평생을 추억과 그리움 속에 살아가야 할 것을 염려하며 첫사랑과 백년해로하는 것이 최고 삶의 행복이며 자산이라고 확신하게 된다. 그리고 첫사랑을 버린 자(者)에게, 성서에서 말한 것처럼 '너희는 왜 처음 사랑을 버렸느냐?'

라고 책망(責望: 꾸짖거나 나무람)하면서!

 그런데 그 첫사랑과의 백년해로만이 '행복이며 자산'이라고 확신하게 되기 위해서는 반드시 지켜야 할 결혼생활에서의 세 가지 덕목이 있다. 첫째 서로 상대를 존중해 주고, 둘째 서로 상대를 인정해 주며, 셋째 공(功)이 있으면 그 공을 상대에게 돌려줄 수 있어야 한다. 첫사랑은 대체로 이루기 어렵기에 더욱더 고귀하다. 우리는 첫사랑을 이루어 노년까지 행복할 수도, 첫사랑을 이루었지만, 불행의 나락으로 떨어지는 경우도 있고, 그리고 독일 대문호 괴테의 「첫사랑」이란 시(詩) '아! 누가 그 아름다운 날을 가져다줄 것이냐, 저 첫사랑의 날을. 아! 누가 그 아름다운 때를 돌려줄 것이냐, 저 사랑스러운 때를'에서처럼 첫사랑을 이루지 못해 평생을 그립고 아쉬워하며 살아가는 경우도 있다. 그 고결하고도 숭고한 첫사랑과 맺은 인연, 지켜야 할 세 가지 덕목인, 심리학자 스턴버그가 말한 사랑의 3대 요소 '친밀감, 열정, 책임감'을 생활 속에 변함없이 실천하고, 서로의 도(道)를 지켜 나가는 것이 행복한 결혼생활, 특히 첫사랑과의 소중한 인연을 죽는 날까지 변함없이 이어나갈 수 있는 '삶의 지혜'이다.

6

사 랑

사랑이란 무엇인가? '사람이나 존재를 아끼기 위하여 정성과 힘을 다하고 귀중히 여기는 마음'으로 정의한다. 사랑은 긍정적 감정뿐만 아니라 '그리움이나 안타까움 같은 부정적 감정'까지도 포함한다. 우정의 요소에 '열정과 돌봄'이 포함될 때 사랑이 된다. 인터넷 나무위키에서는 '사랑 또는 애정은 다른 사람을 진심으로 애틋하게 그리워하고 열렬히 좋아, 온 마음과 정성을 다해 자신의 모든 것을 내어줄 수 있는 감정, 또는 그런 관계나 사람을 뜻한다.'라고 정의한다. 사랑이 우정으로 바뀌는 경우는 드물어도, 우정이 사랑으로 바뀔 수는 있다. 신뢰에 바탕을 둔 '안정적 애착'이 사랑의 근간(根幹: 사물의 바탕이나 중심)이 된다. 사랑의 삼각형 이론에서 '친밀감, 열정 및 개입이 충만하게 균형을 이룬 상태'가 완전한 사랑이다. '강한 사람일수록 사랑하는 사람을 보는 것은 항상 새롭다.' 볼레즈 파스칼의 말이고, '사랑하는 것 다음으로 행복한 것은 자신의 사랑을 고백하는 것이다.' 앙드레 지드의 말이며, '사랑은 두 몸에 거주하는 단일한 영혼으로 이루어져 있다.' 아리스토텔레스의 말이다.

사랑의 종류는? 사람들이 '사랑'이라는 단어를 떠올릴 때 이성 간의 사랑만을 생각하지만, 여러 가지 종류가 있다. 첫째 주로 '이성 간의 사랑을 뜻하며 보통명사로 열정적인 사랑'을 의미하는 에로스(eros), 둘째 '종교적인 무조건적이고 일방적인 사랑이나 자신을 희생함으로써 실현되는 이타적(利他的) 사랑' 아가페(agape), 셋째 '상대방이 잘되기를 바라는 순수한 마음으로 친구나 동료의 사랑' 필리아(philia), 넷째 '오랜 우정과 같은 사랑이나 부모 자식 간, 혈육 간의 사랑'인 스트로게(storge), 다섯째 '카사노바처럼 유희하듯 즐기는 사랑, 단지 만남 자체만을 즐기는' 루두스(ludus), 여섯째, '마음이 아닌 머리로 하는 사랑으로 원하는 이성의 조건을 나열해 두고 해당 조건에 맞는 사람을 사랑'하는 프래그마(pragma), 일곱째, '격정적인 사랑, 소유적인 사랑으로 광기, 오기, 분노가 지속되는 집착의 사랑' 매니아(mania), 마지막으로 '순수하고 정신적인 비 성적(非性的) 사랑' 플라토닉 사랑(platonic love)이 있다.

사랑의 가치는? 사랑이 부족한 시대, 우리는 사랑을 어떻게 생각하고 해야 하나? 첫째, 사랑은 절대적 '믿음'이다. 사랑은 시공(時空)을 초월한 서로에 대한 믿음이며, 그 믿음으로 맺어진 영원히 함께하고자 하는 소망이다. 둘째, 사랑은 비교할 수 없는 가치이다. 그러므로 사랑은 공평한 평등 가치를 지닌 존재이다. 셋째, 사랑은 경계선 없는 조건 없는 마음가짐이다. 사랑은 아무나와 할 수 없는 것이며 아무 때나 느낄 수 없는 것으로 각자에게 사랑이 온다면 모든 조건을 넘어서야 한다. 넷째, 이해타산을 따지는 계산적 사랑은 진정한 사랑이 아니다. 사랑의 손실과 이익을 계산기로 두드린다면 사랑이 아닌 합리적 거래이다. 마지막으로, 사랑도 본디 노력해야만 얻을 수 있는 것이다. 영국의 철학자 버트런드 러셀은 '행복은 주어지는 것이 아니라 노력으로 정복하는 것'이라고 말했다. 사랑도 마찬가지이다. 학생이면 공부도 열심히 해야 하고 생활인이면 밤을 새워 일도 해야 하듯 사랑도 열심히 평생 노력하고 공력(功力)을 들여야 얻고 지킬 수 있는 것이다. 사랑의 진정한 가치, '사랑하는 사람을 진심으로 사랑하며 평생 그 사랑을 간직하며, 기억해야 한다.'

인생에서 가장 소중한 것이 사랑이다. 사랑은 인생의 '꽃밭 향기이며, 봄날의 따사로운 햇볕'이다. 사랑은 인생의 '의미와 가치'를 부여해 주고, 인생에 '희망과 용기'를 갖고 살아갈 수 있게 해줄 뿐만 아니라 힘을 북돋아 주기도 한다. 인간은 사랑의 정(情)이 주는 따스함과 편안함, 그리고 행복감이 있어 괴롭고 힘든 삶도 이겨낼 수 있다. 특히 노년의 삶에서 사랑이 불가결(不可缺: 없어서는 안 됨)한 이유이다. 사랑한다는 것은 상대방의 '인격을 존중'하고, '따뜻한 관심을 두는 것'이며, 상대방을 '깊이 이해'하고 내가 가진 것을 '아낌없이 주며 결코 생색 내지 않는 것'이다. 수필가 이석기는 '사랑은 위대한 가치이면서 근본적인 가치이며 영원한 가치이다. 사랑이 없는 인생은 행복할 수 없다. 사랑은 살아가는데 빛과 향기를 주고, 기쁨과 보람을 주는 것이다'라고 말한다. 삶의 지혜, 내가 지금 하는 사랑은 어떤 것인가? 정녕 내 사랑이 합리적이고 건설적이며 진실한 것인가? 개선할 점이 있다면 무엇을, 어떻게 해야 할까? 우리 모두 지금, 자문자답(自問自答)해 보고 개선할 점이 있다면 실행해야 할 때이다. 가슴에 새길 만한 사랑에 대한 세계적 명사(名士)들의 명언들로, 영국의 저술가 사무엘 스마일스는 '사랑이 있기 때문에 세상은 항상 신선하다. 사랑은 인생의 영원한 음악으로, 젊은이에게는 빛을 주고 노인에게는 후광(後光: 어떤 사물을 더욱 빛나게 하는 배경)을 준다.'라고 말했고, 영국의 목사, 발명가 카트라이트는 '사랑은 나이 들어 생기 없는 사람들을 젊게 만들고, 젊음을 찾는 사람들에게는 언제까지나 젊게 만든다.'라고 말했다.

끝으로 가수 김희진이 부른 '영원한 나의 사랑' 노랫말 가사를 인용하는 것으로 글을 맺는다. (1절) 풀잎 끝에 이슬방울처럼 당신의 맑은 눈동자/ 언제나 나만을 사랑하는 그 마음에 나는 나는 행복해요/ 힘이 들 때 어려울 때마다 항상 사랑으로 감싸주는/ 당신의 따뜻한 그 마음에 나는 언제나 당신께 감사해요/ (2절) 들판에 핀 예쁜 꽃들처럼 당신의 어여쁜 모습이여/ 언제나 나만을 믿어주는 그 마음에 나는 나는 행복해요/외로울 때 슬퍼할 때마다 항상 들꽃 같은 당신이여/ 당신의 꿋꿋한 그 마음에 나는 언제나 당신께 감사해요/ (후렴) 그대는 나의 인생 영원한 나의 사랑/ 언제나 당신과 함께하리, 영원한 나의 사랑. ---구절구절마다 사랑이 넘쳐나는 가사, 감동이 '쓰나미'처럼 밀려온다.

7

결 혼

결혼(結婚) 또는 혼인(婚姻)은 '두 사람이 부부가 되는 의례(儀禮: 형식과 절차를 갖춘 행사)'이자 '계약'을 일컫는 것으로, 인간 사회에서는 결혼을 통해서 사회의 최소 단위인 가정이 생기기 때문에 매우 중요시 되어 왔다. 독일의 사회과학자인 막스 베버는 '결혼은 고도의 사회학적 행위이다.'라고 말했는데, 무엇보다 한 개인의 입장에서 보면 '행복과 불행을 결정짓는 인생에서 가장 중요한 이벤트' 중 하나이다. 세계적 문학가이자 사상가인 독일의 괴테는 '결혼만큼 본질적으로 자기 자신의 행복을 결정짓는 것은 없다.'라고 결혼의 중요성에 대해 말했고, 우리나라 속담에도 '남편을 잘못 만나도 당대 원수, 아내를 잘못 만나도 당대 원수'와 '잘 만나면 축복, 잘 못 만나면 재앙'이라는 말이 있다.

결혼의 효과란? 사회적 의미에서는 첫째, 법적 배우자의 아이와 부모 관계(친자뿐만 아니라 때론 계부, 계모)를 만든다. 둘째, 남편이나 아내가 가족 일상의 통제권과 자녀들을 위한 부부의 공동재산을 갖게 한다. 셋째, 배우자의 가족과 인척(姻戚: 혼인으로 맺어진 친척) 관계를 만든다. 그리고 개인적 의미에서는 첫째, 성인으로서 사회적인 역할과 지위를 얻으며 정서적 안정감을 얻는다. 둘째, 자녀 출산 및 양육의 기회를 얻게 되어 사회 구성원을 충원(充員: 인원을 채움)하여 사회를 유지하고 존속시키게 된다. 셋째, 새로운 가족 문화를 창조하고 계승해 나갈 뿐만 아니라, 인간의 원초적인 본능과 욕구를 충족한다.

먼저 결혼하면 문제를 일으킬 수 있는 사람이란? 결혼을 결정하기 전이나 이성 친구를 사귀는 단계에서부터 세심히 지켜보아야 한다. 프랑스의 극작가 몰리에르는 '대개 무아몽중(無我夢中)에 급히 결혼하기 때문에 그 결과로 일생을 후회와 한탄으로 보낸다.'라고 말했고 탈무드에서는 '아내를 선택할 때는 겁쟁이가 되어라.'라고 했다. 첫째, 어떤 형태로든 상당한 금전적 빚을 졌거나 씀씀이가 몹시 헤픈 자 둘째, 상대에 대한 집착이나 스토커 기질이 있는 자 셋째, 화가 통제가 안 되는, 욱하는 성격의 소유자 넷째, 매사 본인 위주여야 직성이 풀리는 이기심 많고, 지나친 욕심, 시기, 질투와 고집불통인 자 다섯째, 주색(酒色: 술과 여자)을 탐하거나 중독(약물, 알코올, 도박, 야동, 게임 등)자 여섯째, 언어가 정제(整齊: 정돈하여 가지런히 함)되어 있지 않고 매사를 부정적이고 빈정대는 말투이며, 특히 박정(薄情)한 인간미 없는 자, 마지막으로 가장 중요한 것, 결정적으로 부모 형제, 가족들이 극구 반대하는 자 등이다.

다음으로 결혼상대자로 배우자를 고를 때 상대의 성품은? 이성 교제 때부터 유심히 관찰해야 한다. 서양 격언에 '결혼은 성품의 연속적인 실험장이다.'라고 한다. 남편감으로는 성실하고 정직하며 책임감이 강하고 약속을 잘 지켜야 하고, 아내감으로는 알뜰하고 이해심 많은 덕(德: 어질고 올바른 마음이나 훌륭한 인격)이 있고 후덕(厚德: 덕이 두터움)하며 어질고 인정이 많은 사람이어야 한다. 다음으로 남녀 공(共: 함께)히 상대의 환경적인 면에서 고려할 사항은? 러시아의 소설가이자 사상가인 레프 톨스토이는 '결혼에 대하여 긴요(緊要)한 것은 스무 번이고 백 번이고 생각해 보는 것이다.'라고 말했는데 첫째, 성격 둘째, 집안 셋째, 명리학적 음양오행이다. 요새 젊은이들이야 '얼굴만 예쁘면 모든 것이 용서된다.'라고 말하지만, 인물은 3년, 음식솜씨는 10년, 그렇지만 성격은 평생 간다. 유대 격언에 '미인은 보는 것이지 결혼할 상대는 아니다.'가 있고 세계적 대문호 셰익스피어는 '아름다운 아내를 갖는다는 것은 지옥이다.'라고 말했다. 그리고 중요한 것은, '집안 내림'이란 반드시 있다. DNA의 생물학적 내림도 있지만, 더 중요한 것은 환경적 요소로 '무엇을 보고 배웠느냐'이다. 남들에게 베풀며 선행(善行)으로 살아왔는지, 남 가슴 아프게 악행(惡行)을 저지르며 살아왔느냐에 따라 자손들이 그대로 보고 배우기 때문이다. 사자성어에 장문유장(將門有將)이란 '장수 집안에서 장수 난다'라는 말이다. '싸가지가 있고 없고'다.

마지막으로, 명리학적 음양오행은 미신이나 시대착오로 치부(恥部)하거나 지나쳐 버리기도 하지만, 우리 선대(先代)로부터 대대로 내려온 문화이자 관습이다. 부부는 상생(相生↔상극)과 보완(補完: 모자라는 것을 보충해서 완전하게 함)관계로 서로 조화(調和: 서로 잘 어울리게 함)를 이루기도 하고, 부족한 것을 채워주기도 해야 하는데, 태어난 연월일시(年月日時)를 네 간지(干支)로 오행인 목(木)화(火)토(土)금(金)수(水) 중 내게 부족하거나, 없는 것을 상대에게서 찾는 것으로, 사실, 결혼의 출발점은 상대와 음양오행부터 꼼꼼히 따져 보아야 한다. 사람은 태어나면서 '운명적으로 3가지가 결정되어 있다'라고 한다. 한마디로 '타고난다'라는 것으로 직업[천직(天職)], 배우자[천생(天生)연분(緣分: 인연)), 배필(配匹: 부부로서 짝)], 죽음[천수(天壽)]이다. '결혼이란 하늘에서 맺어지고 땅에서 완성된다.' 미국 의사, 정신분석가 존 릴리의 말이다. 사람은 누구나 사랑해서 결혼한다. 그러나 살아가다 보면 어떤 부부라도 우여곡절(迂餘曲折: 뒤 얽혀 복잡한 사정)이 있고, 생기는 법이다. 서로의 성격이나 대처 능력이라 해도, 보이지 않는 뭔가 작용하여 잘 풀리기도, 아니면 더 얽히고 설키게 되어(관계, 일, 감정 등이 이리저리 복잡하게 됨) 최악을 맞이하게 되기도 한다. 결혼의 시작점은 음양오행을 맞춰보고 결정하는 것으로, 결코 가볍게 여겨서는 안 된다.

끝으로 결혼의 가장 현실적인 명언으로 미국의 정치가 벤저민 프랭클린의 말을 인용하는 것으로 이 글의 대미(大尾)를 장식하려 한다. '결혼 전에는 눈을 크게 뜨고, 결혼 후에는 눈을 반쯤 감아라.' 귀감(龜鑑)이 되는 말로, 무엇을 말하는 것인지 숙고(熟考: 깊이 생각)해 보고, '삶의 지혜'로 삼아라.

8

우 정

　우정(友情)이란 무엇인가? 친구, 벗은 '마음이 서로 통하여 친하게 사귄 사람, 뜻을 같이하는 사람, 내 슬픔을 등에 지고 가는 자'로 수용, 신뢰, 존중의 바탕 위에서 인생의 즐거움을 공유(共有)하고, 도움을 교환하는 동반자이며, 우정이란 '친구 사이의 가깝고 친한 정(情)'이란 의미로 건전한 사랑(가족적 의미)의 일종(一種)이다. 우정이란 사람에게 세상을 살아가면서 아주 중요한 감정으로, 아무리 인연을 많이 쌓아도 우정이 없으면 진정한 친구는 한 사람도 없다. 물질적인 이득을 얻기 위해서가 아닌 진심으로 마음을 털어놓을 수 있는 친구는 어찌 보면 연인이나 가족보다도 더 의지되는 대상이기도 하다. 문학평론가 고미숙은 우정에 대해 다음과 같이 말한다. '자본주의가 사랑을 너무 강조해서 우정이 폄하(貶下: 가치를 깎아내림)되고 있다. 사랑의 기본은 독점과 배타적(排他的: 남을 배척하는) 소유로 집착을 낳기 쉽고, 금전과 긴밀히 연결된다. 이런 관계에만 몰입하면 존재가 작아진다. 또한 가족관계는 애증과 부채감이 기본이라 수평적 대화가 어렵다. 사랑과 가족을 초월해 우리를 가장 성장시키는 것은 도반(道伴: 함께 도를 닦는 벗) 즉, 우정이다.'

사랑과 우정의 차이는 무엇인가? 사랑은 느낌이고, 우정은 이해이다. 사랑은 주는 것이지만, 우정은 주고받는 것이다. 사랑은 술을 찾게하는 것이고, 우정은 같이 마셔 주는 것이다. 사랑은 같이 걸어가는 것을 꿈꾸는 것이지만, 우정은 같이 걸어가는 것이다. 사랑은 오직 한 사람과 같이 만들어 가는 것이고, 우정은 여러 사람과도 같이 할 수 있다. 사랑은 오랜 기간 동안 어렵게 이루어져도 항상 위태롭지만, 우정은 쉽게 빨리 이루어져도 오래 간다. 사랑은 꾸미면서 보여주고 싶고, 우정은 솔직한 모습을 보이는 것이다. 사랑은 언제 떠날지 불안한 것이며, 우정은 항상 옆에 있는 것이다. 사랑은 얼굴 한번 보기 위해 몇 시간씩 기다리지만, 우정은 서로 만나고 싶을 때 언제라도 불러 만나는 것이다. 사랑은 어렵게 만나서 고르고 고른 단어로 얘기하지만, 우정은 편하게 만나서 아무 생각 없이 얘기할 수 있다. 사랑은 삶의 의미가 사라질 수도 있지만, 우정은 죽음 앞에서 지난날의 추억을 떠올리는 것이다. 젊은 날 남녀 간의 사랑은 아침 그림자와 같아서 점점 작아지지만, 노인(老人)의 마음에 깃든 우정은 저녁나절의 그림자와 같이 인생의 태양이 가라앉을 때까지 커져 간다.

우정의 필요성과 가치는 무엇인가? 사람에게 있어서 중요한 감정으로 아무리 인맥(人脈: 사람들의 유대관계)을 쌓아봤자 우정이 없으면 진정한 친구는 없다. 물질적 이득을 위해 서로 이용만 하는 사이가 아닌 진심 어린 마음을 털어놓을 친구가 있어야 한다. 독일의 소설가이자 시인인 헤르만 헤세는 '인간이 육체를 가진 이상 애정은 필요하다. 그러나 영혼을 깨끗하게 하고 성장케 하는 데는 우정이 필요하다'라고 말했다. '어떤 상황에도 절대 가라앉지 않는 배(ship)가 무엇일까?' 바로 우정(friendship)이다. 그러나 그 배는 좋을 때는 둘이 탈 수 있지만, 나쁠 때는 한 명만 탈 수 있는 배이다. 미국 프린스턴대학 철학과 네하마스 교수의 말 '시간의 흐름에 따라 천천히 쌓이는 우정이란 우리의 일반적인 생각보다 삶에 훨씬 더 중요한 가치를 갖는다. 우정은 우리를 그냥 도와주는 것이 아니라, 우리가 되고 싶어 하는 바를 이루도록 길을 인도해 주며, 우리가 다른 사람이 아닌 바로 우리 자신이 되는 데 결정적인 역할을 하는 것이다'에서 우정의 '필요와 가치'를 절감(切感: 통감)케 한다.

영국의 세계적 대문호 셰익스피어는 '인간의 본성과 관계를 있는 그대로 보는 것이 중요하다'라고 말했다. 이는 다른 사람과 세상을 바로 보기 위해서는 우선 나 자신을 바로 보아야 하는 것이다. 인간관계에서 가장 중요한 사랑과 우정에서도 마찬가지이다. 나 자신을 바로 보는 것이야말로, 사랑과 우정의 참된 시작이다. 지금 우리는 고대 그리스의 철학자 아리스토텔레스가 말하는 세 종류의 우정을 모두 갖고 있다. '나에게서 이득을 취하려는 사람, 같이 재미있게 놀려고만 하는 사람, 기쁠 때나 슬플 때나 함께 있어 주는 진정한 친구'이다. 무엇과도 바꿀 수 없는 소중한 친구 단 한 사람과라도 함께 희로애락(喜怒哀樂)을 나눌 수 있는 우정을 '나무 가꾸듯 가꾸어 나가는 것', 복잡한 현대를 살아가는 우리의 또 하나의 참된 삶의 지혜가 아닐까?

끝으로 우정에 대한 세계적 명사들의 명언을 통해 '삶의 지혜'를 배우는 것으로 글을 맺기로 한다. '보지 않는 곳에서 나를 좋게 말하는 사람이 진정한 친구이다.'와 '불길처럼 타오르는 우정은 쉽게 꺼져 버린다.'는 영국의 종교인, 역사가 토마스 풀러의 말이고, '진실한 우정이란 느리게 자라나는 나무와 같다.' 미국의 정치가 조지 워싱턴의 말이며, '우정이란 앞에서 보면 장미, 뒤에서 보면 가시일 수는 없다.' 독일 철학자 리케르트의 말이다. 또한 '진정한 동지(同志: 목적이나 뜻이 같음, 또는 그런 사람)라면 오랫동안 불화(不和: 서로 화합하지 못함)하고 있을 수는 없다. 그러나 본래부터 짝이 맞지 않은 사람들은 아무리 일치하려고 노력해도 소용없다. 분명히 언젠가는 헤어진다.' 독일 철학자 괴테의 말이고, '돈 빌리는 것을 거절함으로써 친구를 잃는 일은 적지만, 반대로 돈을 빌려줌으로써 도리어 친구를 잃기는 쉽다.' 독일 철학자 쇼펜하우어의 말이며, '명성(名聲: 세상에 널리 떨친 이름)은 화려한 금관(金冠)을 쓰고 있지만 향기 없는 해바라기이다. 그러나 우정은 꽃잎 하나하나마다 향기를 풍기는 장미꽃이다.' 미국의 의사, 문학가 올리보 웬들 홈스의 말이다.

9

친구

친구란 '가깝게 오래 사귀어 정이 두터운 사람', 그리고 '나이가 비슷하거나 아래인 사람을 낮추거나 친근(親近)하게 이르는 말'이며, '별로 달갑지 않은 상대방을 낮추어 말할 때' 쓰이기도 한다. 유의어에는 동무, 벗, 친우(親友)가 있으며, 높임말은 현형(賢兄)이라고 한다. 사실 친구는 피는 한 방울도 섞이지 않았지만 반쯤은 가족인 인간관계이다. 친구(親舊)는 원래 친고(親故)와 같은 말로 '친척과 벗'을 의미하는 한자였다. 친(親)은 '친척', 구(舊)는 '오랜 벗'을 의미한다. 그러던 것이 우리나라에서는 '친척'의 의미가 빠지고 '벗'의 의미로 한정되어 쓰이게 되었다. 지인(知人:아는 사람)과는 구분된다. '친구란 두 개의 몸에 깃든 하나의 영혼이다.' 고대 그리스의 철학자 아리스토텔레스의 말이고, '친구와의 우정은 영혼의 결합이다.' 프랑스의 작가 볼테르의 말이며, '친구란 내 슬픔을 등에 지고 가는 자(者)다.' 인디언 속담이다.

우리나라의 '친구' 개념과 영어권 나라에서의 'Friend'는 의미가 다소 다르다. 영어권 나라에서는 동년배(同年輩)이든 나이 차이가 나더라도 가족, 친척을 제외하고는 친한 사람은 Friend라고 한다. 중국에서도 붕우(朋友)라고 하면, 나이 차(差)는 그다지 중요하지 않고, 친하게 지내는 외간(外間) 사람 정도라는 의미이다. 그러나 우리나라에서 친구란 '나와 동갑(同甲) 또는 동급생(同級生)인 친한 사람'만을 친구라고 한다. 나이 차이가 나게 되면 친구라고는 하지 않는다. 이는 군사정권과 민주화 운동을 거치면서 권위주의 문화가 사회에 섞이고, 주민등록제가 시행되면서 전 국민이 서로의 나이를 명확히 알게 되었기 때문인 것 같다. 그래서 보통은 나이 차이가 나면 친구라는 말보다 호형호제(呼兄呼弟)하는 사이 정도로 말한다. '나이가 배(倍)가 되면 아버지처럼 섬기고, 열 살이 위면 형님처럼 섬기고, 다섯 살 정도 차이면 친구로 사귀어도 된다.' 고대 중국의 유학 오경(伍經) 중 하나인 예기(禮記)에 있는 말이다. 우리의 정서로 20살 이상이면 아버지, 5살 이상이면 형님뻘, 그 이하는 친구 해도 무방하다.

일반적으로 노년에 행복한 삶을 영위(營爲)하기 위한 필수요건은, 첫째 건강, 둘째 경제력, 셋째 배우자, 넷째 친구, 마지막으로 일이든 취미이든 소일(消日: 어떤 일에 마음을 붙여 세월을 보냄)거리가 있어야 한다. 그런데 인간관계에 있어 노년에는 배우자와 친구 중, 더 가치를 두는 것은 단연 '친구'이다. 이유는 배우자는 어떤 연유(緣由)로든 노년에 함께하지 못하는 경우도 흔히 있을 수 있다. 요즘 흔한 졸혼, 별거, 이혼, 사별 등 가지각색의 형태들이 있을 수 있기 때문이다. 젊었을 때도 마찬가지이지만, 특히 노년의 친구 사귐에 있어, 대체로 12가지 정도를 따져 보아야 한다. 첫 번째 건강관리에 철저하고, 몸도 마음도 젊은 친구, 두 번째 긍정적인 마인드를 갖고, 나와 사고방식이 비슷한 친구, 세 번째 유머 감각이 넘치는 친구, 만나면 좋은 친구, 그리고 밝은 에너지를 가진 친구, 네 번째 다양한 취미를 갖고, 나와 같은 취미를 가진 친구, 다섯 번째 아량이 넓고, 이해심 많고, 약속을 잘 지키는 친구, 여섯 번째 자주 안부도 묻고, 자주 만날 수 있는 친구, 일곱 번째 베풀기를 좋아하는 친구, 여덟 번째, 새로 사귄 친구보다는 옛 친구, 아홉 번째 믿고 의논할 수 있는 친구, 열 번째 쓴소리도 마다하지 않는 친구, 열한 번째 믿고 나를 따라오는 친구, 반대로 내가 믿고 따를 수 있는 친구, 마지막으로는 어떤 상황인 경우에도 내 편(便)인 친구이다. 그런데 '이런 친구가 어디 있겠는가?' 한번 따져 보자는 것이다. 사실은 그 어느 친구보다도 배우자와 금슬(琴瑟) 좋게 지낼 수 있다면, 가장 바람직하고 이상적이다. 노년에는 그 어느 복(福)보다도 배우자 복이 최고, 으뜸으로, 친구 같은 배우자라면 더할 나위 없이 좋은 법이다. 더불어 옛 친구가 좋지만, 전통적인 친구 관계의 패러다임(paradigm: 사람들의 견해나 사고의 테두리 안에서 인식의 체계)에서 벗어나 남녀노소를 불문(不問)하고 친구 관계를 맺을 뿐만 아니라, 취미나 사회활동 등을 통해 다양하고 멋진 친구를 사귀어 만나는 것도, 노년을 활기차고 멋지게 보낼 수 있게 되는 것이다.

우리는 흔히 재테크(財tech: investment techniques)라는 말을 자주 쓴다. 재산 형성 과정에서는 투자 기술이 필요하듯, 세상을 살아가면서 그 못지않게 중요한 것은 우테크(友tech)이다. 한마디로 '친구 선택과 적절한 관리가 중요하다'라는 것이다. 사람은 어떤 친구와 사귀느냐에 따라 달라지는 법이다. 공자님의 '유익한 벗이 셋 있고 해로운 벗이 셋 있느니라. 곧은 사람과 신용 있는 사람과 견문(見聞: 보고 들어서 깨닫고 얻은 지식)이 많은 사람을 벗으로 사귀면 유익(有益)하며, 편벽(偏僻: 생각 따위가 한쪽으로 치우친, 정상에서 벗어날 정도로 지나친)한 사람과 아첨하는 사람과 말이 간사한 사람을 사귀면 해(害)로우니라.'라는 말씀은 친구 선택의 지침(指針)을 우리에게 일깨워 주신 명언이다. 풍자(諷刺)와 해학(諧謔)의 작가 미겔 데 세르반테스는 '사귀고 있는 친구를 보면 그 사람을 알 수 있다.'라는 말을 했으며, 르네상스 시대 네덜란드 인문주의자를 대표하는 에라스뮈스는 '친구에게 충실한 사람은 자기 자신에게도 충실하다'라는 말을 남겼다. 살아온 세월 경험으로 절대 공감하는 명언들이다.

끝으로 법정 스님이 말씀하신 '좋은 친구의 명언'을 인용하는 것으로 글을 맺는다. "멀리 떨어져 있음에도 마음의 그림자처럼 함께할 수 있는 그런 사이가 좋은 친구이다. 영혼의 진동(振動: 흔들려 움직임)이 없으면, 그건 만남이 아니라 한때의 마주침이다. '좋은 친구를 만나려면 먼저 나 자신이 좋은 친구가 되어야 한다.' 왜냐하면 친구란 내 부름에 대한 응답이기 때문이다."

10

부모

부모(父母)란 '아버지와 어머니를 아울러 이르는 말'로, '양친(兩親), 어버이'라고도 한다. 우리말 음(音)은 같지만, 한자가 다른 양친(養親)은 길러준 부모나 양자(養子)로 간 집의 부모, 그리고 부모를 봉양(奉養)함의 의미로도 쓰인다. 부모의 부(父:아비 부)로서 아버지를, 모는 母(어미 모)로서 어머니를 뜻하고, 법률에서는 친권자(親權者)라고 하며 후견인(後見人)과 함께 법정대리인의 구성원을 이룬다. 그런데 생물학에서는 세포분열 등 무성생식을 통해 자식을 번식하는 경우에는 부모를 구별할 수 없거나 부모가 하나인 경우도 있다. '부모란 것은 상당히 중요한 위치, 현실적으로 보면 직업이다. 그러나 우리는 아이들을 위해 이 직업을 위한 적성검사를 한 번도 해본 적이 없다.' 노벨문학상을 수상했던 조지 버나드 쇼의 말이다. 부모가 자식을 기르는 것은 적성(適性: 성질이나 성격이 그 일에 알맞음)을 따질 수 없는 누구나 하고, 할 수 있으며, 해야 하는 것으로 운명(運命: 모든 것을 지배하는 초인간적인 힘)보다는 숙명(宿命: 피할 수 없는 운명)인 셈이다. '아버지는 우리의 마음속에 빛을 주시고 어머니는 얼(정신의 줏대)을 주신다.' 독일 소설가 장 파울의 말이다.

부모와 자식 간(間: 틈, 사이) 사자성어들이 많이 있는데, 그중에서 가장 기본은 부자자효(父慈子孝: '부모는 자애롭고 자식은 효도한다.'라는 의미로, '어버이는 자녀에게 자애로운 사랑을 베풀고 자녀는 어버이에게 효성스러워야 한다.'라는 의미)이고, 부모가 자식 사랑에 대한 것은 취공비집공휴(吹恐飛執恐虧: '불면 날아갈까 쥐면 터질까, 걱정한다.'라는 의미로, '부모가 자식을 애지중지함'을 이르는 말)이며, 자식이 부모에게 해야 할 바는 정성온청(定省溫淸: '아침저녁으로 부모의 이부자리를 보살펴 안부를 묻고, 서늘하고 따뜻하게 한다.'라는 의미로 '자식이 부모를 섬기는 도리'를 이르는 말)이다.

부모가 명심(銘心)해야 할 명언들로는, '자식을 불행하게 하는 가장 확실한 방법은 언제나 무엇이든지 손에 넣게 해주는 일이다.' 스위스 출신 프랑스의 계몽주의 철학자 장 자크 루소의 말이고 '이제까지 관찰한바 체벌(體罰)의 효과는 그저 아이들을 겁쟁이로 만들거나 고집불통으로 만드는 것뿐, 나는 그 이외의 효과를 본 적이 없다.' 프랑스 사상가 모럴리스트 몽테뉴의 말이며 '아이에게 무언가를 약속하고 지키지 않는 것은 거짓말을 가르치는 것이다.' 유대인의 생활 규범인 탈무드에 있는 말이다. 그렇다. 우리말에도 '고기를 잡아다 주지 말고 고기 잡는 방법을 가르치라'라는 말이 있지 않은가? 부모 성질에 못 이겨 윽박지르거나 소리치고 때리는 것보다 이치에 맞게 하나하나 잘잘못을 따져 훗날 똑같은 잘못을 범하지 않도록 훈계(訓戒: 타일러 잘못이 없도록 주의를 줌)해야 한다. 모든 인간사에 부모자식 간이건 대인관계이건 모든 것이 약속이다. 그리고 약속도 습관이다. 또한 '자녀 교육의 핵심은 지식을 넓히는 것이 아니라 자존감(自尊感: 스스로 품위를 지키고 자기를 존중하는 마음)을 높이는 데 있다.' 러시아 사상가, 소설가 톨스토이의 말이고 '아이들은 어른들의 말에 절대 귀 기울이는 법이 없지만, 반드시 그들을 모방한다.' 미국의 소설가, 수필가 제임스 볼드윈의 말이며 '남보다 뛰어난 사람이 아니라, 남들과 다른 사람이 될 것을 가르쳐라.' 유대인들의 자녀 교육법이다. 자존감은 자신감과 연결되기도 한다. 사회에 나와 모든 일에 있어 자신감을 품고 하는 것은 결국 절반의 성공인 셈이다. 부모는 본(本: 본보기)이 되어야 한다. 부모의 정제(精製)된 언어, 올바른 행동, 규칙적인 습관보다 더 좋은 자녀 교육은 없는 것이다. 부모들은 내 자식이 다재다능(多才 多能)하기를 원한다. 그러나 오늘날과 같은 전문화 시대에는 한 가지만 뛰어나면 성공할 수 있다. 가능한 한 일찍 내 자녀의 재능이 무엇인지 알아내고 그 길을 열어주고 인도(引導)해 주어야 한다.

　유대인들은 전 세계에 1400만 명 정도가 분포되어 있는데 미국에는 인구의 1.5%밖에 되지 않지만, 그들이 경제, 학문, 문화, 예술, 언론, 스포츠 등 각계각층에서 두각을 나타내고 있으며, 오늘날 거대 미국을 이끌어 가는데 중추적(中樞的: 중요한, 핵심 부분)인 역할을 하고 있다고 해도 과언(過言)은 아니다. 그들은 자녀 교육에 있어 성경(구약)과 탈무드를 기본 핵심서로 사용하고 그 가르침대로 자녀 교육을 하는 것이다. 특히 유대인 부모들은 '남보다 뛰어나려 하지 말고 남과 다르게 되어라.'라고 가르친다. 그들의 관심사는 아이의 지능이 아닌 개성(個性: 고유의 특성)이다. 사람에게는 누구나 타고난 재능이 있다. 아이의 재능과 개성을 발견하고 그것이 잘 성장하도록 돕는 것이 진정한 부모의 역할이다. 한마디로 유대인들은 자녀들을 다른 사람보다 똑똑하고 더 많이 배우고, 더 성공시키기 위해서 가르치지 않고 '하나님이 주신 달란트(타고난 재능, 장기)대로 다른 사람과는 다르게 특별하게 살라고 가르친다.'라는 것이다.

미국격언에 '아버지가 되는 일은 쉬어도 아버지답게 되는 일은 어렵다.(Any man can be a father but it takes someone special to be a dad.)'라는 말이 있고, 어느 광고 카피에 '어디에도 완벽한 아버지는 없다. 그러나 아버지의 사랑은 완벽하다.'라는 말이 있다. 아버지는 우리 집 가장(家長: 한 가정을 이끌어 가는 사람)이다. 가족들을 먹여 살려야 하고 크고 작은 일들을 결정해야 하며 어려움이 있으면 해결도 해야 한다. 비가 오나 눈이 오나, 덥거나 추워도 생활전선 밖에 나가 아무리 힘들어도 불평불만 한마디도 하지 않고 묵묵하게 가족들을 위해 일한다. 때로는 별을 보고 나가 별을 보고 집에 들어오기도 한다. 그래도 가족들을 위해 집에 들어오면 환한 웃음으로 식구들 챙기고 안위(安危: 안전하고 위태함)를 묻는다. 그런데 어떤 아버지는 가장으로서 역할에 낙제 점수인 아버지도 더러는 있다. 생활비도 주지 않거나 외유내강(外柔內剛)의 본래 의미와는 다르게 밖에서는 돈도 잘 쓰지만 집안에서는 콩나물값도 일일이 따지는가 하면, 더 심한 경우는 술독에 빠져있고, 때로는 폭력을 휘두르기도, 도박에 빠지기도, 첩실(妾室)을 두고 딴 살림 차리는 경우도 있다. 한 마디로 우리들의 아버지는 두 부류(部類)로 가정에 충실한 아버지와 충실하지 못한, 직무유기(職務遺棄) 상태인 경우도 있다. 그러나 두 부류의 아버지 중 가정에 불충실한 아버지도 결국은 내 아버지이다. 부모 자식 간은 천륜(天倫)이다. 잘 해줬다고 아버지이고, 잘 못 해

췄다고 아버지가 아닌 것이 결코 아니다.

그렇다면 어머니는 어떠한가? 내 어머니는 맥가이버(만능 인간)다. 집 안에 모든 일들, 손이 가는 곳이라면 모두 해결하는 해결사다. 특히 우리에게는 선생님. 의사, 간호사, 요리사, 수리공 등이 되기도 한다. 특히 무엇보다도 우리의 멘토와 길잡이가 되기도 한다. 어떤 이가 말했던가? '이 세상에서 믿을 사람은 어머니밖에 없다고.' 맞는 말인 것 같다. 세상을 살아온 지난 세월을 돌이켜 보면 어머니의 말이 틀림없이, 거의 맞아 가고 있다.

시인이자 국문학자, 영문학자 무애(无涯) 故(고) 양주동 님 작사(作詞), 한국 작곡가 회장 작곡가 故(고) 이흥렬 님 작곡(作曲) '어머님의 마음'의 노랫말 가사 1~3절 전체를 인용한다. '(1절) 나실 제 괴로움 다 잊으시고/ 기르실 제 밤낮으로 애쓰는 마음/ 진자리 마른자리 갈아 뉘시며/ 손발이 다 닳도록 고생 하시네/ 하늘 아래 그 무엇이 넓다 하리오/ 어머님의 희생은 가이없어라. (2절) 어려선 안고 업고 얼러 주시고/ 자라선 문 기대어 기다리는 맘/ 앓을 사 그릇될 사 자식 생각에/ 고우시던 이마 위에 주름이 가득/ 땅위의 그 무엇이 넓다 하리오/ 어머님의 정성은 지극하여라. (3절) 사람의 마음속엔 온 가지 소원/ 어머님의 마음속엔 오직 한 가지/ 아낌없이 일생을 자식 위하여/ 살과 뼈를 깎아서 바치는 마음/ 그 무엇이 거룩하리오/ 어머님의 사랑은 그지없어라.' 4분의 3박자로 된 이 곡은 잔잔하고 평범하게 흐르다가 강력하게 말하는 호소력을 지녀, 부르는 사람이나 듣는 이의 마음을 뜨겁게 감동시키기에 결코 부족함이 없는 것 같다. 이 노래는 자식을 기르기 위해 희생하는 어머님의 마음을 잘 묘사한 시(詩)에 감미로운 멜로디가 어우러져 어린이로부터 장년에 이르기까지 누구나 애창(愛唱)해 왔던 곡(曲)이었지만 오늘날은 예전처럼 잘 불리지는 않으며, 기억에서도 희미해져 가고 있지만, 어머니의 모든 의미가 담겨있고 대변(代辯)할 수 있는 이 글을 기회로 노랫말 가사 한 구절 한 구절 읽어가며 생전에 계시거나, 특히 작고(作故)하신 어머님에 대한 사무치는 그리움과 마음속에 감사함을 새기는 기회가 되기를 바라는 바이다.

11

어머니

어머니란 '자식을 출산(出産)하고 기르는 자로, 육아(育兒)하고 입양(入養)하였거나 보육원(保育院)을 책임지는 여성'일 경우에도 어머니로 불린다. 그리고 우리 사회에서는 '결혼하면 배우자의 부모님도 자기 부모님'이 된다.

'어머니', '엄마'는 눈물을 동반하는 단어이다. 어려서 다치거나 아플 때 '엄마!' 하면서 우는데, 나이가 들어서도 힘들 때면 '어머니!'라고 부르면서 장탄식하거나 울기도 한다. "질병으로 인해 많이 아프거나 비참한 경우를 당했을 때 '어머니!'를 부르지 않는 사람은 없다. 잊고 있던 어머니를 생각한다. 이것이 인지상정(人之常情: 사람이 보통 가질 수 있는 마음)이다." 중국 송나라 사방득이 편찬한 산문집 「문장궤범」에 나오는 말이며, '제일 안전한 피난처는 어머니의 품속이다.' 성직자 풀로리앙의 말이다. 남자들이 군대에 가면 '어머니'라는 세 글자만 봐도 눈물이 나고, 어머니 사진을 보거나 어머니와 처음 전화 통화를 하게 되면 대개는 눈물을 흘린다. 또한 5~60대 나이가 들어갈 무렵 어머니가 작고(作故)하시고 안 계시면, 어머니라는 단어만 떠올려도 가슴이 먹먹해져 오고 눈가에 이슬이 맺힌다. 미국의 사회개혁가였던 헨리 워드 비처는 '우리가 부모가 됐을 때 비로소 부모, 특히 어머니 사랑의 고마움이 어떤 것 인지 깨달을 수 있다.'라고 말했다.

오늘날 젊은이들이야 이해하기 어렵겠지만, 기성세대(既成世代: 나이든 세대)들의 어머니들은 어떠하셨는가? 한여름 뙤약볕을 머리에 인 채 호미 쥐고 온종일 밭을 매셨고, 그 고된 일 끝에 찬밥 한 덩어리로 부뚜막에 걸터앉아 끼니를 때우셨으며, 한겨울 꽁꽁 언 냇물에 맨손으로 빨래하셨고, 보이그룹 god가 부른 '어머님께'라는 노랫말 중, '어머님은 자장면이 싫다고 하셨어.'처럼 더운밥, 맞난 반찬 자식들 다 먹이고 숭늉으로 허기를 달래시거나 솥 밑바닥에 보리 깔고 위에는 쌀을 얹어 자식들에게는 쌀밥 주시고 당신은 보리밥 자셨으며, 손과 발이 흙과 추위에 헤져 이불에 닿아 소리를 내고, 손톱은 깎을 수 없을 정도로 닳았으며, 술 좋아하신 아버지 술주정 다 받아 주시고, 때론 기방, 노름방 출입하셔도 자식들 생각해 참고 견디시며 홀로 눈물 훔치시던 어머니! 그런 어머니가 계셨기에 자식들이 제 나름대로 성장해 여러 분야에서 성공하여 사회의 중추적 역할을 해 오고 있다. '어머니는 의지할 대상이 아니라 의지할 필요가 없는 사람으로 만들어 주는 분이다.' 미국 작가 도로시 피셔 캔필드의 말이다.

미국 제16대 대통령 링컨은 '내가 성공했다면, 오직 천사 같은 어머니 덕(德: 은혜)이다.'라고 말했다. SG워너비 멤버 김진호가 부른 '가족사진' 2절 가사 '내 젊음, 어느새 기울어 갈 때쯤 그제야 보이는 당신의 날들이 가족사진 속에 미소 띤 젊은 아가씨의 꽃 피던 시절은 나에게 다시 돌아와 나를 꽃 피우기 위해 거름이 되어버렸던 그을린 그 시간들을 내가 깨끗이 모아서 당신의 웃음꽃 피우길'은 어머니의 자식을 위한 희생, 인류의 원초적 본향(本鄉)인 어머니에 대한 기억과 회한(悔恨)이 가득한 노래다.

설화(說話) 하나를 인용한다. "사랑에 눈먼 한 젊은이가 사랑을 고백한 연인이 자신을 진정으로 사랑한다면 어머니의 심장을 가져오라고 하자, 집으로 달려가 어머니의 심장을 빼앗아 연인에게 달려가다가 그만 돌부리에 걸려 넘어지면서 어머니의 심장도 길가에 내동댕이치고 말았다. 그러자 어머니의 붉은 심장이 말했다. '얘야! 어디 다친 데는 없니?'" 이것이 우리 어머니의 마음이다. 지난날을 돌이켜 보면 우리의 어머니들은 고단한 일상에도 불구하고 그리스도인이면 새벽에 예배당에 나가 주님께, 불자(佛者: 불제자)면 지극 정성으로 엎드려 절하며 부처님께, 아니면 어디서 구해 오셨는지 집 안 한쪽에 둔 작은 돌 불상 앞에서, 하다못해 아침밥 짓기 전 부엌에 정화수 떠 놓고 조왕신(부엌, 부뚜막신)께라도 자식 잘되기를 비신, 그 덕분으로 우리는 이 험난한 세상에 지금까지 이렇게 무탈하게 살고 있지 않나 생각해 본다. 그렇다면 왜 어머니는 아버지보다 더 자식 사랑이 크실까? 대답은 고대 그리스 철학자 아리스토텔레스의 다음 명언이 설명해 준다. '어머니가 아버지보다 더 깊은 애정을 갖는 이유는, 어머니는 자식을 낳을 때의 고통을 겪기 때문에 자식이란 절대적으로 자기 것이라는 마음이 아버지보다 강하기 때문이다.'

과거 한 방송사에서 군부대를 무대로 '우정의 무대'라는 프로그램의 주제가 '그리운 어머니'의 노랫말을 인용한다. '엄마가 보고플 때 엄마

사진 꺼내 놓고 엄마 얼굴 보고 나면 눈물이 납니다. 어머니 내 어머니 사랑하는 내 어머니, 보고도 싶고요, 울고도 싶어요. 사랑하는 내 어머니!' 가사만 봐도 어머니에 관한 생각, 그리움이 뼛속 깊이 사무쳐 온다. 고대 그리스 철학자 소크라테스는 '내 자식들이 해 주기 바라는 것과 똑같이 부모에게 행하라.'라는 말과, 한(漢)나라 때 한영이 쓴 「한시외전」에 '나무가 고요하고자 하나 바람이 멈추지 않고, 자식이 효도하고자 하나 부모가 기다리지 않는다.'라는 말처럼 부모 생전에 효도하지 않거나, 불효(不孝)하고서 돌아가신 후에 후회한들 무슨 소용이 있겠는가? 살아생전 부모, 특히 어머니 섬김과 감사하는 마음, 이것이야말로 인간의 가장 기본적인 '삶의 지혜'이자 당연한 처사(處事)가 아닐까? 생각해 본다.

끝으로 유교의 경전 중 하나인 「시경[詩經: 오경(伍經) 중 하나로 중국 최고(最古)의 시집(詩集)]」에 나오는 한 구절을 인용한다. '슬프도다! 어머니는 나를 낳았기 때문에 평생 고생만 하셨다.' 가슴 저미는 글귀이다.

12

남자와 여자

먼저 창조론에 있어 남자와 여자에 대한 성경 말씀을 살펴보기로 하자. '여호와 하나님이 흙으로 사람을 지으시고, 그 코에 생기를 불어넣으시니 사람이 생령(生靈)이 된지라(창세기).' '여호와 하나님이 아담에게서 취하신 그 갈빗대로 여자를 만드시고 그를 아담에게서 이끌어 오시니 아담이 이르되 이는 내 뼈 중의 뼈요 살 중의 살이라. 이것을 남자에게서 취하였은즉 여자라 부르리라 하니라. 이르므로 남자가 부모를 떠나 그의 아내와 합하여 둘이 한 몸을 이룰지로다(창세기).' 여기 성경 말씀으로 보면 남자는 '흙'으로 만들어졌고, 여자는 '뼈'로 만들어졌으니, 남자보다 여자가 훨씬 본질적으로 품질 면에서 우수한 것으로 보아야 할 것 같다. 간단한 이치로 흙은 물속에 오래 두면 녹아내려 형체를 알아볼 수 없지만, 뼈는 아무리 오랜 시간을 두어도 변함없이 그대로이다. 그래서 그런지 여자가 남자보다 생명력도 강하고 대체로 우위(優位)를 차지하고 있는, 한마디로 '여성 상위(上位)'라는 남녀평등관 이상인 것 같다.

다음으로 진화론적 측면에서 보는 남자와 여자는 어떠한가? 동물행동학 전문연구가인 생물학자 최재천 교수는 EBS 기획특강 '공감의 시대, 왜 진화론의 다윈인가?'에서 다음과 같이 말했다. "인류 역사를 돌이켜 보면 여성이 주도권을 쥐는 세상이 놀라울 일은 아니다. 인류의 25만 년 역사 중 농경시대 1만 년을 제외한 대부분 수렵과 채집 생활을 하며 살아왔고, 그 시기의 주도권은 여성에게 있었을 확률이 높다. 이는 특히 다윈의 성(性) 선택론의 핵심으로 '암컷선택'과 '수컷 경쟁'을 소개한다. 짝짓기에서 궁극적인 선택권이 암컷에게 있다는 '암컷선택'과 짝짓기의 유리한 조건을 차지하기 위한 '수컷 경쟁'이 진화의 메커니즘(mechanism: 사물의 작용 원리나 구조)으로 작용했다."라는 것으로, 진화론적 측면에서도 '여성 우위'로 보아야 할 것 같다.

그렇다면 남자와 여자의 본질(本質: 본 바탕) 면에서 한번 따져 보기로 하자. 창조론적 측면에서 보더라도 비하(卑下)의 표현일지 모르지만 남자는 하품(?)이고 여자는 상품(?)인 셈이다. 남자는 혼자 살기 어렵다. 창조주 하나님이 남자를 만들어 놓고 보니 안타까운 마음이 든 나머지 '도와주는 배필(配匹: 짝)로 여자를 만드셨다는 것'이다. 그래서 여자는 남자를 돕고, 모든 것을 챙겨주기도 한다. 밥도 해주고, 여러 가지 맛있는 먹을 것도 해주고, 빨래도 해주고, 청소도 해주고, 잠자리도 마련해주고, 사랑도 해준다. 그래서 남자에게서 여자는 딸 같기도, 어머니 같기도 할뿐더러 아내이기도 하다. 여자는 혼자서도 잘 살아간다. 남자가 혼자 살면 물론 사람에 따라 다르기도 하지만, 어떤 이들은 행색(行色: 겉으로 드러나는 차림이나 태도)은 꾀죄죄(옷차림, 모양새가 지저분하고 궁상스러운)하고, 집안은 쓰레기장을 방불케(거의 같다고 느끼게 하는) 하며, 끼니는 거의 라면으로 때우는 등, 심지어는 폐인(廢人: 쓸모없이 되는 사람)

이 되기도 하여, 딱 보면 여자(아내) 없는 티가 나기도 한다. 음식점에서 여자가 혼자 밥을 먹고 있으면 아무렇지 않아도, 남자 혼자 밥을 먹고 있는 것을 보면 쓸쓸해 보이고 측은(惻隱: 가엾고 불쌍함)해 보이기까지 한다. 그래서 그런지 남자는 여자(아내)가 있어야 오래 살고 여자는 남자(남편) 없이 혼자 살아야 편히 오래 산다. 그래서 으레(두말할 것 없이 당연히) 나이 들어 늙게 되면 남자가 먼저 죽게 되고, 그리고 그래야만 한다. 왜냐하면 남자가 혼자 남아 있으면 돌봐줄 사람이 없기 때문이다. 그러므로 남편은 평소에 아내에게 잘해 주어야 한다. 가장 평범한 일상적인 것부터 자주 손도 잡아주고, 어려운 일이나 잘못된 일이 있어도 다독여(약점을 따뜻이 어루만져 감싸고 달램)주기도 하며, 집안일도 거들어 주고, 그리고 무거운 것도 들어주어야 하는 등 자상(仔詳: 인정이 넘치고 정성이 지극함)함으로 두루두루 챙겨주어야 한다.

대체로 결혼할 당시만 해도 안 보면 보고 싶고, 그대 아니면 죽을 것 같은 마음으로 백년가약(百年佳約: 남녀가 결혼하여 평생을 함께할 것을 다짐하는 아름다운 언약)을 맺었지만, 어찌어찌(이래저래 어떻게 하다 보니)하여 사랑에 금이 가고 봉합하기 어려운 지경까지 가게 되기도 하여 별거, 졸혼, 파국(破局: 일의 사태가 결판이 남)인 이혼까지 가게 된다. 그래서 미국의 언어유희(言語遊戲) 명언으로 '결혼은 반지(Ring)를 세 번[약혼반지(engagement Ring), 결혼반지(wedding Ring), 고통 반지(suffer Ring)] 넘는 서커스 묘기'라고 했다. 우리나라 속담에 '남편을 잘못 만나도 당대 원수요, 아내를 잘못 만나도 당대 원수'라는 말처럼 '서로 잘 만나야 한다.' 무엇보다도 서양 격언에 '결혼은 성품의 연속적인 실험장'이라는 말처럼

‘원만한, 모나지 않는 성격’이 중요한 것이다. 여기서 성품은 인성이요, 요샛말로 싸가지다. 부부 둘 다 싸가지가 있거나, 없으면 결혼생활이 지속(持續) 가능해도, 둘 중 하나만 없으면 그렇지 않은 다른 한쪽은 결코 지나치지 못하게 되고 심(心)적인 중압감(重壓感)으로 스트레스가 쌓이게 되어, 그렇게 계속 반복되다 보면 결국 지겨워 넌더리가 나게 되어 정(情: 사랑이나 친근감을 느끼는 마음)이 떨어지게 되는 법이다. 그래서 노년까지도 금슬(琴瑟) 좋은 부부들을 보면 넉넉한 성격, 후덕(厚德: 덕이 넉넉함)한 아내를 둔 집안이 대부분인 것 같다. 여기서도 여성우위로 주도권이 아내에게 있는 셈이다. 좋은 아내를 만나면 인생 ‘축복’이지만 나쁜 아내를 만나면 ‘재앙[災殃: 불행한 변고(變故: 갑작스러운 재앙이나 사고)]이다. ‘모든 병 중에서 마음의 병만큼 괴로운 것은 없다. 모든 악(惡) 중에서 악처만큼 나쁜 것은 없다.’ 유대인의 생활 규범인 탈무드에 있는 말은, 곧 ‘남자가 가지고 있는 최고의 재산, 또는 최악의 재산은 바로 그의 아내이다.’라는 영국의 성직자, 역사학자 토머스 풀로의 말과 결(結)을 같이한다. ‘다투며 성내는 아내와 함께 사는 것보다 광야(廣野: 삭막한 황야)에서 혼자 사는 것이 낫다.’는 성경 잠언에 있는 말이고, ‘나이 들어가면서 아내가 폭풍이면 남편은 그 안에 갇힌 돛단배이다.’ 태국속담이며. ‘웨딩케이크는 가장 위험한 음식물이다.’는 미국 격언이다. 그래서 그런지 오죽했으면 서양 속담에 ‘여자는 10세에는 천사, 15세에는 성녀(聖女), 40세에는 악마, 80세에는 마귀’라는 말이 있고, 고대 그리스 시인 히포낙스는 ‘남편에게 가장 기쁜 날은 결혼하는 날과 아내를 땅에 묻는 날이다.’라는 말이 있으며, 프랑스 비평가, 시인 샤를 보들레르는 '마누라는 죽었다. 나는 자유다.'라는 말이 있다. 특히 '젊어서 아내를 맞이함은 저 자신의 재난이다.' 세계적 대문호 셰익스피어의 말처럼, 너무 이른 철없는 나이에 결혼한 조혼(早婚) 부부들은 대체로 해로(偕老)하기 쉽지 않은 것 같다.

우리 속담에 '구더기 무서워 장(醬: 간장, 된장, 고추장의 총칭) 못 담글까'라는 말처럼, 그렇다 해도 결혼을 안 할 수는 없다. 보통 사람들은 '결혼은 해도 후회, 안 해도 후회'라는 결혼의 딜레마(dilemma: 진퇴양난)에 빠지게 된다. '결혼한다.'라는 것은 가정을 이루어 가족을 만들며 혼자라는 불안감보다는 '삶의 안정감'과 혼자 늙어가는 '처량(凄凉: 외롭거나 쓸쓸해 보임)함'이 두렵기도 하고, 내 곁에 내 편이 있다는 '든든함' 때문이다. 그리고 무엇보다도 가정을 이루는 가족의 구성원으로 자식(들)이 있어야 한다. 젊어서는 잘 느끼지 못하고 지나지만, 노년에는 배우자나 자식, 양쪽 다 있으면 두말할 나위 없이 좋지만, 한쪽만이라도 있어야 삶을 지탱해 나갈 수가 있다. 양쪽 다 없으면 의지할 데가 없는 홀몸으로 고립무원(孤立無援)이 되고 마는 것이다.

창조주이신 여호와 하나님께서 남자와 여자를 만드시고 복을 주시어 둘이 함께 살게 하신 후 세상을 번성케 하셨다. 결혼을 통하여 부부들은 살기 힘든 험난한 세상을 살아가며 서로 '힘'이 되어주고, '합심(合心)'하여 어려움을 헤쳐 나가면서 성숙, 발전해 나가는 것이다. 가정을 이루어 얻어지는 행복은 세상 어디에서도 얻을 수 없는 행복이고 축복이다. '결혼에는 많은 고통이 있지만 독신에는 아무런 즐거움이 없다.' 영국의 문학평론가, 시인 새뮤얼 존슨의 말이고, '결혼만큼 본질적으로 자기 자신의 행복이 걸려있는 것은 없다.' 독일의 철학자 괴테의 말이며, '세상에서 가장 행복한 사람은 누구인가? 좋은 아내를 얻은 남자와 좋은 남편을 얻은 여자이다.' 탈무드에 있는 말이다. 무엇보다도 결혼해 가정을 이루면, 부부가 둘이니 아들딸 구별 말고 필(必)히 '자식 둘'은 두어야 한다. 불가(佛家)에서 말하듯 '내가 이 세상에 온 것은 자식을 낳고 그 자식을 잘 키우는 것'이다. 한마디로 자식을 낳는 일은 내 '의무'라는 것이다.

13

자식

성경에서 '자녀는 하나님의 선물이요, 여호와의 기업이며, 노인의 면류관'이라고 했다. 또한, 성경에서 '자녀는 비유적으로 겸손, 천국 시민에 합당한 존재, 가르침 받는 제자 등'으로 언급된다. 그리고 '하나님의 자녀' 곧 '빛의 자녀'는 성도를, '마귀의 자녀' 곧 '진노(震怒)의 자녀'는 불(不) 신자(信者)를 일컫는다.

이규태가 쓴 「한국인의 의식구조」의 '한국인은 사내자식 광(狂)' 편에서 '과거 남존여비 시대에 남존(男尊) 사상은 아들을 낳아 사회의 유지체제로 종족사회인 종법사회를 계승하는데 가장 강렬하게 표현되었다.'라고 하는데 오늘날에야 우리 사회는 오히려 딸을 더 선호하는 시대이다. 한마디로 '아들 낳으면 좋고, 딸 낳으면 더 좋고'라는 사고방식이 팽배해 있는 시대이다. 그 이유는 무엇인가? 나름의 단상(斷想: 생각나는 대로 단편적인 생각)은 이렇다. 대개 아들자식은 성장해서 이성을 알게 되면 부모 쪽보다 이성 쪽에, 특히 결혼하면 아내에게 훨씬 더, 아니 거의 다 치우치게 되지만, 딸자식은 이성이나 남편에게 치우치지 않는 것이 일반적이다. 한마디로 딸자식은 부모는 부모, 이성이나 남편은 단지 이성이나 남편으로 사랑과 책임, 그리고 도리를 다하는 게 일반적이다. 사자성어에 부자자효(父慈子孝)라는 말은 '부모는 자애롭고 자식은 효도한다.'라는 뜻으로 '어버이는 자식에게 자애로운 사랑을 베풀고 자식은 어버이에게 효성스러워야 한다.'라는 의미이다. 대체로 요즈음의 세태는 아들자식보다는 '딸자식이 더 부모에게 효성(孝誠: 마음을 다하여 부모를 섬기는 정성)을 한다.' 해도 과언(誇言)은 아닌 것 같다.

독일의 민족학자이자 언어학자 빌헬름 슈미트는 '부모와 자식 간의 사랑은 행복과 같이 기분에 좌우되는 감정이 아니라, 그 사랑은 변함없는 의미로 그 안에 심오(深奧)한 이유를 담고 있다. 항상 서로의 편을 지켜주는 고마움과 더 이상 아이가 아니라 자신의 인생은 스스로 책임져야 한다고 자식 편에서 격려해 주는 것이 부모자식 간의 사랑이다. 나이가 들면 자식이라는 존재가 마음의 평정(平靜)을 위한 하나의 이유가 된다. 자식이 있어서 부모의 인생이 계속 이어질 수 있기 때문이다.'라고 한다. 인용문 마지막에서 '나이가 들면 자식이라는 존재가 마음의 평정을 위한 하나의 이유'라는 말은 자신이 세상을 떠나고 나더라도 자신을 이은 또 다른 삶이 계속된다는 생각이 마음의 평안을 줄 수는 있겠지만, 그러나 자식의 삶이 병약하고 험난하거나 곤궁할 때는 마음의 큰 짐으로 남을 것이며, 만약에 자식이 없다면 구조적인 공허감을 자주 느낄 것은 자명(自明)한 일이다. 그러므로 비(非)혼자나 독신주의자 그리고 '무자식이 상팔자'라는 사고방식의 소유자는 심각하게 고민해 재고(再考)할 문제이다.

명심보감에 '엄한 아버지는 효자를 길러내고, 엄한 어머니는 효녀를 길러낸다(嚴父出孝子 嚴母出孝女).'라는 말이 있다. 또한 엄모자부(嚴母慈父) '어머니는 엄하고 아버지는 사랑이 깊을 때 효자 효녀가 나온다.'라는 말도 이치에 맞는 나름의 진리인 것 같다. 조지 W 부시 전 미국 대통령 가문의 성공 비결은 엄격한 가정교육에 있었다. 부시 대통령의 어머니 바버라 부시 여사는 '훈련소 조교'로 불릴 만큼 엄격하게 자녀들 교육을 시켰다. 우리말에 '오냐 자식 호로 자식이라는 말'은 '자식 버르장머리 없이 키우면 못돼먹은 사람으로 자라난다.'라는 말이다. 세상 연륜(年輪) 있는 사람은 모두 다 경험하고 인정하는 것이 바로 '엄하게 키운 자식이 커서 효자, 효녀'라는 것을.

그러면 불효하는 자식은 차치(且置: 내버려두고 문제 삼지 않음)하고 효도하는 자식의 유형은 어떠한가? 크게 두 가지 유형으로 하나는, 정신적, 물질적 효도이다. 기쁜 일이나 슬픈 일이나 곁에서 함께 기뻐해 주고, 위로해 주고, 그리고 아프면 극진히 곁에서 간호해 주고, 또한 물질적으로 부족함이 없이 채워주고, 심지어는 자매, 그리고 조카까지도 마음 써 주고, 챙겨주는, 말 그대로 확실하게 노년의 아버지 대신 가장(家長) 노릇하며 효도하는 자식이 있고 또 하나는 제 노릇 확실하게 하는 자식, 항상 신중하고 사려 깊고 언어가 정제되어 있으면서, 어려서부터 성년이 되어서까지도 부모의 말이나 뜻을 거역(拒逆)하거나 속 썩이는 일 없는 자식, 거기다가 결혼해서 알뜰하고, 가정에 충실하고 시댁 부모님께도 친정 부모님한테처럼 도리(道理: 사람이 행해야 할 마땅한 바른길)를 다하는 자식(오늘날 아들자식은 결혼하면 대체로 처가 쪽으로 기우는 경향이 있음)이 있는데, 두 유형(類型)의 자식들이야말로 무게로 달아봐도 경중(輕重)을 가릴 수 없는 효도하는 자식일 것이다. 이런 두 유형의 자식을 둔 노년의 부모야말로 성경 말씀대로 '노인의 면류관'이 아니겠는가?

끝으로 고대 로마 작가 발레리우스의 말 '어버이를 공경하고, 효도하는 것은 으뜸가는 자연의 법칙이다.'처럼 '자식이 부모에게 효도해야 함'은 어느 누구도 이론(異論)이 없다. 자식이 부모에게 효도하는 것, 그렇게 거창(巨創: 일의 규모나 형태가 매우 크고 넓음)한 일 아니다. 부모님이 주신 '신체, 건강관리 잘하는 것'이 우선이요, 다음은 '나 자신을 위해 노력해, 잘 되는 것'이다. '천하의 모든 물건 중에는 내 몸보다 소중한 것은 없다. 그런데 이 몸은 부모님이 주신 것이다.' 율곡 이이 선생님의 말씀이며, '사람의 몸뚱이와 머리카락과 피부는 모두 부모에게서 받은 것이다. 감히 이것을 상하게 하지 않는 것이야말로 효도의 시작이며, 몸을 세워 도(道)를 행(行)하고 이름을 뒷세상에 드날려서 부모를 빛나게 하는 것은 효도의 마침이니라.' 공자님의 말씀이다. 모든 자식이 명심[銘心: 각심(刻心: 마음에 새김)], 또 명심해야 할 '생활의 지혜'이자 명구이다.

14

가정

　가정의 사전적 의미는 '한 가족이 생활하는 집, 가까운 혈연관계에 있는 사람들의 생활 공동체'인데, 한자로는 집 가(家)에 뜰 정(庭)이고 영어로는, home(가정, 자택, 안식처), house(가정, 가옥, 가계), household(가정, 세대, 둥지)로 한마디로 말하면, 가정이란 '한 가족의 안식처, 둥지'인 셈이다. 우리 속담에 '보금자리 사랑할 줄 모르는 새는 없다.'라는 말은 '새조차도 제 보금자리인 둥지를 사랑한다.'라는 뜻으로, 사람은 누구나 '자기 가족과 가정을 사랑하고 소중히 여겨야 함'을 의미한다. 방송작가, 언론인 방귀희 님은 '작은 일에서 행복 찾기'라는 글에서, "남의 집이 아무리 좋아도 자기 집에 올 때가 가장 마음이 편안하다. 그래서 사람들은 자기 집에 들어서며, 그래도 '우리 집이 최고다'라고 생각하고, 또는 소리내어 말하기도 한다."라고 말하고, 덧붙여 "자기가 속해 있는 가정, 직장, 동네, 나라, 이런 것에 대해 '자랑스러운 마음을 갖고 있지 않다'라는 것은, 자기 자신을 '초라하게 만드는 것'이다. 초라해지지 않으려면 '자기 둥지인 가정을 최고의 보금자리'로 여겨야만 한다."라고 말했다. "인간은 집이라는 안락한 장소에서 첫째는 '육신의 따뜻함'을 다음에는 '사랑의 따뜻함'을 구(求)하는 것이다." 미국 철학자, 문필가 헨리 데이비드 소로의 말과 같이, 우리의 가정은 '육체적, 정신적 안식처'가 되어야 하는 것이다. 이규태가 쓴 「한국인의 의식구조」에서도 '한국인은 어떠한 희생을 무릅쓰고라도 가정 내에서 가족 간의 유대(紐帶)에 집착(執着)한다'라는, 가정이란 단순히 '공간적 개념' 뿐만 아니라 가족 구성원의 '심리적 공간'도 포함돼야 한다는 것이다.

우선 가정의 가치와 중요성은? 가정은 개인의 성장과 행복, 안전을 위한 기본이 되는 곳이며, 사랑과 유대감이 형성되는 중요한 장소로, 명사들의 명언들이 이를 뒷받침한다. '가정은 우리의 이야기와 꿈, 사랑과 행복이 시작되는 곳이다.' 헬렌 켈러 여사의 말이고, '가정은 개인의 정체성(正體性: 변치 않는 존재의 본질을 깨닫는 성질)과 인생의 중요한 순간들이 형성되는 공간이다. 가정은 우리의 이야기가 시작되고 지속되는 곳이다.' 달라이 라마의 말이며, '가정은 사랑을 배우는 첫 번째 학교이다.' 데레사 수녀님의 말이다.

다음으로 가정의 기능은? 사회의 변화에 따라 여러 가지 측면에서 변화되었는데, 오늘날 능률적으로 체제를 개선한 합리화(合理化), 기계화, 문명의 이기(利器) 덕분으로 가정생활은 예전에 비해 현저히 변화되었다. 편리한 가전제품의 보급으로 가사 노동은 경감(輕減)되었고 TV나, 오디오 및 노래방, 컴퓨터 등 보급으로 가정이 오락적 혹은 교양적, 문화적 기능으로 변화되었다. 오늘날의 가정의 기능은 첫째 자녀의 출산과 양육 기능, 둘째 사회의 기본적인 문화를 습득할 수 있는 사회화 기능, 셋째 성적 욕구 충족과 가정이라는 울타리 내에서 규제 기능, 넷째 현대사회에서는 경제적 소비의 기본 단위로 기능, 마지막으로 정서적 안정 기능을 하고 있다.

다음으로 가정의 역할은? 가정은 한 인간의 인성의 뿌리이고, 에너지의 원천이기도 하며, 사회를 이루는 기본 단위이기 때문에 인간사에 그 역할은 매우 크다. 미국 정신의학 잡지 「American Psychiatric Press」에서 가정의 역할은 '첫째 구성원에게 물리적인 욕구(음식이나 잠자리, 외부 환경으로부터 보호 등)를 충족 시켜주어야 하며, 둘째 자녀들에게 자율성의 형성과 발달을 도우며, 셋째 부모의 인격 형성과 안정을 도와야 한다.'라고 한다. 이는 가정은 생존에 필수 불가결한 의식주가 해결되어야 하고 만물의 영장인 인간은 독립된 인간으로 성숙한 역할을 해야 하는데, 부모 자식 관계에서 일상의 희로애락을 함께 나누면서 인간적 성숙이 이루어지는 곳이다. 그리고 매사 세상사 일방통행은 없는 법, 이는 부모자식 간에도 해당하는 것으로 무조건적인 부모만 사랑을 베풀 수는 없는 것으로 자식들의 마땅한 보상도 때론 이루어져야 하고, 자녀에게서 벗어나 '때로는 부모만의 시간적 여유도 지녀야 한다.'라는 것이다.

그렇다면 마지막으로 가정은 어떠해야 하나? 우선 먼저 가정의 핵심 주체인 부부는 서로 사랑하고 돌보아 주어야 하며, 서로의 가치를 배우고 익히며 성장 해야만 한다. 강하고 *끈끈한* 부부애가 있을 때 어려운 문제에 봉착하게 되면 해결할 수 있는 환경적 조성(造成: 만들어 이룸)이 되는 법이다. 또한 부부는 말과 행동들이 자녀들의 본보기가 되어야 하며 어려서부터 형제자매들 간의 우애에도 각별한 관심과 교육이 필요한데, 자녀들의 인격 형성에 근간이 되는 것은, 바로 부모에게서 보고 배워 일정 부분 평생의 생각과 행동, 그리고 가치관이 형성되기 때문이다. 이슬람교의 창시자인 무함마드는 '한 사람의 아버지가 백 사람의 선생보다 낫다.'라고 했으며, 프랑스의 소설가 스탕달은 '어머니란 나를 키워준 사람이며, 사회라는 거센 파도로 나가기에 앞서 모든 풍파를 막아주는 방패 막 같은 존재이다.'라고 말했다. 무엇보다도 건강하고 건전한 가정은 문제가 없는 것이 아니라 '문제가 발생하면 그 문제를 가족들이 합심해서 슬기롭게 해결해 나아가는 것'이다. 그러므로 가족들끼리 서로 사랑하고 화합(和合)하는 가정은 언제나 행복하고 평안(平安)할 뿐만 아니라 매사(每事) 발전적이다.

끝으로 영국의 소설가 H.G. Wells 명언을 인용한다. "가정이야말로 고달픈 인생의 안식처요, 모든 싸움이 자취를 감추고 사랑이 싹트는 곳이요, '큰 사람이 작아지고 작은 사람이 커지는 곳'이다" 여기 인용문에서 가장 중요하고, 공감(共感)이 가는 말은 마지막 문장이다. 우리는 가정이라는 울타리 안에서 가족의 일원으로 자신의 역할과 처신을 어떻게 해야 할지 시사(示唆)하는 바 크다.

15

가족

가족(家族)의 사전적 의미는 '부부를 중심으로 한, 친족[親族: 촌수가 가까운 일가(一家: 한 집안)]관계에 있는 사람들의 집단, 또는 그 구성원, 혼인, 혈연, 입양 등으로 이루어짐'이다. 'Father and Mother I love you'의 각 단어 첫 알파벳을 모은 두문자어(頭文字語: 각 단어의 첫 알파벳으로 이룸) '가족'이라는 의미인 영어 단어 'Family'는 가족의 시작과 중심인 '아버지와 어머니의 사랑'으로 이루어진 사회의 최소 하위개념의 인적 구성단위이고, 가족의 가치 면에서는 '가족 구성원은 부양, 자녀 교육, 가사 노동 등 가정생활의 운영에 참여해야 하고 서로 존중하고 신뢰해야 하는 것'이다. 가족제도의 변천은 대가족, 확대가족(3개 이상으로 이루어진 가족, 자녀가 결혼 후에도 부모와 동거 형태)에서 핵가족, 소가족(한 쌍의 부모와 미혼자녀들의 동거 형태)으로 변화되었다.

미국의 영화배우 마이클 제이 폭스는 '가족은 중요한 게 아니라 모든 것이다.'라고 말했고, 아프리카 인권운동의 정신적 지주(支柱: 정신적·사상적으로 의지할 수 있는 근거)였던 남아프리카공화국 신부 데스몬드 투투는 '당신이 당신의 가족을 선택한 것이 아니다. 그들은 신이 당신에게 준 선물이다. 그들에게 있어서 당신이 신의 선물인 것처럼 말이다.’라고 말했으며, 프랑스 과학자 퀴리 부인의 ‘가족들이 서로 맺어져 하나 되는 것이 정말 이 세상에서 유일한 행복이다.’라는 말처럼 ‘가족이란 떼려고 해도 뗄 수 없는 존재이며, 있으면 든든하고 없으면 허전한 존재’로 바로 내 행복의 바로미터(barometer)가 되는 것이다.

가족의 기능은? 가족제도가 사회에 작용하는 대외적 기능과 가족 구성원에 대한 대내적(對內的) 기능으로 구분할 수 있는데, 전문가들이 종합적으로 분석한 것에 의하면 교육, 성, 자녀 출산 및 재생산, 정서적 만족 및 지지(支持), 애정이나 동료애, 보호와 양호, 사회적 지위 부여, 사회적 정체감, 종교, 오락, 사회 참여 등인데, 한 조사기관의 연구에 따르면 우리나라는 ‘애정, 정서, 자녀 교육, 사회화, 경제, 친척관계 유지, 성, 오락, 휴식, 종교, 도덕’ 순이라고 한다. 아마도 모든 것 중에서 가족의 으뜸은 애정, 사랑일 것이다. 특히 부모님은 먼저 세상을 떠나셔도 형제자매들은 남는다. 살아생전 동기간(同氣間)의 변함없는 사랑, 우애(友愛)야말로 소중한 것이다. ‘형제자매는 많은 사람들의 삶에서 변함없는 존재 중 하나이다.’ 영국의 기업인 R.브랜슨의 말이다.

그렇다면 가족이란 무엇인가? 나의 단점을 알지만, 그래도 나를 사랑해 주는 사람들이며, 물질적으로 가진 것이 없다 해도 가족들의 사랑만 있다면 나는 부자이다. 내게 가장 중요한 것은 가족들이 잘 지내는 것, 가족들을 위해 하루를, 최선을 다하는 것이며, 나와 함께 팔짱을 끼고 있어 희로애락을 함께 나누어 기쁨은 배가(倍加)되고 슬픔은 반감(半減: 반으로 줆)되게 하며, 자식들에게 가장 큰 유산인 ‘행복한 추억을 남기는 것’이다. 또한 부부가 서로 사랑하고 존중하고 위해주는 본보기를 보여 그들도 성장해서 행복한 부부생활을 하게 해야 하며, 무엇보다도 오스트리아의 정신분석학자 지크문트 프로이트의 말처럼 '자식들을 귀하게 키워 성공자의 기분을 일생 동안 가지고 살며, 그 성공에 대한 자신감으로 인생에 성공한 사람'이 되게 하는 것이다.

우리는 한 가족 내에서 부부, 부모 자식, 때론 형제자매들 간에 불화(不和)나 반목(反目: 서로 사이가 좋지 않고 미워함)하는 것을 종종 볼 수 있다. 그러나 서로의 '존재에 감사하고, 존재의 가치를 인정'한다면 모든 불화나 반목은 일소(一掃: 모조리 쓸어버림)되어 나뿐만 아니라 가족들 모두의 삶이 풍요롭고 윤택(潤澤: 넉넉함)해지게 되는 것이다. '눈물로 걷는 인생의 길목에서 가장 오래, 가장 멀리까지 배웅(전송 ↔ 마중)해 주는 사람은 바로 내 가족이다.' 영국의 소설가 H. G, Wells의 말이고, '가족들과 오순도순(정답게 이야기하거나 의좋게 지내는 모양) 사는 행복한 가정은 미리 누리는 천국이다.' 영국의 작가 R. 브라우닝의 말이며, '늙은 홀아비, 남편 없는 나이 먹은 여자, 어려서 부모 없는 자, 늙어서 자식 없는 자(者)는 천하(天下)의 궁민(窮民: 생활이 어렵고 궁한 사람)이며, 호소할 데가 없는 자(者)이다.' 맹자가 쓴 「맹자」에 있는 말이다.

사실 한 사람의 행복이라는 것이 무엇인가? 가족이라는 범주(範疇: 같은 부류나 범위) 안에서 부모님 살아계셔 금슬 좋게 사시고, 동기간(同氣間: 형제자매)들 무탈하고 우리 부부 그리고 자식들, 나이 들었으면 손자 손녀들 건강하고 각기(各其) 주어진 위치에서 자기 할 일 다 하고 살아가고 있다면 그것이 곧 행복 아니겠는가? 미국의 정치가 빌 오웬즈는 '가족이란 우리가 어제를 추억할 수 있게 해주는 존재이고, 오늘에는 힘과 도움을 주는 존재이며, 내일은 희망을 주는 존재이다.'라고 가족의 '존재에 대한 중요성'을 강조하는 명언을 남겼다.

끝으로 가수 김종환이 부른 '백년의 약속'과 그의 딸 리아킴이 부른 '위대한 약속' 두 노랫말 가사를 인용한다. '백년도 우린 살지 못하고 언젠가 헤어지지만, 세상이 끝나도 후회 없도록 널 위해 살고 싶다.' '비가 오거나 눈이 오거나 때론 그대가 아플 때도 약속한 대로 그대 곁에 남아서 끝까지 살고 싶습니다. 위급한 순간에 내 편이 있다는 건 내겐 마음의 위안이고 평범한 것이 얼마나 소중한지 벼랑 끝에서 보면 알아요.' 가족에 대한 사랑과 소중함, 그리고 위대함이 절절히 묻어나는 두 노랫말 가사, 모두가 심금(心琴: 외부의 자극에 미묘하게 움직이는 마음)을 울린다. 우리 모두 일상의 익숙함에 '결코 가족들의 소중함을 잊지 않겠다.'라고 마음속 깊이 새기고, 다짐하는 것이 진정한 '삶의 지혜'가 아닐까? 생각해 본다.

16

부부

부부(夫婦)의 사전적 의미는 '결혼한 남녀로 남편과 아내를 아울러 이르는 말'이며, '가시버시'라는 말은 부부를 겸손하게 이르는 말이다. 부부는 경제적으로 공동생활을 하며, 함께 자녀를 양육한다. 사이좋은 부부를 '잉꼬부부'라 하며, 아내를 존중하고 아끼는 남편을 '자상한 남편'이라 하고, 남편을 존중하고 위해주는 아내를 '현명한 아내'라 한다. 무엇보다도 부부의 만남은 '인연', '운명'이지만, 부부관계의 '관계'는 '노력'이다. 독일 총리 비스마르크가 젊은이들에게 한 말 '세 마디의 말이면 족하다. 일하라, 좀 더 일하라, 그리고 끝까지 일하라'처럼, 가족들, 무엇보다도 나 자신을 위해서라도 '노력하라. 좀 더 노력하라, 끝까지 노력하라.' 한 마디로 결코 쉽게 '포기하지 마라.'라는 것이다.

부부라는 새로운 관계는 '서로 다른 두 사람이 다름을 존중하고 조화를 이루어 가는 과정'이다. 대부분 사람들은 결혼하기 전부터 자기 부모님을 통해 부부간의 상호작용 방식과 역할에 대해 일정한 상(相)을 형성하게 된다. 서로의 부부상이 비슷하다면 다행이지만, 그렇지 않다면 충돌이 일어날 수 있다. 오랜 시간을 서로 다른 환경에서 생활해 온 사람들은 자신이 익숙한 방식이 있어 서로 간에 자신이 변화하려 하기보다는 상대방을 변화시키려 한다면 원만한 부부관계 형성에 어려움이 있을 수 있다. 부부는 일심동체(一心同體: 한 마음 한 몸)라 하지만 부부는 똑같아지는 것이 아니라 '서로의 다른 점들을 조화시켜 개인으로, 부부로 발전해 나가는 것'이다. 일치와는 달리 조화는 '서로 간의 차이를 인정하고 수용하는 데서부터 출발하는 것'이다.

부부 사이에 싸움이 없을 수는 없다. 화분 하나를 두고 그것을 거실에 둘 것인지 베란다에 둘 것인지에 대한 의견 충돌부터 시가(媤家), 처가(妻家), 자식(子息) 문제 등등 여러 형태의 다툼이 있을 수 있다. 그러나 부부관계 전문가들에 의하면 사이가 좋은 부부들은 다음과 같은 특징이 있다고 한다. '서로의 단점에 대해 불평하기보다는 장점에 관해 감사하는 태도를 가지며, 다른 사람 앞에서 상대를 칭찬하는 것을 잘 한다. 또한 일상생활 중에 같이 하는 활동이 있으며, 어떤 일에 대해 너무 심각하지 않은 자세를 취하고 유머 있게 대처해 원만한 관계를 유지한다. 상대방과 의견이 다르더라도 공감(共感)하고, 입장을 바꿔서 생각하며 싸움을 하더라도 욕하거나 폄하(貶下: 깎아내림)하는 등 상처를 주지 않는다. 스스로의 실수나 잘못에 대해 사과하고 책임을 지는 태도를 보이며, 집에 언제 들어가는지와 같은 소소(小小)한 것들을 상대에게 알린다. 특히 중요한 것은 서로의 관계가 밋밋하지 않도록 서로를 항상 유혹하는 자세와 매력 있고 남 다른 개성이 있게 보인다.'라고 한다.

훌륭한 남편이란, 성실하고 정직하며 자상(仔詳)하고, 책임감(약속)이 강해야 하며, 훌륭한 아내는 알뜰하고 이해심 많으며, 인정(人情) 있고 슬기로워야 한다. 유대인의 생활 규범인 탈무드에서 '모든 병중에서 마음의 병만큼 괴로운 것은 없다. 모든 악 중에서 악처만큼 나쁜 것은 없다.' 그리고 맹자의 말에서 '남편이라는 것은 아내에게서 보면 하늘처럼 우러러 바라보며 평생을 살 사람이다. 그러기 때문에 남편은 존경받을 존재라야 한다.'처럼, 두 인용문에서 남편과 아내가 처신(處身: 세상을 살아감에 가져야 할 몸가짐, 행동)해야 할 방법을 제시(提示: 어떠한 의사를 글이나 말로 드러내 보임)하고 있다.

한 사람의 오복(?)은 부모 복, 형제 복, 배우자 복, 자식 복, 주변 사람 복인 인복(인덕)이다. 이 중에서 기본은 부모 복이고, 성공하려면 인복을 그리고 평생을(노년까지) 편안한 삶, 행복한 삶을 영위하려면 배우자 복이 있어야 한다. 인간의 궁극적 목적은 무엇인가? 바로 행복이다. 그러므로 오복 중 으뜸은 배우자 복이다. 그렇다면 부부는 어떤가? '서로 같은 방향을 향해 서로 손을 잡고 발맞춰 걸어가는 관계'이며, '잘 차려진 밥상을 둘이 들고 편안하고 조용한 곳에 가서 다정스럽게 대화를 나누면서 서로 먹어 보라고 권하며 맛있게 먹는 것'이며, 또한 '보자기 네 면을 각자 양손으로 잡고 금은보화를 가득 담는 형국'이다. 걸어갈 때 서로 보폭이 다르면 서로 잡은 손을 놓치게 되며. 잘 차려진 밥상을 들고 가다, 둘 중 하나가 삐끗하여 그 밥상을 놓치게 되면 먹어야 할 음식이 아니라 쓰레기가 되어 주변은 엉망진창이 되어 버릴 것이다. 또한, 한 사람만 양손 하나만이라도 보자기를 잡고 있지 않는다면 결코 금은보화를 가득 담을 수가 없는 것이다. 한마디로 부부는 서로 부족한 것을 채워주는 보완(補完: 모자라는 것을 보충해서 완전하게 함)관계이며, 함께 보조를 맞추어 살아가야 하는 동반자(同伴者: 함께 짝이 되는 사람)의 관계이다.

그러므로 부부는 서로 지켜야 할 세 가지 '덕목(德目)'이 있다. 첫째는 서로 상대를 '존중'해 주고, 둘째는 서로 상대를 '인정'해 주고, 마지막으로는 공(功)이 있으면 자신의 공도 상대에게 돌려줄 수 있어야 할 뿐만 아니라 무엇보다도 서로의 '존재가치' 그리고 서로에게 '감사'할 줄 알아야 한다. 더불어 심리학자 스턴버그가 말한 사랑의 3대 요소인 친밀감, 열정, 그리고 책임감(약속)을 변함없이 생활 속에 실천하며 각자의 도(道)와 본분(本分)을 지켜 나갈 뿐만 아니라, 만남은 인연이지만 관계는 노력이라는 사실을 항상 마음에 새겨야 한다. 네덜란드 화가인 빈센트 반 고흐의 말 '부부란 둘이 서로 반반씩 나눠지는 것이 아니라, 하나로서 전체가 되는 것이다.'와 독일 철학자 프리드리히 셸링이 말한 '부부는 가위와 같다.'라는 말을 모든 부부가 행복을 위한 삶의 좌우명(座右銘: 가르침으로 삼는 문구)으로 삼는 것이 참된 '생활의 지혜'일 것 같다.

17

남편과 아내

남편과 아내의 정의는 무엇인가? 부부관계에 있는 한 쌍의 남녀 중 남자 쪽을 가리키는 친족 용어이며, 아내는 남편의 짝으로서의 여자이다. 조금 엉뚱한 생각으로 왜 남자는 남편이고, 여자는 여(녀)편이 아닌가? 라는 궁금증이 든다. 우리말샘(국민이 참여하여 함께 만들고 자유롭게 정보를 이용하는 신개념의 국어사전)에 올라와 있는 것으로는 '녀편'의 뜻풀이는 '여자의 옛말/아내의 옛말'이고 '여편네'는 여자라는 의미에서 '부인이나 자기 아내'라는 말로 의미가 축소되었다고 한다. 그런데 떠도는 시중(市中: 사람들이 생활하는 공개된 공간을 비유적으로 말함) 우스갯말로, 남편은 '남의 편'이고, 여편네는 '옆에 누워있네'의 줄임말이라고 한다. 명작 '채털리 부인의 사랑'을 쓴 영국의 소설가 D.H. 로렌스는 '남편이 아내를 사랑하고 아내가 남편을 사랑하지 않고는 행복한 가정을 이룰 수 없다. 가정에서 느끼는 행복은 두 사람의 정신과 인격이 성숙해 감에 따라 점점 견고하게 된다. 서로가 그 정신을 높이고 인격을 원숙하게 해 나가다 보면 가정의 행복은 증진되는 것이다.'라고 말했는데, 이는 '가정 행복의 근간(根幹)은 사랑'이라는 말이고, '남편과 아내, 부부라는 것은 쇠사슬에 묶인 죄인이다. 그 때문에 발을 맞추어 걷지 않으면 안 된다.'는 러시아의 소설가 고리키의 말로, 서로 '보조를 맞추어 살아가야 함'을 강조한 것이다. 남편과 아내, 즉 부부의 관계는 어떠한가? 가정에서의 남편과 아내는 기둥의 지위를 차지하며 그들 사이의 관계는 가족관계에서 가장 중심적인 관계이다. 왜냐하면 혼인으로 결합한 부부 사이에 자녀가 태어나면 곧, 둘은 부모가 되어 부모와 자녀의 관계가 생겨나고, 그것은 다시 형제자매들 사이의 관계와 같은 새로운 가족관계를 가져오게 되며, 또한 부부는 한집에 살면서 가정 살림을 직접 조직하고 운영해야 하는 가족관계에서 가장 중심적인 관계이기 때문이다. 가정에서 부부 사이의 두터운 신임은 둘 사이의 사랑에 기초하고 있으며 부부간의 사랑은 가정 살림을 운영하고 자녀들의 양육, 교양과 훈육(訓育: 품성, 도덕을 가르침)에 대한 책임과 이해관계의 공통성에 의하여 더욱더 두터워진다.

이상적인 부부관계는 어떠해야 하는가? 첫째, 서로를 바라보고 주고받으며 서로 사랑하고 하나 되는 관계여야 하며 둘째, 서로를 달래주고 채워주며 서로 덮어주고 감싸주는 관계여야 하며 셋째, 서로를 보살피고 도와주며 위로하고 격려하는 관계여야 하며 넷째, 서로를 닮아가고 기뻐하며 서로를 이해하고 신뢰하는 관계여야 하며 다섯째, 서로를 용서하고 치유(治癒)해 주며 서로를 인정하고 존중해 주는 관계여야 한다. 마지막으로, 남편과 아내도 사회생활에서의 대인관계처럼 에티켓, 예절을 지켜야 한다. 결혼이란 서로 다른 생활방식, 사고방식, 주위 환경 속에서 살아온 두 사람이 부부가 되어 잘살아보려고 노력하고, 의지하고, 다투며 살아가는 과정이다. 더없이 가까운 사이인 만큼 상처 주고, 받기 쉬운 사이이기 때문에 '부부 에티켓'과 각자의 '도(道)'를 지켜야 한다.

부부가 서로 행복해지려면 어떻게 해야 하나? 첫째, 서로가 외롭지 않고 힘들지 않게 해야 하며 둘째, 슬프지 않게 해야 하고 화내지 않게 해야 하며 셋째, 서로가 오래 참고 웃게 해야 하며 넷째, 서로가 무례하거나 교만하지 않고 폭언하거나 폭행하지 않으며, 마지막으로 서로가 의심하거나 시험하지 않으며, 너그럽고 온유(溫柔: 성질이 온화하고 부드러움)하며 친절해야 한다. 한마디로 부부는 서로 부족한 것을 채워주고 감사해야 하며, 서로 배려하고 용기를 북돋아 주고, 좋은 일이건 나쁜 일이건, 필(必)히 서로 상의(詳議: 상세히 의논함)하여 대소사(大小事: 크고 작은 일들)를 처리해야 한다.

우리네 인생살이에서 비록 남남이지만 평생을(노년에 이르기까지) 함께 동행 하며, 함께 행복을 나눌 수 있는 것은 남편은 아내, 아내는 남편 밖에는 없다. 프랑스 작가 앙드레 모로아는 '진실하게 맺어진 부부는 젊음의 상실이 불행하게 느껴지지 않는다. 왜냐하면 같이 늙어가는 즐거움이 나이 먹는 괴로움을 잊게 해주기 때문이다.'라고 말했다. 고려청자나 조선백자가 아무리 고귀(高貴)해도 금이 가거나 깨지면 한낱 사금파리(깨진 사기 조각)에 불과하다. 부부의 관계도 한번 금이 가거나 깨지면 봉합(封合)되기 어려운 법이다. 부부의 만남은 인연이고, 운명이지만 관계는 노력이다. 무엇보다도 서로 '노력'해야 한다. 유대 격언에 '금과 은은 불 속에서 정련(精鍊: 불순물을 빼내 정제함)되어야 빛이 난다'라는 말이 있다. 평생(노후까지) 행복을 보장해 주는 부부관계를 위한 노력이야말로 삶의 최고 우선순위이다. 결국 부부 사이도 서로 나무 가꾸듯 가꾸어야 한다. 생활의 지혜, '남편은 아내라는 나무, 아내는 남편이라는 나무를 어떻게 가꾸어나갈지 지금, 주도면밀하게 설계해 실천할 때'이다.

끝으로 부부 교육 지침서라 할 수 있는 두 권의 책을 추천하고자 한다. 두 책을 소개하면, 하나는 김옥림이 쓴「아내가 남편에게 남편이 아내에게」, 또 하나는 같은 저자 김옥림이 쓴「남편과 아내가 꼭 해야 할 33가지」이다. 전자는 아내가 남편에게, 남편이 아내에게 서로 읽어주는 행복한 시간을 나눌 수 있게 해주며, 행복한 결혼 생활을 꿈꾸는 예비부부들은 물론이고 기혼자(旣婚者)들에게도 충실한 안내자가 될 것이다. 그리고 후자는 서로 입장을 바꾸고 이해할 수 있도록 시각의 틀을 제공해 주는 책으로, 금성과 화성의 전혀 다른 두 사람이 만나 가정이라는 하나를 이루는 데에 필요한 '배려(配慮)'에 대해 깊이 고민할 수 있는 시간이 될 것이며, 현대인의 감성(感性)을 치유(治癒)하고, 남편과 아내가 '사랑과 행복'을 되찾을 33가지의 이야기가 펼쳐진다.

18

부부금슬

금슬(琴瑟: 금실이 원말)이란 거문고와 비파를 아울러 이르는 말로 '둘은 음률이 잘 어울려 늘 같이 따라다니는데' 여기서 '부부간의 사이가 좋다'라는 의미로 파생(派生)된 것으로, 사자성어에는 원앙지계(鴛鴦之契: 금슬이 좋은 부부관계), 여고금슬(如鼓琴瑟: 거문고와 비파를 타는 것과 같이 부부간에 화락함), 금슬지락(琴瑟之樂: 부부 사이가 좋은 것), 금슬상화(琴瑟相和: 거문고와 비파소리가 화합하듯 부부 사이가 좋음), 화여금슬(和如琴瑟: 부부 사이가 화락함), 금슬우지(琴瑟友之: 부부 사이 금슬이 좋아 마치 친구처럼 지내는 것) 등이 있으며, 프랑스 작가이자 비평가인 조셉 주베르는 '벗으로 삼을 만한 여자가 아니라면 아내로 선택해서는 안 된다.'라고 말했으며, 잉글랜드 출신 작가이자 미국 펜실베이니아 식민지 경영자였던 윌리엄 펜도 '아내이자 친구인 사람이 진정한 아내이다.'라고 말했다. 과거 우리 조상님들은 부부금슬을 상징하는 자귀나무(일명, 환합수, 유정수로, 미모사 잎과 유사함)를 집안에 심기도 했다.

유교의 도덕 사상에서 기본이 되는 맹자의 3가지 강령(綱領)과 5가지 인륜(人倫)인 삼강오륜 중 오륜에 부부유별(夫婦有別)은 '부부간에 지켜야 할 관계 윤리'로 '남편과 아내는 구별이 있어야 한다.'라는 말은 서로 공경하기(상경여빈: 相敬如賓)를 강조한 것으로 '다름에 대한 존중'을 의미하는데 '사람이란 자기 모습대로 살아야 편안하고, 있는 그대로 존중받아야 편안한 법이다.' 대체로 '부부는 일심동체(一心同體)라 하지만 부부는 똑같아지는 것이 아니라, 서로의 다른 점들을 조화시켜 개인으로, 부부로 발전해 나가는 것'이다. 일치와는 달리 '조화는 서로 간의 차이를 인정하고 수용'하는 데서부터 출발하는 것이다. 프랑스의 철학자 알랭 프로스트는 '부부라는 사회에서는 일에 따라 각자가 상대를 돕고 혹은 상대를 지배한다. 따라서 부부는 대등하면서도 다르다. 그들은 다르므로 대등한 것이다.'라고 말했다.

오늘날 우리는 4대 매체(mass media) 이외에 인터넷이나 유튜브에서 나오는 정보의 홍수 속에서 살고 있다. 인터넷에 나오는 백년해로하기 위한 부부금슬에 지켜야 할 원칙, 묘약을 참고하여 몇 가지를 덧붙이고자 한다. 하나(첫째, 둘째의 표현은 중요도의 순서이고 하나, 하나의 표현은 모두 다 중요할 때 쓰는 표현) 부부 사랑은 칭찬에서 시작한다. 하나, 날마다 하루 한 끼 이상 식사하며 대화를 나눈다. 독일의 철학자 니체는 '부부생활은 긴 대화 같은 것이다.'라고 말했다. 하나, 가끔이라도 사랑의 편지를 쓴다. 하나, 가끔 부부 동반 외출은 활력을 북돋워 준다. 하나, 변화하는 새 삶이고 발전인 계절마다 함께 여행을 간다. 하나, 항상 기념일을 기억하고 챙긴다. 하나, 애정은 나눌수록 커지는 법, 상대를 연애 시절처럼 애인으로 여긴다. 하나, 둘이 마음을 모아 여가선용이나 취미생활을 한다. 하나, 부부 행복은 우연히 오지 않는 법, 행복을 창조한다.

미국의 정신분석학자인 시어도어 루빈은 '행복은 입맞춤과 같다. 행복을 얻기 위해서는 행복을 주어야만 한다.'라고 말했는데 부부간도 마찬가지이다. 하나, 고생도 즐거운 마음으로 함께 나누고 격려할 줄 알아야 한다. '부부가 맨손으로 시작해서 모든 것을 이룩하는 것'만큼 값지고 고귀한 것은 이 세상에 결코 없을 것이다. 그리고 미국 소설가 워싱턴 어빙의 말처럼 '불 속을 헤쳐 나가는듯한 시련을 함께 겪어 봐야 자신이 사랑하는 아내(남편)의 존재가 어떤 것인지를 안다.' 하나, 부부는 사소한 것에서부터 서로 신뢰하게 되는 법, 소소한 일도 알리고 상의한다. 하나, 가까운 부부 사이라도 대인 관계에서처럼 생활 속에 예의, 예절 그리고 도(道)를 지켜야 한다. 특히 가정 내 비밀에 부쳐야 할 일은 반드시 비밀에 부쳐주는 것이 부부생활의 끝이다. 프랑스 소설가 윌리엄 서머싯 몸은 '좋은 아내(남편)는 남편(아내)이 비밀에 부치고 싶어 하는 일은 모른 척한다. 그것은 결혼생활의 기본 예절이다.'라고 말했다. 중국 송나라 때 범엽이 쓴 역사서 후한서(後漢書)에 '부부된 자는 의(義)로 화친(和親)하고 은(恩)으로 화합(和合)한다.'와 독일 소설가 장 파울이 말한 '아내가 없는 남자는 몸체가 없는 머리이고, 남편이 없는 여자는 머리가 없는 몸체이다.'는 부부금슬을 지켜 나가기 위한 명구(名句)이다.

이 세상에서 누릴 수 있는 복(福) 중에서 '만남의 축복'이 가장 중요하다. 그중에서도 남편과 아내의 만남, 부부의 만남이 단연 으뜸이다. 그런데 그 만남도 잘 만나면 '인생 최고의 행복'이고 잘 못 만나면 '최악의 재앙'이다. 영국의 역사학자 토마스 풀러는 '남자(여자)가 가지고 있는 최고의 재산, 또는 최악의 재산은 바로 아내(남편)이다.'라고 말했다. 부부는 평생의 동반자이다. 함께 손을 잡고 같은 방향을 바라보고 보조를 맞추어 걸어가야 하는 것인데, '부부란 서로를 바라보는 것이 아니라 하늘의 별들을 같이 보는 것'이다. 인생에서 가장 소중한 것은 부부의 사랑이다. '부부의 사랑은 꽃밭 향기이며, 봄날의 따사로운 햇볕'이다. 그리고 인생의 '의미와 가치'를 부여해 주고 인생에 '희망과 용기'를 주며 힘을 북돋아 주기도 한다. 부부 사랑의 정(情)이 주는 따스함과 안락함, 그리고 행복감이 있어 말년의 고독과 외로움 그리고 지난날의 회한(悔恨: 뉘우치고 한탄함)을 극복하고 이겨낼 수 있는 것이다. 젊은 시절은 두말할 나위 없고, 말년에 부부금슬이 좋으면 어떤 삶을 살아가게 되는가? 첫째, 함께 정담(情談)을 나눌 수 있고 둘째, 맛있는 음식 함께 먹을 수 있고 마지막으로 함께 좋은 구경 다닐 수 있다. 이보다 더 무엇을 바란단 말인가? 그리고 이 세상 그 누구를 부러워한단 말인가?

19

형 제

형제(兄弟)의 사전적 의미는 무엇일까? 형제는 '같은 부모를 가진 남성들을 아울러 일컫는 말'로 '부모 양쪽 모두가 같거나 부모 한쪽이 같은 경우 모두를 포함'하며, 동기(同氣)란 '형제와 자매(姉妹), 남매(男妹)를 통틀어 이르는 말'이다. 형제애, 우애(友愛)의 대표적 사례 하나를 소개한다. 농구 황제라고 불리는 "조던"에게는 "래리"라는 형이 있었다. 어릴 때부터 운동에 한 수 위였던 형 래리는 동생 조던에게 농구를 가르쳐 주었는데, 이후 키가 자라지 않은 형은 미국 프로농구 마이너리그에서 뛰었고, 반면에 키가 훌쩍 컸던 조던은 NBA 황제로 불리며 스타로 자리매김하게 되었다. 이렇게 조던이 성장할 수 있었던 것은 때론 경쟁자요, 때론 조용한 후원자였던 형이 있었기에 가능했다.

부모와 형제는 천륜(天倫)의 관계이다. 형제는 끊을 수 없는 관계이고 형은 아우를 사랑하며 아우는 형을 존경해야 한다. 형제는 열 손가락과 같은 것이며 형제는 차례가 있는 법이다. 형제는 물질보다 귀중한 것인데, 물질은 감정이 없지만 형제는 동정(同情)이 있기 때문이다. 형제는 수족(手足)과 같으며 그 어느 것도 혈연을 끊지는 못한다. 형제는 영원히 형제이며 어떤 격심(激甚)한 무정(無情)이나 분노도 결코 형제라는 자석에는 이길 수 없다. 우리의 인생에서 부모님이 살아 계시고, 형제가 무고(無故)함은 최고의 즐거움과 행복한 삶이다. 논어(論語) 안연편(顔淵篇)에 나오는 사해형제(四海兄弟)라는 말은 '세상의 모든 사람이 형제와 같이 친하게 지내야 한다.'라는 말로 형제의 근본은 서로 친절하고 가까우며 '서로 챙겨주고 위해 주어야 하는 관계'임을 의미한다.

형제는 잘 두면 보배이고, 잘못 두면 원수라는 말도 있으며, 이 세상에서 가깝고도 먼 것은 의리(義理) 없는 형제인데 비록 형제일지라도, 의(義)가 나쁘면 남만 못하다고들 한다. 그러나 비록 평소에는 의(義)가 좋지 않았지만, 어느 한쪽이 불행을 당한다면, 결국에는 서로 같이 협력하여 불행과 맞서는 것이 형제이다. 혈육의 정이 깊음을 나타내는 서양 속담으로 '피는 물보다 진하다(Blood is thicker than water.)'라는 말이 있다. 형제는 한 뿌리에서 나온 가지이다. 사실 형제의 우애는 부모에게 어느 정도 그 책임이 있다고 본다. 평소 부모는 형이 아우에게 양보하고 사랑으로 감싸주며, 아우는 형의 양보에 고맙게 생각하며 형을 존경하도록 가르쳐 형제의 우애(友愛)를 돈독(敦篤: 끈끈함)하게 해주어야 한다. 서양에서는 다음과 같은 말이 있다. '인간(人間) 중 가장 비열한 자는 형제의 나이 어림과 형제간의 차마 말 못 함을 생각해서 형제를 이용하는 자(者)'라 했다. 형이 아우를 도외시(度外視)하고, 아우가 형을 존경하지 않는다면 그보다 더한 슬픈 인생이 어디 있겠는가?

요즈음 같은 세태에 자칫 멀어질 수 있는 형제의 관계나 의절(義絶)한 형제에게 경각심(警覺心)을 주기 위해 유대인의 생활 규범인 탈무드에 나오는 형제애에 대한 일화(逸話)를 보기로 하자. "옛날에 이스라엘에 두 형제가 살고 있었다. 형은 결혼하여 아내도 있고 아이도 있었지만, 동생은 미혼이었다. 형제는 둘 다 농부였는데, 부친이 죽자, 부친의 재산을 나누어 갖게 되었다. 수확한 사과와 옥수수는 공평(公平)하게 나누어, 각자의 곳간(창고)에 넣었다. 한밤중이 되자 동생은, 형님은 아내와 자식들이 있어 자신보다 더 어려울 것으로 생각하고 형님의 곳간에 많은 양(量)의 사과와 옥수수를 옮겨다 놓았다. 그러나 형은, 자신은 자식이 있으므로 늙게 되면 아이들이 잘 보살펴 주겠지만, 동생은 혼자이니 나중을 위해 준비해 두지 않으면 안 된다고 생각하여 역시 옥수수와 사과를 동생의 곳간에 많이 옮겨다 놓았다. 이러기를 며칠, 아침에 형제가 눈을 뜨고 자기들의 곳간에 가 보니 어제와 똑같은 분량의 곡식이 있었다. 나흘째 되던 밤 형제는 서로 상대방의 곳간에 곡식을 운반해 주러 가는 도중에 마주치고 말았다. 그래서 두 형제는 '서로 얼마나 끔찍하게 생각하고 있는지'를 알게 되었다. 두 사람은 곡식을 내던진 채 끌어안고 울었다." 이 두 형제가 울던 곳은 오늘날에도 '예루살렘에서 가장 고귀한 장소로 알려져 있다'라고 한다. 우리나라에도 비슷한 예(例)가 있다. 슬로우 시티(자본주의 사회의 삭막함을 벗어나 인간 중심이 되고, 지역의 전통문화를 복원하려는 바람을 담은 곳: 대표적인 전주 한옥마을)인 충남 예산 대흥면의 조선시대 의(義)좋은 형제 이성만과 동생 이순의 이야기가 있다. '형제가 열심히 일해 가을이 되어 풍성(豊盛)한 수확을 하게 되었다. 밤이 되자 형은 새로 살림을 낸 동생을 위해서 동생 집에 볏단을 옮겼고, 동생은 자녀가 많고 부모님을 모시는 형을 위해 볏단을 옮겨놓았다. 형과 동생이 아침에 일어나보니 전날과 볏단의 양이 변하지 않은 것이었다. 이상하게 생각한 형제는 볏단을 다시 옮기다가, 형제는 만나 서로의 마음을 알고 그 후로 더욱 사이좋게 지냈다'라는 것인데 그들의 우애가 뛰어난 것이 알려져 1497년(연산 3년)에 효제비(유형문화재 제102호)가 세워져 후세에 자신을 희생하면서 형제에 대한 배려심의 교훈을 남겨주고 있다. 두 경우에서처럼 진정한 형제의 가치는 의타심(依他心)보다는 먼저 배려하는 마음으로 형제의 어려움이 있으면, 물질에 앞서 서로 위로하고 격려해 주며 함께 희로애락을 나누고, 형은 아우를 친자식처럼 여기고, 아우는 형을 부모처럼 섬기며, 물질적인 도움을 받으려는 마음보다는 서로 베풀어 주는 그 마음에 있는 것이다. 매사 인간사에 일방통행은 없는 법. 서로 혈육 간에 애틋한 마음으로 형제, 동기간(同氣間)을 대하며 서로를 위해 주며 우애하는 것이 무엇보다도 인생의 소중한 가치 중 하나가 아니겠는가?

20

효도

효도(孝道)란 '부모를 잘 섬기는 도리(道理: 사람이 마땅히 해야 할 바른길)'나 '부모를 정성껏 잘 섬김'의 의미로 유의어에 효친(孝親), 반포(反哺), 순효(順孝)가 있고, 효제(孝悌)란 '부모에 대한 효도와 형제애에 대한 우애를 통틀어 한 말이다. 한자(漢字)에 반의지희(班衣之戲)란 중국 초나라 때 효자인 노래자(老萊子)가 일흔 살에 '늙은 부모님을 위로하려고 색동저고리를 입고 어린이처럼 기어다녀 보였다'라는 데서 유래(由來)한 것으로 '늙어서 효도함'을 의미한다. 표의문자(表意文字)인 한자 孝(효)는 아들이 노인을 업고 있는 모양의 글자로 효라는 개념은 '인간과 동물을 구분하는 행동양식 중 대표적인 것'이다.

우리나라는 조상 대대로 효(孝) 사상이 굳건한 나라로 가정마다 그 가르침을 많이 받아 왔다. 특히 동양철학의 대부분을 차지하는 중국 사상에서 유래한 효에 관한 사자성어(四字成語)들에는, 사친이효(事親以孝: '효도로써 어버이를 섬김'), 원걸종양(願乞終養: '부모에 대한 지극한 효심'), 반포지효(反哺之孝: 자식이 자라 부모를 봉양함), 혼정신성(昏定晨省: '조석으로 부모의 안부를 물어 살피는 것')과 비슷한 의미의 조석정성(朝夕精省)이 있고, 노래지희(老萊之戲: '변함없이 자식이 효도해야 함') 등이 있다. 그런데 가장 부모님 살아생전 효도를 다 하지 못한 자식들의 마음을 저미게(칼로 도려 내듯이 아프고 쓰라린) 하는 것은 풍수지탄(風樹之嘆: '부모님 돌아가신 후에 생전에 효도하지 못함을 뉘우치고 한탄함')이고, 하나 더 중국 한(漢)나라 때 한영이 쓴 '한시외전'에서 '나무가 고요해지고자 하나 바람이 멈추지 않고, 자식이 효도하고자 하나 부모가 기다려 주지 않는다.'라는 것으로, 부모 살아생전 효도하지 않고 돌아가신 후에 후회한들 무슨 소용이 있겠는가? 부모님 살아생전 효도할 것에 대한 마음을 다짐하게 하는 성어(成語)의 글귀이다.

동·서양의 철학자, 명사(名士)들의 효에 대한 명언들은 무엇이 있는가? '어버이께 효도하면 자식이 또한 효도하고, 이 몸이 이미 효도하지 못했으면 자식이 어찌 효도 하리오' 중국 주(周)나라 정치가 강태공의 말이고, '부모에게 잘못이 있을 때는 공손히 간(諫)하라. 설사 간하는 말을 받아들이시지 않아도 공경해야 한다. 속으로 애태우더라도 부모를 원망해서는 안 된다.'와 '5형(伍刑: 죄인을 다스리는 형벌)이 3천 가지이지만, 그 죄가 불효보다 큰 것은 없다.'는 공자님의 말씀이며, '아버님 날 낳으시고 어머님 날 기르시니 두 분 아니시면 이 몸이 살았을까? 하늘 같은 은덕(恩德: 은덕)을 어디다가 갚사오리.' 조선시대 문신이자 문인 송강(松江) 정철 선생님의 말씀이다. 그리고 '내 자식들이 해 주기를 바라는 것과 똑같이 네 부모에게 행하라.'와 '부모를 섬길 줄 모르는 사람과 벗하지 마라. 왜냐하면 그는 인간의 첫걸음을 벗어났기 때문이다.'는 소크라테스의 말이고, '어버이를 공경함은 으뜸가는 자연의 법칙이다.' 로마의 황제 발레리우스의 말이며, '저울의 한복판에 세계를 실어 놓고 다른 한쪽 편에 나의 어머니를 실어 놓는다면, 세계의 편이 훨씬 가벼울 것이다.' 랑구랄의 말이다. 특히 '자식이 부친(父親)을 존경하지 않는 것은 경우에 따라 용서될 수 있는 것이지만, 모친(母親)에게도 그렇다면 그 자식은 세상에 살아 있을 가치가 없는 못된 괴물이라고 말하지 않을 수 없다.' 장 자크 루소의 말이다.

유불(儒佛) 사상에서의 효에 대한 가르침은 '어린 자식의 똥과 오줌 같은 더러운 것도 그대의 마음에 거리낌이 없고, 늙은 어버이의 눈물과 침이 떨어지면 도리어 미워하고 싫어하는 뜻이 있다. 그대에게 권하노니 어버이를 공경하여 모셔라. 젊었을 때 그대를 위하여 힘줄과 뼈가 닳도록 애쓰셨노라.' 명심보감에 있는 말이며, 불경(佛經)에 '자식은 부모를 받들어 봉양함에 모자람이 없게 하고, 자기 할 일을 먼저 부모에게 여쭈며, 부모가 하시는 일에 순종하여 어기지 말며, 부모의 바른 말씀을 어기지 말며, 부모가 하시는 바른 일을 끊이지 않게 하는 것이다.'는 가족과 이웃 간의 생활윤리의 가르침인, 불교의 윤리서(倫理書)라고 불리는 '선생경(善生經)'에 나와 있다.

동서고금(東西古今)을 통하고, 시공(時空)을 초월해 부모가 자식을 사랑하고, 자식이 부모에게 효도해야 하는 것은 당연한 자연의 이치이다. 가정과 가족을 잘 돌보는 것, 그중에서도 으뜸인 부모에게 효도하는 것은 하늘과 조상님들의 은덕(恩德:은혜와 덕)을 입을 수 있는 제일의 보상(報償)이자 답례(答禮)이다. 독일 속담에 '부모는 10 자식을 거느릴 수 있어도, 10 자식이 한 부모 모시기는 어렵다'라는 말이 있다. 요즘 세태(世態: 세상의 상태나 형편)인 오늘의 우리들을 극명(克明: 매우 분명하게 밝힘)하게 나타내는 말이기도 하다. 구순(九旬: 90세)의 부모가 외출하는 칠순(七旬: 70세)의 자식에게 '애야! (아범아! 어멈아! 애비야! 애미야!) 차 조심해라!' 이것이 부모의 자식에 대한 사랑이다. 오늘날은 100세 시대이니 젊은이나 중년들만이 아닌, 노년에 노부모님을 모시고 효도해야 하는 경우도 더러는 있는 것이다.

끝으로 공자님의 말씀을 인용하는 것으로 글을 맺는다. '사람의 몸뚱이와 머리카락과 피부는 모두 부모에게 받은 것이다. 감히 이것을 상(傷)하게 하지 않는 것이야말로 효도의 시작이며 몸을 세워 도(道)를 행(行)하고 이름을 뒷세상에 드날려서 부모를 빛나게 하는 것은 효도의 마침이니라.' 그렇다. 효도가 거창한 것 아니다. 내 몸 건강하게 잘 지키고, 나 자신을 위해 노력하여 나 잘되는 것이 진정한 효도이다.

21

스승과 제자

스승이란 '자기를 가르쳐서 인도하는 사람'이며, 유의어는 랍비(Rabbi: 유대교의 율법학자, '나의 스승', '나의 주인'이라는 의미), 사범(師範: 운동이나 바둑 등 주로 기술을 가르치는 사람), 사부(師父:스승의 높임말이나 스승과 아버지)이다. 스승의 높임말인 '스승님'의 유의어에는 부자(夫子:모든 사람의 스승이 될 만한 사람에 대한 경칭), 은사(恩師)이다. 불가(佛家)에서 경문(經文: 불경에 있는 글)의 뜻을 풀어 가르치는 법사(法師)를 경(經) 스승이라고 일컫는다.

제자란 '스승으로부터 가르침을 받거나 받은 사람'이며, 유의어는 도제(徒弟), 문도(門徒: 제자), 문인(門人: 문하생)이다. 누군가가 교육을 받았다면 누군가의 제자이며, 그 제자가 나이 들어 누군가를 가르치는 스승이 될 수도 있다. 스승과 제자 사이를 사제간(師弟間)이라고 부르기도 하는데, 세계 최고의 전설적 사제관계는 예수-12사도(使徒: 제자), 석가모니-십대제자, 공자-공문십철(孔門十哲: 공자님의 제자 중 뛰어난 열 명)을 일컫는데, 제자의 대표적 사례 둘을 들자면, 하나는 공자님이 만년(晩年: 노년)에, 교육에 전념하여 3,000여 명의 제자를 길러내고 '시경'과 '서경' 등의 중국 고전(古典)을 정리하였으며, 제자들이 엮은 '논어'에 그의 언행(言行)과 사상(思想)이 잘 나타나 있고, 다른 하나는 성경의 용례(用例)에 의하면 좁은 의미에서는 예수그리스도의 12제자(마태복음)를, 넓은 의미에서는 예수를 그리스도로 고백하고 그분을 좇는 모든 성도(聖徒: 신자)(사도행전), 이 외에도 구약성경에는 하나님의 가르침을 받는 자(사무엘상), 신약성경에서는 세례요한의 제자(마태, 마가복음)나 모세의 제자로서의 바리새인(마태, 요한복음)을 가리키기도 한다. 그리고 우리가 모두 알 만한 사제(師弟) 계보도(系譜圖)의 대표적 예(例)는, 소크라테스 → 플라톤 → 아리스토텔레스 → 알렉산더 대왕인데, 제자의 제자는 손(孫)제자라 하고 스승의 스승은 사조(師祖)라고 한다. 무엇보다도 여러 제자 중 가장 뛰어난 제자를 수(首)제자라 칭(稱)한다. 그런데 제자라 해서 항상 제자로만 남아서는 안 된다. 사자상승(師資相承: 스승이 제자에게 학예를 이어 전함)하게 되면 사제동행(師弟同行: 스승과 제자가 한마음으로 연구하여 나감)도 해야 하며, 신진화전(薪盡火傳: 스승의 학예를 제자에게 대대로 전수함)하기도 해야 한다. 때론 청출어람(靑出於藍: 제자가 스승보다 나음)이 되는 경우, 스승의 큰 보람과 기쁨이기도 하다. '제자가 계속 제자로만 남는다면 스승에 대한 고약한 보답이다.' 독일 철학자 프리드리히 니체의 말이다.

우리는 보통 일상생활에서 '가르치는 사람'을 '강사, 교사, 교수, 선생, 스승' 등으로 칭(稱)한다. '강사'는 '학교나 학원 등에서 위촉을 받아 강의하는 사람'을 이르는 말이고, '선생'은 '학생을 가르치는 사람'을, '스승'은 '자기를 가르쳐 인도하는 사람'을 일컫는 말인데, 본래 교사(敎師: 초·중·고나 특수학교 기술 등)나 교수(敎授: 대학교나 전문 학술, 기예

등)는 직업적 분류의 성격을 띠고 있으며 선생(님)은 보통 일반적인 의미로 쓰이기도 하지만, 경칭(敬稱: 존대의 일컬음)인 존칭으로도 쓰인다. 요새 우스갯소리로 강사는 '강의실에서만 책임지면 되고', 교사나 교수는 '교실에서만 책임지면 되고', 선생은 '학교에서만 책임지면 되지만', 스승은 '학교 밖에까지 책임을 져야 한다.'라는 말이 회자(膾炙)되고 있는데, 그 나름대로 일리(一理)가 있는 말인 것도 같다. 그러므로 어디에서 무엇을 가르치든지 간에 가르치는 사람인 교육자는 배우는 사람들인 교육생들에게 '진정한 스승이 되겠다는 마음가짐, 각오(覺悟)' 하나만으로도 모든 것은 통(通)하게 될 것이라고 본다.

스승에 대한 우리 속담과 명사들의 명언들을 살펴보기로 하자. 먼저 속담들은, '스승의 그림자도 밟지 않는다.'는 '그림자도 밟지 않을 만큼 존경한다.'라는 말이고, '대중은 말 없는 스승이다.'라는 말은 '평범한 사람으로부터 창조적 지혜와 풍부한 지식과 경험을 배우게 된다.'라는 말이며, '가난도 스승이다.'는 '가난하면 그 상황을 극복하려는 의지와 노력이 생기므로 가난도 가르침을 주는 스승과 같은 역할을 한다.'라는 말이다. 다음으로 명사들의 명언들에는, 우리나라 저술가이신 유동범 님의 말씀에 주목할 만한 가치가 있는 세 가지의 명언들로, '훌륭하고 자애[慈愛: 아랫사람에게 베푸는 도타운(사랑이나 인정이 많고 깊은) 사랑]로운 스승은 많은 어려움과 실수를 통해서라야만 만들어질 수 있다.' '생명은 부모로부터 물려받은 것이지만, 생명을 보람차고 온전(穩全: 잘못된 것이 없이 바르거나 옳음)하게 키우는 법을 가르치는 것은 다름 아닌 스승의 몫이다.' '훌륭한 스승은 그 자체가 촛불이다. 제자들의 두 눈이 밝음에 트일 때까지, 어둠이 다할 때까지 스스로를 다하여 타오르는 하나의 촛불이다.'가 있다. '어릴 적 스승이 그 아이의 운명을 좌우한다.' 페르시아에서 전해지는 천일 동안의 이야기(천일야화: 千一夜話)를 아랍어로 기술(記述)한 설화(說話) 아라비안나이트에 있는 말이고, '가장 좋은 교사란 아이들과 함께 웃는 교사다. 가장 좋지 않은 교사란 아이들을 우습게 보는 교사다.' 영국의 교육자 알렉산더 닐의 말이며, '난초 향은 하룻밤 잠을 깨우고, 좋은 스승은 평생의 잠을 깨운다. 나의 뜻을 얻은 자, 세상의 무정함을 탓하지 않으리라.' 공자님의 말씀이다.

우리가 보편적으로 말하는 스승이기 이전에 선생(님)이란 첫째가 인성이요, 둘째는 실력을 갖춘 강의력이요, 마지막으로 학력이나 학벌, 전문성이다. 다시 말해 아무리 학력, 학벌이 좋고 실력과 강의력이 좋아도 인성이 되지 않았다면 가르치는 선생으로의 자격은 미달이고, 그런 선생(님)의 가르침을 받아서도 안 되는 것이다. 한 사람의 인성, 인격 형성은 첫째가 부모, 그리고 집안 대대로 내려온 분위기 둘째가 스승인 선생님 마지막으로 친구의 영향을 직·간접적으로 받아 형성되는 것이다. 더불어 출신학교도 중요한데, 누구한테 배웠느냐? 가 더욱 중요한 것이다. 유교의 5경 중 하나인 서경(書經)에서 "누군가를 가르치는 것은 내가 '배우는 것'이다. 누군가를 가르치는 것에 '책임감'을 느껴야 한다."라는 말에서 가르친다는 것은 반절은 자신이 배우는 것으로, 가르치는 선생은 가르침으로 몰랐던 것을 알게 되기도 하지만, 무엇보다도 철저한 사전준비인, 수업 준비, 교재연구가 필수(必須: 꼭 필요함)이다. 선생은 학생들 교육받는 시간에 비례 내지는 그 이상 교재 연구에 시간 투자를 해야 한다. 인터넷이 발달하기 이전에는 일일이 국문 동아대백과사전이나 영문 브리태니커 백과사전을 뒤져서 알아 냈지만, 오늘날은 조금만 수고해 인터넷 검색만으로도 다 찾아 알아 낼 수 있다. 그리고 또 하나, 수업 시간 혹여 잘못 가르친 것이 있어 나중에 발견되더라도 반드시 수정해 주어야 한다. 자존심 때문에 얼버무리고 지나가거나 틀린 것을 알고도 그냥 지나쳐 버린다면 그거야말로 양심의 문제이고, 학생들에게는 큰 죄악을 저지르는 행위이다. 또한 가르치는 선생은 매너리즘[mannerism: 타성(惰性)]에 빠지는 것을 경계해야 한다. 한 교재만으로 매 학기, 매 학년 사용하기도 하는데, 가능한 같은 과목이라도 가끔, 더 좋은 것은 매년마다 바꾸어 주어야 가르치는 선생 자신도 신선함도 있고 수업의 질(質)도 개선(改善)된다. 수업의 효율성을 극대화하기 위해서는 첫째는 눈높이에 맞는 교재, 두 번째는 강의력과 이해도, 마지막으로 피드백(feedback)이다. 또한 가르치는 선생님은 수업 시간을 철저하게 지키고, 용모나 옷차림도 단정하고 깔끔해야 하며, 수업 시 학생들이 지루해할 때를 대비해 3~5분 말할 수 있을 정도의 재미나거나, 삶에 도움이 될 수 있는 얘깃거리를 항상 머릿속에 준비해 두는 습관을 들여야 한다. 그러려면 평소에 여러 종류의 독서나 신문·잡지, 국내외 유머집 등을 읽는 습관이 필요하며, 수업에 들어가기 전에 무엇을 말해야 하고, 무엇을 강조할 것인지, 과제는 무엇을 부여할 것인지, 예상되는 질문은 무엇이고, 대답은 어떻게 할 것인지 연극 대본을 쓰듯 미리 머릿속에 짜임새 있게 설정(設定)해 두는 것이 생활화 되어야 한다. 또한 매학기마다 수업 반응 설문조사(앙케트)를 실시하여 본인의 수업에 좋은 점과 개선해야 할 점 등을 조사해 다음 수업부터 반영하는 적극성도 필요하다. 특히 중요한 것으로는 선생은 시대에 뒤떨어져서는 안 된다. 요새 젊은 학생들의 관심거리가 무엇이고, 사용하는 어휘들이 무엇인가까지도 알고 있어야 한다. '시대에 뒤떨어진 교사만큼 딱한 것도 없다.' 미국의 역사가 헨리 애덤스의 말이다. 무엇보다도 공부보다도 '사람을 인도(引導)하는 선생님이 되는 것이 중요하다'라는 것이다.

제3장

교육

1

배움과 가르침

　‘배움’과 ‘가르침’의 정의는 무엇인가? 배움과 가르침의 통칭(通稱)이 교육(敎育)으로 ‘교육(을)받다’ ‘교육(을)시키다’ 등으로 사용하며, 사람으로 지칭할 때 교육자(educator: 교사, 교원, 교수자, 교육가)와 피교육자[student: 학생, 교육생, 학인(學人)]라고 칭한다. 배움이란, ‘새로운 지식이나 교양을 얻거나, 새로운 기술을 익히고, 남의 행동, 태도를 본받아 따르는 것’을 말하고, 가르침은 도리(道理: 사람이 행하여야 할 바른길)나 지식, 사상, 기술 따위를 알게 하거나 그 내용, 그리고 스승의 가르침을 의미하기도 하며, 유의어에는 계시(啓示: 깨우쳐 배움을 줌), 교육, 교훈(敎訓: 가르치고 깨우침)이 있다. 교육이라는 어원은 본래 맹자(孟子)의 ‘득천하영재이교육지(得天下英才而敎育之)’라는 말에서 유래되었는데 ‘가르칠 교(敎)’ 자는 ‘회초리로 아이를 배우게 한다.’라는 의미이고 ‘기를 육(育)’ 자는 ‘갓 태어난 아이를 기른다.’라는 의미이다.

　그렇다면 먼저 교육’이란 무엇인가? 교육은 ‘개인이나 집단이 가진 지식, 기술, 기능, 가치관 등을 대상자에게 바람직한 방향으로 가르치고 배우는 활동’이다. 그리고 교육은 피교육자가 더욱 나은 삶을 영위하기 위해, 또한 그로 인하여 사회가 유지 · 발전될 수 있도록 피교육자가 갖고 있는 능력을 끌어내고, 새로운 지식이나 기능을 습득하게 하는 활동이며, 광의(廣義: 넓은 의미)의 의미로는 '개인의 정신, 성격, 능력의 형성에 영향을 주는 모든 행위와 경험'을 교육이라고 한다. 인간은 교육을 통해 이전 시대가 해 왔던 것처럼 다음 세대에 지식 및 문화를 전수(傳受)하고 발전시킨다. 교육활동이 제대로 이루어지기 위해서는 가르치는 교육자, 배우는 교육생 그리고 교과서(textbook)와 같은 교육할 내용, 즉 교재가 있어야 하는데, 교재에는 활자화된 주 교재, 필요에 따라 부교재 그리고 이해를 돕기 위해 적절한 교구(敎具: 괘도, 표본, 모형, 실험 도구 등) 그리고 오늘날과 같은 정보화 시대에는 시청각교재(視聽覺敎材: 사진, 슬라이드, 영상 등)도 포함된다. 그런데 여기서 교육자와 교육생의 입장에서 가장 중요한 것이 있다. 이것은 강의 연륜이 있는 사람이라면 전적으로 공감하는 내용일 것이다. 교육을 시키는 교육자는 첫째, 인성(人性) 둘째, 실력(강의력), 셋째, 학력(學歷)이나 학벌(學閥)인데, 가장 중요한 것은 교육자의 인성이다. 한 마디로 학력이나 학벌보다는 실력이 우선이고 그보다 더 우위(優位)를 차지하는 것이 인성이라는 것이다. 그리고 강의 시에는 첫째, 이해하기 쉽고 재미, 흥미롭게 둘째, 핵심을 짚어주고 셋째, 반드시 피드백(feedback)을 해주어야 한다. 교육받는 교육생의 입장에서는 수업받을 과목에 대한 사전 예습, 그리고 수업받은 당일(當日: 바로 그날)이 지나지 않는 복습이 필수이다. 그런데 둘 중 하나만이라면 예습이 더 효율적이지만, 과목이나 교재내용이 어려워 예습이 불가능하다면 어쩔 수 없이 반드시 복습 위주(爲主)만이라도 해야 한다.

다음으로 '배움'이란 무엇인가? 무지와 가난 그리고 착각에서 벗어나는 유일한 방법은 배움, 공부밖에는 없다. 그러나 그것이 당장 나타나는 것은 아니다. 오랜 시간이 필요하다. 수천억의 자산가이며 칼럼니스트이자 '돈과 인생'의 저자인 세이노(筆名: Say No로 Pen Name)의 가르침에서 "아무리 배워도 당장 내 수입은 늘지 않는다. 그리고 아무도 내 노력을 알아주지도 않는다. 가시(可視)적인 효과가 없으니, 재미도 없고 싫증이 난다. 그러나 성취가 나타나면 도파민이 분비되어 스트레스와 피로감이 사라진다. 성취는 '재미' 또한 부여하게 되어 '행복감'을 느끼게 한다."처럼 행복감은 자신감으로 나타나 적극적이고 더욱 열성(劣性)을 다하게 된다. 그러다 보면 무엇인가 본인의 목적달성이 이뤄지게 되어 있다. 배움에는 여러 가지가 있는데 공교육, 사교육, 사회(평생)교육 등이 있으며, 피아노, 바이올린, 악기연주 방법, 수영이나 체조, 헬스 등도 있고, 외국어 교습, 그리고 다양한 취미나 오락 교습도 있다. 이 모든 것에 사람들이 관심을 두고 몰두하는 것은 자기 계발, 능력과 실력의 제고(提高), 나아가 수입 증대나 사회적 지위의 성취 등 다양하다. 사자성어를 통한 배움을 정리하면 학무지경(學無止境: 배움은 끝이 없어 평생 배움)과 학불가이[學不可已: 배움은 끝없는 정진(精進: 열심히 노력함)] 해야 하고, 향학지성(向學之誠: 학문에 온 마음을 기울이는 정성)과 마천철연(磨穿鐵硯: 학문을 열심히 닦으며 다른 곳에 마음을 두지 않는 것) 하며, 조익모습(朝益暮習: 아침에 가르침을 받아 저녁에 그것을 익히는 것처럼 학문 연마에 열중함) 해야 하는데 무엇보다도 불분불계(不憤不啓: 스스로 터득하려고 애쓰는 사람이라야 스승의 가르침으로 미묘한 이치에 통달하게 됨)가 가장 중요하다.

마지막으로 '가르침'은 무엇인가? 가르침에는 '추정(趨庭)'이라는 '자식이 부모에게서 가르침을 받는 것'을 시작으로 수많은 형태가 있는데, 그중 하나가 예수님의 산상수훈[山上垂訓: 신앙생활의 근본원리가 간명(簡明: 간단명료)하게 정리 · 기술되어 있음(마태복음)]을 통해 그리스도인들은 가르침을 받기도 한다. 우스갯소리로 교육자를 칭(稱)할 때 '강사'는 강의만 책임지면 되고, '교사'는 교실에서만 책임지면 되며, '선생'은 학교 내(內)에서만 책임지면 되지만 '스승'은 학교 밖까지 책임을 져야 한다는 말로, 어느 정도는 맞는 말이기도 한 것 같다. 교육자는 교육생들의 진정한 '스승이 되어야 하겠다는 마음가짐' 하나만으로도 모든 것은 통(通)하게 된다. 유교의 5경(經) 중 하나인 서경(書經)에서 "누군가를 가르치는 것은 '내가 배우는 것'이다. 누군가를 함부로 가르치는 것에 '책임감'을 느껴야 한다."라는 말에서 가르친다는 것은 반절은 자신이 배우는 것으로, 가르치는 자는 가르침으로써 자신이 알지 못했던 것을 알게 되기도 하지만, 무엇보다도 철저한 사전 준비가 필요하다. 한마디로 철저한 교재연구가 필수이다. 교육자는 교육생이 교육받는 시간에 비례 내지는 그 이상의 시간을 교재연구에 시간투자를 해야 한다. 과거 인터넷이 발달하기 이전만 해도 국문 동아대백과사전이나 영문 브리태니커백과사전을 뒤져가며 교재연구를 했지만, 오늘날은 편리한 인터넷 검색으로 조금만 수고하면 미진(未盡)한 부분 없이 완벽하게 수업 준비를 할 수 있다. 그리고 설령 잘못 가르쳤을 때는 반드시 다음 시간에 바로잡아 주어야 하는데, 자존심 때문에 얼버무리고 넘어가거나 틀린 것을 알고도 지나쳐 버린다면 그거야말로 죄악을 저지르는 행위이다.

　무엇보다도 교육자는 매너리즘[mannerism: 타성(惰性)]에 빠지는 것을 경계하고 조심해야 한다. 한 교재를 가지고 매 학기, 매 학년 사용하기도 하는데, 가능한 같은 과목이라도 새로운 교재로 바꿔야 교육자 자신도 공부가 되고 수업에 신선함도 있는 것이다. 부지런한 교육자라면 그 클래스(class)의 수준에 맞는 교재를 만들어 사용한다면 두말할 나위 없이 바람직하다. 그리고 수업받는 한 클래스 안에는 반드시 뛰어난 학생이 있다는 것을 염두에 두고 긴장감을 늦추어서는 안 된다. 또한 반드시 수업 전 문제집 같은 경우 오타는 없는지, 답안에 나와 있는 정답은 정확한지 확인해 보아야 하며, 수업 시 무엇을 말해야 하고, 무엇을 강조할 것인지 그리고 예상 질문까지도 마치 연극 대본을 쓰듯 미리 머릿속에 설정(設定)해 두고 수업에 임(臨)해야 한다. 더불어 교육자는 강단에 설 때 단정한 옷차림과 말끔한 외모, 수업 시간을 철저히 지키는 것, 준비된 수업, 그리고 기억에 남을 강의 내용, 이 모든 것이 교육자의 도리(道理)이며, 교육생들에 대한 예의(禮儀)이다.

　끝으로 우리 인간은 배움과 가르침 두 가지 중, 모두에게 해당하는 것은 '배움'이다. 그러므로 '배움 중심'으로 마무리하려 한다. 유대인의 생활 규범인 탈무드의 명언을 인용한다. '만나는 모든 사람에게서 무언가를 배울 수 있는 사람이라면 세상에서 가장 현명한 사람이다.'처럼 부모님, 선생님, 친구, 독서를 통한 선인(先人)들의 말씀에서 심지어는 길을 가다가 노인에게서, 어린아이에게서도 그리고 자연에서도 배울 것이 있으며, 사자성어의 '반면교사(反面敎師: 사람이나 사물의 부정적인 면에서 얻는 깨달음이나 가르침의 대상)'에서 배우기도 한다. 배움은 그 누구도 챙겨주지 않는 법이다. 내가 알아서 챙기고 익혀서 내 지식이나 지혜가 되게 해야 한다. 덧붙여 탈무드의 '인간이 지혜를 얻는 방법 세 가지'에 대한 명언을 하나 더 인용한다. "첫째는 가장 고귀한 방법으로 '자신을 돌아보는 것', 두 번째는 가장 쉬운 방법으로 그냥 '따라 하는 것', 마지막으로 가장 어려운 방법으로 '경험을 통해 배우는 것'이다."

2

학력과 학벌

학력과 학벌의 사전적 의미는 무엇일까? 학력(學歷)은 제도화된 교육기관으로부터 산출된 '학교 교육에 관한 경력이나 이력'으로, 제도 교육 하에서 다닌 경력, 즉 '학교를 어디까지 졸업했는지를 말하는 것'이며, 우리말의 동음(同音)인 학력(學力)은 학습을 통하여 얻은 지식이나 기술의 능력으로 형식적·비형식적 교육에 상관없이 개인이 얻은 실질적 능력, '실력'이며, 학벌(學閥)은 제도화된 교육기관 파벌의 의미, 즉 '어느 학교를 나왔는지를 말하는 것'으로 정의하는데, 크게 두 가지로 학연(學緣)은 같은 학교(특히 고등학교, 대학교)를 나온 사람들끼리 만드는 파벌(派閥)과 대학 서열(序列)화로 특정 대학들의 재학생이나 졸업자를 사회 전반에서 차등 대우하는 풍조(風潮)로 나누어진다.

서구사회는 평등주의가 뿌리 깊이 박혀 학벌에 의한 신분 차이가 적거나, 개인주의가 팽배하여 좋은 학벌은 특정 직종에만 유리하고 그렇지 않은 곳에서는 학벌이 그다지 중요하지 않거나 따지지 않는다고 한다. 심지어 미국의 일부 시골에서는 백인 중 농사 잘 짓고 결혼 일찍 해서 행복하게 잘 살면 학교 다니는 것이 시간 낭비, 돈 낭비라고 생각하는 계층들이 있다는 것이다. 그러나 사실 우리나라나 이웃 일본은 학벌이 중요한 사회다. 한마디로 한 개인의 삶에 적잖은 영향을 끼친다는 것이다. 흔히 하는 말로 '행복은 성적순이 아니다'라고 말들은 하지만 현실은 그 반대의 경우가 흔하다. 우리 사회도 재능이나 능력 위주의 사회, 무엇보다도 이제는 우리 국민의 의식변화가 절실한 때이다.

한국 사회에서 학력과 학벌은 개인 삶의 기회뿐만 아니라 개인과 집단의 사회적 · 경제적 특권과 지위를 결정하는 중요한 도구가 되고 있다. 그리고 학력과 학벌은 우리 사회의 불평등의 핵심 요인이자 공교육 위기와 혼란의 근원으로 질타(叱咤)의 표적이 되어왔고, 그리고 되고 있다. 이렇듯 학력과 학벌이 우리 사회에서 한편으로는 사회 불평등의 표적으로 인식되고 있다면, 그동안 교육기관은 학력을 양산하고 학벌을 태동(胎動)시키는 산실(産室) 역할을 해 왔으며, 국가의 교육제도와 정책은 학력 · 학벌주의를 조장하는 산파(産婆) 역할을 해 왔다고 해도 과언이 아니다. 이는 우리나라에서 과거제도가 처음으로 시행된 고려시대, 유교가 국교(國敎)화된 조선시대, 일본의 정치적 간섭을 받던 조선말 개화기와 식민지 지배하에 공교육 제도가 성립된 일제강점기, 민주화 개방 초기인 미군정시대와 학력 사회가 성립되고 학벌주의가 팽배(澎湃)해진 대한민국시대, 오늘날에 이르러 왔다. 옛날 선천적 자격으로 얻었던 이름, 곧 씨족 · 가문 혹은 노비 · 상인 · 중인 · 양반 · 사대부 등의 자격이 오늘날은 출신학교 · 소속 집단 혹은 학력 · 직위 · 직책 · 화이트칼라 · 블루칼라 · 고용주 · 피고용주 등의 후천적 자격으로 변화되었을 뿐, 그 자격에 붙어 다니는 이름에 대한 집착은 달라지지 않았다.

이상적 사회로 대학을 나오지 않았더라도 실력, 능력 있는 사람이 그에 상응하는 대접을 받아야 한다. 학벌보다는 실력으로 평가받는 사회야말로 바람직한 사회이다. 그런 사회가 온다면 대학에 가지 않는다 해도 인간답게 살 수 있기 때문이다. 진정으로 학문연구 할 사람만 대학에 가고 나머지는 기술을 배우거나 장사하는 법을 배운다거나 또는 가업을 이어가는 등 나름의 살아가는 방법을 선택하는 것이 개인적으로나 국가적으로 바람직하다. 이 세상 모든 직업이 반드시 대학 졸업의 학력이 필요한 것은 아니기 때문이다. 그런 예로 대학을 나오지 않고도 자신의 분야에서 성공한 사람들이 언론에 취재되는 경우를 볼 수 있다. 그런데 문제는 우리 사회에서 매우 희귀하다는 데 있다. 대학을 나오지 않고도 성공한 사람이 많다면 언론에 취재되지 않을 것이다. 또한 대학 졸업장이 없는 사람에게도 성공의 문이 공정하게 열린다면 구태여 누가 대학에 가려고 하겠으며, 오늘날 사교육 문제로 사회문제를 야기하지도 않을 뿐만 아니라 수많은 수험생이나 학부모들이 고통받지도 않을 것이다. 그러나 현실적으로 학벌과 학력이 행세하는 나라를 들자면 단연코 이웃 일본과 우리나라일 것이다. 특히 우리나라처럼 부존자원이 부족한 나라는 공(公)개념으로는 교육이, 사(私)개념으로는 학력, 그리고 무엇보다도 학벌이 중요하다.

「공자」위령공 편에 '학야록재기중의(學也祿在其中矣)'란 말이 있다. 이는 '배움은 녹봉(祿俸: 관원에게 일 년 · 계절 단위로 주는 금품)이 그 안에 있다'라는 말로 공부를 하면 '그 속에 온갖 재물이 다 들어있다'라는 말이다. 교육의 목적은 무엇인가? 사회적 의미와 개인적 의미 두 가지가 있는

데, 개인적 의미로 볼 때 '자아실현과 세속적 성공'이다. 교육은 나 자신의 힘을 끌어내어 행복한 삶을 이어나가고자 실천할 수 있는 수단의 일부이다. 우리는 삶의 궁극적 목표인 행복을 위해 공부도 하고, 돈도 벌고, 그리고 성공이나 출세도 하려고 한다. 그러기 위한 방편으로 '학력도 쌓고, 이왕이면 학벌도 좋게' 하려 한다. 그러나 여기에서 결코 간과해서는 안 되는 중요한 한 가지가 있다. 바로 인성이다. 학력이나 학벌보다 우선이 실력이며, 실력보다 우선이 인성이다. 다시 말해 첫째는 인성이고, 둘째가 실력이며, 마지막으로 학력과 학벌이다. 아무리 좋은 실력이나 학력·학벌도 인성이 받쳐주지 않으면 색 바랜 옷에 불과하다.

생활의 지혜, 어느 분야에 종사하든 주위에서 인정받고 더 크게 사회에서 성공하기 위해 내 실력이나 '학력·학벌이 나무'라고 하면 '인성이라는 토양의 자양분'이 적절하고 충분한지, 그렇지 못하다면 개선책(改善策: 더 좋게 고치는 방법)을 어떻게 강구(講究: 좋은 대책과 방법을 연구함)해야 할지, 자신의 허(虛: 허점)와 실(實: 실질)이 무엇인지 지금, 고민해야만 할 때이다.

3

학교 교육

학교 교육(schooling)이란 제도화된 학교 내(內)에서 이루어지는 교육활동으로, 학교 외(外) 교육인 사회교육 또는 성인교육 내지는 평생교육과 대조(對照)시켜 부르는 말로, 흔히 형식교육(形式敎育:formal education)과 동의어로 사용되며 유치원 · 초등학교 · 중학교 · 고등학교 · 대학교에서 이루어지는 교육을 총칭(總稱)하는 것으로, 크게 세 가지 초등 · 중등(중, 고) · 고등[대학(학부), 대학원]교육으로 나누어진다. '교육을 받지 않으면 출생하지 않은 것만 못 하다. 왜냐하면 무식(無識: 지식이나 판단력의 부족)은 불행의 근원이기 때문이다.' 철학자 플라톤의 말이고, '가르침도 없고 스스로 배우는 것도 없으면 자기의 결점도 보이지 않는다.' 유대인의 생활 규범인 탈무드에 있는 말이며. '국가의 운명은 젊은이들의 교육에 달려있다.' 철학자 아리스토텔레스의 말이다.

우리나라 교육의 목적은 홍익인간(弘益人間: 단군 할아버지의 건국이념인, 널리 인간 세계를 이롭게 함)의 이념(理念) 아래 모든 국민으로 하여금 인격을 도야(陶冶)하고, 자주적인 생활능력과 민주시민으로 살아가려면 필요한 자질(資質)을 갖추게 함으로써 인간다운 삶을 영위(營爲: 일을 꾸려나감)하게 하며, 민주국가의 발전과 인류공영(共榮: 서로 함께 번영함)의 이상을 실현하는 데 이바지하게 함이다. 초등(학교)교육은 학생의 일상생활과 학습에 필요한 기본 습관 및 기초능력을 기르고 바른 인성을 함양(涵養: 능력이나 성품을 기르고 닦음)하는 데 중점을 두고, 중학교 교육은 초등학교 교육의 성과를 바탕으로, 학생의 일상생활과 학습에 필요한 기본능력을 기르고 바른 인성 및 민주시민의 자질(資質: 타고난 성품이나 소질)을 함양하는 데 중점을 두며, 고등학교 교육은 중학교 교육의 성과를 바탕으로, 학생의 적성과 소질에 맞게 진로를 개척하며 세계와 소통하는 민주시민으로서의 자질을 함양하는 데 중점을 둔다. 마지막으로 대학 교육은 장차 자기실현을 할 수 있는 인간을 길러내는 데에 최종적인 그 목표를 설정하고 있다. 대학 교육 4년 또는 6년의 과정을 거쳐 사회에 나서는 한 인간이 그 사회와 민족 내지는 국가, 인류사회의 발전을 위해서 자기를 실현할 수 있는 유능한 인간을 길어내는 것이 대학 교육의 목적이자 목표이다.

무엇보다도 교육과정 중 초등교육은 일반교육, 기초교육, 보통교육을 목적으로 하는데, 어떠한 편중 교육이나 준비교육이 아니라 아동의 원만한 전인[全人: 지(知)·정(情)·의(意)가 완전히 조합된 원만한 인격자] 성장을 위하여 신체적, 정신적, 사회적, 정서적 또는 지적으로 균형 잡힌 성장, 발달을 기할 수 있는 기초교육으로 민주국가 국민으로서 누구나 받아야 할 기초교육이며 인간의 성장 과정에서 반드시 이수하여야 하는 의무교육인 것으로, 국가나 한 개인에게 있어서 가장 중요한 교육이다. 특히 유치원 교육에서 초등학교 교육이 한 사람의 인성을 형성해, 평생 동안 유지되기 때문이다. 한 사람의 인격, 인성은 크게 가정,

학교, 그리고 친구의 영향에 좌지우지(左之右之)된다. 그러므로 유치원이나 초등학교의 교육자들은 사명감 있는 교육을 실행해야 한다. 무엇보다 교사들의 자질과 인성 또한 모범(模範), 귀감(龜鑑)이 되어야만 한다. '교사란 자신을 태움으로 다른 사람을 밝게 해주는 초와 같다.' 이탈리아 속담이다.

19세기 사상계(思想界)를 통틀어 가장 중요한 인물 중 한 사람인 영국의 사회학자, 철학자, 교육학자 허버트 스펜서는 '교육의 목적은 인격의 형성이다.'라고 말했는데, 우리도 보편적으로 교육의 여러 줄기 중 가장 큰 줄기는 '전인교육'이라고 대개는 생각하고, 알고 있다. 한마디로 인격자(人格者: 훌륭한 인격을 갖춘 자)로 길러내는 것이다. 더 구체적으로 말하자면 '인성교육'의 중요성이다. '교육의 목적은 기계를 만드는 것이 아니라, 인간을 만드는 데 있다.' 철학자 장 자크 루소의 말이고, '교육의 핵심은 사람의 마음을 훈련하는 데 있다.' 철학자 쇼펜하우어의 말이다. 그런데 교육 현장에서 일부의 교육자들이 편향(偏向)된 이념을 가르치는 현실은 어떤 시각으로 보아야 할 것인가? 무엇보다도 당사자들의 자성(自省)과 책임의식을 통감해야 하겠다. '교수하는 자의 권위(權威: 남을 지휘하거나 통솔하여 따르게 하는 힘)는 흔히 교육받고자 원하는 자를 해(害)친다.' 철학자 키케로의 말이다. 또한 학교 밖 상황은 어떠한가? 뉴스마다 부정, 부패, 거짓, 흑색선전, 선동, 말 바꾸기, 내로남불, 상대에게 덮어씌우기로 일관하고, 국익보다는 상대 당의 정책은 무조건 반대하며, 정쟁(政爭)만을 일삼는 일부의 위정자들, 거리마다 정당들의 상대편 당에 대한 비방의 현수막들, 특히 특정 사건에 대한 괴담 유포, 이런 사회적 분위기가 과연 미래의 우리 동량(棟梁: 한 집안이나 한 나라의 기둥이 될 만한 인재)들이 무엇을 보고, 배울 것인가? 제대로 된 가치관은 형성될 것인가? 에 대한 의구심(疑懼心)이 들 뿐만 아니라 우려(憂慮: 근심, 걱정함)하는 바가 크다.

학교 내의 커다란 문제점, 바로 학생들 간의 학력 차(差)이다. 위화감을 조성한다는 명목 아래 우열반 편성도 하지 않은 채 수업한다는 것은 효율성 면에서는 거의 제로(zero)에 가깝다. 상식적으로 생각해 봐도 말이 안 되는 일이다. 수업에 효율성의 조건에 여러 가지가 있지만 '눈높이에 맞는 수업', 한마디로 '수준에 맞는 수업은 그 어느 것에 못지않게 중요하다.'라는 것은 교육 현장에 종사하는 사람이라면 결코 부정할 수 없는 사실이다. 모두 다 알면서도 방관(傍觀)하고 있다는 것이다. 사실은 초등학교, 중학교까지는 의무교육으로 그런다고 쳐도 고등학교부터는 기성세대들의 시대처럼 일류도, 이류도, 삼류도 있어 그들끼리 선의의 경쟁도 하고 나름의 문화가 형성되어야 한다. 한마디로 학교별 입시를 치러야 한다는 것이다. 평준화는 모두를 우매하게 만들며. 경쟁 시대의 시대착오이다. 그에 따른 사교육에 대한 문제는 정부의 몫이다.

대학은 또 어떠한가? 맨 먼저 '무조건 대학은 나와야 한다.'라는 국민적 의식이 문제이며, 세계적 흐름에도 역행하고 있다. 학문적으로 연구할 사람만이 대학에 가고, 그렇지 않으면 직업학교나 전문대학을 가는 것이 본인으로나 사회적으로 비용 면이나 효율성 면에서 바람직하다. 가까운 일본의 경우 가업(家業)을 물려받는 것을 소중히 여기고,

무엇보다도 자랑스럽게 여긴다. 우리의 의식도 이제 변화되어야 한다. 가업이 본인의 적성에 맞고, 돈벌이도 되며, 장래성이 있다면 주저할 것 없이 선(先) 일자리 후(後) 진학 방법을 모색해야 한다. 아니 막말로 대학을 안 가면 어떠한가? 오늘날 돈벌이 되어 생활에 궁핍하지 않게 여유(餘裕: 시간적, 경제적 넉넉함) 있게 살아갈 수 있다면, 그렇게 대학에 연연(戀戀: 집착하여 미련을 가짐)할 필요도 없다. 주위를 돌아보면 대학을 나와도, 심지어는 일류대학을 나와도 취업을 못해 전전긍긍하는 사람들이 더러 있지 않은가? 모든 것을 현실적으로, 실리(實利: 실제로 얻는 이익)적으로 따져보아야 한다. 가업(家業: 집안의 직업)에 부모님을 도우면서 일을 배우거나 취업 후 대학에 다니는 것은 의향(意向)만 있으면 언제든지, 여러 방법이 있다.

대학 선발방법은 어떠한가? 학령인구의 절대 감소로 벚꽃 지는 순서대로 대학들이 문을 닫게 된다는 말이 회자(膾炙: 널리 사람들의 입에 자주 오르내림)되고 있고, 실제 현실이 되고 있으며, 지방대학은 물론이고 소수이긴 하지만 수도권 대학도 정원을 채우지 못하는 현실에, 앞으로 전국 4년제 대학 및 전문대 포함 약 400개 대학 1/3이 문을 닫게 되는 절박한 상황에 놓이게 된다는 것이 현실이다. 이런 상황 속에서 국가가 대학선발권에 대해 간섭한다는 것은 시대에도 뒤떨어질 뿐만 아니라 세계화에도 역행되는 일이다. 이제라도 대학이 필요로 하는 학생들을 선발하도록 선발권을 대학들에 돌려주어야 할 때라는 것은 자명(自明)한 일이다.

마지막으로 우리나라의 학제와 교육 현장의 상황은 어떠한가? 먼저 우리나라의 학제는 1949년 교육법 제정과 1950~51년의 교육법 개정에 따라 6-3-3-4제를 채택하고 있다. 미국의 경우는 5-3-4-4제(초중고, 12학년)를 채택하고 있다. 오늘날 초등학교 6학년생들은 정신적, 육체적으로 초등학생이 아니다. 미국과 같은 학제를 따르거나 아니면 초등학교를 5년으로, 1년 단축하는 방안도 논의가 필요한 시점이다. 다른 한 가지, 시골 면(面) 단위에 속해 있는 초등학교들은 상당수 폐교되었으며, 그나마 면소재지에 남은 학교는 전교생이 고작 50명 내외 정도이지만 교직원 수는 10여 명이 넘는다고 한다. 중학교도 예외는 아니다. 초등학교 부속 유치원은 더 심각하다. 과감한 통폐합으로, 합리적이고 경제적 운영 계획을 세워 예산 절감과 효율성에 대한 당국의 대책 및 시행(施行), 한마디로 학교 교육의 전반적 재고(再考)가 시급한 상황이다.

4

사회교육과 평생교육

사교육을 중심으로

　우리나라 교육의 종류에는 학교 교육과 사회교육 그리고 평생교육으로 크게 나뉜다. 학교 교육은 초등 · 중등(중, 고) · 고등[대학(학부), 대학원]교육으로 나뉘며, 형식교육(학교 교육)과 준 형식교육(산업체 부설 고등학교, 방송 통신 중, 고, 대학교, 산업대학, 사이버대학, 사내대학, 기능대학, 특수대학원 등) 그리고 비형식교육(학력이나 학위 인증을 받지 않는 사회교육)과 무형식교육(학습자가 주도적이고 자발적으로 학습하는 것, 대표적으로 가정교육)으로 나뉘기도 한다.

　사회교육이란, 민중(民衆: 일반 국민)에게 필요한 교육을 시행하는 조직적 활동으로 가정과 학교 이외의 도서관, 동물원, 강연회 및 신문, 잡지 따위를 통하여 이루어지며, 특히 시간적 개념에서 학교 교육의 이전이나 다음에 오는 교육, 사교육으로 사설학원, 개인과외도 포함하는데 오늘날은 방송 통신에 의한 교육, 특히 인터넷에 의한 교육까지 그 범위가 확대되고 있으며, 학교 교육 이전의 유아교육도 사회교육의 범주(範疇: 같은 성질을 가진 부류나 범위)에 속한다.

　평생교육이란, 인간의 교육은 가정, 학교, 사회에서 전 생애에 걸쳐 이루어져야 한다는 교육관으로 인간은 사회문물(文物: 문화의 산물)이 크게 변화함에 따라 그에 적응하기 위하여 끊임없이 교육받아야 한다는 취지(趣旨: 어떤 일의 근본이 되는 목적)로 학교의 정규 교육과정을 제외한, 학력을 보완(補完: 모자란 것을 보충해서 완전하게 함)하거나 지식을 습득할 수 있는 교육기관이기도 하다. 특히 대학(부설) 평생교육원에는 학점은 행제 과정이 개설되어 있어, 일정 기준의 학점을 이수하면 교육부 장관이나 대학 총장 명의의 졸업장을 받을 수도 있고, 일반인 대상 평생교육 과정이나 최고위 및 특별과정이 개설되어 있다.

사교육(private education)이란, 공교육에 반대되는 개념으로, 국공립 및 사립 초 · 중 · 고에서 시행되는 공교육과는 달리, 나라가 관리하는 기관 밖에서 이루어지는 모든 교육활동을 말하는 것으로, 사설학원, 개인과외, 인터넷강의 등이 있는데 교육기관에서 시행하는 방과 후 학교는 사교육에 포함되지 않는다. 사교육의 역사를 거슬러 올라가면 조선시대에 서원이 사교육의 총본산 역할을 했는데, 그 당시에도 서원 출신들이 과거 시험에 합격률이 높았다고 하며, 조선시대가 끝나고 일제 강점기와 한국전쟁으로 신분제도가 무너지자 과거 시험 자체는 무의미해졌고 초등학교만 나와 공장이나 일터로 나갔으며, 그 이후 우리나라가 고도 경제성장과 학력 상승을 거치면서 고등학교 진학이 당연히 여겨지던 80년대가 되어서야 대학 진학률이 크게 올라가게 되었다.

1960년대 서울에서 명문 중학교 진학을 위해 사교육이 극성을 이루게 되어 1969년 중학교 평준화 정책이 시행되자, 이번에는 명문 고교에 입학하기 위한 입시전쟁이 더욱 치열해졌고, 1974~80년 고교 평준화가 전국적으로 실시되면서 고교입시전쟁도 사라지게 되자, 이 번에는 대학입시가 문제가 된 것이다. 1960~70년대 서울 도심(종로)을 중심으로 중·고교생들을 위한 입시학원들이 성행하고, 점점 국민 소득이 늘어나면서 도심지 외곽뿐만 아니라 지방에도 확산하였다. 제 5공화국 시절 1980년 7.30 조치로 초·중·고 대상 입시과목으로 재 학생들의 예체능을 제외한 과외 및 입시학원 출입을 엄격히 제한했고, 대입 재수 학원만 고등학교 졸업생들은 성인으로 간주해 학원 출입을 허용했다.

88년 민주화가 된 제6공화국 시절부터 모든 규제가 풀리면서 사교 육시장은 급속하게 팽창하게 되었다. 90년대 들어서면서 선진국 문턱 에 들어설 정도로 국민 소득이 증가하게 되었고, 이와 함께 사교육시 장도 계속 성장하게 되었는데, 특히 기존 인가(認可)제에서 신고(申告) 제로 전환되면서 전국에 폭발적으로 사설학원들이 개원(開院)하게 되 었다. 이는 학부모들의 경쟁심리와 이기심, 정부의 무대책, 일관성 없 는 교육정책들이 시너지(synergy: 상승, 종합효과)를 이루며 사교육열풍 에 기름을 붓게 된 것이다. 이후 사교육을 억제하려는 정부 정책으로 EBS 교육 방송을 활용하려는 정책을 폈지만, 근본적인 구조를 바꾸기 에는 역부족으로 실패를 반복해 오늘에 이르게 된 것이다.

2000년대 이후 저출산과 학령인구감소로 사교육시장이 기업형 대 형 학원 이외에 중·소규모학원들은 내리막길을 걷기 시작하긴 했다. 2010년 이후는 대입시장의 지나친 경쟁격화(激化: 격렬하게 됨)와 학생

수(數)의 감소로 성인을 대상으로 하는 공무원시험, 중개사시험 등으로 사교육 영역이 점차 확산하고 있다. 2020년 발병한 코로나19의 여파로 다(多)인원 수업(off-line 강좌)을 기피하는 추세가 이어지면서 일대일 과외나 비대면 과외, 특히 인터넷(on-line) 강좌가 입시과목을 중심으로 폭발적 성장을 하게 되었다.

먼저 사교육의 문제점은 무엇인가? 문제점 중 무엇보다도 사교육비로 말미암은 학부모들의 경제적 부담이다. 최근 통계에 따르면, 22년 기준 총 26조(초등 12조, 중 7조, 고 7조-23년 우리나라 1년 총예산 639조)에 달하고 학생 1인당 사교육비로 월평균 총 41만 원(초등 37만2000원, 중 43만8000원, 고 46만 원)이며, 사교육 참여율은 총 78%(초등 85.2%, 중 76.2%, 고 66%)라고 한다. 그리고 사교육 참여시간은 주당 총 8시간(초등 7.4시간, 중 7.5시간, 고 7.4시간)이라고 하는 데, 한 개인으로만 따져 볼 때 이 통계치보다 훨씬 더 많은 수치(數値)가 나오는 경우도 허다(許多: 무수, 비일비재)할 것이다. 특히 지방 학생들이 서울에 있는 특정 지역 학원가에 강의를 듣기 위해 주말에 몰려들어 KTX, SRT 열차표 구하기도 쉽지 않다고 한다. 이 모든 것들이 결국은 돈으로, 학부모들의 가계(家計)에 큰 부담으로 작용하는 것으로, 이런 주된 요인이 오늘날 젊은 부부들의 출산(出産) 의욕을 떨어뜨리게 되어, 저출산으로 말미암은 인구 절벽시대로 치닫고 있다. 다음으로 on-line 강의나 off-line 강의 모두 자칫 탈선(脫線)할 우려가 있다는 것도 큰 문제점 중 하나가 아닐 수 없다. 경제적 비용이야 부모님 문제지만 어쩌면 본인으로서는 이 문제가 더 크고 심각하게 다루고 경각심(警覺心: 조심하고 정신을 차림)을 가져야 한다. 인터넷강의를 듣는다는 명목(名目) 아래 컴퓨터 게임이나 야동에 중독될 수도 있고, 학원에 간다고 해놓고 PC방이나, 오락실에 있을 수도 있으며, 학원에서 잘못된 학생들과 만나 어울릴 수도 있고, 오고 가는 도중에 탈선한 또래 학생들이나 가출청소년들에게 시달림을 받을 수도 있는 것이다. 그러므로 특히 밤늦게 귀가(歸家)하는 맞벌이 부모들은 자녀가 초·중·고 시절에는 이런 점들에 각별(各別)한 관심과 주의(注意)를 기울여야 하겠다.

다음으로 사교육에 의존하는 이유는 무엇인가? 두 가지 정도로 압축할 수 있는데, 먼저 초등학교에서 중간, 기말고사가 없어졌기 때문으로 학부모들의 입장에서는 자녀들이 자라서 고등학교에 가면 내신과 수능을 결국은 시험점수로 평가받기 때문에, 학부모들은 학생들의 수준을 구체적으로 알고 싶은데, 초등학교에서 시험이 없어진 상황에서 불안감에 일단은 학원에 보내게 된다는 것이다. 물론 초등학교 시절부터 시험으로 학생들을 일렬로 세운다는 단점이 있기도 하고, 단순 지식 위주 문제 해결 능력보다는 학생들의 의사소통 능력, 창의력, 융합 지식 활용 능력을 고취(鼓吹: 북돋움)시킨다는 면에서는 긍정적으로 볼 수는 있지만, 현장 교육 측면에서는 교육의 일정 사이클(cycle: 주기)인 '강의, 과제 및 피드백(feedback: 교사의 적절한 반응), 평가'의 순기능(順機能: 본래 목적에 맞게 작용하는 바람직한 기능)에는 위배(違背)되는 것이다. 다음으로 냉혹한 현실로 학교 교육에서 만족도가 떨어져 학습 성취도가 낮다는 것이다. 그 대표적인 사례가 학생들 간의 위화감(違和感)이 조성된다는 명분 아래 수준별 반 편성이 안 되어 있다는 것이다. 그렇기 때문에 잘하는 학생은 학생대로, 못하는 학생들은 학생대로, 특히 수업을 아예 따라가지 못하는 학생들, 모두 너도나도 학원이나 과외를 해야 하는 실정이다. 이는 사교육비와 학생들의 피로도(疲勞度)를 증대시키는 대단히 불합리한 상황이다.

마지막으로 사교육 문제의 해결책은 무엇인가? 당연히 '무조건 대학에 가야 한다'라는 '국민적 의식변화'가 필요하다. 그러나 국민들 변화의 바람이 불지 않을 것 같은 현 상황으로 볼 때, 학교 교육에서 만족한다면 굳이 학생들이 돈 낭비, 시간 낭비, 에너지 낭비의 사교육에 의존할 필요가 있겠는가? 맨 먼저 학교 교육에서 교과목 담당 교사들의 '수업의 질을 개선'해야 한다. 무엇보다도 교재연구도 철저히, 테크닉도 개발하고, 학생 개개인에 맞춘 피드백도 해 주어야 한다. 한 마디로 교과목 담당 교사들이 열(熱)과 성의(誠意) 그리고 공(功)을 들어야 한다는 것으로, '최소한 공교육이 사교육과 엇비슷하거나 더 나아야 한다.'라는 것이다. 가정에 만족하면 밖으로만 돌거나 가출청소년이 왜 있겠는가? 같은 이치이다. 교사들 개개인이 때로는 자신의 수업에 대한 '앙케트(enquete, customer survey:만족도 조사)'를 돌려, 그 결과를 보고 수업에 반영해야 하며, 더 바람직한 것은 학교나 정책당국 차원에서 대학처럼 매 학기마다 '강의평가'를 한다면 한층 더 수업의 질(質)이 개선될 것이다. 학교 교육 현장의 체질(體質: 조직에 배어있는 성질) 개선이 절실하다. 다음으로 학교에서 '방과 후 수업을 활성화하는 방안'이다. 그런데 이 경우 세 가지 단서(但書) 조항을 두어야 한다. 첫째는 본 수업과 방과 후 수업의 과목별 교·강사는 따로따로 둔다. 다음으로 방과 후 수업은 반드시 수준별 반 편성을 한다. 마지막으로 방과 후 수업의 강의료는 본인 학습자 부담이나 국가가 지원하는 방법, 아니면 반반 부담으로, 교육 당국이 시행 전 결정해야 한다. 이 세 가지 중 가장 중요한 것은 첫 번째로, 방과 후 수업 강의 담당 교·강사로, 일정한 자격요건을 두어 공개 채용하는 것이다. 자격 기준으로 담당할 과목을 대학에서 전공하고, 10년 이상 강의경력이 있는 사람으로 70세를 초과하지 않은 정도면 된다. 여기서 강의경력은 학교(초·중·고·대학) 경력은 물론이고, 사설학원 경력도 시·도 교육청에서 발급하는 경력증명서는 인정해 주어야 한다. 나이를 70세 이전으로 주장하는 것은 교육 경험이 풍부하고 능력과 비교적 시간적 여유도 있는 정년 퇴임자들을 활용하자는 것이다. 요즘은 나이에 0.8을 곱하면 예전 나이가 된다고 한다. 그렇다면 지금의 70세는 예전의 56세인 셈이다. 수도권에 거주하는 사람들도 지방에 가기도 하며, 팀별 움직이는 경우도 있다고 한다. 반드시 최종면접으로 사명감과 인성 검증 후 선발해야 한다. 이 정도를 통과해 수업을 맡게 되면 본 수업 정규 교사들과 방과 후 담당 교·강사들 간의 선의의 경쟁도 되어 쌍방 뒤지지 않으려고 피나는 노력으로 수업의 질은 높아지게 되어 점차 사교육 의존도가 떨어지게 될 것이다. 그런데 이것들이 현직 교사들이나 특정단체의 반발에는 대책이 없다. '과감(過感)하게 현직 교사들과 단체에서 길을 터주어야 모두가 가능한 것'이다. 더불어 정부와 교육 당국에서도 세계화와 시대에 걸맞은, 수업은 '학습자' 중심으로, 학생 생활지도는 '교수자' 중심 (교권이 침해받지 않는 범위 내의 학생인권조례 개정)으로 엄하게, 그리고 대학에 선발권을 주며, 최근 수능 킬러 문항 논쟁 대신 수능시험을 폐지하고 자격고사로 전환하는 등 '교육 전반에 걸쳐 획기적이고 대대적인 교육개혁을 단행해야 한다.' 이는 지금 한참 늦은 감이 있다. '빠르면 빠를수록 좋다'라는 말로 글을 맺는다.

5

대학 입학 지원자들에게 주는 글

우리나라의 교육체계는 3단계로 초등교육(primary education), 중등교육(secondary education), 고등교육(higher education)으로 나뉘어져 있는데 고등교육은 교육단계 중 최상위 단계의 교육으로서 학위, 또는 그에 준하는 자격을 수여하는 대학, 대학원 등의 교육기관에서 제공하는 교육이다. 대학(大學)이란 고등교육을 베푸는 교육기관으로, 국가와 인류 사회발전에 필요한 학술이론과 응용 방법을 교수(敎授: 학문이나 기예를 가르침)하고 연구하며. 지도적 인격을 도야(陶冶: 훌륭한 인격을 갖추려고 몸과 마음을 닦아 기름)하게 한다. 대학을 다른 말로 상아탑(象牙塔)이라고도 칭하는데, 이는 대학이나 대학의 연구실을 비유하는 말로, 원래 본뜻은 속세를 떠나 학문이나 예술에만 잠기는(어떤 일에 매여 벗어나지 못하는) 경지(境地: 몸이나 마음이 어떤 단계에 도달한 상태)를 말한다. 대학원에서 말하는 대학은 학부(學部)라는 명칭을 쓰기도 하며, 대학 캠퍼스(campus)의 캠퍼스는 대학의 부지(敷地), 교정(校庭)을 말하는데, (대)학내(內)를 '캠퍼스 내'라고도 칭(稱)한다.

대학 교육은 장차 자기실현을 할 수 있는 인간을 길러내는데 그 최종적인 목표를 설정하고 있다. 대학 교육 4년 또는 6년의 과정을 거쳐 사회로 나서는 한 인간이 그 사회와 민족 내지 국가, 인류사회의 발전을 위해서 자기실현을 할 수 있는 유능한 인간을 만들어 내는 것이 대학 교육의 목적이요, 그 목표라 할 수 있다. 그런데 대학 교육은 이 목적 내지는 목표를 달성하기 위한 방편으로 두 개의 채널, '교양교육'과 다른 하나는 '전문(전공)교육'이다.

교양이란 인격적인 생활을 고상하고 풍부하게 하려고 지, 정, 의(知情意: 인간의 세 가지 심적인 요소인 지성, 감성, 의지를 아울러 이르는 말)의 전반적인 발달이 이루어지도록 하는 일이며, 그렇게 해서 체득(體得: 몸소 체험하여 알게 됨)된 내용을 말하는 것으로 대학 생활의 전 과정을 통해 이상적 가치관과 인생의 목표를 눈앞에 바라보면서 함께 토론하고, 함께 추구하는 가운데 스스로 고매(高邁)한(인격이나 품성, 학식, 재질 따위가 높고 빼어난) 인격으로 형성해 가는 차원 높은 삶의 도정(搗精: 곡식을 찧거나 쓿음)이다. 그래서 대학은 지성적 교양인의 집단이며 '문화인의 요람(搖籃: 발생지, 근원지)'이라고도 한다.

전문(전공)교육은 특정한 지식이나 기술을 습득하여 취업을 도모케 하는 것으로, 현실적으로 볼 때 대학 교육하면, 교양교육보다는 전문(전공)교육기관으로 생각하거나, 알고 있다. 왜냐하면 인간이란 생활인으로 직업을 선택하고 지식이나 기술을 배워서 취업하고 거기서 나오는 월급이나 임금으로 당면한 생활비가 있어야 본인이나 가족들이 정상적 생활을 할 수 있기 때문이다.

직업을 선택하기 이전 먼저 대학의 학과 선택이 최우선이다. 대학의 학과 선택이 곧 한 인간이 사회에 나와 생활인으로 제구실을 하기 위한 첫걸음이다. 그러므로 아무 대학이나, 또는 사람들이 선호하고 알아주는 (상류) 대학이니 아무 학과에나 입학원서를 내, 일단 붙고 보자는 생각은 절대 금물일 뿐만 아니라 평생 두고두고 후횟거리가 된다. 한 번 더 강조하고 싶은 것은 학교명이 중요한 것이 아니라 '학과가 더 중요하다'라는 것이다. 그래서 대학 입학지원서를 내기 이전 장래의 직업선택이 우선이다. 한마디로 학과 선택이, 곧 직업 선택이다.

그렇다면 고려할 사항들은 무엇이 있는가? 첫째는 본인의 '적성'에 맞아야 하는 것이 가장 중요하다. 일반인들이 생각하는 선망(羨望)의 대상인 학과, 직업이라도 본인의 '적성'에 맞지 않으면 중도 포기하게 되어, 또 다른 선택을 해야 하므로, 방황과 시간만 흘러갈 뿐이다. 둘째는 '돈벌이'가 되어야 한다. 한 인간이 살아가는 데는 이상적 생각만으로는 살 수 없다. 의식주의 해결이 최우선이다. 그뿐만 아니라 여가와 문화생활, 그리고 사람 노릇, 주변에 체면치레 모든 것이 '경제력'이 뒷받침되어야 한다. 마지막으로 '장래성'이 있어야 한다. 지금은 인기학과이고, 인기 직종이지만 본인이 대학을 졸업하고 사회에 나올 무렵이나 한참 지난 후에는 사회에서 의미가 없을 수도 있다. 워낙 물질문명이 하루가 다르게 발달해가고 있고, 이제는 세계화 시대이기 때문에 우물 안 개구리처럼 우리나라만 볼 것이 아니라 원시안(遠視眼: 멀리봄)으로써 '세계적인 트렌드(trend: 추세)'로, 전 세계를 한 나라라고 보고 판단해야 한다.

이미 학과나 직업 선택이 되어 있을 수 있다. 그러나 지원서에 학과를 써넣기 전에 한 번 더 심사숙고(深思熟考: 깊이 생각해 봄)해 볼 것을 권장한다. 첫째, 좋아하는 것과 적성에 맞는 것과는 차이가 있을 수 있다. 좋아한다고 적성에 맞는다고 오판(誤判)하지 말라는 것이다. 둘째, '돈벌이가 되겠는가? 장래성이 있는가?'는 시중 서점이나 도서관에 업종별 관련 책자를 참고할 수도 있고, 무엇보다도 주변에 본인이 하고자 하는 학과나 업종에 현재 종사하고 있는 사람 몇몇을 찾아가 상담해 보는 것은 가장 확실하고도 빠른 방법이다. 마지막으로 부모님이 하고 계시는 직업, 직종을 고려해 보는 것이다. 부모님의 직업, 직종은 이미 정보, 지식, 고객, 노하우(know-how), 거래처, 인맥 등이 두루두루 확보되어 있는 상태이다. 이미 성공의 지름길이 눈앞에 펼쳐져 있는 것이다. 우리나라 부모님들은 가능한 자신의 직업은 자식에게 물려주지 않으려는 경향이 있다. 한마디로 대물림을 꺼린다는 것이다. 그러나 가까운 일본뿐만 아니라 다른 선진국들도 가업(家業)을 중시하고 자랑스럽게 여기며 브렌드(brend: 상표)화 하는 경향이 많다. 부모님이 현재 종사하고 있는 직업, 직종이 적성, 돈벌이, 장래성에 부합(符合:서로 들어맞음)되는 것이라면 무엇이든지 과감하게 결단을 내리기를 강력히 권고하는 바이다. 한마디로 멀리 돌아가지 말고 지름길로, 국도가 아닌 고속도로로 인생길을 가라는 것이다.

이제 수능 성적표를 받는다. 이미 수능시험을 치르고 난 후에, 아니면 수능 성적표를 받아 들고 재수(再修)를 결심하기도 할 것이다. 재수, 재도전 그 자체야말로 권장하거나 말릴 수 있는 것은 아니다. 본인이 선택하여 결정할 일이고 최종적으로 부모님과 상의해서 결단을 내리면 된다. 1~2년 빨리 대학에 들어가고 1~2년 늦게 들어간다고 사회에 나와 차이가 있는 것은 아니다. 세상 이치가 일찍 들어갔다고 더 먼저 되고, 좀 늦게 들어갔다고 더디 되고, 나중 되는 것은 결코 아니기 때문이다. 사회 나오면 별반 차이가 없다는 것이다. 우리나라나 가까운 일본은 대표적인 학력[(學歷: 학교에 다닌 경력이나 이력), (學力: 학문을 쌓은 정도, 실력)]이나 학벌(學閥: 출신학교의 수준이나 정도) 사회이다. 특히 부존 자원(賦存資源: 경제적으로 이용이 가능한 천연자원)이 적은 우리나라는 더더욱 그렇다. 그러므로 가능한 한 상급학교에 진학하려 하고, 이왕이면 명문학교를 나오려고 안간힘을 쏟는다. 1~2년 재수해서 더 나은 명문대학을 나오는 것이 사회에 나와 훨씬 유리하고 빠르게, 그리고 더 나은 직장이나 직업 전선에서 성공 가능성이 높을 수는 있다.

그러나 재수가 현역 시절 수능 점수보다 높게 나온다는 보장은 결코 없다. 30~50%만의 성공 확률을 계산해야 한다. 방심하고 그럭저럭 세월만 보내다 보면 현역 시절 점수에도 훨씬 못 미칠 수도 있다. 그런데 이런 경우가 종종 있는 것이 현실이다. 무엇보다도 뼈를 깎는 절제와 자기관리가 필수이므로 단단히 마음을 먹고 와신상담(臥薪嘗膽: 목표 달성을 위해 온갖 어려움과 괴로움을 참고 견딤)의 자세가 반드시 수반되어야 한다. 재수의 오적(伍賊)은 첫째, 이성 교제나 관계. 둘째. 게임중독, 셋째, 음주. 넷째, 일상의 불규칙한 습관, 마지막으로 약한 의지력이다. 이 중 단 하나만이라도 본인에게 해당한다면 심각하게 고민해야 하고, 결코 쉽게 결정을 내려서는 안 된다. '남들도 하는데 나라고 못 하겠느냐!' 식은 금물이다. 대학에 적(籍: 소속, 신분)은 두고 반수(半 修)도 마찬가지이다. 자칫하다가는 적을 둔 대학 성적과 수능성적, 둘 다

엉망이 돼버리므로 둘 중 하나 확실한 선택이 필요하다.

끝으로 수능 성적표를 받아 든 전국의 대다수 수험생의 초조함과 불안감을 다 가늠키는 어렵지만 편안하고 침착, 그리고 신중하게 부모님들과 상의하고 경륜 있는 선생님들 그리고 전문 업체와 충분한 배치 상담을 받아, 가고자 하는 대학에 지원하여 영광스러운 합격의 소식이 있기를 간절히 기원한다.

6

대입재수를 고려중인 학생들에게 주는 글

대입재수(再修), 재도전(再挑戰) 지금 고려하고 있거나, 이미 마음을 정하고 있을 것이다. 수능 점수가 저조하거나 기대한 만큼 점수가 나오지 않아 목표했던 대학에 들어가기가 불가능할 것 같을 뿐만 아니라 이 선생님, 저 선생님 찾아서 배치 상담을 해 봐도 추천하는 대학들이 딱히 마음에 내키지도 않을 것이다. 인생에 처음 맞는 좌절감과 실패감이 들기도 하여 허탈감이나 실의(失意: 의욕을 잃음)에 빠져 있기도 할 것이다. 그러나 지금은 그럴 때가 아니다. 나이 20세 전후는 부모님과 독립해서 자기 주도권을 갖고 살아가기 시작하는 인생에서 '출발점'이다. 다시 시작하는 것이다. 재도전하는 것이다. '좌절과 실패는 성공으로 가는 두 가지의 지름길이다.' 미국의 카네기연구소의 설립자인, 데일 카네기의 말이며, '시도조차 하지 않았을 때 놓치게 될 기회를 걱정하라.' 미국의 작가이자 호텔경영자인 오리슨 스웨트의 말이다. 여러분은 지금 재도전의 기회가 있지 않은가? 다시 기회를 찾으면 된다.

실패는 성공의 반대가 아니라 같은 방향으로 가기 위한 귀중한 자산이라는 생각과 믿음을 가져야 한다. 희망을 잃어서도, 불평불만을 해서도, 그리고 누구를 탓해서도, 자책(自責: 스스로 뉘우치고 나무람)해서도 안 된다. 우리 인간들은 한평생을 살면서 수많은 시련이 있다. 살아가면서 때론 좌절하기도 한다. 그러나 수많은 기회, 재도전의 기회가 있다. 세상을 어떻게 보느냐, 어떻게 기회를 잡느냐, 포기하지 않는 것이 중요하다. 실패는 종착역이 아니라, 또 다른 도전의 시작이다. 공자님은 '인생의 가장 큰 영광은 한 번도 실패하지 않음이 아니라 실패할 때마다 다시 일어서는 데 있다.'라고 말씀하셨다. 다시 말해 인생을 살다 설령 '실패해도 실망하거나 좌절하지 않고 다시 일어서는 오뚝이가 되어야 한다.'라는 말이다. 그렇다. 인생의 '영광'은 한 번도 실패하지 않는 것이 아니라 '실패할 때마다 다시 일어서는 것'이다. 명심하기를 바란다.

지금은 지난날의 잘못된 점들이 무엇인지 하나씩 되짚어 볼 때이다. 그리고 그 잘못된 점들을 어떤 방법으로 고쳐야 할 것인지 새로운 계획을 수립할 때이다. 또한 공부 방법, 취약 과목 그리고 잘못된 생활 자세를 어떻게 지양(止揚)하고 개선할 방법을 고려할 때이다. 그렇다면 어떻게 해야 하나? 첫째, 자신에게 지금 가장 소중한 것이 무엇인지 가치 기준을 설정하라. 둘째, 자신의 강점에 초점을 맞추고, 취약점을 보완하라. 셋째, 자신이 바라는 이상적인 한 주, 한 달, 그리고 일 년을 계획해 보아라. 그러면 진정 자신이 무엇을 원하는지, 그래서 무엇을 해야 하는지를 알게 될 것이다. 넷째, 10년 후, 20년 후, 그리고 그 이후의 자기 모습을 상상해 보아라. 그 모습에 걸맞게 오늘을 살아야 한다. 마지막으로 이 모든 것을 매일 명상하는 시간을 통해서 점검하라.

자신이 해야 할 우선순위를 재배열하게 될 것이다.

인간은 평생을 살아가면서 다 '때'가 있는 법이다. 공부할 때는 공부를 해야 하고, 취업해야 할 때는 취업도 해야 하며, 결혼할 적령기에는 결혼도 해야 하며, 자식을 두어야 할 때는 자식도 두어야 하는 등 여러 가지가 있다. 때를 놓치면 그만큼 하기가 어렵고, 능률적이지도 않는 법이다. 인간이 살면서 보통 사람들이 후회하는 세 가지로 첫 번째는 '학창 시절 공부 좀 열심히 할걸,' 두 번째는 '부모님 살아생전 효도 좀 할걸,' 마지막으로 '배우자 선택 좀 더 신중할걸'인데 대체로 대부분의 사람들이 하는 후회는 첫 번째이다. 영어 속담에 '후회는 나중에 오는 법이다(Regret comes later).'라는 말이 있고, '엎질러진 우유를 보고 슬퍼하지 마라(Don't cry over spilt milk.)'는 우리나라 속담의 '소 잃고 외양간 고친다.'와 비슷하지만, 영어 속담은 '이미 벌어진 일에 연연(戀戀戀: 집착하여 미련을 가짐)하지 말라'라는 뉘앙스(nuance)가 강한 속담이다.

재수를 하기 위한 기간은 고작 10개월 남짓하다. 1월부터 시작하기도 하지만 보통 2월 중순부터 시작하면 11월 초면 끝이 난다. 학원 선택이 중요하다. 통학형 단과반, 종합반, 기숙형 종합반, 독학 재수반 중 자신의 취향에 맞는 학원을 선택해야 한다. 도서관에 다니면서 인터넷 수업과 독학 재수 방법도 있지만 학원 수업을 받는 경우가 대부분이며, 가능한 학원에 다니는 것을 권고한다. 자기 통제가 불가능한 경우는 기숙형 학원을 권장하지만, 이 방법도 적응하지 못하는 경우가 있으니, 자신의 성격, 생활 습관, 평소 공부방법 등을 고려해서 신중하게 결정해야 한다. 한번 결정하면 초지일관(初志一貫: 처음 먹었던 마음 끝까지 감)하는 마음으로 마지막까지 가야 하지, 중간에 바꾸고 하면 시간 낭비일 뿐만 아니라 학습 효율성도 크게 떨어지게 된다.

재수는 30~50%의 성공 가능성을 갖는 것이다. '남이 하니까 나도 하면 더 성적이 올라 목표하는 대학에 가리라'라는 생각은 절대 금물이다. 독한 마음, 자기 절제, 공부 이외에는 대학합격 이후로 모든 것을 미뤄두어야 하지, 공부 이외 할 것 다 하고, 잘 잠 다 자고 해서는 현역 시절 점수에도 미치지 못할 수도 있다. 재수라는 것이 분명 고통스럽고 절대 인내가 필요한 시기이다. 성공적인 재수를 위해 생활의 오적(伍賊)을 반드시 경계, 또 경계하고 마음속에 다짐해야 한다. 첫째는 이성 교제, 관계이다. 이는 오적 중 가장 위험한 경계해야 할 최우선이다. 특히 남학생인 경우는 절대적이다. 대체로 여학생들은 이성과 공부는 별개로 생각하는 경우가 많다. 그러나 남학생들은 이성을 알게되고, 빠지면 헤어 나오는 것은 거의 불가(不可)하다. 재수 시절은 유난히 외로움을 타게 된다. 이 세상에 혈혈단신(孑孑單身:의지할 데 없이 외로운 몸)으로 있는 것과 같다. 그래서 쉽게 이성에 빠지고, 그러고는 헤어 나오지 못하게 된다. 이성을 안다는 것은 곧 실패의 지름길이며, 대학에 들어갈 가능성보다 군(軍)에 입대해야 할 가능성이 훨씬 높은, 비율로 보면 10:90이다. 교제해 왔던 이성과도 대학 들어간 후 만나기로 후일을 기약하고 재수하는 기간 동안은 단절해야 한다. 두 번째는 게임, 오락 중독이다. PC방은 물론이고 당구장도 출입해서는 안 된다. 세 번째는 음주이다. 술은 중독성이 강하고 자기 피로, 외로움, 근심과 걱정 등에서 해방시켜 주기 때문에 마시기 시작하면 헤어 나오기 어렵다. 특히 학원에서 만난 친구들과 어울려 술집에 드나들기 시작하면 학원을 옮기지 않는 한 그 친구들을 떼 낼 수가 없다. '네가 한 잔 샀으니 나도 한잔 사야 하고' 이러다 보면 계속 돌고 돌게 되는 것이다. 학원에서는 친구들 사귀지 마라. 후일 친구 되는 경우도 거의 없다. 네 번째는 불규칙한 생활 습관이다. 재수하는 기간 동안은 모든 생활이 규칙적이어야 한다. 잠자는 시간, 일어나는 시간, 식사 시간, 공부하는 시간, 휴식 시간 등 일정해야 한다. 가능한 일 일, 한 주, 한 달, 생활 계획표를 작성해 두고 책상 앞에 붙여놓기를 권고한다. 무엇보다도 철저하게 지키는 것이 관건(關鍵: 가장 중요한 부분, 핵심)이다. 마지막으로 약한 의지력이다. 그런데 의지력이야 어찌 보면 천성이고, 요즘에는 대개 집에서 귀(貴)하게 자라서 대개는 학생들의 의지력이 약하다. 그렇지만 단단하고, 굳건하고, 독한 마음으로 절제와 자기관리를 해야 목표 달성할 수 있다는 각오가 절대적인 시기이다. 오적에 대한 물리칠 자신감이 없다면 마지막 추가합격까지 기다렸다가 합격 소식이 오면 입학해 버리는 것이 훨씬 현명한 선택일지 모른다. 다시 말하자면 재수의 결심이 섰으면 반드시 오적을 물리칠 마음의 각오를 단단히 해야 한다는 것이다.

재수하는 기간 동안 고비가 크게 세 번 닥쳐온다. 첫 번째 고비는 꽃 피는 4월 중순~5월이다. 4월 초까지만 해도 각오가 단단해서 열심히들 한다. 그러나 주변에 꽃이 피기 시작하고 절정에 이르면 재수 초창기의 단단한 결심들은 서서히 무너지기 시작해 점점 해이(解弛: 풀리어 느즈러짐)해지게 된다. 이때부터 이성에, 게임이나 오락에, 더러는 음주에 취하게 되는 것이다. 다시 말해 오적 중 세 번째까지 유혹에 빠지게 되는 시기이다. 다음으로는 7월 말~8월 무더위가 기승을 부리는 시기이다. 날씨도 덥고 졸리기도 하고 재수를 결심할 당시의 각오는 퇴색되는 시기이다. 이때가 바로 규칙적인 생활 습관이 필요한 것이다. 마지막으로 10월부터 모의고사 성적을 보니 예상보다 성적이 저조할 때 대개는 실망하고는 실의에 빠져 자포자기(自暴自棄: 절망에 빠져 스스로 포기함)하는 경우가 종종 있다. 심지어는 재수는 필수, 삼수(三修)는 선택이라는 자조(自嘲: 스스로 비웃는 일) 섞인 표현을 내뱉기도 하게 된다. 이 시기가 바로 강한 의지력이 필요한 시기로, 무엇보다도 최종 정리의 중요한 시기이다. 한마디로 이 세 번의 위험한 고비를 슬기롭게 이겨내, 끝까지 최선을 다해야 한다는 것이다.

재수 기간 공부하는 방법이야 저마다 각기 다르고 나름대로 방법이 있을 것이다. 그러나 평생 동안 교육 현장에서 강의했던 경험과 공부했던 선험자로서 몇 가지 개략(槪略: 대강 추려 줄임)적인 방법을 제시하고자 한다. 공부 잘하는 것은 좋은 IQ(지능지수)가 필요한 것은 아니다. 특히 일류대학 들어가는 것도 머리 좋은 것이 필수는 아니다. 평범한 머리도 얼마든지 일류대학 간다. 문제는 집중력이다. 잡념이 없어야 한다. 한마디로 몸은 강의실에 있는데, 정신은 오대양 육대주를 돌아다니고 있으면 성적이 나올 리 없다. 또한 혼자 앉아 무슨 과목은 몇 점, 무슨 과목은 몇 점 등 목표 점수 계산만 해 보아야 아무 소용 없다. 딱 한 가지 그 수업 시간 잡념 없이 집중하는 것이 공부 잘하는 비결이고 성적 올리는 비결이다. 혼자 공부할 때도 마찬가지이다. 그리고 과

목별 담당 선생님이나 강사가 중요하다고 하는 곳은 '교재에 빨간색 펜이나 형광펜으로 표시'해 두고 적절한 설명도 써 놓아야 한다. 왜냐하면 마지막 시험을 앞두고 15일~1개월 정도는 반드시 자기만의 정리를 해야 할 시기로, 그때 그동안 배웠던 교재의 정리를 표시해 두었던 곳만 학습해야 하기 때문이다. 그러면 그때는 책 한두 권은 하루에 정리 할 수 있다.

끝으로 가장 일반적인 세상 이치(理致: 도리에 맞는 취지)의 하나인 '인생은 결코 단거리 경주가 아니라 장거리 경주이다.'라는 말을 남기고 싶다. 재수 기간이 채 일 년도 채 되지 않는데 자신의 인생에서 가장 중차대한 평생의 직업의 문턱, 대학에 들어가는 것이다. 우리나라는 학력과 학벌 사회이다. 금년보다 더 나은 대학에 들어가 사회에 나와 더 빠르게, 더 높이 성장할 수 있게 될 수도 있다. 이거야말로 내 인생에 가성비(價性費: 가격대비 성능비율, 투자 대비 효율성의 비율) 있는 일 아니겠는가? 인생에서 값진 시기며, 한편으로는 고난의 시간을 겪으면서 인격 수양의 시기이기도 한, 재수의 기간은 분명 여러분의 값진 시간이며. 가능성을 확인하는 시기이다. 우리 속담에 '아픈 만큼 성숙한다.'라는 말이 있지 않은가? 아무쪼록 피나는 노력과 굳건한 각오로 재수의 결실인 성적 향상이 되어 이듬해 입시에서는 목표한 대학에 합격의 영광을 누리길 간절히 기도하며, 여러분의 앞날에 성공과 건승(健勝)을 빈다.

7

대학인들에게 주는 글

대학 교육은 장차 자기실현을 할 수 있는 인간을 길러내는 데에 그 최종적인 목표를 설정하고 있다. 대학 교육 4년 또는 6년의 과정을 거쳐 사회에 나서는 한 인간이 그 사회와 민족 내지는 국가, 인류사회의 발전을 위해서 자기를 실현할 수 있는 유능한 인간을 만들어내는 것이 대학 교육의 목적이요, 그 목표라고 할 것이다. 그런데 대학 교육은 이 목적 내지는 목표를 달성하기 위한 방편으로써 두 개의 채널을 가지고 있다. 하나는 전문(전공)교육이고 다른 하나는 교양교육이다. 이 두 채널 중 어느 쪽에 더 비중을 두어야 할 것인가? 그것은 스위스 교육자인 페스탈로치의 말을 빌리지 않더라도 '직업인이 되기 전에 인간이 되도록 교육하라.'라는 것이 대학 교육의 목표이기 때문이다. 그러므로 대학 교육 과정에서 전문(전공)교육과 교양교육 중 어느 채널에 더 비중을 두어야 할 것인가는 자명(自明)한 일이다.

그렇다면 교양이란 무엇인가? 교양이란 인격 생활을 고상하고 풍부하게 하려고 지, 정, 의의 전반적인 발달이 이루어지도록 하는 일이며, 그렇게 해서 체득된 내용을 말한다. 그러기 때문에 교양 있는 사람은 무엇보다도 먼저 그 인격에 품위가 있어야 하고, 언어가 고상하고 행동에 예절이 있어야 한다. 대학은 지성적 교양인의 집단이며 문화인의 요람을 말한다. 좀 특정한 지식이나 기술을 습득하여 취업을 도모하게 하는 직업학교와는 달리, 대학 생활의 전 과정을 통해 이상적 가치관과 인생의 목표를 눈앞에 바라보면서 함께 토론하고 함께 추구하는 가운데 스스로 고매한 인격으로 형성해 가는 차원 높은 삶의 도정이다.

흔히들 대학 교육이 전공 교육 중심이냐? 교양교육 중심이냐? 전공은 평생 배우고 익힐 수 있기에 전공 교육 못지않게 교양교육이 더 중요하다고 말하고 싶다. 교양교육의 핵심이 되는 사항은 첫째, 외국어 실력 배양이며 둘째, 문화체험을 위한 여행 경험이라고 할 수 있으며, 셋째는 독서를 통해 견문을 넓히고 다양한 삶을 경험할 수 있도록 교육 및 학습되어야 한다는 것이다. 다시 말해 대학 생활은 외국어 공부 많이 하고, 여행 많이 다니며, 책 많이 읽어야 한다는 것이다.

외국어란 무엇인가? 학력의 상향평준화와 더불어 인재 풀이 커짐에 따라 점점 기업들이 원하는 사람들은 슈퍼맨이 아닐까 생각될 정도로 다방면에 뛰어난 사람이 되어야 한다. 그중에서 기본적으로 갖춰야 할 능력이 외국어가 되어가고 있는 추세이다. 외국어를 잘한다고 당장의 이득은 미미하지만, 외국어를 못함으로써 얻는 불이익은 시간이 갈수록 점점 커진다. 외국어 공부를 열심히 하면 보이지 않던 더 많은 인생의 선택 기회가 올 수도 있다. 단, 요령껏 열심히 해야 한다. 공부를 제대로 하는 방법을 찾아야 한다. 너무들 눈앞에 있는 취직 등에 얽매이지 말고 큰 그림을 가지고 외국어 공부에 대한 계획을 수립하여 단계별 학습과 규칙적으로 생활화해야 한다. 유대인의 5천 년 지혜이며 정신의 샘터인 탈무드의 자녀 교육법 중 하나가 '몇 개의 외국어를 할 수 있도록 어릴 때부터 습관을 들여야 한다.'이다. 글로벌 경쟁 사회에서 살아남고 더 많은 인생의 선택 기회를 부여 받기 위해 영어뿐만 아니라 일본어나 중국어 등도 제대로 읽고, 쓰고 말할 수 있어야 하겠다.

　여행이란 무엇인가? 여행은 만남이고 발견이며, 낯선 고장, 낯선 사람, 낯선 문화, 그 만남의 궁극(窮極: 어떤 과정의 마지막이나 끝)은 결국 '나 자신과의 만남'이라고 여행전문가들은 말한다. 여행을 통해 발견하는 새로운 자아, 그것이 바로 여행의 진정한 매력이라고 한다. 동행이 있다면 더욱 기쁘고 행복하겠지만, 혼자만이라도 여행을 할 수 있는 여유로움을 만드는 것도 자기 변화를 위해서 유의미(有意味: 의미가 있음)하지 않을까, 생각해 본다. 인도 철학자 브하그완의 말이 있다. '여행은 그대에게 세 가지의 이익을 줄 것이다. 하나는 고향에 대한 애착이고, 하나는 다른 곳에 대한 지식이며, 또 하나는 자기 자신에 대한 발견이다.' 여행은 기다림을 배우고 나와의 시간을 갖게 되며 다양한 사람들을 받아들일 수 있는 열린 마음과 여유를 누리게 해준다. 흔히 여행은 인생에 비유되곤 한다. 사람들이 여행을 갈망하는 이유는 여행 과정이 인생에 대한 안전한 축약본이기 때문은 아닐까? 길 위에서 언제 어떤 돌발 상황에 맞닥뜨리게 될지 예측 불가능하다는 점에서 여행과 삶은 일견(一見: 언뜻 봄) 닮은꼴인 것도 같다. 선진국 여행에서는 자신의 시야를 넓혀주고 꿈과 이상을 높여줄 것이며, 도서 벽지나 오지 여행은 자연의 아름다움, 안분지족의 행복, 그리고 자신이 지금 얼마나 편한

삶과 문명의 이기를 누리고 있나 깨우쳐 감사의 마음을 느끼게 할 것
이다.

독서란 무엇인가? 우리의 삶은 항상 많은 지식을 요구하고 있다. 특
히 오늘날과 같이 급변하고 있는 사회 속에서는 이 현실사회에 낙후
되지 않는 인간이 되기 위해서 보다 폭넓은 지식의 소유가 더욱 절실
히 요구되고 있다. 따라서 독서는 인간의 생활 경험을 확장시키고 우
리들의 생활 과제를 해결해 주는 수단이 되고 있다. 독서는 간접 체험
을 통해 자기 인생의 폭을 넓히고 자신의 직접적인 체험을 예리하고
정확하게 만들어 준다. 결국 바람직한 인격 형성을 이룩하는 데 독서
의 목적이 있다. 인간은 생각하기 위한 지식을 독서에서 구하고, 생각
하는 방법을 또한 독서에서 배우고, 독서와 더불어 생각하게 될 때 비
로소 사물에 대한 이해와 판단이 빠른 폭넓은 인간으로 성장하게 되
며, 나아가 새로운 것을 창조해 낼 수 있는 창의력을 가질 수 있게 된
다. 그리고 창의력은 바로 지식, 인성 그리고 감성이 어우러져야 이루
어지는 것이다. 평생 동안 인생을 행복하게 살아가기 위한 세 가지 습
관이 있다면 명상, 보시, 그리고 마지막으로 가장 중요한 독서의 습관
이다. 습관이란 원래 금방 이루어지는 것이 아니므로 어려서, 그리고
젊었을 때부터 버릇이 되어야 평생 동안 습관이 되는 법이기 때문이
다. 원래 생각이 행동/말이 되며, 행동/말이 습관이 되는 법인데, 영국
의 철의 여인인 대처 여사의 말처럼 '습관이 사람의 성공과 실패를 좌
우하는 운명'이 되기 때문이다. 소설가 이태준은 그의 산문에서 '책이
란 감정과 정신, 그리고 사상의 의복이며 주택'이라고 했다. 또한 '인

공으로 된 모든 문화물 가운데 꽃이요, 천사이며 제왕'이라고 독서의 예찬론을 펼쳤다.

대학인들이여! 교육과 학문의 탐구, 인격 도야(陶冶: 훌륭한 인격을 갖추려고 몸과 마음을 닦아 기름)의 기회가 자주 오는 것은 아니다. 대학 4년이나 6년이 정규과정으로서의 마지막 수학(受學) 기회가 되고 인생행로를 결정짓는 중대 시점이 될지도 모른다. 그리고 처음의 차이는 얼마 되지 않을지라도, 시간이 흐름에 따라 그 간격은 점점 커질 것이다. 이 중요한 사회의 출발에 선 여러분을 마음껏 축복하며 다음에 오는 영광의 결실이 더욱 소중하기에 글로벌 경쟁 사회에서 살아남고 더 많은 인생의 선택 기회를 부여 받기 위해 외국어 공부 많이 하고, 다양한 사람들을 만날 수 있는 기회를 부여 받기 위해 여행도 자주 다니며, 그리고 대학 생활에서 가장 중요한 두 가지, 학문의 연찬(研鑽: 깊이 연구함)과 자기 수양으로서의 책 읽기, 독서에 불굴(不屈: 어려움이 닥쳐도 굽히지 않음)의 노력을 촉구(促求: 재촉하여 요구함)해 본다.

8

외국어 공부

영어는 오늘날과 같은 국제화 시대에 세계 공통어로서 단지 시험을 통과하기 위한 요구조건을 넘어 이미 자신을 표현하고 상대를 설득하는 국제적 사고이고 문화이다. 특히 오늘날과 같은 국제화 시대, 글로벌 시대에는 경제, 문화, 기술 등의 융합(融合: 여러 개가 녹아 하나로 합침)은 국경을 허물어, 비즈니스의 범위를 확장시키고 있다. 외국어를 구사하는 것은 단순한 의사소통 수단을 넘어, 성공을 위한 '필수 도구'이기도 하다. 외국어에 능통한 사람은 다양한 문화와 사고방식을 이해하고, 글로벌 시장에서 경쟁력을 갖출 수 있을 뿐만 아니라 비즈니스 관계에서 큰 역할을 할 수 있는데, 그것은 바로 비즈니스 파트너와의 원활한 소통은 성공적인 거래의 핵심이 되기 때문이다.

사람들은 다양한 이유로 외국어를 공부하겠다고 결정한다. 그들은 어떤 공적인 시험의 욕구를 충족시켜야 하거나, 해외 휴가나 여행에서 더 큰 즐거움, 그리고 편리함을 위해서 그렇게 할 수도 있다. 사업가들은 외국어로 된 서신이나 서류들을 다루어야 하고, 연구 인력들은 전문 학술 잡지에 가장 최근 기술 발견이나 이야기, 그리고 학설들이 발행되자마자 정확하게 기사를 읽을 수 있어야 하고, 사람들은 정치적인 이유로 다른 나라의 일들에 관심을 두고 있을 수 있고, 그리고 해외에서 떠돌아다니는 시사 문제들에 대한 상세한 지식을 가져야 할 수도 있어 외국 신문들과 전문잡지들을 읽는 것으로 대신할 수 있다. 특히 외국인들이 주(主)가 되는 업무를 담당하는 사람들은 상대의 말을 정확하게 이해하고, 본인의 의도(意圖)를 정확하게 전달할 수 있어야 하기 때문이다.

새로운 언어를 배우는 것은 새로운 세계에 대한 접근 방식을 암시하고, 지적인 확장으로 이어지기도 한다. 귀로 들었을 때 그것을 이해하고, 그것을 말할 수 있고, 쓸 수 있을 정도로 새로운 언어를 학습하는 데는, 우리를 몰아붙이는 확실하게 강한 충동이 필요하다. 새로운 언어를 배우는 것은, 독창적이거나 비판적인 능력을 요구하는 것은 아니지만, 강한 지적 호기심과 인간의 사상이 표현될 수 있는 무한한 방식에 대한 지속적이고 활기 넘치는 관심이 필요하다. 무엇보다도 재빠른 관찰력, 흉내 내고 모방하는 적절한 능력, 연상(聯想: 하나의 관념이 다른 관념을 불러일으키는 현상, 예로, '기차'로 '여행'을 떠올리는 따위의 현상, 대체로 '광고 카피의 문구'는 '연상법'이 핵심)하고 일반화시키는 좋은 능력, 그리고 오래 유지되는 기억력이 절대 필요하다. 사실 외국어 공부는 그렇게 쉽지는 않다. 시간과 노력이 필요하며, 지속적인 학습과 실전 경험이 필수이다. 그러나 이 모든 노력은 성공적인 비즈니스, 무엇보다도 자신의 위상(位相)을 높여 더 나은 미래를 위한 투자로 이어져야 한다. 따라서 성공을 꿈꾸는 사람에게는 외국어 실력을 갖추는 것은 필수과정이다.

외국어 공부를 하겠다고 접근할 때는, 확실한 목적이 있는 상태와 동기부여가 준비되어 있는 상태에서 배우고 공부해야 한다. 그렇지 않고 아무 생각 없이 무작정 외국어를 배우고 공부하겠다고 접근하면 제자리걸음만 반복될 뿐이다. 다시 말해, 대체로 많은 사람이 경험했던 도전〉포기, 재도전〉포기, 재도전〉포기, 이렇게 계속 무한 반복만 있을 뿐이다. 그러므로 외국어 공부를 결심할 때는 반드시 '구체적 목적과 동기부여 준비가 되어 있어야, 오래 지속될 수 있고 성공 가능성이 높다'라는 점을 강조한다. 외국어 공부를 하고자 하는 사람이나 하고 있는 사람들에게 더욱 효율적인 공부법을 위해 한 권의 책을 추천하고자 한다. 바로 일본의 아키야마 요헤이가 쓴 「외국어 공부의 감각」이다. 해당 국가인 외국에 나가지 않고 독학으로 공부해 10개 국어를 말하게 된 비법서(秘法書)로 모든 사람이 읽을 수 있도록 우리말 번역본도 출간되어 있다.

구체적으로 외국어 중에서도 모두에게 필수인, 영어공부에 왕도(王道)는 없다. 거창한 계획을 세우고 명 교재, 명강의를 찾기보다는 우선 가장 쉽게 구할 수 있는 중학교 1, 2,3 학년 영어 교과서와 자습서를 구해 차례로 문장들을 통째로 암기해 보자. 거기에는 영어에 필요한 어휘, 문법, 생활영어 등 영어에 필요한 기본 핵심들이 단계별로 적절히 배분되어 있기 때문이다. 그러고 나서 각자의 목적에 따라 방향을 설정하고 거기에 걸맞은 교재나 강좌를 선택하면 된다.

오늘날 어느 대기업 항공사의 작고(作苦)하신 창업주께서는 젊은 시절 택시 운전사였는데, 영어를 할 줄 아셨다. 그런데 어느 날 길가에서 차가 고장이 나 난감(難堪)해하는 외국 여성을 보고 가서 도와주게 되었다. 사례(謝禮)를 마다하고 헤어졌지만, 고마움에 수소문해서 그녀의 남편이 찾아와 사례를 말하자 또다시 사양했다. 그 외국 여성의 남편은 그 당시 미8군 사령관이었다. 그때 그 인연이 되어 당시 미8군 폐차(廢車)권을 얻게 되어, 오늘날 대기업을 일궈낸 초석(礎石)이 된 일화(逸話), 그리고 작고하신 IOC(국제올림픽위원회) 위원을 지내신 분의 얘기인데, 그분은 원래, 태권도를 하셨다. 1900년 당시만 해도 체육인들이 영어를 할 줄 아는 사람이 흔치 않았던 시절로 영어를 할 줄 알아 체육 대통령이라고 불리는 IOC 위원을 지낼 수 있었던 것이다.

상기(上記)한 두 분의 예로 외국어 능력이 자기 삶의 새로운 전기(轉機: 전환의 시기)를 마련할 수도 있는 것이다. 외국어를 잘 한다고 당장의 이득은 미미하지만, 외국어를 못함으로써 얻는 불이익은 시간이 갈수록 점점 더 커진다. 외국어 실력을 갖추고 있으면 보이지 않던 더 많은 인생의 선택 기회가 올 수 있다. 생활의 지혜, 젊은이들이여! 다가오는 인생 선택의 폭 넓은 기회를 맞이하기 위해 지금부터 외국어 공부에 도전, 시간을 투자해 보자.

9

영어 교육과 학습

　*오늘날 우리의 지정학(地政學)적인 측면에서 공부해 둘 만한 가치가 있다고 하는 외국어로는 영어, 스페인어, 베트남어, 그리고 일본어와 중국어라고 생각한다. 그런데 다른 것은 몰라도, 현실적으로 글로벌 시대의 공통어인 영어는 우리에게 필수 중 필수 외국어이다. 그러므로 이 글에서는 영어에 초점을 맞춘다.

　우리나라 최초로 설립된 영어(英語)교육기관인 '동문학(同文學)' '영어숙(英語塾)' (통변학교: 通辯學校, 또는 영어학교라고 불림)이 설립된 것은 1883년이다. 1886년(고종 23년)에는 우리나라 최초의 공립교육기관인 육영공원(育英公院)이 문을 열었고 3명의 미국 선교사를 초빙, 신식교육(영어교육)을 시작하였다. 이어서 선교사들이 설립한 배재학당과 이화학교 등이 우리나라 영어교육의 개척자 역할을 담당했다. 1910년 한일합방이 되면서 조선총독부는 일본어 교육의 주력을 위해 모든 외국어 학교를 폐쇄했으며 이때가 바로 잘못된 영어교육의 시발점이 되었다. 당시 일제의 영어 교과서는 영국에서 도입한 저명한 것들로 정통 영국식이었으나 문제는 일본인 선생님이었다. 일본인 영어 선생님들은 영어를 그저 학문으로만 생각, 커뮤니케이션의 수단이라는 것을 철저히 배제하고 문법에만 치중된 교육을 하였다. 이와 같은 일제강점기 영어교육은 해방 후에도 변함없이 지속되어 거의 80~90년 동안 문법 위주의 영어를 가르치고 배우는 현상이 지속되었다. 오늘날 영어는 두 말할 필요가 없을 정도의 전 세계적인 위상을 구축하고 있다. 인터넷으로 얻을 수 있는 모든 정보의 80%가 영어로 되어 있고 국제기구의 85%가 영어를 공용어로 사용한다. 영어는 전 세계 51개국에서 모국어 또는 공용어로 사용되고 있고, 공식어로 지정한 국가만 해도 70개국이며 100여 개 이상의 국가에서 교육과정으로 가르치고 있으며, 가까운 미래에 사용 인구가 30억 명에 이를 것이라는 전망도 있다.

경제발전과 국제화 그리고 우수한 교육열 등으로 영어해득(英語解得) 인구는 급속히 늘었으나, 아직도 영어학습의 목적이나 영어에 대한 의식과 태도는 개인과 집단에 따라 다르다. 영어교육에 대한 목적을 집약해 본다면 영어교육은 '글'을 위주로 하여야 하느냐 '말'을 위주로 하여야 하느냐의 문제를 중심으로, 두 갈래의 상반된 견해로 갈라지고 또한 목적을 '교양성'에 두느냐 '실용성'에 두느냐에 따라서도 견해가 나누어진다. 영어교육이나 학습(學習)에서 실용성에 목적을 두는 견해는 교과과정의 7-10년 동안이나 영어를 공부했어도 간단한 회화 한 마디 제대로 하지 못하며 영어 편지 한 장 변변히 쓰지 못함을 한탄(恨歎)하는 데서 비롯된다. 그러나 외국어를 공부하는 첫째 목적은 외국 서적을 통한 지식의 습득이다. 다시 말해서 말만 몇 마디 할 수 있는 '장님 외국어'를 만들어서는 안 되는 것이다. 예를 들어 한문을 책으로 배우지 않고 소위 회화로만 배웠다면 사상이나 문학, 철학과는 거리가 먼 서투른 중국어 통역만이 우리 주변에 성행했을 것이다. 일반적으로 말만 하는 외국어가 '장님 외국어'를 만들고 읽기만 하는 외국어가 '귀머거리' 외국어 습득자를 만든다고 하지만, 사실 외국인과의 접촉으로 '말'을 사용할 수 있는 기회는 아직도 외국어 습득자들의 아주 일부(국민의 7% 정도)에만 해당한다는 연구 결과가 보고되고 있기도 하다. 이런 점으로 보아 영어교육은 대다수의 이익을 추구한다는 뜻에서 '글'에 초점을 두고 '말'을 보충하는 형식의 교육이 필요하다고 본다. 우리는 7~10년 정도 영어를 공부했다. 그런데도 한마디의 말이 더디고 귀는 어둡고 영어의 여울물에서 '떠내려가지 않으려고 발버둥 쳐야 제자리 아니면 가라앉기' 식이다. 합리적이고 선별적 영어 교육과 학습이 필요하다.

영어의 교육적인 측면에서 유아 및 초등학교 영어교육은 흥미와 호기심을 갖게 하는 것이 중요하며 발음 중심 교육(Phonics)에 대한 꾸준한 노출을 통해 두뇌를 자극해 주어야 한다. 중·고등학교에서는 선(先) 대화, 후(後) 문법 교육으로, 그리고 대학에서는 영어의 4가지 기능(Skill)인 듣기/말하기/읽기/쓰기를 교양교육과 전공 교육의 두 갈래로 나누어 교양교육 측면에서는 듣기/말하기 중심, 전공 교육에서는 읽기/쓰기 중심의 교육이 되도록 하여야 한다. 영어교육의 초점을 좁혀 말한다면 상식적인 이야기지만, 영어교육의 핵심은 '무엇'을 '어떻게' 가르치느냐에 있다고 하겠다. 여기에 '무엇'이란 영어교육 과정이며 보다 구체적으로 말한다면 교과서, 교재(Textbook)이다. '어떻게'의 구체적인 내용은 보다 '가청 언어적 방법(可聽言語的方法: Audio-lingual method)'이 권장되어야 하며, 일반적으로 강조되고 있는 유형연습(類形練習)보다는 문맥(Context)을 전제(前提)로 한 의미중심(意味中心)의 훈련과 의사전달능력(意思傳達能力)의 발전을 위한 교육방법이 모색(摸索)되어야 하겠다.

영어의 학습적인 측면에서는 유아·초등학교 수준에서는 '정확한 발음(강세, 고저, 리듬)'을 듣고 말해야 하며, 중·고등학교 수준에서는 기본적인 4가지 기능 중 영어의 '이해력(듣기, 읽기 능력)과 표현력(말하기, 쓰기 능력)'이 균형 있게 계발(啓發) 및 학습되어야 하는데, 구체적으로 중학교에서는 '듣기와 말하기', 고등학교에서는 '읽기와 쓰기'가 중심이 되어야 한다. 그리고 대학교에서는 수사학적 4 기능 '1) 문법적으로 틀리지 않고, 논리적으로 올바른 글을 쓰며(writing) 2) 지적, 비평적으로 빠른 속도로 읽으며(reading) 3) 논리적 원칙에 입각한 사고를 하며(thinking) 4) 과거, 현대의 위대한 사상을 감상함(appreciating)'에 중심을 두어야 한다. 영어공부에 왕도(王道:Royal road)는 없겠지만, 단 하나만 집어서 말한다면, 바로 '**문장 단위로 암기**'하는 것이다.

10

자녀교육

자녀교육(子女敎育)이라는 말의 사전적 의미는 '자녀가 올바른 인간으로 잘 성장해 나가도록 가르침을 주는 일'이다. 그리고 슬하(膝下)라는 말은 '무릎의 아래'라는 뜻으로 '거느리는 곁이나 품 안, 주로 부모의 보호영역을 이를 때 쓰는 말'이다. 대인관계(對人關係)에서 정중하거나 조심스러운 표현으로 상대의 '자식 숫자를 물을 때' 우리는 보통 '슬하에 자녀를 몇이나 두셨나요?'라고 묻는다. 문자 그대로 자식은 '부모의 보호영역에서 거느려야 하는 대상'이다.

유대인의 자식 교육법에서 현대를 살아가는 우리에게도 귀감(龜鑑: 거울로 삼아 본받을 만한 모범)이 되어 생활에 적용해 봄 직한, 몇 가지를 들어보자. 유대인들은 '남보다 뛰어나라'가 아닌 '남과 다르게 되라'라고 가르친다. 배우기 위해서 잘 듣는 것보다 말 잘하는 편이 낫다. '싫으면 그만두어라.'보다는 '최선을 다하라'라고 가르친다. 특유의 재능을 계발시키는 데는 '어머니의 지도'가 필요하다. '몇 개의 외국어'를 할 수 있도록 어릴 때부터 습관을 들인다. 자녀를 '오른손으로 벌을 주고 왼손'으로 껴안아 준다. 자녀가 '숙제를 못 해도 부모가 도와주지 않는다.' 아버지는 '유산(遺産)을 남기지 않겠다.'라고 미리 말한다. '자기의 노동으로 돈을 번다.'라는 것을 가르친다. '가족끼리 함께 하는 시간은 좋은 교육 기회'라는 것을 인식시킨다. 그래서 유대인들은 저녁 시간 가족들 모두 한자리에 모여 탈무드와 성경을 읽혔다. 바로 그네들의 생활 규범인 탈무드에 의하면 '신(神)이 항상 같이 있을 수 없어서 자기(自己) 대신에 어머니를 같이 있게 해주었다'라고 한다. 부모는 자녀를 갖게 되는 그날부터 그를 양육하고 교육시킬 의무를 지닌다. 옛 중국의 지식인들은 '어렸을 때 물이나 불과 같은 재앙을 당한 것은 어머니의 잘못이고, 15세가 되었는데도 스승을 만나지 못해 글과 학문을 배우지 않았다면 아버지의 잘못이고, 스승을 만났는데도 학문에 뜻을 두지 못하고 방향을 정하지 못했다면 자기 잘못이다'라고 했다. 우리가 유교 사상(儒敎思想)에 입각하여 자녀를 대하였던 지난 과거에는 지나친 엄격함과 권위로써 교육하고자 하였고 아동지향주의(兒童指向主義)의 문명이라고 해도 과언이 아닌 서양사상(西洋思想)의 영향을 많이 받은 오늘날은 너무나 자녀들을 이완(弛緩: 느슨함)시키려 하고 있다. 너무 지나친 애정도, 너무 애정을 주지 않는 것도 나쁘다. 매사에 다 그렇듯이 극단은 좋지 않은 법이다. 그래서 세상사 모든 것이 중용(中庸)의 도(道)가 중요하고 필요한 것이다.

요즈음은 자녀들의 부모가 되기를 원하기보다는 심하게 말해, 스스로 자녀들의 종(노비)이 되고자 하고 있다. 우리 속담에 '엄한 부모 밑에서 효자(孝子) 난다'라고 하는 말이 있다. 일찍이 자녀들의 뜻만 너무 받았던 많은 사람이 그 자녀에게서 불[곤욕(困辱: 심한 모욕, 참기 힘든 일)이나 피해]을 받았다. 고사성어에 자모유패자(慈母有敗子)라는 말이 있다.

‘자애(慈愛)가 지나친 어머니의 슬하에서는 도리어 방자(放恣)하고 버릇 없는 자식이 나옴’을 이르는 말이다. 여기서 엄한 부모란 매사에 무조건 엄한 것이 아닌 그들이 옳은 경우는 언제나 파랑 신호등이지만, 그들이 잘못된 경우는 단호히 빨강 신호등을 치켜들고 엄하게 다스리는 것을 말함이리라. 무조건 ‘그렇다’ 또는 무조건 ‘아니다’라는 방식의 자녀교육(子女敎育)은 무책임할 뿐만 아니라 무관심이며 미워함보다 더 나쁜 것이다. 성경에서도 ‘체벌(體罰)을 두려워하는 자는 자식을 망친다.’라는 구절이 있는데, 잠언에서 자녀교육에 대한 많은 가르침이 있으니, 그리스도인이 아니더라도 익히고, 실천할 가치가 있다.

요즈음 세분화(細分化) · 분업화(分業化) · 전문화(專門化)된 산업사회(産業社會)의 발달로 말미암아 자녀와의 대화(對話)시간이 적어지거나 없어졌다고 한다. 어쩌다 대화시간(對話時間)이 마련되면 그 기회를 놓치지 않고 부모들은 자녀들 앞에서 자신의 이야기로 열을 올린다. 그러나 그것이 자녀와의 대화는 아니다. 진정한 자녀와의 대화는 자신의 마음을 비우고 자녀들이 허심탄회(虛心坦懷)하게 자기 뜻을 부모에게 토로(吐露:마음에 있는 것을 죄다 드러내어 말함)할 수 있게 해야 한다. 그리고 문제점을 찾아 적절한 해결책을 찾아야 하겠다. 문제가정에 문제아는 생기게 마련인 법이다. ‘부모가 반팔자이며 부모가 온 효자 되어야 자식이 반 효자’라는 말이 있다. 사람은 어떤 부모를 만났는가 하는 것이 자기 운명의 절반을 결정한다는 뜻으로, 사람의 ‘운명이 부모에 의해서 크게 영향받게 됨’을 비유적으로 이르는 말이며, 그리고 ‘부모가 잘해야 그 자식이 효자 노릇을 하게 된다’라는 의미이다.

상황에 따른 자녀와의 대화법을 살펴보기로 하자. 공부에 관해서는 왜 공부를 잘해야 하는지 이유를 명쾌하게 설명해야 하며, 교우에 관해서는 자녀가 나쁜 친구와 헤어지기를 원할수록 자녀의 친구가 마음에 들지 않아도 직접적으로 비난하지 말고 자녀가 다른 곳에 흥미를 갖도록 전략을 짜서 대화해야 하고, 생활 습관에 관해서는 '알아야 할 모든 것은 유치원에서 배운다.'라는 말이 있듯이 어린 시절(6세 정도) 엄격하게 지키도록 습관을 들여야 하는데 이미 초·중·고등학생 정도 되면 부모가 잔소리한다고 해서 이미 나쁜 습관을 고치지 않으므로 자녀와 마주 앉아 상황을 솔직히 말해 '스스로 자신의 습관을 고쳐야겠다.'라는 생각이 들도록 설득, 인도(引導: 가르쳐 이끎)해야 한다. 자녀를 위한 교육의 시간을 단순한 대화의 몇 마디로 해결하려 하지 말고 자녀들에게 평소 생활 속에서 건전하고 성실한 생활 자세를 취하며 대인관계에서도 윗사람에게 공경으로 대하고 아랫사람에게는 사랑으로 대하는 생활 자세를 실천해 보여주어야 한다. 백 마디의 언어적 교육보다는 한 번의 실천이 자녀 교육에 훨씬 설득력이 있기 때문이다.

진정한 자녀 교육은 그들에게 관심을 보여주고 파괴적인 권위만을 행사하기보다는 평등한 입장에서 그들을 인정해 주고 부모가 솔선수범하는 것이다. 큰 꿈을 꾸고 그 꿈을 키워가는 최고경영자(CEO)처럼 부모는 가정의 CEO가 되어야 자녀들의 미래가 바뀌는 법이다. 유능한 CEO처럼 가정을 경영하고자 하는 의지와 열정 없이 자식의 미래가 위대해지기를 바랄 수 없는 것이다. 가정의 소소한 일들을 책임지는 일부터 세심한 배려와 가치관을 세우고, 내일의 푯대(목표)를 세우며 부모의 고정관념에서 벗어나 경영자로, 코치로, 멘토로서, 모든 역할을 담당해야 한다. 또한 다산(茶山) 정약용 선생님의 '문심혜두(文心慧竇) 교육법'처럼 독서를 생활화하여 '글 하나하나 배워 익힐 때마다 지혜의 보화가 쌓여 슬기의 구멍이 활짝 열리게 해야 한다.' 무엇보다도 진정한 부모의 자녀교육의 중요한 시기는, '자식이 잉태되기 직전 부모 양쪽 모두의 정갈한(깨끗하고 깔끔한) 몸, 건전한 사고 그리고 출산 직전까지 심리적 · 정신적 · 신체적으로 크게 영향을 주는 태중 교육, 태교(胎敎)'에서부터 시작되어야 한다.

11

지혜와 지식

　지혜(智慧: wisdom)의 사전적 정의는 '사물의 이치(理致)를 빨리 깨닫고 사물을 정확하게 처리하는 정신적 능력'으로 '기독교'에서는 하나님의 속성 가운데 하나로 히브리 사상에서는 지혜의 특성을 '근면, 정직, 절제, 순결, 좋은 평판에 관한 관심과 같은 덕행(德行: 어질고 너그러운 행실)'이라고 보며, 불교에서는 '제법(諸法: 모든 법, 우주에 있는 모든 사물)에 환(還: 원래의 방향으로 회전하여 돌아옴)하여 잃고 얻음과 옳고 그름을 가려내는 마음의 작용으로서, 미혹(迷惑: 무엇에 홀려 정신을 차리지 못함)을 소멸(消滅: 사라져 없어짐)하고 보리[(菩提: 불교 최고의 이상인 불타(佛陀: 부처) 정각(正覺: 올바른 깨달음)의 지혜]를 성취하는 것'을 의미한다. 지혜에 대한 더욱 구체적 의미는 '사람, 사물, 사건이나 상황 등을 깊게 이해하고 깨달아서 자기 행동과 인식, 판단을 이에 맞출 수 있는 것'을 의미하며, 때로는 '자신의 감정적인 반응을 통제하여 이성과 지식이 행동을 결정할 수 있게 하는 것'이다. 이 경우는 통찰력(洞察力: 예리한 관찰력으로 사물을 꿰뚫어 보는 능력)이나 안목[眼目: 사물을 보고 분별하는 견식(見識: 견문과 학식, 식견)], 선견지명(先見之明: 어떤 일이 일어나기 전에 미리 앞을 내다보고 아는 지혜)이라는 단어와 의미가 가깝다. 고대 그리스 철학자 아리스토텔레스가 쓴 '형이상학'에서 지혜의 정의를 '원인을 이해하는 것'이라고 말했는데, 지혜란 두뇌와 직결된 단어로 지능(知能: 지적 능력)과는 의미가 다르고, 지식과는 상호보완적(相互補完的: 서로 모자란 부분을 보충하는) 관계이다. 지혜에 대한 동·서양의 근원적 해석의 차이가 있는데, 선불교[禪佛敎: 선종(禪宗)]와 도교(道敎: 중국의 다신적 종교)에서 지혜란 '오랜 명상과 수행을 통해 삶에 대한 깨달음을 얻는 것과 관련되어 있어, 삶의 적절한 체념과 절도를 포함하는 것'이 동양적 해석이라면, '정확한 정보와 인식을 바탕으로 먼저 많은 양의 지식을 얻고 그것을 정리하여 올바른 판단을 내리는 힘'이라는 것은 서양적 해석이다. 그런데 여기서 공통적인 해석은 '지혜와 지식은 밀접한 관계는 있지만 지식이 많다고 지혜롭다고는 말할 수 없다'라는 것이다. 과학문명이 발달하지 않았고 이렇다 할(자랑하거나 내세울 만한) 교육을 받지 못한 우리 조상님들의 지혜는 오늘날 놀랍고, 감탄할 때도 있지만, 오늘날 우리들이 모두 다 지혜롭다고 말할 수는 없듯이, 한마디로 '지혜롭다고 지식이 많은 것은 아니고, 지식이 많다고 다 지혜로울 수는 없지만, 지식이 많으면 더 지혜로울 수는 있다'라고 보아야 할 것 같다. 결론적으로 지혜란 단순히 연령(年齡: 살아온 햇수)의 변화로만 이루어지는 것이 아니라 개인의 지적 능력, 개방성, 사고의 유형, 창의성, 사회적 지능, 삶의 경험, 도덕적 추론 능력, 교육 수준, 무엇보다도 '유전자나 성장배경'도 지혜의 형성에 영향을 미치게 되는 것 같다.

　속담, 격언, 명사들의 명언들을 통해 지혜의 해석에 대한 의미를 살펴보자. 우리나라 속담에는 '사람이 오래가면 지혜요, 물건이 오래면

귀신이다.'와 '술이 들어가면 지혜는 달아난다.'가 있고 이집트 속담에 '지혜의 중요성'을 강조하는 속담으로 '현자(賢者), 지혜로운 자(者)의 집에는 고양이가 있다'가 있는데, 유럽 사람들은 '고양이와 함께하는 삶에서 배우는 지혜'를 고양이의 특성인 '예리한 직감, 균형감각, 우아함, 자유로움, 안락한 휴식, 편안함과 안정감'으로 인간으로 하여금 '풍요로운 인생'을 즐길 수 있게 해준다는 것이다. 영어속담으로 '세월이 지혜를 가져다준다(Years bring wisdom.)'와 '지혜는 때로 어리석음에서 나온다(Wisdom at times is found in folly.)'가 있다. '지혜는 학교에서 배우는 것이 아니라 평생 노력해서 얻는 것이다.' 독일의 이론 물리학자 알베르트 아인슈타인의 말이고, '지혜란 개인의 견해가 바닥난 후에 남는 것이다.' 미국 작가 컬린 하이타워의 말이며, '현명하고 지혜로운 사람은 누구인가? 모두에게서 배우는 사람이다.' 미국의 정치가, 건국의 아버지 중 한 사람인 벤저민 프랭클린의 말이다. 그리고 성경에서는 지혜와 지식의 근본(根本: 근원, 근저)은 하느님이라고 보는데, '지혜는 하느님 권능(權能: 권세와 능력)의 숨결이고 전능하신 분의 영광의 순전한 발산(發散)이어서 어떠한 오점(汚點: 흠이나 결점)도 그 안에서 기어들지 못한다. 지혜는 영원한 빛의 광채이고 하느님께서 하시는 활동의 티 없는 거울이며, 하느님 선(善)하심의 모상(模相: 그대로 본떠서 나타낸 것)이다.'라는 가톨릭 성경 구약 7권 중 '지혜서'에 있는 말이다.

　지식(知識: knowledge↔ignorance)의 사전적 의미는 '어떤 대상에 대하여 배우거나 실천을 통하여 알게 된 명확한 인식이나 이해', 그리고 '알고 있는 내용이나 사물'을 의미한다. 유의어에 견문(見聞), 견식(見識), 식견(識見)이고 반의어는 무식(無識: 지식이나 판단력이 부족함)과 무지(無知: 아는 것이 없음, 하는 짓이 미련하고 우악스러움)이다. 지식과 무지가 회자(膾炙: 사람의 입에 오르내림)되고 있는 속담, 격언에는 '지식은 광명(光明: 밝고 환함)이고, 무식은 암흑(暗黑: 암담하고 비참함)이다.'는 '배움의 중요성을 강조'하는 말이고, '무식은 멸망(滅亡: 망하여 없어짐)이다.'는 무식한 것은 '자기 자신을 망칠 뿐만 아니라 국가와 민족에도 해(害)를 미친다.'라는 의미이며, '무식한 도깨비가 부적(符籍: 잡신을 쫓고 재앙을 물리치기 위한 붉은색 글씨나 그림)을 모른다.'는 '무식한 사람이 자신에게 중요한 것이 무엇인지 몰라 크게 실수하게 된다.'라는 말이다. 그리고 오늘날 세계적 정보의 홍수와 공유시대에 '정보와 지식은 어디서든지 다운로드 받을 수 있지만, 진실과 지혜는 아무 데서도 다운로드 받을 수 없다.'라는 말은 지식과 정보보다 '진실과 지혜'의 중요성을 강조한 것 같다.

지식에 대한 사자성어로 개권유득(開卷有得)은 '책을 읽으면 유익함을 얻게 된다.'이고, 지행합일(知行合一)은 '지식과 행동이 서로 맞아야 함'이며, 조익모습(朝益暮習)은 '아침에 가르침을 받아 지식을 더하고 저녁에 그것을 익히는 것처럼, 학문 연마(研磨: 갈고 닦음)에 열중하는 것'을 의미한다. 명사들의 명언을 통해 지식의 해석, 의미를 살펴보자. 논어 위정편(정치에 관한 주제)에 '아는 것을 안다고 하고, 모르는 것을 모른다고 하는 것, 이것이 곧 앎이다.'라는 말은 '나 자신의 무식을 아는 것이 지식으로서 첫걸음이다.'라는 영국 낭만파 시인 조지 고든 바이런의 말과 결(結)이 같은 의미이다. '엉터리로 배운 사람은 아무것도 모르는 사람보다 더 어리석다.' 미국의 정치가 벤저민 프랭클린의 말이고, '지식은 사랑이자, 빛이자, 통찰력이다.' 미국의 문필가, 자선사업가 헬렌 켈러 여사의 말이며, '모든 지식은 경험에 바탕을 두고 있다.' 독일 철학자 임마누엘 칸트의 말이다. 또한 '조직적인 지식의 도움이 없이는 선천적인 재능은 무력하다.' 영국의 철학자 허버트 스펜서의 말이고, '지식은 우리가 하늘을 나는 날개이다.' 영국의 세계적 대문호 윌리엄 셰익스피어의 말이며, '지식은 말하지만, 지혜는 듣는 것이다.' 미국 음악가 지미 헨드릭스의 말이다.

지혜와 지식의 관계를 잘 설명해 주고 있는 백과사전에 '인간의 지적 활동에서, 지식이 인간적인 사상까지도 포함한 대상에 관한 지(知)를 의미하는 것임에 대하여, 지혜는 인간존재의 목적 그 자체에 관계되는 지(知)를 의미한다고 할 수 있다. 지식과 지혜와는 무관한 것이 아니라, 특히 인간적 사상에 대한 정확한 지식이 없이는 참다운 지혜가 있을 수 없고, 또한 그 반대로 지혜에 의하여 표시되는 구극(究極: 궁극)의 목적에 대해서 수단으로써의 위치가 주어지지 않는 지식은 위험한 것이며, 참된 지식이라고 말하기도 어려운 것이다. 지혜란 모든 지식을 통할(統轄: 모두 거느려서 다스림)하고, 살아있는 것으로 만들며, 구애(拘礙: 거리끼거나 얽매임)받지 않는 뛰어난 의미로서의 감각이다. 그러므로 결코 일정한 지식내용으로 고정되거나 전달할 수 없는 것이다.'는 결국 '지식은 습득하는 것이고 지혜는 터득하는 것'이라고 말할 수 있다. 그리스도인들은 지혜를 중요한 덕목으로 여기고, 중세 그리스도교 대표적 신학자 토마스 아퀴나스가 지혜를 '모든 덕목의 아버지'로 꼽은 것처럼, 사람이 살아가는 데 필요한 덕목(德目) 세 가지에 '성실과 정직 그리고 지혜로운 삶을 사는 것'이다. 그런데도 지난 과거를 돌이켜 보면서 지혜로운 언행, 선택을 했다고 자부(自負: 자신과 관련된 것에 대하여 스스로 그 가치나 능력을 믿고 마음을 당당히 가짐)했던 일이, 나중에 시간이 지나 '지혜롭지 못했다'라는 후회를 하게 되는 것이다. 그래서 누구나 '지식은 배움으로 얻지만', '지혜로운 사람이 되기 위해서 노력은 해도, 지혜는 그렇게 쉽게 잡히는 것은 아닌 것 같다.'

제4장

경제

1

돈이란?

돈(錢)이란 '사물의 가치'를 나타내며, '상품의 교환을 매개(媒介)'하고, '재산 축적의 대상'으로도 사용하는 물건으로, 예전에는 조가비(조개껍데기), 짐승의 가죽, 보석, 옷감, 농산물 따위를 이용하였으나 요즘은 금, 은, 동 따위의 금속이나 종이를 이용하여 만들며 그 크기나 모양 액수 따위는 일정한 그 나라의 법률로 정한다. 돈이란 현대사회에서 지칭하는 일명 화폐(貨幣: currency), 즉 통화(通貨)와 거의 동일한 의미인데, 영어로 돈은 머니(money)로 '경고'라는 라틴어 '모네레(Monere)'에서 유래 되었으며, 한국어의 돈에 대한 어원은 불분명하나 '돌고 돈다.' 또는 '동그랗다'라고 하여 돈이라는 설(說)이 유력(有力)하며, 보통 돈을 말할 때 손짓으로 '엄지와 검지'를 둥그렇게 맞대 원(圓)을 그리거나, '동그랑땡'이라고도 하는데 이는 주로 음식, 요리 용어이지만, 옛날 사용하던 엽전의 모양과 엽전이 떨어지는 의성어(擬聲語: 사물의 소리를 흉내 내는 소리)로 민요의 후렴구에서 구걸할 때 부르는 타령(사물에 관한 생각을 말이나 소리로 나타내 되풀이함)으로 '돈과 연결'되는 말로 쓰이기도 한다.

돈은 파워(power: 힘)가 있어 행복으로 가는 지름길로 인도하기도 하지만, 때론 돈 그 자체는 결코 악은 아니지만, 탐욕(貪慾)이 되면 악(惡)

의 길로 인도할 수도 있다. 이처럼 돈이란 양면성을 지니고 있어 돈에 관해 어떤 의미를 갖고 바라보느냐에 따라 그 가치는 천지(天地) 차이가 나는 것이다. 그러므로 우리가 살아가면서 돈의 의미와 가치를 어떻게 생각할지를 성경이나 명사(名士)들의 명언(名言)들 속에서 그 답(答)을 찾아보는 지혜가 필요하겠다.

먼저 성경에서 두 구절을 인용하면, '잠언'에 '망령되이 얻은 재물은 줄어가고 손으로 모은 것은 늘어 가느니라.'는 '재물을 모으기 위해 땀 흘려 일하라'라는 말씀이며, '디모데전서'에 '돈을 사랑함이 일만 악의 뿌리가 되나니 이것을 사모하는 자들이 미혹(迷惑: 무엇에 홀려 정신 차리지 못함)을 받아 믿음에서 떠나 많은 근심으로써 자기를 찔렀도다.'는 '돈만을 쫓아가다 보면 믿음에서도 멀어질 뿐만 아니라 악의 구렁텅이에 빠지게 된다.'라는 경고의 말씀이다.

다음, 명사(名士)들의 명언(名言)으로는 '돈이란 힘이고 자유이며 모든 악의 근원이기도 한 동시에 한편으로는 최대의 행복이 되기도 한다.' 미국의 시인이자 저널리스트인 칼 샌드버그의 말이고, '정당한 소유는 인간을 자유롭게 하지만 지나친 소유는 소유 자체가 주인이 되어 소유자를 노예로 만든다.' 독일 철학자 니체의 말이며, '만족할 줄 아는 사람은 부자이고, 탐욕스러운 사람은 가난하다.' 아테네의 정치가이자 시인인 솔론의 말이다.

마지막으로 돈에 대한 가장 '공감'을 일으킬 수 있는, 무릎을 탁, 치게 되는 명언으로는 '돈이 없으면 방랑자, 돈이 있으면 관광객이다.' 미국의 기업가 폴 리치의 말이고, '스스로에게는 부자인 양, 친구들에게는 빈자(貧者)인 양 행동하라.' '풍자시집'을 쓴 로마시인 유베 날리스의 말이며, '돈의 가치를 알고자 하거든 돈을 조금 빌려보아라. 돈을 빌리러 가는 것은 슬픔을 빌리는 것이다.' 미국 건국의 아버지 중 한 사람이자 정치가 벤저민 프랭클린의 말이다.

돈이란 자신을 더 행복하고 편안하게 할 뿐만 아니라 주변 사람들을 끌어들이는 역할도 하지만, 잘못 쓰면 자신을 파멸에 이르게도 하며 사람들을 떠나가게도 하는 것으로, 무엇보다도 돈은 버는 것도 중요하지만, 보다 가치 있고 의미 있게 쓸 줄 아는 것이 더더욱 중요한 것이다. 사실 돈은 인간의 칠정(七情: 사람의 일곱 가지 감정)과 칠욕(七欲: 일곱 가지 욕구) 그리고 백팔번뇌(百八煩惱)가 다 돈과 엮여 있다고 해도 과언(過言)은 아니다. 가진 것이 많다고 해서 으스댈 일도 아니고, 설령 가진 것이 없다 해서 의기소침(意氣銷沈)하고, 부끄러워할 것도, 수치스럽게 생각해서도 안 된다. 만약 수치스럽게 생각한다면 그것이 곧, 부끄러워할 일이다.

우리는 흔히 말하기를 '돈이 목적이 아니고 수단이 되어야 한다'라는 말들을 한다. 그러나 현실적으로는 어떠한가? 돈만을 쫓아가다가 일어나는 불상사(不祥事), 불미(不美)스러운 일들을 종종 접하게 된다. 특히 일부 사회 지도층이나 일부 정치인들이 청렴(淸廉), 청백(淸白)해야 하고, 사회적 모범이 되어야 함에도 불구하고 돈과 연루(連累)된 스캔들(scandal: 추문)에 관한 뉴스를 접할 때마다 보통 사람들은 허탈(虛脫) 감 내지 비분강개(悲憤慷慨)함이 들기도 하고, 때론 정도가 심한 경우는 나라 걱정에 잠 못 이루기도 한다. 돈이란 결코 남의 것을 욕심내거나 불로소득(不勞所得), 특히 떳떳하지 못한 돈을 바라거나 욕심내는 것은 절대 금물(禁物)이다. 내 피와 땀을 흘린 노력으로 번 돈, 깨끗하고 정정당당한 돈, 바로 그런 돈만이 내 수중(手中)에서 오래 간직되고, 돈의 진정한 가치, 빛을 발산(發散)하게 되는 것이다. 역(逆)으로 말하자면 내 노력으로 벌지 않은 돈, 부정한 돈은 반드시 내 수중을 쉽게 떠나 없어지며, 그리고 결코 가치 있는 일에 쓰이지도 않는 법이다. 그것이 곧 불변의 이치이다.

끝으로 우리가 쉽게 말하는 '돈을 모은다.'라는 것, 결코 쉬운 일은 아니다. 철저한 사전 계획이 필요하다. 수입이나 소득에 맞춰 최소한의 생활비, 품위유지비, 자기 계발비를 제외한 액수를 월별, 연도별로, 미래에 초점을 맞춰 장기 계획으로 '선(先) 저축' 방식을 취해야 한다. 그리고 '돈을 쓰는 방법' 또한 중요하다. 한마디로 '외유내강(外柔內剛)'형이 되어야 한다. 내게는 엄격, 절약 그리고 규모 있게, 주변 사람들에게는 세심하고 넉넉하게, 특히 적은 액수라도 적재적소에 써주어 '감동을 줄 수 있어야 하는 것'이 핵심이자 생활의 지혜이다.

2

재산

재산(財産)의 사전적 정의는 '재화[財貨: 재물(財物)]와 자산(資産)을 통틀어 이르는 말'로 '보석이나 귀금속 같은 가치 있는 물건과 자동차 등의 동산(動産), 토지나 가옥 등의 부동산(不動産)을 통틀어 이르는 것'이며 '돈으로 바꿀 수 있는 것은 모두 재산'이라고 할 수 있다. 반면에 옷, 식재료, 책 등 가치는 있으나 그 가치가 현저히 적은 일반적인 소비재는 재산이라고는 하지 않는다. 오늘날과 같은 화폐 경제하에서는 재산은 돈과 바꿀 수 있는 것으로, 재산이라는 단어는 돈과 거의 동의어처럼 쓰인다. 그러므로 일상생활에서 '재산이 많은 사람'은 '돈이 많은 사람'으로 바꾸어 말해도 의미의 변화가 거의 없는 것이다.

먼저 단적(端的)으로 말해 돈, 재산과 행복은 관련이 있다. 다만 한 가지 괄목(刮目)할 만한 점은 돈, 재산이 행복해질 '기회'를 더 많이 가져다줄 수는 있을지언정 행복을 살 수는 없는 것이다. 구체적으로 돈으로 행복을 살 수는 없지만, 자전거에 앉아서 우는 것보다는 고급 승용차 안에서 우는 것이 더 나을 수 있는 것이다. 그렇다면 돈, '재산이 행복과 비례한다'라는 말인가? 맞는 말인 것 같기도 하고 틀린 말 같기도 하지만, 돈, 재산이 있어야 무조건 행복한 것은 아니더라도 선물도 살 수 있고, 무엇보다도 '마음을 표현'할 수 있다는 면에서 행복을 만들어 줄 수는 있는 어느 정도, 아니 상당한 가치는 있는 것 같다. 중국의 전한(前漢) 시대 역사가이자 '사기(史記)'를 썼으며, 동양에서 역사학을 정립(正立)한 사마천의 명언인 '범편호지민(凡編戶之民), 부상십즉비하지(富相什則卑下之), 백즉외탄지(伯則畏憚之), 천즉역(千則役), 만즉복(萬則僕), 물지이야(物之理也)'라는 말은 '평범한 사람은 다른 사람의 재산이 10배 많으면 헐뜯고, 100배 많으면 두려워하고, 1000배 많으면 그의 심부름을 하고, 일만 배(倍)가 많으면 그의 하인이 되니, 이것이 세상의 이치이다.'의 의미로, 비록 중국 고대(古代) 사람의 말이지만 오늘날에 비추어 봐도 결코 틀린 말이 아닌 명언이다. 아일랜드 출신 시인이자 작가로 영국 여왕 빅토리아 시대 가장 성공한 극작가 오스카 와일드의 '젊었을 때는 인생에서 가장 중요한 것이 돈이라고 여겼다. 나이가 들고 보니 그것이 사실임을 알겠다.'라는 말은 '젊으나 늙으나 돈이 중요하다'라는 것인데, 사실 젊었을 때보다 늙어서 돈이 더 절실(切實: 시급하고도 긴요함)하고 '인격이자 생명'으로 '삶에 가치'를 발휘하게 되는 것이다.

　일본의 여성교육전문가이자 교육상담가로 닛폰방송의 상담프로그램 '인생 상담' 상담자로 활동하고 있는 오하라 게이코(大原敬子)는 재산을 만드는 방법을 다음과 같이 피력(披瀝: 털어놓고 말함)했다. '첫 번째, 실패를 통해 재산을 만든다. 좌절로 흘린 눈물이 성공의 열매를 맺는다. 두 번째, 시련을 통해 재산을 만든다. 난관을 극복한 경험이 자신감이라는 열매를 맺는다. 세 번째, 위기를 통해 재산을 만든다. 피하지 않으려는 노력이 성과의 열매를 맺는다. 네 번째, 습관을 통해 재산을 만든다. 아무렇지도 않은 일상이 평온의 열매를 맺는다. 다섯 번째, 연령을 통해 재산을 만든다. 작은 축적이 젊음의 열매를 맺는다. 여섯 번째, 신용을 통해 재산을 모은다. 약속을 지키려는 성실함이 온정의 열매를 맺는다. 일곱 번째, 목표를 통해 재산을 만든다. 우선순위를 붙여 성취의 열매를 만든다. 여덟 번째, 호기심을 통해 재산을 만든다. 꿈을 이루는 준비가 기회의 열매를 맺는다. 아홉 번째 식생활을 통해 재산을 만든다. 매일 맛있게 먹는 음식이 영광의 열매를 맺는다. 마지막으로 불안을 통해 재산을 만든다. 현실에 맞서 싸울 용기가 여유의 열매를 맺는다.'인데, 이들 중 가장 값지고 중요한 것은 첫째와 두 번째로 빌 게이츠의 말처럼 '성공을 자축하는 것도 중요하지만 실패를 통해 배운 교훈에 주의를 기울이는 것이 더 중요한 것'이며. 그다음으로 미국의 문필가이자 사회사업가로 3중고(苦)의 장애를 겪은 헬렌 켈러 여사의 말 '시련과 고통을 통해서만 강한 영혼이 완성되고, 통찰력이 생기고, 일에 대한 영감이 떠오르며, 마침내 성공할 수 있다.'에서 더욱 확신(確信)하게 한다. 사실 재산이라고 하면 보편적으로 물질적인 것으로만 생각하지만, 그보다 더 큰 재산은 부모님에게서 물려받은 강인(强忍)하고 건전(健全)한 정신력, 그리고 건강한 체질이 있으며, 또한 재산 중 으뜸은 '지식과 지혜'인 것이다. 유대인의 생활 규범인 탈무드에서는 '부(富)는 요새(要塞)이며, 빈곤(貧困)은 폐허(廢墟)이다.'라는 말이 있는데, 여기서 말하는 '부와 빈곤'을 '지식과 지혜'로 대입(代入)하면 물질적 재산이란 쉽게 없어지기도, 빼앗길 수도 있지만, 지식은 언제나 빼앗기는 것 없이 지니고 다닐 수 있기 때문에 지식을 쌓는 것이 가장 값진 재산이다. 또한 지혜로운 자(者)만이 재산을 모을 수도, 그리고 가치 있게 쓸 수도 있는 것이다. '재산이 많은 사람이 그 재산을 자랑하는 사람이 있더라도 그 돈을 어떻게 쓰는지 알 수 있을 때까지는 그 사람을 칭찬하지 말라.' 철학자 소크라테스의 말이다. 사실 많아서 좋은 것이 아니라, 해줄 수 있어서 좋은 것이다. 이것이 '삶의 진정한 의미'인 것이다.

작가인 명로진이 쓴 「부자들의 청년시절」이라는 책에서 전 세계적인 부자들이 부(富)를 이룬 교훈과 비결, 그리고 청년들에게 전하고 싶은 메시지들이 담겨있는데 워런 버핏, 조지 소로스, 마크 저커버그, 스티브 잡스, 앤드루 카네기 같은 세계적 거부(巨富)들의 공통점 하나는 일찍부터 '부자가 되겠다!'라는 '결심'이라고 지적한다. '부자처럼 생각하고 부자처럼 행동하라. 나도 모르게 부자가 되어 있다.' 오늘날 자랑스러운 우리나라의 세계적 기업 삼성으로 우뚝 세운 故 이건희 회장께서 하신 생전의 말씀이다. 어찌 보면 사람은 마음먹은 대로 되는 법이다. '큰 꿈과 자신감이 미래의 나를 만드는 것'이다. 일반사람들은 장래가 궁금하거나 꼬이는 일이 있고, 잘 풀리지 않으면 답답한 심정에 명리(命理)를 공부한 사람을 찾아 사주, 관상도 보고, 때론 무속(巫俗)인을 찾아 상담하기도 하지만, 막상 상담받고 나오면 허탈한 경우가 대부분이다. 어느 정도 위안이 되고 참고는 될지 몰라도 이 모든 것이 부질없는 짓이다. '내 마음이 내 운명을 결정짓고 미래의 나를 만드는 것'이다.

돈, 재산, 부에 관해서 명심(銘心)할 것이 있다. 이 또한 마음먹기, 생각하기 나름이다. 사실 큰 부자는 하늘이 내려주는 것이다. 하는 일마다 잘되어 돈을 많이 버는 사람도 있지만, 죽어라 하고 노력해도 가난을 면치 못하는 경우도 있긴 하다. 돈을 많이 벌고 부자가 되고 싶지 않은 사람이 누가 있겠는가? 불가(佛家)의 '무병최리(無病最利) 지족최부(知足最副) 후위최우(厚爲最友) 이원최락(泥洹最樂)'은 "건강은 가장 큰 은혜이고, '만족할 줄 아는 것은 가장 큰 재산이다.' 믿고 의지함은 가장 귀한 벗이고, 열반(涅槃:모든 번뇌에서 벗어난, 영원한 진리를 깨달은 경지)은 가장 높은 행복이다."라는 말이고, 고대 그리스의 철학자 아리스토텔레스는 '재산의 수준을 높이기보다는 욕망의 수준을 낮추도록 애쓰는 편이 오히려 낫다.'라는 명언을 남겼고, 영어속담에도 '최대의 부는 소(小)를 가지고도 만족하는 데 있다(The greatest wealth is contentment).'가 있다. 그런데 여기서 중요한 한 가지를 덧붙인다면 칠성재[七聖財: 불교에서 말하는 일곱 종류의 성(聖)스러운 법을 '재산'이라고 하는데 이를 신재(信財)와 계재(戒財)라고도 함] 중 하나인 보시(布施: 재물을 베풂)인데 돈, 재산이 많고, 적음을 떠나 자신이 가지고 있는 것을 주변에 나누어 줄 수 있는 '베풂과 봉사의 미덕'이야말로 '삶의 진정한 지혜이자 가치'이다. 왜냐하면 꽃은 바람을 거역해서 향기를 내지만, 선하고 어진 사람이 베푸는 '베풂의 향기'는 사방팔방으로 퍼져나가기 때문이다. 재물, 재산은 그 무엇보다도 소중한 것이어서 귀(貴)하게 여겨야 한다. 그러나 '옳게 쓸 줄 아는 지혜로운 사람'이 되어야 하는 것이다. 영어속담에 '그 집의 부(富)는 그 집의 덕(德)에 의해 성립된다(The fortune of the house stands by the virtue).'라는 말이 있다.

　끝으로 미국의 사업가 로버트 기요사키가 쓴 세계적 베스트셀러로 '부자 명언', '성공 명언' 그리고 '부자 마인드 배우기'로 불리며 수많은 사람에게 영감을 주고, 현명한 돈 관리와 돈에 대한 선입관을 깨뜨리고, 오늘날의 트렌드인 투자 원칙과 구체적 지침서로 「부자 아빠 시리즈(전 8권)」을 읽어 볼 것을 권고(勸告)한다. 세계적 부자들의 사고방식은 '잠자고 있는 시간에도 돈을 벌지 못한다면 평생을 일해야 한다.'라는 것인데 부자가 되기를 원하거나, 특히 '투자'에 대한 사전지식을 얻고자 하는 이들에게 필독서(必讀書)라고 사료(思料)된다.

3

부와 빈곤

부(富)는 '넉넉한 생활', 또는 '넉넉한 재산으로 풍요롭고 부유한 것'이며, 특정한 '경제 주체가 가진 재산의 전체'를 의미하기도 한다. 빈곤(貧困)은 '가난하여 살기 어려움'이나, '내용 따위가 충실하지 못하거나 모자라서 텅 빔'의 의미로 쓰인다. 부는 '풍요로움'을 측정하는 측도(測度: 측정되는 정도)인데, 부의 크기를 결정하는 가장 중요한 요인은 '저축률'로 소득이 같아도 저축률이 높을수록 자산(資産)이 빠르게 증가하기 때문이다. 한편 개인이나, 가정의 부(富)도 있지만, 나라 전체의 부인 국부(國富: national wealth)도 해당된다. 빈곤(貧困: 가난을 공적인 영역에서 다룰 때 한자어로 사용)인 가난은 본인 스스로 원인 제공을 하기도 하지만, 때론 사회의 구조적 결함으로 생기기도 하는 것으로, 기초생활 수급자의 형태인 '절대적 빈곤'과 상류층과 비교한 '상대적 빈곤'이 있고, 경제적 빈곤 이외에도 지식, 정서, 정보력 등 특정 분야에 부족한 경우 '지적 빈곤', '정서적 빈곤' 등으로 쓰이기도 한다.

세상사(事) 다 그러하듯이 부와 가난도, 빛과 그림자가 있다. 부라고 해서 마냥 다 좋은 것만은 아니고, 가난하다고 해서 다 나쁜 것만은 아니다. 그러나 우리는 부에 훨씬 더 후(厚)한, 만점에 가까운 점수를 준다. 나라마다 속담이나 격언, 그리고 명사(名士)들이나 선인(先人)들의 명언(名言)들을 살펴보자. '찰나(刹那: 지극히 짧은 순간)에 떠오르는 걱정 중 제일은 텅 빈 지갑이다.' 유대 격언이고, '악마는 부자가 사는 집에도 찾아 가지만, 가난한 사람이 사는 집에는 여러 번 찾아간다.' 스웨덴 속담이며, '쌀독에서 인심(人心) 난다.' 한국 속담이다. 또한 '가난한 자는 언젠가 미래에 보상받는다. 하지만 부자는 당장 보상받는다.' 장편 「25시」를 쓴 루마니아 소설가 게오르규의 말이고, '가난하게 태어난 것은 당신 잘못이 아니지만, 가난하게 죽는 것은 분명 당신의 잘못이다.' 미국의 기업가 빌 게이츠의 말이며, '부자는 행복을 선택할 수 있지만, 가난한 자에게는 불행이 강요된다.' 미상(未詳: 알려지지 않음)이다. 그리고 '당신이 아무리 불행한 부자라 할지라도, 가난한 자보다는 행복하다. 가난하다고 행복할 수 있다고 설파(說破: 듣는 사람이 납득하도록 분명하게 드러내어 말함)하는 것은 일종의 정신적 허영(虛榮)이다.'는 「이방인」을 쓴 프랑스의 소설가 알베르 카뮈의 말이고, '많이 가진 사람은 더 많은 것을 손에 넣는다. 조금밖에 가지지 못한 사람은 그것마저 빼앗긴다.' 독일의 시인 하인리히 하이네의 말이며, '부귀를 누리는 자의 주변에는 생면부지(生面不知) 사람들도 모여들고, 빈궁한 자의 곁은 친척들도 거들떠보지 않는다.' 문선[文選: 중국 양나라의 대표적인 시문(詩文)을 모은 책]에 나오는 말이다.

세상사 모든 것들에는 음양[陰陽: 천지 만물을 만들어 내는 상반(相反)하는 성질 두 가지]이 있다. 악이 있으면 선이 있고, 낮이 있으면 밤이 있으며, 삶이 있으면 죽음이 있듯, 부자가 있으면 가난한 자가 있는 것, 이 모두가 자연의 이치(理致)이자 섭리(攝理)이다. 한마디로 부(富)와 귀(貴), 그리고 빈(貧)과 천(賤)이 모두 우리 안에 있는 것이다. 사람을 해(害)하는 것 세 가지는 '근심, 말다툼, 그리고 빈 지갑'이다. 그중 가장 큰 상처를 입히는 것은 '빈 지갑'이다. 육체의 모든 부분은 '마음에 의지'하고, 마음은 '돈에 의지'하기 때문이다. 돈이란 나쁜 것도 저주스러운 것도 아닌, 현실적으로는 사람을 '축복'해 주는 것이다. 사실 어찌 보면 부와 가난도 유전자와 가정교육의 문제이다. '성격과 습관'이기 때문이다. 특히 집안 '분위기'에서 어린 시절부터 보고 배운 것이 생활 속에 깊이 파고들어 있기 때문이다. 대체로 타고난 부자, 타고난 가난한 자가 있지만, 더러는 돈도 권력도 없는 집안에서 태어나, 무엇보다도 혹독(酷毒)한 가난을 딛고 자수성가(自手成家: 혼자 힘으로 집안을 일으키고 재산을 모으거나, 큰 성과를 이루어 놓음)한 경우도 있다. 우리 속담에 '개천에서 용 났다.'라는 말이나, 또한 일상에서 쓰이는 '입지전(立志傳)적 인물'로 '자수성가한 사람'을 표현하기도 한다. 그러나 요즘 세상에 자수성가한다는 것은 결코 쉽지 않을뿐더러, 아무나 하는 것도, 할 수 있는 것도 아니다.

유대인들은 생활 규범인 '탈무드'를 가족들끼리 둘러앉아 읽으면서 어린 시절부터 돈에 관해 토론하고 논쟁하며, 돈의 '의미와 가치'를 키워 나간다. 그리고 아이에게는 생애 첫 장난감으로 저금통을 선물하여 걸음마를 떼기 전 동전을 쥐어 주고 저금통에 집어넣는 습관을 길러 준다. 그리고 13세 정도부터 이미 재테크를 시작하고 대학 졸업 무렵에는 창업에 필요한 자금을 어느 정도는 확보한다고 한다. 그래서 오늘날 세계 인구의 0.2%인 유대인들이 노벨상과 더불어 부자라는 키워드(keyword)로 연상(聯想)되고, 전 세계적으로 성공의 아이콘(icon: 우상)이자 부자의 (대)명사가 된 것이다. 그리고 무엇보다도 탈무드에서 가르침을 주는 '부는 요새(要塞)이며, 빈곤은 폐허(廢墟)이다.'와 "부자는 '행동'하고 가난한 자는 '생각'만 한다."라는 말들이 그들의 정신세계에 뿌리 깊이 박혀있음 직한 것이다. 워런 버핏, 빌 게이츠, 스티브 잡스, 마크 저커버그, 록펠러, 스티븐 스필버그 등 내로라(어떤 분야를 대표)하는 성공자(者)들은 대체로 유대인으로, 부자가 되는 것을 중요하게 여기고 아이들에게 '가난은 죄(罪)'라고 가르침을 주었다.

부자와 가난한 자들의 습관에는 대체로 일곱 가지가 있는데, '첫째는 어떤 일에 책임을 지느냐, 그렇지 않으냐, 둘째는 말만 앞세우느냐, 행동에 옮기느냐, 셋째는 목표가 있느냐, 없느냐, 넷째는 쉬운 길, 편안한 길만 찾느냐, 어렵고 험난한 길도 마다하지 않느냐, 다섯째는 협조자가 있느냐, 없느냐, 여섯째는 작은 돈도 소홀히 하느냐, 그렇지 않으냐, 마지막으로 너무 빨리 단념하느냐, 그렇지 않으냐' 등이다. 불가(佛家)의 경전(經典)과 선사(禪師)의 말씀에도 재산을 잃는 원인 여섯 가지로 '첫째는 술을 좋아하고, 둘째는 놀기를 좋아하며, 셋째는 이성을 밝히고, 넷째는 도박에 빠지고, 다섯 번째는 나쁜 친구를 사귀고, 마지막으로는 방일(放逸: 게을러서 멋대로 놂)함에 젖어 있는 것'이라고 한다. 그러면서 참다운 '부와 빈곤'을 '백년탐물일조진(百年貪物一朝塵: 백년을 탐한 재물 아침 마당의 티끌이요)' '삼일수심천재보(三日修心千載寶: 삼일 동안 닦은 마음 천년을 두고 보배로다)'라고 말한다. 그리고 '스스로 갖고 있음을 충분히 만족'하는 의미인 '소욕지족(小欲知足)'을 권고(勸告)하기도 한다.

　조선 후기 방랑시인 김삿갓(본명 金炳淵: 김병연)은 돈이 지닌 마성(魔性: 사람을 미혹시키거나 악마와 같은 성질)을 느끼고는 다음과 같은 시를 읊었다. 부인곤부빈곤빈(富人困富貧困貧: 부자는 부자대로 걱정, 가난한 자는 가난한 대로 걱정) 기포수수곤칙균(飢飽雖殊困則均: 배가 부르거나 고프나 걱정하기는 같도다.) 빈부구비오소원(貧富俱非吾所願: 부자도 빈자도 나는 원하지 않고) 원위불부부빈인(願爲不富不貧人: 빈부를 떠나서 살고 싶구나.) 그리고 성경 구절 잠언에도 비슷한 내용의 기도문이 있다. '내가 두 가지 일을 구(求)하였사오니 나의 죽기 전에 주시옵소서. 곧 허탄(虛誕: 거짓되고 미덥지 아니함)과 거짓말을 내게서 멀리하게 하시며, 나로 가난하게도 마옵시고 부하게도 마옵시고, 오직 필요한 양식으로 내게 먹이시옵소서.' 그렇다. 김삿갓의 시(詩)나 성경 구절처럼 인간 세상에서 다 그러하듯이 양(兩)극단은 적절치 못한 경우가 생기기도 하고 때론, (큰) 문제를 야기할 수도 있다. 우리네 인생살이라는 것이, 먼지 하나 없는 곳에서 태어나 금수저로 살아가는 사람이 있는가 하면, 흙먼지 흩날리는 땅바닥에서 태어나 흙수저로 살아가는 사람이 있고, 어떤 사람이 사치를 위해 산 물건이 포장되어 있는 박스를 버리면, 그 박스를 주워 팔아 근근(僅僅: 겨우, 어렵사리)이 생계를 유지하는 사람이 있는 것이다. 이것이 어쩌면 우리 주변에서 볼 수 있는 부와 가난의 극명(克明: 매우 분명함)한 실례(實例)이다. 큰 부, 극심한 가난도 아닌 부로 인한 부끄러움과 가난의 불편함이 없는 접점(接點)에서 궁핍하지 않을 정도로 살아가는 것, 그저 부족하지 않을 정도에 만족하며 살아가는 것, 바로 안분지족(安分知足: 편안

한 마음으로 제 분수를 지키며 만족할 줄을 앎)한 삶을 살아가는 것, 이것 또한

'생활의 지혜' 중 하나가 아니겠는가?

4

소비와 저축

소비(消費)와 저축(貯蓄)의 사전적 정의는 무엇인가? 소비란 '돈이나 물자(物資), 시간, 노력 따위를 들이거나 써서 없앰,' '경제 욕망을 충족하기 위하여 재화(財貨: goods: 상품, 물건)나 용역(用役: service: 노무, 품)을 소모하는 일'이다. 유의어는 비모(費耗), 비소(費消), 소모(消耗)이고, 반의어는 생산(生産), 축적(蓄積: 많이 모으는 것)이다. 저축은 '절약하여 모아둠', '소득 중에서 소비로 지출되지 않는 부분'이며, 유의어는 비축(備蓄: 만약을 대비하여 저축해둠), 저류(貯留: 절약하여 모아 둠)이며, 반의어는 소비이다. 그렇다면 절약(節約)은 무엇인가? '함부로 쓰지 아니하고 꼭 필요한 데에만 써서 아낌'이다. 그러므로 저축과 절약은 같은 듯 다르다. 인생을 살아가는 지혜의 핵심어(keyword)인 '근검절약 정신'이야말로 젊어서부터 생활화, 습관화되어야 평생을, 특히 노년에 편안하고 행복한 삶을 영위(營爲: 꾸려 나감)할 수 있다. 왜냐하면 노년은 경제력, 돈이 곧 '인격이고 생명줄'이기 때문이다. 일반적으로 인생의 불행(不幸) 세 가지를 꼽으라면, 너무 젊은 나이에 출세(부와 명예, 인기)하거나, 젊은 날 배우자의 사별(死別)이며, 마지막으로 노년 빈곤(貧困: 가난)이다.

우리나라 경제 성장기에는 '저축만이 살길이다.'라는 분위기였으며,

절약과 저축이 미덕으로 간주되고, 권장되었던 반면에, 오늘날은 절약과 저축이 미덕이라기보다는 오히려 '소비가 미덕'이라는 사회적 분위기는 서구 사상의 영향도 있겠지만, 오늘날은 자기 정체성(正體成: 존재의 본질을 깨닫는 성질)을 표현하는 방식으로 진화(進化)되어 가고 있다. 영어 표현에 '당신을 부자로 만드는 것은 수입이 아니다. 그것은 당신의 소비 습관이다(It's not your salary that makes you rich. It's your spending habits).'라는 말이 있다. 한마디로 '얼마나 많이 버느냐가 중요하지 않고 어떻게 쓰느냐.'이다. 우리가 인생을 살면서 두 가지를 잘 쓸 줄 알아야 한다. 하나는 '시간'이고, 다른 하나는 '돈'이다. 시간이야 그렇다 쳐도, 사람들은 돈 쓸 줄 모르는 사람이 누가 있겠느냐? 고 반문(反問)할 것이다. 여기서 말하는 '돈을 쓴다'라는 것은 과소비나 불필요한 것에 낭비, 더 심하면 탕진(蕩盡: 재물을 써서 없앰)을 말하는 것이다. 일본 도쿄대학 교수였던 지구 물리학자 다케우치 히토시는 '사람의 일생은 돈과 시간을 쓰는 방법에 의하여 결정된다. 이 두 가지 사용법을 잘 못하여서는 결코 성공할 수 없다.'라고 말했고, 미국의 세계적 거부(巨富) 빌 게이츠는 '과도한 소비는 경제적으로 위험할 수 있지만, 행동을 변화시키려면 많은 돈을 투자해야 한다.'라고 말했다. 한마디로 성공을 위해서는 아낌없이 돈을 쓰는, 투자를 해야 하는 것이다. 대체로 꿈과 희망을 위한 자기 계발(啓發), 대인관계, 자기표현(예, 옷차림이나 치장 등)에 드는 비용은 아깝게 생각하지 말고 투자해야 하는 것이다. 특히 요새 평소보다 카드값이 조금 나왔다 해서 좋아할 일이 아니라 '대인관계에서 소홀함이 없었나를 먼저 생각해 보아야 한다.'라는 것이다. 다음으로 옷차림이다. 세계적 대문호 셰익스피어는 '요란스러운 옷은 못 쓴다, 옷은 그 사람의 인품을 나타낸다. 경제가 허용하는 한 몸에 걸치는 것에 돈을 아끼지 마라.' 나폴레옹은 '사람은 그가 입은 옷대로 된다.' 그리고 미국의 사상가 에머슨은 '옷을 잘 입어야 하는 이유가 있다. 개들도 좋은 옷을 입은 사람은 공격하지 않기 때문이다.'라고 말했다. 한마디로 옷은 잘 입고 다녀야 한다. 그런데 자신의 직업과 분수에 맞게, 특히 분위기에 걸맞은 옷을 입는 센스(sense: 감각, 분별력)도 절대 필요하다. 옷뿐만 아니라 신발, 가방이나 핸드백, 액세서리도 중요한데, 머리부터 발끝까지 명품은 아니어도 때론 명품도 필요하기도 하지만, 명품도 짝퉁으로 보이는 것이 아니라 짝퉁도 명품으로 보이는 그런 차림, 바로 그런 느낌을 말하는 것이다. '나는 소비한다. 고로 존재한다.' 미국의 설치 미술가 바바라 크루거의 말이다.

저축이라는 의미를 재(再) 정의해보면, 한 개인이 미래의 소비를 위해 현재 돈을 쓰지 않는 것으로, 살아가다가 급한 돈이 필요할 때, 또는 미래에 하고 싶은 것이 있을 때를 위해, 그리고 국가의 경제에 도움이 되기 위해 꼭 필요한 것이다. 한 개인에게 있어서 저축은 선택이 아니라 규칙, 습관이 되어야 한다. 수입이 얼마이든 저축을 먼저 생각하고 최소에서 최고액, 아니면 일정 퍼센트(percent)를 정해 생계를 꾸려가는데 지장이 없는 범위 내에서 매월 저축해 나가야 한다. 소중한 사람들과 아름다운 휴가를 즐기기 위해, 더 밝은 미래, 나아가 더 편안하고 안락한 노년을 위해 저축은 필수불가결(必修不可缺)하다. 성공철학과 성공 원리를 전하는 미국 역사상 가장 영향력 있는 강사인 짐 론은 '부자는 돈을 저축하고 남는 돈을 소비하지만, 가난한 사람은 돈을 쓰고 남는 것을 저축한다.'라고 말했다. 특히 그는 그가 쓴 「부와 행복을 위한 7가지 전략」이라는 책에서 '드림 리스트'로 '첫째, 훈련 둘째, 부 셋째, 성공 넷째, 행복 마지막, 근본원리[根本原理: 존재나 인식의 근간(根幹)]로 성공은 인생에 근본원리를 꾸준히 적용함으로써 생겨난 자연적 결과'를 꼽았다.

우리 인간은 단 하루라도 소비를 하지 않고는 살아갈 수 없다. 그런데 저축은 소득이 많고 적음과 관계없이 하는 사람이 있고, 소득으로 생계비용이 빠듯하여 저축은 엄두도 내지 못하는 사람도 있으며, 소득은 엄청나게 많아도 버는 족족 다 써버려 저축할 겨를이 없는 사람도 있다. 조선 후기 실학자 박제가가 쓴 '북학의'라는 책에서 '소비는 우물과도 같아서 퍼낼수록 물이 솟는다.'라고 말했다. 그 당시는 농업 위주의 빈곤하던 시절로 어찌 보면 불합리한 주장이었지만, 오늘날은 시의적절(時宜適切: 당시의 사정이나 요구에 알맞음)한 말인 것 같다. 적절한 소비는 더 많은 소득을 창출(創出: 전에 없던 것을 지어내거나 만들어 냄)하게 하여 더 많은 저축의 기회와 액수(額數: 돈의 머릿수)를 만들어 낼 수 있는 것이다. 그러려면 무엇보다도 합리적인 소비와 저축을 위해 소비와 저축의 기회비용을 따져봐야 한다. 한마디로 저축이 미래에 더 큰 가치로 돌아온다면 저축을, 소비가 더 큰 가치로 돌아온다면 소비를 해야 하는 것이다.

이 글을 읽는 젊은이들이여!

한 문장으로 요약해서 '계획 있는 삶을 사는 지혜를 지녀라.'라는 것이다. 꿈과 희망, 성공도 그렇다. 큰 줄기는 평생을, 적게는 10년 단위로 계획을 세우라는 것이다. 구체적으로 10대 때는 20대 때를, 20대 때는 30대 때를, 30대 때는 40대 때를 위해, 이런 식으로 10년 단위로, 그리고 나아가서 노년을 위해 미래를 계획하라는 것이다. 여러분의 시대는 의학과 위생의 발달로 100세를 훌쩍 넘게 살 수도 있을 것이다. 의외로 현직에서 은퇴하고 노년의 세월은 생각보다 훨씬 길다. 인간의 최종 목표가 무엇인가? 행복이 아닌가? 그래서 젊은 시절 돈도 많이 벌고 출세와 성공도 하려는 것이다. 행복의 필요조건에는 여러 가지가 있지만, 그중 으뜸은 경제력, 돈이다. 부자는 아니더라도 살아가는데 불편하지 않을 정도의 돈은 지녀야 한다. 그러려면 젊은 시절 근검절약으로 저축은 필수 불가결한 것이다. 버는 대로 저축하라는 것은 아니다. 꼭 써야 할 곳에는 쓰고, 저축하라는 것이다. 바로 '합리적인 소비와 저축을 하라'라는 것이다. '똑똑한 소비는 똑똑한 절약을 낳는다. 그리고 창의성 없는 절약은 오히려 결핍이다.' 작가인 에이미 다시친(Amy Dacyczyn)의 명언이다. 위험성이 항상 따르는 주식이나 코인, 그리고 부동산보다는 시중은행의 정기적금이나 공(公)기관인 우체국, 재정 건전성 1~2위 보험회사의 연금보험에 가입하는 것이다. 월별 불입(拂入) 액수는 얼마 안 되어도 2~30년 정도 불입하고 만기(晩期)가 되면 노년에 큰 목돈이 된다. 계약 만기가 되면 가입자의 희망에 따라 일시불이나 매월 연금으로 받을 수 있다. 부부간에 따로따로 주머니를 차는 것은 바람직하지 않을지 모르지만, 그러나 노년에는 각자의 적어도 일정한 수입(소득)과 목돈이 있어야 한다. 그래야만 인간답게, 그리고 사람 노릇하며 살 수 있다. 돈이 유일한 답은 아니지만 다른 사람과의 '삶의 질(質)에 차이'가 나게 한다. 지금도 늦지 않았으니 당장 실행에 옮겨라. 사실 연봉이 일억이라도 월마다 50~100만 원씩 정기적금 불입도 쉽지는 않다. 그만큼 씀씀이가 있기 때문이다. 지금 작정하고 매월 불입액이 몇십만 원짜리라도 시작하라. 그리고 더 여유가 되면 이 곳저곳, 다른 곳에 구좌(口座) 수를 늘려 나가면 된다. '행복은 생각하고, 계획하고, 그리고 실천하는 것이 조화를 이룰 때이다.' 간디의 말이다.

<h1 style="text-align:center">5</h1>

검소와 절약

검소(儉素: frugality)의 사전적 정의는 '사치하지 아니하고 꾸밈없이 수수(사람의 옷차림 따위가 그리 좋지도 않고 나쁘지도 않고 제격에 어울리는 품이 어지간)함'의 의미이며, 유의어에는 검박(儉薄), 검약(儉約), 청빈(淸貧)이고, 반의어가 사치(낭비)이며, 대체로 근검(勤儉: 부지런하고 검소함)이나 근면검소(勤勉儉素: 부지런히 일하고 힘쓰고 사치하지 않고 꾸밈이 없이 수수함), 그리고 근검절약(勤儉節約: 부지런하고 알뜰하게 재물을 아낌)으로 쓰인다. '근면은 부유(富裕: 재물이 넉넉함)의 오른손이고, 절약은 그 왼손이다.' 영국의 박물학자 존 레이의 말이다. 성어(成語: 옛사람들이 만든 말)로는 절검지심(節儉之心: 절약하고 검소하게 생활하는 마음), 별무장물(別無長物: 필요한 것 이외에는 갖지 않는 검소한 생활), 독서근검기가지본(讀書勤儉起家之本: 글을 읽고 검소하게 살기에 힘쓰는 것은 집안을 일으키는 근본임)이 있다. 특히 노자(老子)의 도덕경(道德經)에 있는 '현소포박(見素抱樸) 소사과욕(少私寡欲)'이란 '소박하고 검소하게 살고, 사사로운 욕심을 줄여라.'라는 말이다. 검소한 생활에 대한 우리나라 속담으로는 '가늘게 먹고 가늘게 살아라.'가 있고, 영국 속담에는 '검소한 생활, 그것은 곧 고원(高原)한 이상(理想)이다.'가 있으며, 일본속담에는 '나그네 대접은 넉넉히 해야 하고 집안 살림은 검소하게 해야 한다. 낭비는 줄칼(쇠톱)과 같아서 가산(家産)과 몸을 마멸(磨滅: 닳아서 없어짐)시킨다.'가 있다. 그리고 현실적으로 우리 모두에게 울림을 주는 속담으로는 '모자는 빨리 벗되, 지갑은 신중하고 천천히 열어라.'로 덴마크의 속담이며, 좌우명으로 삼을 만하다.

불교 초기 경전인 숫타니파타[가지각색의 시(詩)와 이야기를 모은 시문집(詩文集: 시가나 산문 등을 모아 엮은 책)]에는 '복(福)은 검소함에서 생기고, 덕(德: 인간으로서의 도리를 행하려는 어질고 올바른 마음이나 훌륭한 인격)은 겸양(謙讓: 겸손한 태도로 양보하거나 사양함)에서 생기며, 지혜는 고요히 생각하는 데서 생긴다. 근심은 애욕(愛慾: 애정과 욕심)에서 생기고, 재앙은 물욕(物慾: 물건이나 금전을 탐내는 마음)에서 생기며, 허물은 경망(輕妄: 행동이나 말이 가볍고 방정맞음)에서 생기고, 죄는 참지 못한 데서 생긴다.'라는 구절이 있다. 완전한 인간 됨을 위한 도덕률을 가르치기 위한 교본(教本)인 소학[小學: 중국 송대(宋代) 유학자 주자(朱子)가 소년들에게 유학의 기본을 가르치기 위해 쓴 책]에 '군자의 행실은 고요함으로 몸을 닦고, 검소함으로 덕(德)을 기르니, 담박(淡泊: 澹泊)함(욕심이 없고 마음이 깨끗함)이 아니면 뜻을 밝힐 수가 없고, 안정함이 아니면 원대함을 이룰 수 없다. 배움은 모름지기 인정하여야 하고, 재주는 모름지기 배워야 한다. 배움이 아니면 재주를 넓힐 수 없고, 안정이 아니면 배움을 이룰 수 없으니, 게으르면 정밀한 것을 연구할 수 없고, 거칠고 조급하면 성품을 다스릴 수 없다. 나이는 때와 함께 달리며, 뜻은 해와 함께 가버려서 마침내 마르고 시들게 되거늘, 그때 궁색한 오두막에서 슬피 한탄한들 장차 무엇을 어떻게 할 것인가?'라는 구절은 청소년들은 물론이고 젊은이들 그리고 우리 모두에게 깨우침을 주고 귀감(龜鑑: 거울로 삼아 본받을 만한 모범, 본보기)이 되고 교훈이 되며, 되어야 하는 글귀이다. 그 밖의 검소에 관한 명사들의 명언들로는, '당신이 가지고 있는 것이 무엇이든지 적게 소비하라.' 영국 시인, 문학 평론가 사무엘 존슨의 말이고, '검소하고 사치하지 않는 사람은 스스로 받들기를 두텁게 하므로 항상 넉넉지 못하여 도리어 인색하다.' 사소절[士小節: 조선 영조 시절 이덕무가 저술한 수신(修身: 마음과 행실을 바르게 닦아 수양함)서(書)]에 나오는 말은 '지나친 검소함은 자칫 인색함으로 변질(變質)되는 것을 경계하는 말'이며, '과도한 사치는 큰 악덕(惡德: 나쁜 마음이나 나쁜 짓)이고, 검약(儉約: 돈이나 물건, 자원을 아껴 씀)이야말로 모든 사람에게 공통되는 미덕(美德: 아름답고 갸륵한 덕행)이다.'는 '검약, 아껴야 재물(財物)을 모을 수 있다.'라는 영국의 박물학자 존 레이의 말이다.

절약(節約: thrift)이란 '함부로 쓰지 아니하고 꼭 필요한 데에만 써서 아낌' '내일에 대비해 오늘의 씀씀이를 아껴 꼭 필요한 것에 사용하는 행위'의 의미로 나아가 순수 우리말로는 '알뜰함(생활비를 아끼며 규모 있는 살림을 함)'이며, 유의어는 검약, 경제, 생비(省費: 비용을 줄이고 아낌)이고 반의어는 낭비이다. 주로 근검절약(勤儉節約: 부지런하고 알뜰하게 재물을 아낌)이라는 말로 쓰인다. '근면 절약 없이는 아무것도 안 되고, 근면 절약하면 모든 것이 된다.' 미국의 정치가 벤저민 프랭클린의 말이고, '절약은 큰 수입이다.' 네덜란드 인문주의자 에라스뮈스의 말이다. 부자가 되기 위해서는 '열심히 버는 것도 중요하지만 역시 절약해야 부자가 될 수 있다.'라는 것은 세계적으로 확실하게 증명된 속담들이 있다. '과로(過勞)로 부자가 되고 절약으로 더 큰 부자가 된다.' 터키(튀르키예) 속담이고, '오른손에는 능숙함이 있고, 왼손에는 절약이 있다.' 이탈리아 속담이며, '금화 세 닢을 아끼면 네 번째 금화가 수중에 떨어질 것이다.' 세르비아 속담이다. 그리고 절약이란 절용(節用)과 검약(儉約)의 복합어로 우리말의 '아껴 씀' 의미이다. 절약은 사물을 귀중히 여겨 함부로 쓰지 않을 뿐만 아니라, 손실을 보지 않도록 힘쓰는 알뜰한 행위까지를 포괄한다. 여기에서 사물이란 유형의 물건 이외에도 용역(用役) 및 시간 등도 포함한다.

'검소와 절약'은 대구(對句: 짝을 맞춘 단어들)나 상관관계((相關關係: 서로 관련을 맺음)를 갖고 있다. 그런 차원(次元)에서 이 두 명사의 명언들로는, '가정을 잘 지키고 잘 다스리는 것에 대한 두 가지 훈계(訓戒: 타일러서 잘못이 없도록 주의를 줌)의 말이 있다. 하나는 너그럽고 따뜻한 마음으로 집안을 다스리지 않으면 안 된다. 그리고 정(情)이 골고루 미치면 아무도 불평하지 않는다. 다른 하나는 낭비를 삼가고 절약해야 한다. 절약하면 식구마다 아쉬움이 없다. 그런데 검소와 절약은 미덕이로되 지나치면 더러운 인색이 되어 도리어 정도를 상하며, 검소와 절약은 아름다운 미덕이로되 지나치면 공손함이 정도를 넘어 거짓 꾸밈이 된다.' 동양의 '탈무드'로 중국 명말(明末) 홍자성이 쓴 '채근담'에 있는 말이고, '강물도 쓰면 준다. 개미 메(먹이) 나르듯 한다. 검소와 절약은 다른 모든 미덕을 포용한다.' 고대 로마 정치가 키케로의 말이며, '검소하고 절약하지 않으면 아무도 부자가 될 수 없고, 검소하고 절약하면 웬만해서는 가난해지지는 않는다.' 영국의 시인, 문학 평론가 사무엘 존슨의 말이다.

　검소와 절약은 요즘 같은 소비문화가 우리의 삶을 지배하고 있는 상황에 검소하고 절약하는 삶은 미래를 위한 지혜로운 선택으로, 무엇보다도 '실천적 행동'으로 옮겨져야 한다. 그렇다면 검소와 절약이 필요한 구체적인 이유는 무엇인가? 첫째는, 주변에서 소비풍조가 만연(蔓延)하고 있으니 쉽게 유혹에 빠지거나 편승(便乘)할 수 있다. 검소한 생활로 지출을 줄여 저축하게 되면 금융적, 경제적 안정을 도모할 수 있다. 돈이란 내 손에 쥐어야 그 힘을 발휘하는 법이다. 돈은 내 삶을 풍요롭게 할 뿐만 아니라 목표를 이루는데도 도움이 된다. 둘째는, 오늘날 세계적 관심거리이자 우선 해결해야 하는 자원 낭비와 환경오염으로 '검소하고 절약하는 개개인마다의 생활 습관'이 자원과 에너지를 더욱 효율적으로 이용하고, 무엇보다도 내가 바로 피해자가 될 수 있는 환경오염이나 지구온난화로 말미암은 자연재해를 막을 수가 있다. 셋째는, 검소와 절약은 소비 습관을 통제하거나 조절해 주게 되고, 필요한 것과 불필요한 것 사이의 차이를 분명하게 인식시켜 주게 되며, 중요한 가치가 무엇인지를 일깨워 주게 되어, 의미 있고 만족스러운 삶을 영위해 나갈 수 있게 된다. 절약은 곧 지혜의 표시(標示)이고 기술(技術)이다. 넷째는, 검소와 절약은 저축으로 이어져야 한다. 수입액에서 한 달 쓸 것 다 쓰고 저축은 안 된다. 이달 저축액을 먼저 떼어놓고 나머지로 생활해야 저축이 되는 법이다. 한 가지 더 중요한 것은 현업에서 물러날 때를 대비해 기여금(寄與金: 연금 급여에 소용되는 봉급에서 내는 금액) 불입(拂入)은 필수(必須)이다. 검소와 절약은 티슈 한 장도 아껴 쓰고, 불필요한 전등은 끄고, 난방 온도 줄이는 것부터 시작되어야 하며, 무엇보다도 동전 하나라도 허투루 쓰거나 취급해서는 안 된다. '사소한 지출을 주의하라. 작은 구멍이 배를 가라앉게 한다.' 미국의 정치가 벤저민 프랭클린의 말이고, "동전을 아끼지 않는 자는 은화를 얻을 수 없다. 동전 하나가 '미래를 만들고 행운의 씨앗'이 된다." 독일 속담이다.

6

욕심(慾心)과 탐욕(貪慾)

이번 글은 인간의 '마음속'에서 우러나오는, 우리의 삶 속에서 '경계'해야 할 것들이다. 인간의 궁극(窮極)적인 목표가 무엇인가? 행복이다. 행복은 맨 먼저 '자신의 마음을 다잡는 데 있다.' 그래서 '집안 문단속도 잘해야 하지만' 무엇보다도 '내 마음 단속을 잘해야 한다.'라는 것이 이 글의 취지(趣旨)이다.

　욕심, 욕망(慾望)과 탐욕, 탐심(貪心)의 의미와 차이는 무엇인가? 비슷비슷한 말들이지만 사전의 정의는, 욕심은 '분수에 넘치게 무엇을 탐내거나 누리고자 하는 마음'이고 욕망은 '부족을 느껴 무엇을 가지거나 누리고자 탐함'이다. 탐욕은 '지나치게 탐하는 욕심'이고 탐심은 문자 그대로 '탐하는 마음'이다. 특히 불가(佛家)에서는 탐욕을 '마음으로 짓는 업[業: 삼업[몸(身), 입(口), 마음(意)으로 짓는 죄]'으로 경계할 것을 권하는데, '자신의 분수에 넘치는 욕심과 탐욕은 사고로 이어져 자기 파멸을 맞이할 수도 있다는 것'이다. 「수상록」을 쓴 프랑스의 사상가 몽테뉴가 '탐욕은 일체(一切: 한 몸, 전체)를 다 얻고자 욕심을 내어 도리어 모든 것을 잃는다.'라고 말한 것은 우리 인간들의 탐욕에 대한 경각심(警覺心: 정신 차리고 조심하는 마음)을 일깨워 주는 명언이기도 하다.

성경 말씀에 '오직 각 사람이 시험을 받는 것은 자기 욕심에 끌려 미혹됨이니 욕심이 잉태한즉, 죄를 낳고 죄가 장성한즉 사망을 낳느니라(야고보서).' '탐욕이 지혜 있는 자를 우매하게 하고, 뇌물이 사람의 명철(明哲: 총명하고 사리에 밝음)을 망하게 하느니라(전도서).'가 있고, 특히 성경 누가복음에 나오는 '모든 탐심을 물리치라. 사람의 생명이 그 소유의 넉넉함에 있지 아니하리라.'라는 말씀은 '큰 욕심 내지 말고, 현재 가지고 있는 것에 만족하라는 안분지족(安分知足: 편안한 마음으로 제 분수를 지키며 만족함을 앎)한 삶을 살아가라.'라는 것으로 해석된다. 결국 성서에서 말하는 '탐욕'은 자신이 가질 수 있는 이상을 가지려는 것, 자신의 정해진 위치를 옮기려고 하면서까지 가지려 하는 것으로 일종의 권력처럼 '욕망, 욕심의 남용'이라고 말하는 것이다. 한 예를 들어 보자. 한 남자가 어느 한 여자를 두고 '저 여자를 내 여자로 삼아야겠다.'라는 것은 욕망이나 욕심이다. 그런데 그것이 실제 이루게 되어 살다 보니 지난 간절했던 마음은 퇴색하여 또 다른 이 여자도, 저 여자도 만나고 사귀고 싶어 이 여자, 저 여자 집적대는(아무나 손대는) 것은 탐욕이다. 한 마디로 인간은 욕망이 욕심이 되고, 만족하지 못하고 더 큰 욕심을 내어 탐욕이 되는 것이다. 그렇게 되면 처음 간절히 원했던 여자와도 문제(남자의 바람기)가 생겨 떠나가 버리고, 결국은 이도 저도 아닌, 혼자 남게 되는 것이다.

'인간 본성을 풍자한 책'을 주로 쓴 「탐욕에 관한 진실」의 저자 M. 허시 골드버그는 '탐욕, 그 모든 것 중에서 인생, 돈, 사랑, 지식에 대한 탐욕은 인류를 도약시켰다.'와 '탐욕은 명료하게 하고, 헤치고 나아가게 하며, 전진하는 정신의 진수(眞髓: 가장 중요하고 본질적인 부분)를 북돋아 준다.'라고 말했다. 심리학자 리처드 태플링거의 '탐욕의 사회학적 근원'이라는 연구에서 '탐욕은 우리의 생존에 큰 도움을 주는 것으로, 우리 감정 속의 허무나 공허함을 억지로 묻어버리려는 것이 아니라면 반드시 나쁜 것은 아니다. 왜냐하면 의식주의 소유는 반드시 필요하며, 삶의 필수 요소를 채우고자 하는 마음에서 경쟁적이고 탐욕스러워진다.'라고 말했다. 어찌 보면 탐욕은 한 개인, 사회, 나아가 인류의 '필요악(必要惡: 사회적인 상황에서 어쩔 수 없이 요구되는 악)'인 셈이다.

꿈 → 욕망 → 욕심 → 헛된 망상이나 탐욕으로 변화될 수 있다. 꿈은 크게 가져야 한다. 그런데 그 꿈도 행동이 뒷받침되지 않는다면 욕심이나 헛된 망상이 되는 것이다. 지금은 이렇다 할 정도로 내세울 만한 것은 없지만, 꿈을 실현하기 위해 노력해 나간다면 욕망이 되는 것이다. '욕망이 없는 곳에는 근면도 노력도 없다.' 영국의 철학자 존 로크의 말이다. 도를 넘지 않는 절제와 무엇보다도 결과에 당당할 수 있는 자세야말로 욕심이 아닌 욕망이 되는 것이다. '과(過: 지나친)한 욕심은 스스로 절제하면서, 성실함과 노력으로 목표를 향해 욕망을 실현하는 것이 꿈을 향해 자신의 길을 열어가는 마음가짐, 자세일 것이다.' 사람은 욕심이 과도해서도 안 되지만 그렇다고 아예 없어서도 안 되는 것이다. 적절하고 자신의 분수에 맞는 욕망과 욕심은 인생을 살아가는 데 동기부여(動機附與)가 되는 것이다. 장래 희망도 역시 욕망, 욕심이다. 욕심이 지나쳐 탐욕이 될 수 있고, 욕심이 단지 욕심으로 끝날 수도 있지만, 욕심에 '성실과 노력'의 뒷받침으로 '욕망과 꿈의 실현'

을 이룩할 수 있는 것이다.

　사람이 살면서 수많은 인간관계를 하다 보면, 심성이 곱고 인성이 좋은 사람처럼 보여도 시간이 지나면 내재(內在)되어 있는 나쁜 심성과 인성이 여과 없이 드러나는 법이다. 정수된 물처럼 맑고 투명하며 완벽한 사람이 이 세상에 어디에 있겠는가? 나이 들어가면서 모든 욕심과 탐욕, 이기심을 내려놓고 혼탁(混濁)한 마음을 스스로 정화해 가며, 자신의 마음을 주위 사람들에게 돌려, 조금이라도 연민(憐憫)의 정을 갖고, 그리고 그것을 삶 속에서 실천해 가며 살아간다는 것은 '의미 있는 삶'이자 '삶의 지혜'이기도 하다. 사람은 '음식, 공기, 물 그리고 마음'을 잘 먹어야 한다. 무엇보다도 그중에서 '마음'을 잘 먹어야 한다. 그래서 '내 마음과 삶의 햇볕이 잘 드는 비옥한 땅으로 만들어야 한다.' 그래야만 나 자신, 사랑하는 가족들, 그리고 소중한 주변 사람들과 함께 더불어 편안하고 행복한 삶을 영위(營爲: 꾸려 나감)해 나갈 수 있는 것이다.

<h1 style="text-align:center">7</h1>

욕구와 절제

욕구(慾求)란 '무엇을 얻거나 무슨 일을 하고자 바라는 일'이며, 유의어에 욕망(慾望: 부족을 느껴 무엇을 가지거나 누리고자 탐함, 또는 그런 마음), 욕정(欲情: 충동적으로 일어나는 욕심, 이성에 대한 육체적 욕망), 충동(衝動)이 있다. 그런데 욕구(need)와 욕망(desire)의 차이는? 욕구는 '무언가가 결핍되어 있는 상태에서 무의식적으로 결핍된 상태를 채워서 해결하려는 심리'이고, 욕망은 '자신이 스스로 의식적으로 부족을 느껴서 탐하는 것'이므로 욕구보다 더 많은 것을 요구하게 된다.

미국의 인본주의(人本主義: 인문주의, 휴머니즘: 가톨릭교회의 권위와 신(神) 중심의 세계관으로부터 인간을 회복시키고 인간의 존엄성 회복과 문화적 교양의 발전에 치중) 심리학 창설을 주도(主導)한 철학자, 심리학자 에이브러햄 매슬로는 인간에게는 '욕구 5단계'가 있다고 주장했는데, 구체적으로 "첫 단계는 기아나 갈증 등의 '생리적 욕구', 두 번째 단계는 육체의 위험을 피하려는 '안전 욕구', 세 번째 단계는 가까운 대인관계를 원하는 '소속·애정욕구', 네 번째 단계는 자기 존중과 사회적 인정을 원하는 '존중 욕구', 마지막 단계로 일을 성취하려는 '자아실현욕구'를 들었다." 그가 주장한 '욕구 5단계'설(說)에서 '자아실현'을 최상위 5단계에 있는 가장 중요한 가치(價値)로 소개한 이후 널리 알려지게 되었는데, 어찌 보면 오늘날 상황으로 보더라도 한 개인에게 있어서 가장 중요하고, 필요하며, 현실적인 주장이라고 보인다. 그런데 오늘날 우리가 주로 사용하는 욕구의 종류로, 일차욕구, 기본욕구(선천적, 생리적 욕구로 먹고, 마시고, 잠자고, 배설 등), 안전 욕구(확실성, 질서, 구조, 불안과 공포로부터 해방 등에 대한 욕구로 전쟁, 범죄, 자연재해, 혁명 등과 같은 상황에서 오는 경우)가 있고, 그 외 욕구불만, 욕구좌절(목표지향적인 행동이 내적, 외적 원인에 의해 방해된 상태, 그때 경험하는 정서 상태)이 있다.

"본디 '우연이란 존재하지 않는 법이다.' 기필코 어떤 것이 필요하게 되면 그 필요불가결(必要不可缺)한 것이 발견되기 마련인데, 그런 것을 가져다주는 것은 '우연'이 아니라 그것을 '갈구(渴求: 간절히 바라며 구함)하는 그 사람, 자신'이다. 그 사람, 자신의 '욕구와 필요성'이 그 사람을 그곳으로 데려간다." 독일의 노벨문학상을 수상했던 헤르만 헤세가 쓴 소설 「데미안」에 나오는 말이다. 성경에도 '구하라, 그러면 너희에게 주실 것이요. 찾으라, 그러면 찾을 것이요. 문을 두드리라, 그러면 너희에게 열릴 것이다(마태복음).'라는 구절이 나온다.

불가(佛家)에서 쓰는 한자 성어 일념통천(一念通天)은 '한결같은 마음으로 갈구(渴求)하고 열중(熱中)하면 하늘도 감동(感動)하여 일을 성취(成就)하거나 원하는 것을 쟁취(爭取)할 수 있다'라는 말이다. 종교인이든 비종교인이든 '기도하라.' 그런데 반드시 '소리내어 기도하라. 그것도 간곡히.' 우주(宇宙: 천지사방과 고금 왕래, 만물을 포용하는 공간)는 울림, 파장(波長), 공명(共鳴)이다. 그 울림이 하늘에 닿게 되는 것이다. 그런데 간절한 기도와 수반(隨件)되어야 하는 단 한 가지는 '불굴(不屈)의 노력'이다. 공자님 말씀에 '천재는 노력하는 자를 이길 수 없고, 노력하는 자는 즐기는 자를 이길 수 없고, 즐기는 자는 미치는 자를 이길 수 없다.'에서 '불굴의 노력'은 바로 그 일에 '미쳐야 함'을 의미한다고 보아야 하겠다. 중국 설화에서 유래한 운칠기삼(運七技三: 운이 7할, 노력이나 재주가 3할)이라는 말에 적용해 보면 '천재는 노력하는 자를 이길 수 없고, 노력하는 자는 운 좋은 자를 이길 수 없다.'라는 말로 볼 때 '노력도 운이 받쳐주어야 이룰 수 있다'라는 말인데, 노력해도 이루어지지 않는다고 포기하거나 좌절하지 말고 '때를 기다려야 한다.'라는 의미로 보아야 하겠다. 그런데 여기서 변함없는 진리는 '운(運)이란 노력하는 자(者)에게만 온다.'라는 것이다.

자제(自制: 자기의 감정이나 욕망을 절제함), 절제(self-control)란 '정도에 넘지 아니하도록 알맞게 조절하여 제한함'의 의미로 어느 정한 기준을 넘지 않고 조절해 제한하는 것으로 상대가 강제로 제한하는 것과는 다른 '스스로'라는 의미가 강(强)한 것으로 '개인이 자발적으로, 스스로 하지 않는 것'을 의미한다. 오늘날 심리학에서는 절제를 덕(德: 인간으로서 도리를 행하려는 어질고 올바른 마음이나 훌륭한 인격)으로 묘사하는데 6가지 미덕(지혜, 용기, 인류애, 정의, 초월, 그리고 자제) 중 하나이며 '식욕, 성욕, 허영과 사치욕, 명예욕, 분노, 충동을 억제'하는 것과 관련되는 것으로, 특히 '술 조절'로 흔히 쓰이는, 술은 적절하고, '자신의 주량(酒量: 견딜 수 있을 정도만큼의 술의 분량)에 맞게 자제(절제)할 줄 아는 사람'이라는 말에서 주로 쓰이는 것으로 '절제할 줄 아는 음주 습관'은 개인적인 측면에서 사회생활에서 지켜야 할 가장 중요한 덕목(德目) 중 하나이다. 술은 단체나 조직에서 업무상, 원만한 대인관계에서 피할 수 없고, 피해서도 안 되는 것 중 하나로, 마시긴 하되, 자신의 건강이나 실수하지 않는 범위 내의 음주 자세, 습관을 말하는 '절제의 미덕'의 대표적 사례이다. 사실 사회생활 하면서 '술 한 잔도 못 한다.'라는 것은 핸디캡(handicap: 자신에게 불리하게 작용하는 여건)(?)이 될 수도 있으며, 때론 술 잘 마시는 것이 '성공의 모티브(motive: 동기)(?)가 될 수도 있다'라는 것을 염두(念頭)에 두어야 한다. 미국 건국의 아버지 중 한 사람이자 미국의 독립선언서를 초안(草案)한 벤저민 프랭클린은 절제를 '심신이 둔해질 때까지 먹지 말라. 취할 때까지 마시지 말라'라고 했으며, 고대 로마 정치가, 작가, 웅변가 키케로는 '운동과 절제는 노령(老齡: 늙은 나이)에 이르기까지 젊은 시절의 힘과 건강을 어느 정도 보존해 준다.'라고 말했다. 이는 독일의 철학자 아르투어 쇼펜하우어의 "인간에게 음식물에 있어 절제는 '건강'을 보증하고, 교제에 있어 절제는 '정신의 안정'을 보증한다."와 궤를 같이하는 의미로 보아야 하겠다.

성경에서는 자제와 절제를 '방종(放縱: 아무 거리낌 없이 자기 마음대로 행동함)에 빠지지 않고 이성으로 감정을 조절하고 자기 자신을 다스리는 것(고린도 전서, 베드로후서), 이는 정결(淨潔: 매우 깨끗하고 깔끔함)하고도 경건한 생활의 한 모습이자(사도행전) 성령의 열매이기도 하다(갈라디아서).'라고 나온다. 명사들의 명언들에는 독일 작가, 철학자 요한 볼프강 괴테는 '진정한 행복은 절제에서 솟아난다.'라고 말했고, 고대 그리스 수학자, 철학자 플라톤은 '자제, 절제는 최고의 승리이다.'라고 말했으며,

고대 그리스의 3대 비극작가 중 한 사람인 에우리피데스는 '자제, 절제는 신(神)들이 준 최고의 선물이다.'라고 말했던 것으로 '자제, 절제를 인간 세계에서 최고의 미덕(美德: 아름답고 갸륵한 덕행)'으로 극찬(極讚)했지만, 반면에 프랑스의 문학가 생드 뵈브는 '젊은 시절에 너무 방종(放縱: 마음대로 행동)하면 마음의 질서가 없어지고, 너무 절제하면 머리가 돌아가지 않는다.'라는 말은 젊은 시절 '도(道)를 넘지 않는 범위 내에서 방종은 때론 유익(有益: 이롭거나 도움이 됨)하기도 하다'라는 말로 해석된다.

오늘날 우리는 쾌락 지향(指向)적, 충동(衝動)적 삶을 살아가고 있는 것 같다. 특히 젊은 세대, MZ세대들에서 더욱 그런 경향이 있는 것 같다는 것이다. 절제는 '인생에서 모든 사람, 남녀노소, 지위 고하를 막론하고 필요한 덕목'이다. 인간이 일차적, 기본적 욕구를 느끼는 것은 지극히 당연하다. 그것은 인간의 본능이기 때문이다. 겉으로는 절제하는 것 같아도 내면의 욕구, 욕망은 누구나 다 똑같은 법이다. 그런데 인간의 일차적, 기본적 욕구에만 충족하고 살아간다면, 발전은커녕 성공을 기대하기는 어렵다. 정말 먹고 싶은 것이 있었는데 먹고 나면 그저 그렇다. 엄청나게 갖고 싶었던 물건이 있었는데 막상 갖게 되고 어느 정도 시간이 지나면 무덤덤하다. '바닷물은 채울 수 있어도 인간의 욕구, 욕심은 채울 수 없다'라는 말이 있다. 그만큼 '인간의 욕구, 욕심은 끝이 없고, 채울 수 없다'라는 말이다. 먹고 싶은 대로 다 먹으면 살이 쪄 건강에 적신호가 올 것이고, 놀고 싶은 대로 실컷 놀다 보면 수입이 없으니, 생활고로 어려움을 겪을 것이다. 그러나 우리는 '절제'라는 '경계병'이 있어 도(道)나 선(線)을 넘지 않도록 가로막아준다. 자신이 원하는 것을 위해서, 더욱더 나은 삶을 위해서 절제는 생활에서 필수이며, 무작정 참는다는 것은 어려운 일이기에 자기 나름대로 "선(線)과 기준을 두어(이때 가장 중요한 것은 '결과'를 먼저 생각해 보는 것) 상황에 따라 적절히 절제하는 방법"을 터득하고 실천하는 '삶의 지혜'를 지녀야 하겠다.

8

이기심과 이타심

이기심(利己心)의 사전적 정의는 '자기 자신의 이익만을 꾀하는 마음'으로 '이기심의 발로(發露: 숨은 것을 겉으로 드러냄)'라는 말로 주로 쓰이며, 유의어는 애기심(愛己心: 자기 자신을 사랑함)이고, 반의어는 이타심, 애타심이다. 사회적으로 '집단이기심'이란 '의사결정을 할 때 특정 집단에 속한 사람들이 자신의 집단에만 이익이 되도록 압력을 행사하거나 의사를 결정하려는 마음'을 말한다. 영어단어로는 ego(자부심, 자존심, 자아), egoist(이기주의자), egoism(이기주의, 이기심)이다. 우리말에서 흔하게 쓰이는 것은, 아전인수(我田引水: '자기에게만 이롭게 함')이고, 동의어로 견강부회(牽强附會: 이치에 맞지 않는 말을 끌어들여 억지로 붙여 자기에게 유리하게 함)가 있다.

이기심이란 '자신을 위하는 마음'으로 모든 생물의 본성(本性) 중 하나에 해당한다. 사실 도덕적으로 옳지 않은 경우 이기심이 지나친 경우도 있지만, 이기심은 생존하는데 필수로 작용하는 것으로 이기심 없는 생물은 결코 존재할 수 없어, 이기심 그 자체만으로 악(惡)인, 나쁜 것으로 규정(規定: 규칙적으로 정함)하고 단정(斷定: 딱 잘라 판단하고 정함)지을 수는 없는 노릇이다. 한마디로 '경제학'에서는 '합리적인 소비를 한 것'으로 '좋은 의미'로 사용되듯이, '이기심은 모든 생물의 본능에 해당하는 것'으로, 사실상 '악용(惡用: 나쁜 일에 씀)'될 때 쓰인다. 비근(卑近: 흔히 주위에서 보고 들을 수 있을 만큼 알기 쉽고, 실생활에 가까움)한 예(例)로 '내로남불(내가 하면 로맨스, 남이 하면 불륜)'이라는 말처럼, 어떤 물건을 두고 내가 가져갈 때는 '정당한, 그럴 수도 있는, 당연한 행위'로, 상대가 가져가면 '이기적, 그래서는 안 되는, 욕심이 지나친 행위'로 치부(恥部)되거나 폄하(貶下)될 때 쓰인다고 보면 될 것 같다.

명사들의 명언들을 통해 우리는 이기심을 경계해야 하는 이유를 알게 된다. '헛된 이기심은 성공과 결부(結付: 연관시켜 붙임)되지 못한다. 이기심은 자기 자신을 파괴할 뿐이다.' 로마의 마지막 황제 데오디우스의 말이고, '이기적인 사람은 남을 위할 줄도 모르고, 자기 자신도 위하지 못한다.' 독일 철학자 에리히 프롬의 말이며, '이기주의와 허영심은 지옥을 이룬다.' 스웨덴 신학자 스베덴보리의 말이다. 특히 우리에게 울림을 주는 명언은 로마제국 철학자 아우구스티누스의 말 '이 세상 어느 것 하나도 나와 관계없는 것은 없다. 인륜(人倫: 사람으로서 마땅히 지켜야 할 도리)적, 도덕적 문제도 나의 일이며, 진리와 자유와 인도(仁道)와 정의의 문제를 추궁함도 나의 일이다. 순전히 제 한 몸, 제 일만 생각하는 에고이스트(egoist: 이기주의자)는 부끄러워하라.'가 있다.

그런데 이기심 하면 '자기 생각만 하는' '욕심 많은' '다른 사람은 안중(眼中)에도 없는' '자기 자신 것만 챙기는' 등 부정적 의미로 생각하는 것이 보편적이지만, 냉철하게 생각하면 긍정적 이기심도 있다. 부정적 이기심의 대표적인 경우는, '남을 이용하여 자신의 이익을 취하거나', 심지어는 '자신의 이익을 위해 남에게 손해를 끼치는 일도 서슴지 않고(머뭇거림이나 망설임 없이) 행(行)하는 자'들이다. 한마디로 자신의 이득을 위해서는 '수단, 방법을 가리지 않는 사람'으로, 이럴 때를 보통 저급(低級)하다고 할 수 있고, 별칭을 '깍쟁이(인색하고 이기적인 사람을 얕잡아 이르는 말)'라 할 수도 있다. 반면에 남에게 피해를 주지는 않지만, 묵묵히 자신의 이익에만 집중하는, 설령 주변에서는 이기적이라 평(評)해도 아랑곳 하지 않는, 철저한 '개인주의적 사람'이다. 어찌 보면 오직 자기 할 일만 열심히 하는 '성실하고 과묵(寡黙)한 이기주의자'는 남에게 피해는 주지 않으므로 부정적으로 보아서는 안 된다.

이타(利他)란 '자기의 이익보다는 다른 이의 이익을 더 꾀함'이고, 불가(佛家)에서는 '자신이 얻은 공덕(功德: 착한 일을 많이 함)과 이익을 다른 이에게 베풀어 주며 중생(衆生: 부처의 구제 대상이 되는 생명을 가진 존재, 많은 사람)들을 구제하는 일'로 유의어에 애타(愛他), 타애(他愛: 남을 사랑함, 애타)가 있으며, 그런 마음이 이타심이다. 그리고 '유사(類似) 이타심'이란 '자신이 공동체의 공공재(公共材) 공급에 기여(寄與)했다는 사실을 남이 알아줄 때, 또는 이런 선행을 했다는 사실 자체에서 스스로 만족하는 마음'을 의미하고, '알투리즘(altruism)'은 '남을 돕고 그들과 함께 일하고자 하는 욕구'로 '남을 위하는 것이 자신을 돕는다는 적극적인 상호작용'의 의미로, 모든 일에는 '에고이즘과 알투리즘의 적절한 조화(調和)'를 이루어야 한다. 그리고 흔하게 쓰이는 '자원봉사(自願奉仕)'의 정의는 '공사(公私)조직에 자발적으로 참여해 반대급부(反對給付)를 받지 않고 인간 존중 정신과 민주주의 원칙에 입각한 서비스를 제공해 자기실현의 성취와 이타심을 실현하고자 하는 활동'의 의미이다.

네이버 지식백과에 나오는 '시장의 흐름이 보이는 경제법칙'을 인용하면, 이타심으로 선행을 베푸는 네 가지에, 첫 번째는 '감상적 이타심의 베풂'으로, 곤경에 빠진 사람에게 측은(惻隱: 가엾고 불쌍함)한 마음이 느껴져 자신도 모르게 감상적인 마음이 발동해 도와주는 경우로, TV 방영의 자연재해로 피해를 본 국내외 이재민들에게나 unicef의 긴급 구호 아동 기금, 국경 없는 의사회 모금 등에 그들의 마음과 어려운 처지를 헤아려 전화로 기부하는 행위, 두 번째는 '이성적인 이타심의 베풂'으로, 나중에 자신이 곤경에 빠질 경우를 대비해 마치 보험을 드는 차원에서 주변 사람들을 도와주는 형태로, 장기적인 고려(考慮: 생각하고 헤아려 봄)에서 비롯되는 형태로, 대표적인 예(例)가 지인(知人)들의 부모님이 돌아가셨을 때 문상(問喪)하고 부의금(賻儀金)을 주는 행위, 세 번째는 '윤리적 이타심의 베풂'으로, 자신이 상대편보다 여유가 있으므로 당연히 도와주어야 한다는 책임감이나 도덕적 의무 때문에 도와주는 행위, 마지막으로 '자아실현적 이타심의 베풂'으로 자기만족을 위해 상대편을 도와주는 것으로 대표적인 예(例)가 독도문제에 대해 자비(自費)로 외국 신문에 독도 광고를 내는 등 다양한 기부활동을 펼친 가수 김장훈 씨, 그리고 과거 故뽀빠이 이상용 님의 심장병 어린이 수술 기부행위를 들 수 있다. 중국 격언(格言: 사리에 꼭 들어맞아 교훈이 되는 글귀)에 "한 시간 동안 행복해지려면 낮잠을 자라. 하루 동안 행복해지고 싶으면 낚시를 하라. 한 달 동안 행복해지고 싶으면 결혼을 하라. 일 년 동안 행복해지고 싶으면 재산을 물려받아라. 그리고 평생을 행복해지고 싶다면 누군가를 도와라(남에게 베풀어라/이기심보다는 '이타심을 우선하라').”가 있다. '내가 나를 모르면 후진국이고, 나만 알면 중진국이고, 남도 알면 선진국이다.' 칼럼니스트이자 시인인 이정인 님의 말처럼, 이제는 나 자신뿐만 아니라 남도 돌아보고 관심을 가져야만, 그런 분위기가 우리 사회 전반으로 확산(擴散)되어, 우리 모두에게 득(得)이 되는 사회가 된 것이다.

'인간사회는 폭력과 위선(僞善: 겉으로만 착한 체함)과 이기주의를 기초로 하고 있다.' 프랑스 수학자, 철학자 파스칼의 말, '이기주의는 인류 최대의 화근(禍根: 재앙의 근원)이다.' 영국의 정치가 글래드스턴의 말, 그리고 '자기 자신만을 위하여 사는 사람은 별로 행복하지 못하다. 왜냐하면 일반적으로 말해서 그는 절대 만족한 사람이 되거나 멀리 갈 수 없기 때문이다.' 영국 소설가 조셉 콘래드의 말처럼, 원래 이기심은 인간의 본향(本鄕)이기 때문에 모든 문제를 야기(惹起)해 왔다고 해도 지나친 말은 아니다. 그런데 한 개인으로 보았을 때도 자기중심적인 사람은 행복하지도 않은 법이다. 만족한 인생을 보내는 비결(秘訣) 중 하나는 다른 사람에게 더욱 많은 '사랑과 기쁨, 행복을 나누어 주는 데 있는 것'이다. 또한 사회인으로서 인간관계에서도 '자기밖에 생각하지 않는 사람은 큰일도, 성공도 할 수 없다.' 미국의 정치가 벤저민 프랭클린의 말처럼, '나의 성공과 행복은 타인에 대한 이타심의 결과물'인 것이고, 무엇보다도 '나의 목표가 이타심에 충족될 때 비로소 행운을 맞이할 자격도 생기는 것'이다. 그리고 '친절과 존중'도 상대에 대한 이타심이자 배려(配慮)이고, 베풂과 봉사는 '성공의 모티브(motive)'가

되는 것이다. "친절한 마음가짐의 원리(原理: 사물의 기본원칙), 상대에 대한 '존중이나 존경'은 처세법의 제1 조건이다." 스위스 철학자 H. 아미엘의 말이고, '친절은 온갖 모순(矛盾)을 해결하면서 생활을 장식(裝飾: 아름답게 꾸밈)한다. 얽힌 것을 풀어주고 난해(難解: 어려운 것)한 것을 수월(까다롭거나 힘들지 않게 함)하게 해주며, 암울한 것을 환희(歡喜)로 바꾸어 놓는다.' 영국의 정치가, 저술가 필립 체스터의 말이다.

9

인색함과 비열함

인색(吝嗇)함의 사전적 정의는 '재물(財物)을 아끼는 태도가 몹시 지나침' 또는 '어떤 일을 하는 데 대하여 지나치게 박(薄)함'의 의미로 유의어에 간린(慳吝: 몹시 인색함), 각박(刻薄)함이 있고, 반의어는 후(厚)함, 너그러움, 넉넉함이다. '인색한(吝嗇漢)'이란 '인색한 사내'를 의미하는데 보통은 구두쇠, 짠돌이, 자린고비[단작스러울(하는 짓이 보기에 치사하고 더러운, 좀스러운, 치사스러울) 정도로 인색한 사람], 서울깍쟁이(시골 사람이 서울 사람의 까다롭고 인색함을 비유적으로 이르는 말), 수전노(守錢奴: miser)라고 한다.

'인색하다'라는 의미로 우리말에서는 보통은 '짜다'라고 표현한다. 불가(佛家)에서 말하는 이간(二慳)이란 재간(財慳: 재물을 아껴 남에게 주지 못하는 인색함)과 법간(法慳: 부처의 교법을 아껴 남에게 가르치지 않는 인색함)을 말한다. 우리 속담에 '인색한 부자가 손쓰는 가난뱅이보다 낫다'는 '가난한 사람은 마음씨가 곱고 동정심이 많아도 남을 도와주기란 쉽지 않음에 비(比)하여, 부자는 인색하여도 남는 것이 있어, 없는 사람이 물질적인 도움을 입을 수 있음'을 이르는 말이고, '숯은 달아서 피우고 쌀은 세어서 짓는다.'는 '저울에 달아서 불을 피우고, 쌀알은 세어서 밥을 짓는다.'라는 의미로, '너그럽지 못하고 매우 인색함을 비유적으로 이르는 말'인데, 대체로 인색한 사람은 '돈'은 물론이고 '정(情)'도 메말라 있는 법이다. 성경 말씀에는 "인색하게 굴지 마라, 이것이 곧 '적게 심는 자는 적게 거두고 많이 심는 자는 많이 거둔다.'라는 말이 있고, 불교 경전인 '문수사리 정률경'에는 '인색과 탐욕은 가난의 문이 되고 보시(布施)는 행복의 문이 된다.'라는 말이 있다. '인색하지 마라. 인색한 사람에게는 돈도 야박하게 대한다.' 삼성 故 이건희 회장님의 말씀이고, '가난하다고 다 인색한 것은 아니고 부자라고 후한 것도 아니다. 그것은 사람의 됨됨이에 따라 다르다. 인색한 사람은 자기 자신을 위해 낭비하지만, 후한 사람은 자기 자신에게 준열(峻烈: 엄하고 날카로움)하게 검약한다.' 장편 「토지」를 쓰신 故 박경리 선생님의 말씀이며, '인색함은 헤픈 것 이상의 적이다.' 프랑스 작가 라 로슈프코의 말이다. 무엇보다도 인색함은 '인심을 잃게 하고, 자신의 편(便)이 없게 만드는 법'이다. 인색함은 결국 나 자신에게 돌아온다. 모든 인간사 '자업자득(自業自得: 뿌린 대로 거둠)'이다.

비열(卑劣)함의 사전적 정의는 '사람의 하는 짓이나 성품(性品)이 천(賤)하고 졸렬[拙劣: 옹졸(壅拙: 성품이 너그럽지 못하고 생각이 좁음)하고 천하여 서툶]함'으로, 유의어에는 저열(低劣)함, 저급(低級)함, 지질함(속되게 보잘것 없고 변변하지 못함)이 있다. 그런데 대체로 비열하면 비굴(卑屈: 용기가 없고 비겁함)하기도 한 법이다. 흔히 말하는 '비겁(卑怯)하다'는 '비열하고 겁이 많다'라는 의미이고, 착해 보이지만 '교활하고 비열함'을 '뱀(snake)'으로 묘사하기도 한다. 성경 말씀에 "사람 속에서 나오는 것이 사람을 더럽히는 법이다. 음란, 정욕, 도둑질, 살인, 간음, 탐욕, 부정부패, 속

임수, 방탕. '비열함', 중상모략, 교만, 미련함, 이 모두가 마음에서 토(吐)해내는 것이다. 너희를 더럽히는 근원은 바로 거기다(마가복음)."가 있고, '행동이 비열하고 하찮다면 그 정신이 자랑스럽고 의(義)로울 수가 없다. 사람의 행동이야말로 그의 정신이기 때문이다.' 고대 그리스의 정치가 데모스테네스의 말이며, '인생은 짧다. 그러나 비열하게 지내기에는 너무 길다.' 세계적 대문호 셰익스피어의 말이다. 우리네 인생은 기회가 한 번밖에 없다. 연습도 없고, 취소도 없다. 더더욱 엎질러진 물 주워 담을 수도 없다. 모두 함께 지혜롭고 선하게, 그리고 서로 공생(共生: 서로 도우면서 함께 삶) 공존(共存: 서로 도와서 함께 존재함)하며 살아야 하는 것이다.

오늘날 최고의 경제학자로 평가받고 있는 미국 하버드대 경제학과 교수였던 테리 번햄이 쓴 「비열한 유전자」의 핵심 내용에, "낡고 이기적인 비열한 유전자는 매일매일 일상생활의 거의 모든 면에서 우리에게 영향력을 행사한다. 지방이 가득한 음식을 사랑하도록 만들고, 이웃집 여자를 원하도록 만들고, 카지노에서 월급을 탈탈 털어버리도록 만드는 인간의 적(敵)은, 바로 자신의 유전적인 욕망 안에 존재한다. 물질만능주의에 젖어서 건강한 종족 번식보다는 '돈과 향락'에 가치를 두는 세상이 되어 있는 것이 현실이다. 그런 면에서 보면 비열한 유전자가 생물이 가져야 하는 주된 목적을 잊어버리지 않도록 자동차의 핸들과 같이 방향을 잡아주고 있다. 유전자의 지배는 너무나 강렬하고 파괴적이다. 하지만 인간은 '자제력'을 통해서 유전자의 지시를 속일 수가 있다. 덫에 빠져나올 수 있는 길이 있다. 그러므로 인간이 비

록 비열한 유전자를 가지고는 있지만, 그 비열한 유전자를 이길 수 있
는 능력은 바로 '인간 자신'이다."라는 것으로, 인간 본래의 타고난 비
열함도 사실은 '자제력(自制力)과 절제력(節制力)을 통해 극복할 수 있다'
라는 것인데, 그렇다면 그 '자제력과 절제력'은 어디에서 나오는가? 당
연히 유전적 특성(特性)도 있지만 '교육과 독서를 통한 올바른 인생관
과 가치관'을 형성하는 것이 절대적이라고 판단된다. 그 예(例)로 젊은
시절부터 중년의 나이에 이르기까지 돈도 잘 벌고 사회적 지위나 명
성으로 화려한 삶을 살았던 사람이었지만, 노년에 이르러서는 빈곤하
고 병마(病魔)와 싸우며 초라한 삶을 살아가는 주된 이유는 바로, 인간
의 '비열한 유전자를 극복하는 자제력과 절제력 부족'에서 온 결과로
보아야 하겠다.

나와 결혼한 '아내가 예쁜 데다가 검소하고 절약의 미덕(美德)을 갖
추었다.'라면 그보다 더 바랄 게 무엇이 있겠는가? 거기다가 심성(心
性: 타고난 마음씨)까지 착하다면, 나는 세상에서 제일 축복받은 남자일
것이다. 사귀는 남자 친구가 수려(秀麗)한 외모에 성실하고 정직한데,
거기다가 근검절약 정신까지 지녔다면 배필(配匹: 부부로서의 짝)감으로
는 최고가 아니겠는가? 절대 놓쳐서는 안 되는 것이다. 그런데 공(共)
히 '인색한 성향(性向)'이 있다면 어떨까? 백년해로(百年偕老)해야 할 배
필감으로는 다른 것 다 제쳐 두고 부적격자이다. 백번 천번 생각해 보
아야 한다. 대체로 '인색한 사람은 비열'하고 '비열한 사람은 인색'한
사람이다. 그런데 이런 경우는 대개 인성(人性)도 좋지 않다. 요샛말로
'싸가지'가 없다는 말이다. 더불어 자존심, 우월의식, 자신에 대한 맹

신(盲信)이 강(强)한 나머지 교만과 오만함으로 가득 차 있기도 하다. 사실 이 모든 것들이 '인색함에서 시작된다.'라고 보아도 큰 무리가 없을 성싶다. 선천적, 후천적으로 좋거나, 좋아질 기회도 없었던 것이다. 배우자가 인색하거나 비열한 성격이면 살아가다가 문제가 생겨(대개는 문제가 생기는 법), 서로 따지거나 다투다 보면 종국(終局)에는 내게는 쌍(인색이 비열을 동반하거나, 비열이 인색을 동반함)으로 오게 된다. 감당(堪當)하기 어렵다. 결론적으로 단언(斷言)하건대, 인색하고 비열한 사람, 또는 둘 중 하나만이라도 있다면, 결코 장래를 약속하거나 결혼생활을 해서는 안 된다. 하루빨리 절연(絶緣)하거나, 그것이 불가능하면 그저 친구 정도의 관계로 유지(維持)해야만 하는 것이, 미래의 내 불행을 막는 최상의 방책(方策)이 되는 것이다. 연인(戀人) 사이에 있는, 남자 친구, 특히 여자 친구, 잘 지켜보아라. 나중에 후회한들 아무 소용 없는, 인생 주워 담을 수 없는 엎질러진 물이 된다.

10

감사와 배은망덕

감사(感謝)란 '고마움을 나타내는 인사'나 '고맙게 여김, 또는 그런 마음'으로 유의어에 감격(感激: 몹시 고맙게 느낌), 치사(致謝: 고맙다는 뜻을 나타냄), 고마움, 백배사례(百拜謝禮: 거듭거듭 절하며 고마움의 뜻을 나타냄)가 있다. 우리는 '감사'의 표시로 '감사합니다.' '고맙습니다.'라는 표현을 쓰는데 국립국어원에서는 '고맙습니다.'를 권장하고 있다. 고마운 감정 표현으로 '감사'는 한자어이고 순수 한국어 표현은 '고맙습니다.'가 적절하다는 것이다. '고맙다'라는 표현은 친근하게 들리고 '감사하다'는 조금은 경직(硬直: 융통성이 없고 엄격함)되고 격식을 차리는 것처럼 들린다. 타인이 베푼 호의(好意)나 도움으로 마음이 흐뭇하고 즐거움에 친근한 표현으로 '고마워!'라는 표현은 적절하지만, 대체로 손아랫사람과 손윗사람을 구분해서 상황에 따라 적절하게 사용하는 지혜가 필요하다.

무엇보다도 모든 말 중에서도 '감사'라는 표현은 인류 역사와 함께 오랫동안 사용되었을 거라는 것을 미루어 짐작해 볼 때, 명사(名士)들의 명언(名言)들도 많이 있다. 먼저 성경 구절을 인용하면 '항상 기뻐하라. 쉬지 말고 기도하라. 범사에 감사하라. 이것이 그리스도 예수 안에서 너희를 향하신 하나님의 뜻이니라(데살로니가 전서).’와 ‘감사는 선(善)을 높이고 악(惡)을 낮춘다(이사야서).’가 있다. 다음으로 명사들의 명언들로는 ‘감사는 영혼의 기쁨을 키워주는 비료다.’ 영국의 대문호 윌리엄 셰익스피어의 말로 ‘감사는 영혼까지도 기쁨을 전달할 수 있는 힘이 있다.’는 ‘감사하는 사람이 주는 긍정적인 에너지가 큰 가치를 가진다.’라는 것을 말하는 것으로 해석된다. ‘감사는 가장 큰 기쁨이요, 가장 높은 지혜다.’ 프랑스 작가 프랑수아 라 로슈코프의 말로 감사하는 마음이 ‘삶에 영향을 끼친다.’라는 말이다. 그 외에 “인생에서 중요한 것은 좋은 스승, 좋은 친구, 좋은 사람을 많이 갖는 것이다. 그리고 인간관계의 포인트(point: 핵심)는 ‘정직과 감사’다.”는 일본의 도쿄대학 교수 지구물리학자 다케우치 히토시의 말이며, ‘풍족함은 좋은 일이지만 감사할 줄 모르게 하고, 부족함은 나쁜 것이지만 감사하게 만든다.’ 스페인의 풍자와 해학의 작가인 미겔 데 세르반테스의 말이며, ‘감사와 사랑을 많이 뿌려라. 그러면 많은 것들이 돌아올 것이다.’ 미국의 최고 경영자, 베스트셀러 작가, 자기 계발 강연자인 마이클 하이엇의 말이다. 한마디로 ‘달콤한 행복’, 성취감을 불러일으키는 ‘성공의 비밀’은 바로 ‘고맙습니다. 감사합니다.’라는 한마디에서부터 시작되는 것이다.

심리나 의학 전문가들의 말에 의하면 ‘감사하는 마음은 사람들에게 놀라울 만큼의 건강함의 근원이 되기도 한다. 무언가에 고마움을 느끼는 것은 정서적 행복을 키우고, 스트레스를 조절해 줄 뿐만 아니라 신체 건강에도 긍정적인 영향을 미친다.’라고 한다. 특히 ‘경험한 모든 것을 감사할 줄 아는 마음을 가진 삶에는 균형이 찾아오고 내면의 평화가 깃들 뿐만 아니라 나 자신과 이때까지 내가 걸어왔던 길을 포용하는 법을 가르쳐 준다'라고 한다. 감사란 너도 좋고 나도 좋은 것이다. 그러므로 우리의 삶 속에서 감사하는 마음, 아낌없는 감사의 표시는 모두에게 바람직한 것으로 결코 인색(吝嗇)해서는 안 된다.

배은망덕(背恩忘德)이란 '남에게 입은 은덕(恩德: 은혜와 덕)을 저버리고 배신하는 태도가 있음'으로 '은혜를 원수로 갚는 것'을 말하기도 하는데, 악행(惡行) 중의 하나로 보는 결정적인 이유는 바로 '남을 위한 노력과 희생을 결과적으로 의미 없는 시간 낭비'로 만들어버리기 때문이다. 때로는 아이러니(irony: 역설에 상응하여 전하려는 생각의 반대되는 말을 써서 효과를 보는 수사법)하게도 은혜를 갚으려 했더니 오히려 배은망덕한 놈으로 몰아세우는 경우도 있다. 한자어 효경(梟獍)이라는 말은 '어미 새를 잡아먹는다는 올빼미와 아비를 잡아먹는다는 짐승이라는 의미'로 '배은망덕하고 흉악한 사람'을 비유적으로 이르는 말이다. 우리네 속담으로는 '개도 주인을 알아본다.'와 '개도 제 주인을 보면 꼬리 친다.'가 있고, 특히 '명산 잡아 쓰지 말고 배은망덕하지 마라.'는 '명당(明堂) 자리 잡아 조상의 묘(墓)를 써 조상 덕(德) 받을 생각 말고, 남의 베풂에 배은망덕 하지 않는 것이 복(福) 받는 길'이라는 가르침이다. 사자성어로 배은망덕의 유의어는 토사구팽(兎死狗烹)이고, 반대어는 결초보은(結草報恩: 풀을 묶어 은혜를 갚는다는 말로, 죽어 혼령이 되어도 은혜를 갚음)이다.

우리네 인생살이에서 살다 보면 감사할 줄 모르고 배은망덕 하는 사례들이 종종 일어나는 경우를 볼 수 있다. 그런데 나 자신이 지금 당하고 있고, 당해본 적도 있을 것이다. 나 자신으로 볼 때 가장 분(憤)하고 울화(鬱火: 속이 답답하여 나는 화)가 치밀기도 하고, 한편으로 서글프기까지 하는 경우는 사회생활에서 친구나 선후배 사이, 직장이나 단체의 윗사람, 아랫사람에게서는 '그러려니' 할 수도 있지만, 무엇보다도 가족 내(內)에서 일어나는 경우이다. 부모가 자식에게, 형제자매에게, 특히 부부간에서 일어날 때이다. 그것도 노년에 당하게 되면 삶의 의미를 상실(喪失: 없어지거나 사라짐)하고 실의(失意: 뜻이나 의욕을 잃음)에 빠질 수도 있어 명(命)줄에도 영향을 주기도 한다. 구체적으로 자식이 부모가 훈육하고, 가르치고, 결혼시켜 살림 기반을 다 마련해주어 어엿하고(행동이 거리낌 없이 당당하고 떳떳하게), 버젓이(남의 축에 빠지지 않을 정도로 번듯하게) 살아가고 있으면서도 부모에게 감사하지 않고, 나도 '내 자식 우리 부모가 나에게 해준 것같이 그렇게 하고 있고, 그것이 부모가 자식에게 해주어야 하는 것 아닌가?' 하고 당연시하는 경우, 시골에서 형은 배우지 않았으면서도 농사지어, 또는 누님이나 언니가 박봉(薄俸: 적은 봉급)에 시달리면서도 쪼개서, 아니면 직접 생활전선에서 일해 동생(들) 가르쳐 의사도 되고, 법조인도 되고, 고위공직자도 되며, 사회적으로나 경제적으로 성공의 근간(根幹: 바탕이나 중심, 뿌리와 줄기)이 되었는데도, 그걸 모르고 본인 잘나 모든 것이 이루어진 것으로 생각하고, 특히 젊어서 추우나 더우나 일 년 내내 가족들을 위해 잠 잠 안 자고, 끼니 제때 못 챙기고, 남 놀러 다닐 때 놀지 않고, 뼈 빠지게 일해 남부럽지 않게 살아온 남편의 공(功)은 인정하지 않고 '네가 한 게 뭐가 있냐? 내가 다 살림 이루어 놓지 않았느냐?'라고 반문(反問)하며 모든 공(功)을 자신의 것으로 돌리고, '그러면 가족을 위해 그 정도는 해야지!'

라고 당연시하는 뻔뻔하고 파렴치한 아내의 경우이다. 이 얼마나 당하는 당사자는 억장(億丈: 분하거나 슬픈 일 따위로 가슴이 아프고 괴로움)이 무너지는 일이겠는가?

이 글을 읽고 자식은 부모에 대해서, 동생은 부모처럼 보살펴준 형님, 오빠, 누님이나 언니에 대해서, 그리고 특히 부부는 상대 배우자의 지난날의 노고(勞苦: 수고하고 애씀)를 감사히 여기고 공(功)을 인정해 주며 마음속으로는 감사해하며, 오늘의 내가 있는 것은 '부모님 덕입니다.' '형님 덕이요', '오라버님(오빠) 덕이요', '누님 덕이요', '언니 덕이요', 그리고 '당신 덕이요'라는 말 한마디라도 할 수 있는 계기(契機)가 되기를 바라 마지않는다. 그것이 바로 사람 된 도리(道理: 사람이 해야 할 마땅한 길)이고, 무엇보다도 사람이 금수(禽獸: 모든 짐승)와 다른 점이다. 속물(俗物) 인간의 대표적 성향(性向)은 작게는 상대의 도움과 호의(好意), 크게는 은혜(恩惠)에 '고맙다. 감사하다'라는 말을 할 줄 모르고, 안 하는 사람이고, 당연히 여기고 할 생각조차 전혀 없는 사람이다.

11

부정부패와 청렴결백

　부정부패(不正腐敗)란 '바르지 못하고 타락함'의 의미로 유의어에 한 단어로 줄여, 부패, 타락이다. 본래 부정부패의 어원(語源)은 '부패'에서 왔으며 비리(非理: 올바른 이치나 도리에 어그러지는 일)나 독직(瀆職: 지위나 직무를 남용하여 부정행위를 저지르는 일)이라고도 한다. 청렴결백(清廉潔白)의 사전적 의미는 '마음이 깨끗하며 탐욕(貪慾: 지나치게 탐하는 욕심)이 없음'인데, 본래는 청렴(清廉: 마음이나 행동이 맑고 검소해 재물에 대한 욕심이 없는 성품)과 결백(潔白: 마음이나 행동이 깨끗하여 아무런 허물이 없음)이 합쳐져 '성품이 맑고 검소하며 깨끗하고 순수한 인품'을 말할 때 쓰인다. 한 인간에게 청렴이 필요한 이유는 '올바른 인격을 형성하여 자아실현에 도움'을 주며, '공정하고 투명한 사회가 밑바탕이 되어 공동체의 발전을 도모'하고 '자신과 사회의 안정과 행복에 기여'하기 때문이다. 청렴은 오늘날뿐만 아니라 우리네 조상님들은 청렴 정신을 '선비정신, 청빈(清貧)'이라는 이름으로 관리(官吏: 관직에 있는 사람)들의 덕목(德目) 중 으뜸으로 여겼는데, 오늘날도 결코 다르지 않다.

　국가를 형성하여 벼슬아치(官吏)들이 있고 선민(善民: 선량한 백성), 제민(齊民: 일반 백성)이 있는 사회는 예로부터 탐관오리(貪官汚吏: 탐욕이 많고 행실이 깨끗하지 못한 관리)가 있어 왔다. 그런데 사람들이 잘 들어보지 못한 '탐관오리'의 반대어는 '청풍양수(淸風兩袖)'로 '양쪽 소매에 맑은 바람만 있다'라는 의미의 '청렴결백한 관리'를 이르는 말이다. 우리의 지난 과거 역사에서 청렴결백한 관리를 청백리(淸白吏)라고 불러왔다. 그런데 수많은 고관대작(高官大爵: 지위가 높고 훌륭한 벼슬)이 있어 왔지만, 청백리라고 불리는 경우는 그렇게 많지는 않았던 것 같다. 청백리는 고려시대와 조선시대에 모범 관료에게 수여되는 명칭으로 조정에서 청렴결백한 관리로 녹선(錄選: 추천하여 뽑음) 되는 것이었다. 조선시대 청백리 중 217명의 명단만이 현재 전하고 있지만, 실제 녹선 되었어도 붕당(朋黨: 뜻을 같이한 사람끼리 모인 무리, 패거리) 간의 다툼이나 대립에 의해서 삭제되거나 깎이는 일도 다수 발생했다고 한다.

적수역부(積水易腐)는 '고인 물은 썩는다.'라는 말로, '변화나 교류를 거부하거나, 오랫동안 권세(權勢: 권력과 세력), 세도(勢道: 정치상의 권세)를 독점하면 발전하는 시대에 적응하지 못하거나, 부정부패가 만연(蔓延) 하게 된다.'라는 의미인데, 그 반대는 유수불부(流水不腐)로 '흐르는 물은 썩지 않는다.'로 결국 같은 맥락의 의미이다. 우리는 흔히 '윗물이 맑아야 아랫물이 맑다.'라는 말을 쓰는데 사자성어로는 원청유청(源淸流淸)으로 '근원 물이 맑으면 물이 맑다.'라는 의미로 '윗사람이 청렴하면 아랫사람도 청렴해짐'을 비유적으로 말하는 것이고, 대비되는 말이지만 결국은 같은 의미인, 상탁하부정(上濁下不淨)과 상즉불리(相卽不離)는 '윗물이 흐리면 아랫물도 깨끗하지 못하다.'라는 말로 '윗사람이 부패하면 아랫사람도 부패한다.' 즉, '윗물이 맑아야 아랫물도 맑다.'라는 의미이다. 또한 부정부패의 사자성어에 해당하는 말로 어궤조산(魚潰鳥散)은 '물고기의 창자가 썩고 새가 흩어진다.'라는 말로 '나라가 내부에서 부패하여 백성들이 살길을 찾아 흩어진다.'라는 의미이고, 지록위마(指鹿爲馬)는 '사슴을 가리켜 말(馬)이라 한다.'라는 의미로 '윗사람을 속이고 권세를 휘두르고 부정부패를 저지르는 자'들을 비판할 때 쓰이는 말이다.

캐나다 수도 오타와에 있는 캐나다를 상징하는 랜드마크(Landmark), 국회의사당에 가보면 여행가이드가 설명해 주지 않으면 궁금증이 드는 두 가지가 있는데, 하나는 '타오르는 불꽃'이고 다른 하나는 '여러 개의 동상 모습이다. 센터 블록 앞 중앙광장에는 센테니얼 플레임(Centennial Flame), 일명 '꺼지지 않는 불'이 1967년 처음 점화되어 지금도 활활 타오르고 있다. 건국 100주년을 기념하여 만든 것으로 아래에 가스관이 연결되어 있어서 '비가 오나 눈이 오나 절대 꺼지지 않는다.'라고 한다. 한 마디로 '캐나다여, 꺼지지 않는 불꽃처럼 영원하라!'라는 의미란다. 그리고 여러 개의 동상 중에는 캐나다 최장수 총리로 22년간 재직한 윌리엄 라이언 매켄지 킹이 있고, 그 밖의 동상들은 의정활동을 잘한 의원들이라고 한다. 우리말로 청렴하고 능력 있는, 국가와 국민을 위해 올곧게 자신의 소임(所任: 맡은바 직책과 임무)을 다한 정치가들이라고 한다. 무엇보다도 자라나는 아이들이 이 모습을 본다면 '어떤 느낌이고 마음속에 어떤 다짐'을 할까? 아마도 추측건대 캐나다인으로 '자긍심(自矜心: 스스로 자랑하는 마음)'과 자신도 어른이 되어 정치가가 된다면 '본(本: 본받을 만한 본보기)'을 받아 뒤를 이어가 동상이 세워지는 정치가가 되겠다.'라는 다짐을 하게 되리라 생각한다. 우리 정치인들도 자신을 되돌아보는 계기(契機)가 되기를 바라는 마음은 욕심일까? 우리의 현실에 비춰 볼 때, 정치인들의 '의식 전환'뿐만 아니라 국민들의 '의식 전환'도 필연(必然)이고 그리고 선행(先行)되어야 한다. 한 마디로 우리의 오랜 병폐(病弊)인 지연, 혈연, 학연 등의 굴레에서 벗어나 '능력과 청렴성 그리고 참신성' 위주로 선량(選良)들을 뽑아야 한다는 것이다. 정치판 이외에도, 부정부패가 일어날 개연성(蓋然性)이 있는 곳은 어디인가? 공직사회, 사기업, 지면으로 일일이 다 거론하기에 조심스러운 조직 단체들, 이권(利權)이 개입되는 처처(處處: 곳곳)에 있는 수장(首長)들이나 고위직 간부들, 그리고 하위직까지 '과거보다는 많이 나아졌다(김영란법이 크게 한 몫)' 해도, 아직도 우리 사회에 드러나지 않고 일부 남아 있는 적폐, 부정부패의 척결(剔抉)은 21세기 세계 6위의 선진 국가인 우리나라 국민이 풀어야 할 과제이다.

끝으로 다산 정약용 선생의 목민심서(牧民心書: 조선 실학사상의 대표적 작품으로 관리의 기본 자세, 관리의 책무, 관리를 마무리할 때 행동 지침에 대해 기술)에 나오는 명언들을 인용한다. '청렴은 목민관(牧民官: 관리, 공직자)의 본무(本務)요 모든 선의 근원이요 덕의 바탕이니 청렴하지 않고서는 능히 목민관이 될 수 없다.' '대중을 통솔하는 방법에는 오직 위엄과 신의가 있을 따름이다. 위엄은 청렴한 데서 생기고 신의는 충성된 데서 나온다. 충성되면서 청렴하기만 하면 능히 대중을 복종시킬 수 있다.' '청렴은 천하의 큰 장사이다. 욕심이 큰사람은 반드시 청렴해지려 한다. 사람이 청렴하지 못한 것은 지혜가 짧기 때문이다.'에서 가장 울림을 주는 것은 '부정부패는 작은 욕심'이요, '큰 욕심을 가진 자는 청렴'이라는 말이다. 청렴은 지위 고하를 막론하고, 모든 공직자의 첫 번째 덕목(德目)이다. 진정한 지도자는 청렴해야 한다. 청렴은 곧 실천이다. 부정한 금품 수수(收受)는 물론이고 향응 접대도 단호히 거절할 줄 알아야 하며, 특히 각 조직마다의 업무용 법인카드 사용에 있어, 공적 목적이 아닌 사적으로 커피 한 잔 값도 결제해서는 안 된다. 공직자뿐만 아니라 우리 모두 정직하고 청렴할수록 사회는 투명하고 밝게 되는 것이다. 한 개인으로도 '작은 이익을 욕심내지 않아야 큰 인물이 되고, 큰일을 성취하는 법'이다. 작은 것 하나부터 실천하고 행동하도록 다짐하고 노력하여 우리 모두 다 함께 선진사회에 부응(副應)하는 일원(一員)이 되도록, 나 자신부터 청렴하도록 노력하자!

삶의 지혜 (상)

초판인쇄 2025년 8월 1일
초판발행 2025년 8월 1일

지 은 이 문재익
펴 낸 이 채종준
펴 낸 곳 한국학술정보(주)
주   소 경기도 파주시 회동길 230(문발동)
전   화 031-908-3181(대표)
팩   스 031-908-3189
투고문의 ksibook1@kstudy.com
등   록 제일산-115호(2000. 6. 19)

ISBN   979-11-7457-074-1 03810

이담북스는 한국학술정보(주)의 학술/학습도서 출판 브랜드입니다.
이 시대 꼭 필요한 것만 담아 독자와 함께 공유한다는 의미를 나타냈습니다.
다양한 분야 전문가의 지식과 경험을 고스란히 전해 배움의 즐거움을 선물하는 책을 만들고자 합니다.